Dämonenring

Teil 3 der Serie *Ruf des Blutes*

Tanya Carpenter

SIEBEN VERLAG

Ruf des Blutes, bisher erschienen:

Tochter der Dunkelheit, 1. Auflage 2007, 2. Auflage 2008

Engelstränen, 1. Auflage 2008

Herausgeber: © Sieben Verlag 2009
Covergestaltung: Sieben Verlag
ISBN: 978-3-940235-31-2

Alle Rechte vorbehalten. Nachdruck oder andere
Verwertungen nur mit schriftlicher Genehmigung
des Verlags.

Sieben Verlag
Lippmannweg 28
64405 Fischbachtal
www.sieben-verlag.de

Für meine Mutter Renate
Ich liebe dich und danke dir

Und für Mark
Meinen Zauberer

Glossar

Ammit	-	ägyptische Dämonin
Ashera	-	PSI-Orden
Crawler	-	Dunkle Vampirart
Daywalker	-	Mischlinge zwischen Vampir und Vascazyr. Immun gegen Sonnenlicht
djamila	-	arabisch für „Schöne"
durhan	-	arabisch für „Rauch"
elby	-	arabisch für „mein Herz"
Ghanagoul	-	fledermausartige Dämonen-Wächter der Vampirkönigin
Halfblood	-	Mischlinge zwischen Vampir und Mensch. Tagsüber Mensch, nachts Vampir
Harpyie	-	geflügeltes Monster der griechischen Mythologie, verkörpert das Element des Windes
Hydra	-	neunköpfige Schlange der griechischen Mythologie
Lykantrop	-	Werwolf
Lycaner	-	Volk der Werwölfe
Magister	-	Geheime Institution innerhalb der Ashera, die im Hintergrund die wahre Kontrolle ausübt
MI5	-	britischer Inlands-Geheimdienst
MI6	-	britischer Auslands-Geheimdienst
Nightflyer	-	Vampirart aus dem Blut der Urgeschwister
Realborne	-	andere Bezeichnung für Halfblood
saghere	-	arabisch für „(mein) Kind"
Sapyrion	-	Feuerdämon aus der Unterwelt
SIS	-	Secret Intelligence Services, ihm sind sowohl der MI5 als auch der MI6 unterstellt
Schattenjäger	-	Dämon, Söldner und Kopfgeldjäger für die Unterwelt
thalabi	-	arabisch für „(meine) Füchsin"
Vascazyr	-	echsenartige Dämonenart

Prolog

Rom, Januar 2001

Es hätte so schön sein können. Endlich einmal Urlaub, weg von allen Verpflichtungen, Querelen, Ordensregeln und ständigen Einmischungen in unser Privatleben, von welcher Seite sie auch kommen mochten. Selbst wir Vampire brauchen gelegentlich mal eine Auszeit. Und mein Geliebter Armand und ich hatten diese bitter nötig.

Mein Vater Franklin, als Leiter des Londoner Mutterhauses auch mein Vorgesetzter im Ashera-Orden, stand unserer Liebe nach wie vor kritisch gegenüber. Der Vampirlord Lucien von Memphis versuchte beständig, Zwietracht zwischen uns zu säen, und seit Kurzem mischte sich auch Kaliste, die Urmutter der Vampire, in unser Leben ein. Sie hatte ausgerechnet mir die Verantwortung für Dracon, unseren ärgsten Widersacher, übertragen. Alles in allem waren die letzten Wochen nicht gerade einfach gewesen.

Dieser Urlaub sollte uns und unsere Beziehung wieder ins Gleichgewicht bringen. Was passte da besser als Rom, die Ewige Stadt? Entspannt durch die nächtlichen Straßen dieser wunderbaren, geschichtsträchtigen Metropole wandern, ein bisschen Kultur, ein bisschen Amore. Wie gesagt, es hätte so schön sein können. Seufzend schloss ich die Email von Franklin.

„*Je te l'avais dit.* Ich habe dir gleich gesagt, schau erst gar nicht in deine Mails", meinte Armand mürrisch.

Ich konnte ihm seinen Unmut nicht verdenken, brachte es aber auch nicht über mich, meinen Vater vor den Kopf zu stoßen und den Auftrag abzulehnen, wo wir praktisch vor Ort waren.

„Warum kann das kein anderer machen?"

„Weil die Vorfälle im Vatikan stattfinden, und der lässt freiwillig nie jemanden von der Ashera rein."

„Wann kommt Franklin hier an?"

Er war wirklich sauer. Versöhnlich hockte ich mich zu ihm aufs Bett und küsste ihn auf den Mund.

„Er wird morgen Nachmittag hier landen. Abends treffen wir uns für die Details und danach reisen wir beide weiter zum Vatikan, während Dad zurück nach London fliegt."

„Viel Spaß beim Familientreffen", spottete Armand. „Ich bleibe hier. Ich habe Urlaub."

„Bist du allein?" fragte mein Vater, als er mich in der Hotellobby begrüßte.

„Armand ist eingeschnappt, was ich ihm nicht verdenken kann."

Der Hauch eines Vorwurfs schwang in meiner Stimme mit, was Dad nicht entging. Aber schließlich war es ja meine Entscheidung gewesen, während meines Urlaubs die Emails des Ordens abzufragen.

„Lass uns auf mein Zimmer gehen. Dort sind wir ungestört", bat Franklin.

Seinem misstrauischen Blick in die Runde, der sonst gar nicht seine Art war, entnahm ich, dass die Angelegenheit noch heikler war, als ich aufgrund seiner Nachricht vermutet hatte. In seinem Zimmer holte er ein blaues Samtbeutelchen hervor und legte es mir in die Hand. Behutsam öffnete ich die Verschnürung und lugte hinein. Aus dem Inneren strahlten mir drei bunt schillernde Juwelen entgegen.

„Tränen Luzifers", sagte mein Vater bedächtig. „Insgesamt spricht man von eintausend. Kleine Kristalle, die in allen Farben leuchten. Es sollen tatsächlich die Tränen des gefallenen Engels sein. Als sie vom Himmel fielen, wurden sie dort, wo sie die Erde berührten, zu Kristallen. Engelstränen, die für die Menschen vergossen wurden, als Gott sich von ihnen abwandte. Dafür wurde Luzifer aus dem Himmel vertrieben. Für sein Mitleid mit uns Menschen."

„Glaubst du daran?" Ich verspürte ein ungutes Gefühl in der Magengegend. Mein letzter Fall hatte ebenfalls mit den Tränen von Engeln zu tun gehabt, und die Menschheit hatte kurz vor der Ewigen Nacht gestanden. In letzter Sekunde hatten wir den Untergang der Sonne verhindern können. Vampire, Menschen und Lycaner mit vereinten Kräften.

Franklin lächelte still und bemerkte nichts von meinen Gedankengängen.

„Alles ist möglich, wie du weißt. Die Macht dieser Tränen ist unleugbar wahr. Wenn also ein Teil der Legende stimmt, warum dann nicht auch der Rest? Doch die ganze Wahrheit werden wir wohl nie erfahren."

„Wo sind die anderen Tränen?"

„Abgesehen von diesen Dreien sind alle, die sich in unserem Besitz befinden, im Mutterhaus in Montreal. In sicherer Verwahrung."

Die Ashera erforscht und dokumentiert übersinnliche Phänomene nicht nur, wir versuchen auch, zwischen Menschen und übernatürlichen Wesen zu vermitteln, nehmen PSI-begabte Menschen bei uns auf und verwahren okkulte und paranormale Relikte. Bei all diesen Tätigkeiten sind wir stets bemüht, uns so wenig wie möglich einzumischen, was manchmal leider nicht so einfach ist. Besonders dann nicht, wenn eine akute Bedrohung für die eine oder andere Seite besteht.

„Sichere Verwahrung? Sind sie so gefährlich?"

„Ihre Macht kann gefährlich sein. Wenn man eine zerspringen lässt, kann man das Schicksal der Welt beeinflussen. Hitler hatte zwei von ihnen in seinem Besitz und hat sie beide benutzt. Du weißt, was dann geschehen ist. Der römische Kaiser Nero hatte eine. Ramses I. soll eine besessen haben. Es ist viel Schaden angerichtet worden mit diesen Tränen. Deshalb sind sie in sicherer Verwahrung. Um ihren Missbrauch zu verhindern."

„Dann ist der Begriff ,teuflisch' für Luzifer wohl wirklich nicht so falsch", wagte ich einzuwerfen. Engelstränen bedeuteten einfach nichts Gutes. Egal, wer sie weinte.

„Oh, Mel, das ist ungerecht. Er hat die Tränen nicht um des Schadens willen vergossen, sondern aus Mitleid. Ihre Macht lautet nur, dass man das Schicksal der Welt mit ihnen beeinflussen kann, zum Guten wie zum Bösen. Es ist die Wahl der Menschen, wie sie wirken, nicht die des gefallenen Engels. Und im Menschen lauert nun mal seit jeher das Böse."

„Ist auch Gutes damit bewirkt worden?" Ich musste die Frage einfach stellen.

„Nun, es heißt, der heilige Franz von Assisi hätte eine besessen. Und Mutter Theresa ebenfalls. König Salomon hatte angeblich zehn. Und sicher noch eine ganze Menge anderer Menschen. Es gibt immer zwei Seiten einer Medaille."

Ich schloss den Beutel und reichte ihn Franklin zurück.

„Okay, lassen wir es mal dahin gestellt sein, ob die Tränen gut oder böse sind. Aber was genau haben die mit dem Fall zu tun? Du hast nur etwas von paranormaler Aktivität im Vatikan geschrieben."

„Der Vatikan hat dreiundfünfzig Tränen in seinen Archiven." Mir blieb der Mund offen stehen. Diese heuchlerischen Scheinheiligen. „Es ist zunächst nur ein Gerücht", beschwichtigte Franklin, „aber dass der Vatikan so etwas bestätigen würde, kann man kaum erwarten. Eine Menge Hinweise deuten darauf hin, dass es nicht nur ein Gerücht ist. Und dass es Zeiten gab, in denen noch mehr Tränen dort lagerten. Es sind wohl auch schon einige verwendet worden."

„Soll ich die Dinger stehlen, damit diese verblendeten Kirchgänger keinen Schaden mehr damit anrichten?" Vor meinem geistigen Auge zogen von den Kreuzzügen über die Inquisition bis hin zu gewaltsamen Missionierungen heidnischer Völker alle möglichen Schreckensszenarien vorbei, bei denen solch ein Kristall womöglich Einsatz gefunden hatte. Ich würde Pettra anrufen, ebenfalls eine Vampirin, aber von anderer Art. Meine Daywalker-Freundin war für Einbrüche prädestiniert. Schließlich verdiente sie damit ihren Lebensunterhalt.

„Nein!", sagte Franklin entschieden. „Und ja", setzte er etwas leiser hinzu. „Wenn du an sie herankommst, bringst du sie selbstverständlich mit. Ich muss wohl nicht erwähnen, dass bei dieser ganzen Aktion kein Verdacht auf die Ashera fallen darf."

Ich grinste zynisch. „Warum sonst hättest du ausgerechnet mich um Hilfe gebeten? Das einzige Ashera-Mitglied, das nahezu unsichtbar in den Hochsicherheitsbereich des Vatikans kommt und wieder raus."

Meine Offenheit behagte Franklin nicht. Es war illegal, was wir hier besprachen. Einbruch, Diebstahl. Aber manchmal heiligte der Zweck die Mittel. Mir genügte die Macht der Tränen als Zweck, um sie den Kirchenvätern zu entwenden. Aber mein Vater brauchte noch einen weiteren Grund, um diesen Schritt zu tun.

„Ich hätte so eine Aktion nie in Erwägung gezogen, wenn die aktuellen Vorkommnisse es nicht erforderlich machen würden."

In seinen Augen las ich nackte Angst, etwas, das meinem Vater gar nicht ähnlich sah.

„Im Vatikan versucht gerade ein Sapyrion die Tränen zu stehlen."

Diese Nachricht ließ auch in Armand jeden Widerwillen, den Fall zu übernehmen, verschwinden. Ein Sapyrion. Ein Dämon aus den Tiefen der Unterwelt. So absolut böse und verdorben, dass selbst andere Dämonen sich von ihm fernhielten. Diese Kreaturen waren Ausgestoßene und dem Himmel sei Dank waren die Tore zur Menschenwelt normalerweise für sie verschlossen.

Was mich zu der Frage brachte, wie dieser Sapyrion es geschafft hatte, ein Dimensionstor zu durchschreiten.

War er einem anderen Dimensionswandler heimlich gefolgt? Unwahrscheinlich. Die Hitze dieser Wesen machte es ihnen unmöglich, sich unerkannt einem anderen zu nähern. Pyro – das Feuer – war schon Bestandteil ihres Namens und mehr als bezeichnend. Ihre Haut glühte rotschwarz, was sie berührten, erlitt Brandspuren – je wütender ein Sapyrion war, desto schlimmer die Verletzungen, die er hervorrief. Außerdem konnten sie Feuerbälle werfen. Nicht gerade tolle Aussichten für Armand und mich. Ausgerechnet Feuer – das Einzige, was uns wirklich schaden konnte. Aber jemand musste dieses Wesen aufhalten und vor allem verhindern, dass es die Tränen in die Hände bekam, wenn ich auch noch nicht wusste, wie wir das anstellen sollten.

Armand und ich entschieden, noch in dieser Nacht die Lage auszukundschaften. Der Sapyrion war schon seit fast einer Woche in den Mauern des Vatikans unterwegs. Möglicherweise war er den Tränen näher, als uns allen lieb sein konnte. Was würde solch eine Kreatur mit dreiundfünfzig Tränen Luzifers anstellen? Die Welt in eine zweite Hölle verwandeln? Lavaströme? Feuerwände? Flammen, die ohne Brennmaterial überleben konnten? Alles war möglich mit diesen Kristallen.

Im Zentrum des Vatikans herrschte Hochbetrieb. Die Schweizer Garde schien in Komplettbesetzung Dienst zu tun. So viele rot-gelb-blau gestreifte Uniformen hatte wohl selbst der Papst noch nie auf einem Haufen gesehen. Wir verharrten auf dem Dach des Petersdoms und beobachteten den bunten Ameisenhaufen unter uns.

„Ich denke, denen ist es lieber, wenn sie dem Dämon nicht begegnen", meinte Armand und seine Stimme triefte vor Sarkasmus. „Die wissen so gut wie wir, dass sie weder mit ihren Hellebarden, noch mit ihren Sturmgewehren etwas gegen dieses Ding ausrichten können."

Ich schwieg, konnte Armand gedanklich aber nur zustimmen. So kampfesmutig sie auch alle taten, es war diesen Männern klar, dass der Gegner, der hier in den Schatten lauerte, nicht von dieser Welt war. Und dass eine Begegnung mit ihm den Tod bringen konnte. Franklin hatte mir berichtet, dass schon sieben Gardisten gestorben waren und etliche weitere mit Brandverletzungen in der Klinik lagen. Dennoch weigerte sich der Vatikan wie immer beharrlich, die restliche Welt in die Vorgänge innerhalb seiner Mauern einzuweihen. Man war schließlich so was wie die Macht Gottes auf Erden. Da würde man doch mit einem einzelnen Teufel klarkommen!

Ich lachte bitter. Mit ihrem Teufel hatte der Sapyrion wenig gemein. Gegen seine Bosheit war der christliche Satan ein Klosterschüler. Neid, Gier und Zerstörungswut waren die Natur des Sapyrion. Die schwarz verkohlten Stellen an einigen Außenwänden und der Brandgeruch, der über dem gesamten Vatikanstaat lag, waren ein deutliches Zeugnis für seine Anwesenheit und sein Handeln.

Plötzlich erklang ein ohrenbetäubendes, unmenschliches Kreischen, wie von einem wütenden Stier, direkt unter uns. Der Sapyrion war im Petersdom. Das Splittern von Holz und Bersten von Gestein kündete von seinem Wirken. Er würde das verdammte Ding auseinandernehmen.

Auf dem Platz vor uns stoben die Schweizer Gardisten wie ein aufgescheuchter Fliegenschwarm in die entgegengesetzte Richtung davon. Armand und ich konnten ihren Angstschweiß riechen. Gegen diesen Feind würde keiner von ihnen den Kirchenstaat verteidigen.

„Welch Ironie, dass ausgerechnet eine Hexe als Retterin der katholischen Zentrale fungieren soll", meinte ich.

Armand antwortete mit einem breiten Grinsen und sprang dann einem Schatten gleich vom Dach in die Tiefe. Ich folgte ihm lautlos.

Schon von Notre Dame kannte ich den Prunk, den die Kirche so gern zur Schau stellte, aber der Petersdom raubte mir wieder einmal den Atem. Trotz der herabgestürzten Fresken und der drei zertrümmerten Sitzreihen. Von dem Sapyrion selbst war nichts zu sehen.

Ich hatte den Gedanken kaum zuende gedacht, da erzitterte der Boden unter unseren Füßen und wir mussten uns an den Kirchbänken festhalten.

„Er ist bei den Krypten", sagte ich.

In Sekundenschnelle durchquerten wir das Kirchenschiff, schritten die Stufen zu den Grabmalen hinab und dort stand er – der Sapyrion. Zwei Meter hoch, mit schwarzen, gezackten Flügeln, die knochig wirkten, nur mit einer lederartigen Haut bespannt. Sein Torso glühte in pulsierendem Rot, Arme und Beine waren ebenfalls lediglich Knochen, mit einem flexiblen Gewebe überzogen. In der klauenartigen Hand hielt er eine steinerne Schatulle, deren Deckel halb geöffnet war. Regenbogenfarben leuchteten uns daraus entgegen.

„Verdammter Mist, er hat sie gefunden", rief ich aus.

Der Kopf des Sapyrions schoss herum, als er meine Stimme hörte, schwarze Kohlestücke statt Augen und ein Raubtiergebiss hinter verschrumpelten Lippen. Er riss sein Maul weit auf, roter Geifer tropfte von den langen Zähnen und wieder erklang dieser markerschütternde Schrei, den wir schon oben auf dem Dach vernommen hatten. In der nächsten Sekunde flog uns ein Feuerball entgegen. Geistesgegenwärtig sprangen Armand und ich auseinander, die Kugel schlug in der Wand hinter uns ein, ließ einen Teil des Mauerwerks zusammenstürzen und verglühte. Der Sapyrion stob an uns vorbei nach oben ins Kirchenschiff, heißer Wind verbrannte uns die Gesichter, doch wir folgten ihm sofort. Ein zweiter Feuerball begrüßte uns, als wir den Altarraum wieder betraten. Auch diesem wichen wir aus. Ich erhaschte einen genaueren Blick auf den Torso unseres Gegners – unter der Lederhaut des Brustkorbes konnte man das rotglühende Herz schlagen sehen. Ich realisierte, dass dies seine einzige verwundbare Stelle war.

Mein Blick wanderte von dem brüllenden Dämon durch den Innenraum des Doms, der Bronzethron des Hochaltars war durch den Feuerball zerstört, der hölzerne Sitz, der lange Zeit als Bischofsstuhl des Petrus gegolten hatte, zersplittert. Da sah ich plötzlich das Taufbecken mit den beiden Marmorengeln.

Geweihtes Wasser! Wasser und Feuer. Das konnte klappen. Ich sammelte meine geistigen Kräfte. Armand folgte meinem Blick aus seiner sicheren Deckung. Das Becken hob sich aus seiner Verankerung, Schweißperlen traten mir auf die Stirn, ich war zu ungeübt in diesen Dingen. Da kam mir Armands Kraft zu Hilfe und gemeinsam schleuderten wir das marmorne Gefäß gegen die Brust des Sapyrions.

Ein lautes Zischen, der Dämon kreischte auf vor Schmerz, ließ seine Beute fallen und ging in die Knie, doch noch ehe ich triumphierend jubeln konnte, war er auch schon wieder auf den Füßen.

Okay, das war daneben gegangen und hatte ihn nur noch wütender gemacht. Sein Zorn schlug uns in einer Hitzewelle entgegen, gefolgt von weiteren Feuerbällen, denen wir nur durch unsere vampirische Geschwindigkeit entkamen. Wie Eichhörnchen an einem Baumstamm klammerten wir uns an den Wänden fest und sprangen von einer Freske oder Balustrade zur nächsten. Der Sapyrion richtete sein Hauptaugenmerk dabei auf mich.

„*Distrais-le*", rief Armand mir zu.

„Was?" Ich war gerade zu beschäftigt, um in meinen Hirnwindungen nach der Übersetzung zu suchen.

„Lenk ihn ab!"

„Was hast du vor?"

„Lenk ihn einfach nur ab!"

Einfach nur ablenken. Na prima. Sollte ich mich als Brathähnchen anbieten? Armand sprang mit einem riesigen Satz Richtung Hauptportal, sofort riss der Feuerdämon den Kopf herum und schickte sich an, einen Feuerball gegen meinen Liebsten zu werfen. Das konnte ich nicht zulassen.

„Hey, Glühwürmchen", rief ich ihm entgegen. „Mein Elektroherd wird heißer als du."

Ich bezweifelte zwar, dass er auch nur ein Wort verstand, aber zumindest verlagerte sich seine Aufmerksamkeit auf mich zurück. Doch statt einen neuen Feuerball zu werfen, ging der Sapyrion diesmal in die Knie und stieß sich kraftvoll ab, um vor mir auf der Empore zu landen. Meine Haare knisterten unter der Hitze, ich spürte, wie sich erste Blasen auf meiner Haut mit Flüssigkeit füllten. Lebendig gegrillt zu werden, entsprach nicht meiner bevorzugten Todesart. Kurzerhand ließ ich mich fallen und landete vor dem zerstörten Hauptaltar. Ein heftiger Windstoß brachte mich ins Wanken, er kam vom weit geöffneten Hauptportal. War Armand noch zu retten? Er konnte diesem Biest doch nicht auch noch die Tür aufmachen. Wenn das Vieh erst mal draußen war, würden wir es nie erwischen. Allerdings war es auch äußerst fraglich, ob wir es hier drinnen besiegen konnten, ehe es uns mitsamt dem Dom zu einem Häufchen Asche verbrannte.

Meine Haut spannte sich schmerzhaft, obwohl die Heilung bereits einsetzte, der scharfe Geruch nach meinem eigenen verbrannten Fleisch ließ Übelkeit in mir aufsteigen. Alles in mir schrie nach Flucht. Ich spürte die zunehmende Hitze wie eine Druckwelle, als der Sapyrion wieder nach unten sprang, schaffte es gerade noch rechtzeitig aus der Gefahrenzone, ehe seine klauenbewehrten Füße auf dem Boden aufkamen und zwei tiefe Löcher ins Gestein drückten. Jeder Atemzug schien meine Lunge zu verbrennen.

Da wurde es plötzlich kühler. Auch der Sapyrion bemerkte die Veränderung und hielt verwundert inne. Wir blickten beide Richtung Ausgang, wo Armand konzentriert und angespannt stand, über ihm eine dunkelgraue Wolke voller Regenwasser. Woher ...? Doch dann wurde es mir schlagartig klar. Der Brunnen auf dem Petersplatz. Armand hatte meine Idee aufgegriffen und sie mit einer riesigen Menge Wasser umgesetzt. Die Wolke näherte sich dem Sapyrion, der mit drohendem Gebrüll langsam zurückwich. Doch seine Beute lag zwischen ihm und der Wolke. Ohne sie wollte er diesen Ort nicht verlassen. Wir hechteten beide auf die Schatulle zu, ich war schneller, erwischte sie mit dem Fuß und brach mir schmerzhaft die Zehen, als ich sie außerhalb seiner Reichweite stieß. Im selben Moment erreichte uns die Regenwolke und öffnete ihre Schleusen. Das Zischen von hundert Dampfkesseln erfüllte den Raum, der anschließend in undurchdringlichem Dunst lag. Die Schmerzensschreie des Sapyrions hallten von den Wänden, seine Haut nahm eine grauweiße Färbung an, er zitterte und brach auf dem Boden vor dem Altar zusammen. Ich reagierte, ohne nachzudenken, ignorierte den Schmerz in meinen Händen, als ich ihn an den Armen packte, die noch immer heiß waren wie ein aktiver Vulkan, und schleuderte den geschwächten Körper Richtung Altar. Der Sapyrion spreizte seine mächtigen Schwingen genau in dem Moment, in dem sein Torso auf den Überresten des Bronzethrons aufschlug. Ein spitzer Pfahl vom gesplitterten Bischofssitz des Petrus ragte aus seiner Brust, hatte das Herz durchbohrt. Ungläubig starrte der Dämon das blutverschmierte Holz an, seine Klauen umfassten das Ende und rissen es heraus. Blut strömte aus der Wunde, floss zischend zu Boden. Noch einmal schlug der Dämon mit seinen Flügeln, kam mit aufgerissenem Maul auf mich zu, ehe er zusammenbrach. Sein Körper schlug auf dem Steinboden auf, er zuckte noch mal, dann löste sich die Gestalt in Rauch und Nebel auf. Es folgte eine beängstigende Stille.

Suchend blickte ich mich um, sah die offene Steinschatulle unter der halb zerbrochenen Figur der heiligen Veronika. Einige Kristalle waren aus dem Behältnis gefallen. Ich sammelte sie mechanisch ein. Aus den Augenwinkeln sah ich, wie Armand zu der Stelle ging, wo der Sapyrion zusammengebrochen war. Er kniete sich hin und untersuchte den dunkelroten Fleck, der das Ableben unseres Gegners markierte. All das nahm ich nur verschwommen wahr. Mein Blick war auf die schimmernden Kristalle in meiner Handfläche gerichtet. Die Macht, das Schicksal der Welt zu beeinflussen. Meine Hand zitterte, die Tränen schienen zu leben, sie bewegten sich, funkelten in allen Farben, ich konnte sie flüstern hören.

„Wage es, wage es, das Schicksal liegt in deiner Hand."

Ich hatte nicht gemerkt, dass Armand schon wieder zu mir getreten war. Mit seiner Linken umfasste er sanft mein Handgelenk. Mit der Rechten schloss er meine Finger über den Kristalltränen.

„Denk nicht mal daran. Leg sie zurück und lass uns die Schatulle zu Franklin bringen, ehe die gestreiften Ameisen hier wieder auftauchen. In den Händen der Ashera werden die Tränen sicherer sein und keinen Schaden mehr anrichten."

Mein Wille geschehe

Hier auf der Plattform zwischen den Welten stand die Zeit still. Licht und Finsternis kämpften nicht länger um eine Vormachtstellung, sondern hatten beide verloren. Es herrschte der Zustand des Nichtseins. Weder laut noch leise, weder kalt noch heiß, weder dunkel noch hell.

Zwei Wesen trafen aufeinander, wie sie unterschiedlicher kaum sein konnten. Herrscher und Diener. Ein langer Umhang verhüllte den Körper der einen Gestalt, die Kapuze so tief ins Gesicht gezogen, dass man nicht erahnen konnte, was sich in ihren Tiefen verbarg. Die Haltung zeugte von Stolz und Selbstbewusstsein. Sie trug keine Waffen, was in diesen Gefilden leicht als Selbstmord galt. Doch ihr drohte keine Gefahr, dessen war sie sich bewusst. Auch wenn niemand wusste, wer sich da verbarg, die Essenz von Dunkelheit und Gefahr hielt selbst die tückischsten Dämonen davon ab, sich zu nähern und den Träger des Umhangs anzugreifen.

Unterwürfig kniete ein Wesen im Staub zu seinen Füßen, das um die Herkunft des Trägers wusste, weil dieser selbst es ihm gesagt hatte. Die Lippen der grotesken Kreatur waren gierig auf den Edelstein gepresst, der vom Blut im Silber des Ringes genährt wurde. Es war widerlich, doch nicht zu ändern. Ohne die Dienste eines Handlangers war der Plan aussichtslos.

„Bring mir die anderen. Und denke daran, es gibt nur einen Weg, wie du sie anlocken kannst. Die beiden anderen Träger. Lege den Köder und warte."

Hastiges Nicken. Die Kreatur hatte verstanden. Noch einmal streiften ihre Blicke den Stein, dann stob sie davon.

Zeitgleich, noch viel tiefer in der Unterwelt, wo die Finsternis nur von lodernden Feuern unterbrochen wurde, ereignete sich etwas Ähnliches. Doch hier musste der Herrscher sich nicht verbergen und der Diener kniete nicht im Staub. Beide waren stolz und beide trauten einander nicht.

„Ihren Kopf!", sagte der eine und beugte sich auf seinem Thron vor.

„Und die Ringe?"

Er winkte ab. „Deren Schicksal liegt nicht in meiner Hand. Es mag geschehen, was ihnen bestimmt ist. Sie finden ihren Weg allein. Bring mir nur ihren Kopf. Rechtzeitig, hörst du?"

Das Sirren von Metall durchschnitt die Luft, bläuliche Lippen pressten sich auf den Stahl, der seinem Träger treu ergeben war.

„Euer Befehl – seht ihn bereits als erledigt an."

Mit einer Verbeugung entfernte sich der Schwertträger, um seine Aufgabe zu erfüllen. Der Herrscher, ein Fürst der Unterwelt, lehnte sich zurück und sah ihm nach. Hoffentlich schaffte der Kopfgeldjäger, Schlimmeres zu verhindern, ohne zuviel Aufsehen in der Welt der Menschen zu verursachen.

War es vorbestimmt, Fügung, dass einer der Ringe ausgerechnet in die Hände der Schicksalskriegerin fallen sollte? Sie hatte keine Ahnung, welche Macht sie in Händen hielt, wenn sie ihn erst auf ihren Finger steckte. Der Ring öffnete die Tore, er war der Schlüssel für den Weg, der zu ihm führte. Und zu ihm musste sie kommen, wenn die

Zeit reif war, um ihre Bestimmung zu erfüllen. Ihn graute davor, denn was auch immer geschah, und wenngleich er nicht alles davon guthieß, es ging immerhin um sein Blut.

Aber vielleicht konnte der Söldner das Schicksal ein wenig verbiegen. Wenn er so gut war, wie es hieß.

Aas

London, Juni 2001

Ich wälzte mich unruhig hin und her, fiel immer wieder in kurzen Schlummer, doch wenn ich tiefer in die Sphären des Schlafes glitt, dann waren sie da, diese Bilder. Ein sich drehender Ring mit Runen, rot wie Blut die Zeichen. Tropfen fielen aus dem Rund. Sickerten in einen schwarzen Boden, fielen auf bleiche Wangen. Und über allem leuchteten gelbe Augen, während knochige Hände nach mir und dem Ring griffen.

Wieder einmal schrak ich hoch, kalter Schweiß auf meiner Haut. Mein Blick glitt gehetzt durch die kleine Kammer, aber nirgends waren diese Augen zu sehen. Sie lauerten nicht hier unten auf mich. Neben mir schlief Armand den tiefen Schlaf der Unsterblichen. Wie ich ihn beneidete, weil er nicht das Zweite Gesicht hatte. Weil er verschont blieb von diesen Visionen, die fast immer nur Unheil ankündigten. In meinen Augen war es weitaus besser, unbelastet in die Zukunft zu leben und sich den Gefahren erst stellen zu müssen, wenn sie real wurden. Ich hingegen kämpfte mit den rätselhaften Bildern und zermarterte mir schon Wochen vorher das Hirn, was sie wohl bedeuteten und wie ich darauf reagieren sollte. Dabei kam es meist dann doch ganz anders, als ich dachte. Eine Ewigkeit schaute ich auf Armands friedliches Gesicht, fuhr die feinen Linien, die ein menschliches Auge schon nicht mehr wahrnehmen konnte, mit meinem Finger nach. Das Herz zog sich mir schmerzhaft zusammen vor Liebe. Wenn ich doch auch diesen Frieden haben könnte, den er im Schlaf fand. Den er sogar die ganze Nacht hindurch mit sich durchs Leben zu tragen vermochte. Mir war dieser Friede verwehrt, meine Seele fand keine Ruhe, ganz gleich, wie lange ich Vampir war. Wenn es nicht die Zerrissenheit meiner menschlichen Seele war, die mich quälte, dann kamen diese prophetischen Träume.

Erschöpft sank ich schließlich neben meinem Liebsten aufs Lager zurück, schloss die Augen und betete stumm, dass die Kraft der Sonne draußen auf den Straßen mir den ersehnten Schlaf bringen mochte, ohne Träume oder böse Vorahnungen.

Witternd hob er die Nase in den Wind. Die leichte Brise in Londons Straßen trug den süßen Duft in die dunklen Tiefen seiner Kapuze, mit der er sein Gesicht vor den anderen Passanten verbarg. Wenn sie gewusst hätten, wer da ihren Weg kreuzte. Wenn sie einen Blick auf sein fremdartiges Antlitz hätten werfen können. Welch Schrecken hätte sich in ihren Herzen breitgemacht. Auch seine Hände verbarg er unter dicken ledernen Handschuhen. So war er nur ein gesichtsloser Niemand in den Straßen. Das Wissen um seine Existenz wäre eine unnötige Qual für ihre Seelen. Und er wollte keinen Unfrieden mit den Menschen.

Aber dieser Duft. Er musste ihm nachgehen. Das verlockende Aroma frischen, heißen Blutes, das über feuchtes Kopfsteinpflaster sickert. Warum ließ jemand einen Menschen auf diese Weise ausbluten? In einer dunklen Gasse? Ein Verbrechen, kein Zweifel. Grausig und mitleidlos. Er spitzte seine feinen Ohren, ob er wohl noch ein Stöhnen, irgendeinen Schmerzenslaut hören konnte. Doch die Nacht blieb still in dieser Hinsicht. Nur die üblichen Geräusche der Londoner City. Motorenlärm der Autos und Busse, Musik aus den Clubs, der Streit eines Ehepaares, irgendwo in einer Seitengasse hatte ein Pärchen hemmungslosen Sex. Der Duft von gebratenem Fleisch und gedünstetem Gemüse wehte von einem Nobelrestaurant herüber, doch er konnte den Geruch des Blutes nicht überdecken. Ihm lief das Wasser im Maul zusammen. Er war immer noch ein Lykantrop und liebte Menschenfleisch. Auch wenn er sich seit dem Pakt daran hielt, keine Menschen zu töten. Aber die Instinkte, die Gier blieben. Und warum nicht? Wenn es eine arme vergessene Seele war, tot und dahin. Man würde es den Straßenkötern zuschieben, wenn er ein paar hastige Bissen nahm. Niemand würde es je erfahren.

Er war der Stelle jetzt ganz nah. Wie eine warme Hand streichelte die Süße des verrinnenden Lebenssaftes seine Nase, drang tief in seine Geruchsrezeptoren vor. Der Körper lag noch keine Stunde hier. So frisch waren die Spuren, die den Ort des Verbrechens umgaben. Er nahm die Essenz des Opfers auf, gleich gefolgt von der des Täters und …

Corelus stoppte mitten in der Bewegung, verharrte regungslos. Nur seine Nasenflügel bebten und sogen die merkwürdige Note tief in sich auf. Fremdartig, böse, ehrlos. Ein Knurren bildete sich in seiner Kehle. Mit steifen Bewegungen, der Körper in höchster Anspannung durch die Reize, die seine feinen Sinne überfluteten, näherte er sich dem Torso. Mit seinen ledernen Handschuhen hinterließ er keine Fingerabdrücke, als er die Leiche auf den Rücken drehte.

Entsetzt erkannte er das Gesicht, das beinah jeden Tag in lokalen Fernsehsendern und Zeitungen zu sehen war. Sir Reginald Duke of Woodward, Angehöriger des House of Lords. Und so wie es aussah, war er das Opfer eines Vampirs geworden.

Mit einem Gefühl innerer Einsamkeit schritt ich durch Londons Straßen. Leichter Nieselregen fiel, wie schon seit einigen Tagen. Er passte zu meiner Stimmung. Die schwermütige Aura, die mich umgab, ließ die Menschen instinktiv vor mir zurückweichen. Gleichmütig bahnte ich mir meinen Weg durch die Menge. Inmitten all dieser Menschen fühlte ich mich anonym. Ich bewegte mich unter jenen, zu denen ich gehört hatte, aber nie mehr gehören würde. Meine Schritte wurden langsamer, eine schwere Wehmut legte sich über mich. Düstere Melancholie, so gehasst und so geliebt, Teil meines Wesens.

Mein letzter Besuch auf der Isle of Dark, bei unserem großen Lord Lucien von Memphis, hatte viel verändert. Ich war menschlich geblieben, nach meiner Wandlung durch Armand. Hatte Mitleid gehabt mit den Menschen, selten getötet und um jeden getrauert, der meinen Hunger nicht nur mit seinem Blut, sondern auch mit seinem Leben stillte. Unschuldiges Blut. Lucien hatte mich mit einer List dazu gebracht, es zu trinken. Bei einem jungen Burschen hatte ich mich noch geweigert, doch als er mir einen Priester gebracht hatte, mit einer erfundenen Geschichte über dessen angebliche Lust an kleinen Messdienern, da hatte ich mich täuschen lassen. Erst im Trinken war es in mein Bewusstsein gesickert, dass der Mann ohne Schuld war, seine einzige Sünde darin bestand, dem Lord verfallen zu sein, wie jeder andere Mensch auch, der seinen Weg kreuzte. Lucien ist einfach unwiderstehlich. Die Macht des Vampirlords strömt aus jeder Pore, seine Schönheit ist unbeschreiblich. Nachtschwarzes Haar, Augen wie das Meer, aber vor allem versteht er sich auf List und Verführung. Er hat mir mit diesem Trick damals genommen, was mir das Wertvollste war. Trotzdem bin ich ihm nicht böse. Ich sehe es jetzt ... vampirischer. Die Zeit, in der ich an meiner Menschlichkeit festgehalten habe, ist vorüber. Jetzt akzeptiere ich mein Wesen mit allem, was dazugehört. Das Verführen und Umgarnen, das Töten. Nur meine Wahl treffe ich noch immer sorgsam. Versuche auch weiterhin, kein unschuldiges Blut zu trinken, obwohl es mich danach mehr dürstet als nach allem anderen. Der dunkle Dämon in mir ist stärker geworden, beherrscht mich aber nicht. Dank Luciens Lehren beherrsche ich ihn.

Franklin wartete heute Nacht in Gorlem Manor mit einem Gast auf mich. Ein Mann vom Security Service, mit dem ich zusammen in einigen mysteriösen Mordfällen ermitteln sollte. Darum war es besser, möglichst schnell zum Mutterhaus zu gehen, aber ich fühlte mich nicht bereit dazu. Tief in meinem Herzen war ich auf der Suche nach einem Opfer, das es wert war, mein Versprechen von Enthaltsamkeit zu brechen und mir mit seinem Blut Frieden bringen würde.

Die bunten Lichter und die Musik eines Rummelplatzes erregten meine Aufmerksamkeit. Trotz des ungemütlichen Wetters war er gut besucht. Engländer sind an dieses Wetter gewöhnt. Ein Kind rannte durch die Menge, stieß mit mir zusammen und fiel hin. Ich blickte hinab auf das kleine Mädchen, das staunend zu mir aufsah. Roch das Blut aus den aufgeschürften Händen, dem aufgeschlagenen Knie, sah die Tränen in den Augen schimmern. Teils aus Schmerz und teils aus Schreck über den Sturz, doch es weinte nicht, weil es wie gebannt war von meinem Blick. Ich merkte, wie ich das Netz um seinen Geist wob. Konnte es nicht verhindern. Jugend, Unschuld, so süß und verlockend. Ich brauchte nur die Hand auszustrecken, es in meine Arme zu ziehen, meine Lippen auf die warme Kehle zu legen und ... Doch ich rührte mich nicht, stand nur da und sah das Kind an. Wusste, wie sehnsüchtig und hungrig meine Augen in diesem Moment wirkten. Und war dankbar, gerade so viel Kraft aufzubringen, dass ich es nicht zu meinem Opfer machte.

Es war zu jung. Zu grausam, es jetzt schon aus dem Leben zu reißen. Dann kam die Mutter, hob ihr Kleines hoch, schaute mich mit einer Mischung aus Ärger, weil ich nicht reagiert hatte, und unsicherer Verwunderung an. Eilig suchte sie mit dem Kind auf dem Arm das Weite. Mütter spüren instinktiv Gefahr, auch wenn sie sie nicht genau zuordnen können. Einen Augenblick lang sah ich den beiden nach, dann entfernte ich mich langsam vom bunten Treiben und verschwand wieder in den dunklen, stillen Seitengassen der City. Es war kalt für diese Jahreszeit, doch Kälte konnte mir nichts anhaben. Gerade jetzt fühlte ich mich kälter als das Eis des Winters. Hier, wo die Lichter erloschen und es dunkel wurde, senkte ich den Blick, damit meine wilden Augen mich nicht verrieten. Diese unmenschlichen Augen mit dem phosphoreszierenden Weiß und dem Raubtierglitzern in den Tiefen der Iris. Es erschreckte mich noch immer jedes Mal, wenn ich in den Spiegel schaute.

Den Mann hatte ich längst bemerkt, der hinter mir schritt. Er war mir vom Rummelplatz aus gefolgt. Leichtsinnig genug, einer scheinbar wehrlosen jungen Frau nachzuschleichen, ohne zu ahnen, dass sie sein Tod sein würde. Ich spürte meine Fangzähne schon, die sich nach dem heißen Fleisch und dem süßen Blut sehnten. Nicht so süß wie das des Kindes. Eher verdorben und dunkel. Genau das, was ich stets suchte. So sei es denn. Er hatte sein Schicksal selbst gewählt und ich war somit frei von Schuld.

Es ging schnell. Als die dunkle Gasse kam, war er neben mir, packte mich, zog mich in die Schatten. Ich roch seinen Schweiß, den Moschusgeruch seiner Erregung, sein erigiertes Glied presste sich gegen meinen Hintern. Er drückte die kalte Schneide seines Messers an meinen Hals, ritzte meine Haut, ein dünner Streifen Blut floss an meiner Kehle hinab. Blut, das meinen Hunger schlagartig erwachen ließ. Er wusste gar nicht, wie ihm geschah, als seine Klinge zerbarst, meine kalten Finger wie eine Klauenhand seine Kehle zudrückten, er den Boden unter den Füßen verlor. Er sah die Reißzähne, die dämonischen Augen, doch sein Schrei verhallte ungehört. Sekunden später war er nur noch ein zuckendes Bündel in meiner tödlichen Umarmung. Während ich trank, suchte ich nach all den Abgründen, die seine Seele zu geben hatte. Morde, Vergewaltigungen, verscharrte Leichen, misshandelte Frauen. Diese Bestie in Menschengestalt. Ein Serienverbrecher weniger, um den die Polizei sich Gedanken machen musste. *Dein Schicksal, mein Freund. Heute ist der Tag des Gerichts, und du bist schuldig.* Als sein Herz stehen blieb, warf ich ihn von mir wie ein Stück Abfall, denn mehr war er nicht. Er war nichts wert, eine Seele so verdorben, dass selbst die Ratten vor dem Kadaver zurückwichen, den ich ihnen zu Füßen legte. Man würde ihn finden, morgen früh, und seine DNS vielen Verbrechen zuordnen können. Ich konnte relativ sicher sein, dass es keine allzu gründlichen Nachforschungen gab. Dennoch trat ich noch einmal zu ihm, durchsuchte seine Taschen, bis ich seine Geldbörse fand. Ich nahm nur das Bargeld, warf das lederne Etui auf ihn, beugte mich ein letztes Mal zu ihm und schlitzte mit meinem Daumennagel seine Kehle auf. Ein normaler Raubüberfall. Und diesmal hatte es keinen Unschuldigen getroffen.

Nun wurde es aber Zeit, Franklin wartete sicher schon auf mich. Ich erreichte Gorlem Manor in wenigen Augenblicken. Zögernd blieb ich draußen stehen, fühlte das Blut dieses Mörders noch heiß in meinen Adern brennen. Zu heiß. Benommen lehnte ich mich an die kühle Steinmauer der Hauswand, wartete darauf, dass mein Herz langsamer schlug und die Gier verlosch. Mein Vater erkannte den Unterschied, wenn ich gerade frisch getrunken hatte. Er akzeptierte inzwischen zwar, dass ich zu den Bluttrinkern gehörte, aber es gefiel ihm so wenig wie am ersten Tag. Ich versuchte daher, Rücksicht auf seine Gefühle zu nehmen. Es gelang mir nicht immer.

Der Sog wurde stärker, der verlockende Strudel, der kommt, wenn das Blut unseres Opfers uns erfüllt, seine Erinnerungen durch die Gedanken tanzen. Es ist das Ziel der Jagd, dieses Gefühl, wieder menschlich zu sein, weil man Menschlichkeit geraubt hat.

Ich ergab mich der Dunkelheit um mich herum, ließ sie Teil von mir werden, spürte, wie sich Frieden auf mich herabsenke, ein Frieden, der mich mit Liebe und Ruhe erfüllte. Ich war Teil von alledem, von Dunkelheit, Tod und der Herrlichkeit der Nacht. Das Gefühl wurde stärker, wie jedes Mal, wenn das Blut eines Menschen mich mit neuem Leben erfüllt, bis ich mich endlich nicht mehr verloren fühle. Ein kurzer Moment des

Glücks, der immer viel zu schnell wieder vergeht. Doch ich koste diese Augenblicke aus wie ein wertvolles Geschenk. Der einzige mir verbliebene Frieden, auch wenn er nicht echt ist. Nur eine Illusion, die die Jagd mir schenkt. Das, wofür wir alle leben.

Ich fasste mich schnell wieder. Heute war keine Zeit, sich zu verlieren. Ich hatte ja nicht mal jagen wollen, es war einfach passiert. Eigentlich hatte ich nur eine Weile Ruhe in den nächtlichen Gassen gesucht, ehe mich der Rummel mit den bunten Lichtern und würzigen Düften magisch angezogen hatte. Und dann war er da gewesen. Wie bedauerlich und auch ärgerlich. Franklin würde nicht begeistert sein. Dem Fremden fiel es sicher nicht auf, er wusste nicht, was ich war.

Ich lauschte angestrengt. Mein Vater war im Kaminzimmer, sein Gast bereits bei ihm. Zeit für meinen Auftritt. Lautlos glitt ich zur Tür hinein und suchte John, damit er mich anmelden konnte.

Begegnung zwischen den Welten

Draußen vor den Fenstern fiel leichter Nieselregen, was das Kaminfeuer noch gemütlicher erscheinen ließ. London war nass und kalt in diesen Tagen. Kaum zu glauben, dass sie eigentlich Sommer hatten. Kein Mensch würde jetzt die Heizung aufdrehen, aus Prinzip nicht. Doch so ein Kaminfeuer … aber er war ja nicht hier, um die Behaglichkeit von Gorlem Manor zu genießen. Die Leute, die in diesem Anwesen lebten und sich selbst als PSI-Orden bezeichneten, waren ihm suspekt. Er war ein Agent der Regierung, der sich mit Tatsachen beschäftigte. Für diesen Hokuspokus, mit dem die hier ihre Zeit verschwendeten, hatte er kein Verständnis. Doch seine Vorgesetzten bestanden auf der Zusammenarbeit mit dem Orden. Sie schätzten Franklin Smithers, den Leiter dieses Mutterhauses, auch wenn sie ihm mit Vorsicht begegneten. Mutterhaus! Wie albern. Er fuhr sich mit der Hand durch die kurzen schwarzen Haare. Das war alles nicht seine Welt. Seiner Meinung nach konnten sie die seltsamen Vorfälle auch sehr gut alleine lösen. Wer brauchte schon diese PSI-Spinner?

„Für mich ist die Ashera nichts anderes als eine weitere Sekte", erklärte er daher unbeeindruckt.

„Nun, die Ashera ist keine Sekte, Mr. Forthys", konterte Smithers säuerlich und schob sich seine Brille zurecht. „Wir erforschen und dokumentieren, was wir über die Welt des Unbekannten erfahren. Und jeder Einzelne ist der Gemeinschaft treu und loyal ergeben, bis zu seinem Tod. Aber wir haben keine Dogmen, wir unterziehen niemanden einer Gehirnwäsche, noch versuchen wir, das Individuum Mensch zu verändern. Und wir ziehen auch niemandem sein Vermögen aus der Tasche, indem wir ihn uns hörig machen. Die Ashera hat das nicht nötig. Jeder hier ist frei in seinem Glauben und weitestgehend auch in seinem Handeln."

Ja, ja – weitestgehend, dachte er. Welch dehnbare Umschreibung. Aber er sprach es nicht aus.

„Wir nehmen das mit der persönlichen Freiheit sehr genau, Mr. Forthys", sagte Smithers warnend. Für einen Moment hatte Warren Forthys das ungute Gefühl, dass dieser Mann tatsächlich seine Gedanken las. Aber das war natürlich Unsinn. Oder etwa nicht? Die Ashera behauptete schließlich offen, über derlei Fähigkeiten zu verfügen.

„Wissen Sie, wir nehmen hier auch nicht jeden auf."

„Also doch nur die, die es sich leisten können, wie?", rutschte es ihm heraus. Er bereute seine vorlauten Worte sofort, doch Smithers lächelte nachsichtig.

„Ja, so könnte man das ausdrücken. Nur die, die es sich leisten können. Nur die, die es sich leisten können, sich den Gefahren des Unbekannten zu stellen. Die eine Chance haben, eine Begegnung mit den Kreaturen der Nacht und der Finsternis zu überleben. Denn nicht alles, was wir erforschen, ist so ungefährlich wie ein paar verblichene Knochen einer angeblichen Hexe oder die halb zerfallene Schriftrolle einer altägyptischen Tempelpriesterin."

Warren fühlte sich unwohl bei diesen Worten. Das klang alles so unglaublich und doch hatte man nicht den Eindruck, dass Franklin Smithers log oder einem was vormachen wollte. Er glaubte, was er da sagte, erweckte dabei nicht im Mindesten den Eindruck, verrückt oder paranoid zu sein. Ganz im Gegenteil, er war eine starke, selbstbewusste Persönlichkeit, mit Autorität und klaren Führungsqualitäten. Erfahren, intelligent, gebildet und, vermutlich zu Warrens Glück, auch geduldig und beherrscht. Er musterte den Mann genauer. Seine außergewöhnlich hellen, bernsteinfarbenen Augen blickten wach. Er ging angeblich auf die Fünfzig zu, sah aber viel jünger aus. Warren achtete ebenfalls auf seinen Körper, im Dienst für den Security Service musste man fit sein. Wenn er in Franklins Alter noch so gut in Form war, konnte er sich glücklich schätzen.

„Ohne Ihnen nahe treten zu wollen, Mr. Smithers", sagte er jetzt etwas vorsichtiger, „auch wenn Sie sagen, Sie hätten keinen Glauben, den Sie Ihren Anhängern aufzwingen, so nennen Sie sich doch nach einer dieser heidnischen Göttinnen. Und Sie huldigen ihr auch, haben sogar eine Art Heiligenbild von ihr, nicht wahr? Warum das, wenn Sie doch behaupten, hier herrsche Religionsfreiheit?"

Ein warmes Lachen war die Antwort. Smithers ging zu einem Sideboard, nahm zwei Gläser und füllte sie aus einer Karaffe mit bernsteinfarbener Flüssigkeit. Er reichte Warren ein Glas und dieser sog das Aroma tief in seine Nase. Echter schottischer Hochlandwhisky. Vermutlich der Beste, den er je zu trinken bekommen würde.

„Mr. Forthys, Sie wissen erschreckend wenig über uns und unsere Arbeit oder über unsere Ideale. Das ist bedauerlich, eigentlich sogar unverantwortlich, wenn man bedenkt, dass Sie die nächsten Monate mit uns zusammenarbeiten sollen. Ihre Vorgesetzten wissen zwar ebenfalls nicht alles über uns, aber doch sehr viel mehr als sie Ihnen mitgeteilt haben. Man hätte Sie besser unterrichten sollen, was uns angeht, aber ich kann das ja gerne nachholen."

Er nahm auf einem der bequemen Ledersessel Platz und wies auf einen zweiten. Warren nahm die Einladung an.

„Nun, sehen Sie, wir halten uns an gewisse Regeln der großen Erdreligion. Allerdings sind dies keine Regeln wie die Zehn Gebote der Christen. Es sind einfache Lehren, die jeder beachten sollte, der keinen Schaden anrichten will. Man kann sie an keine Glaubensrichtung binden, sie basieren auf gesundem Menschenverstand. Die Erdreligion kennt den Gott und die Göttin in vielen Aspekten. Die Gründer des Ordens haben die Göttin Ashera als Beschützerin der Gemeinschaft gewählt, und so wurde der Orden nach ihr benannt. Wir erwarten, dass man die Regeln beachtet und befolgt, so weit es möglich ist. Aber wir zwingen niemandem den alten Glauben auf. Wir haben in unseren

Mutterhäusern Christen und Moslems. Buddhisten und Hindus. Juden und Heiden und sogar Atheisten. Und jede nur erdenkliche andere Religion. Das Einzige, was wir nicht tolerieren, sind die schwarzen Religionen. Die, die sich der Dunkelheit und dem Bösen verschrieben haben. Aber ansonsten ist uns völlig egal, unter welchem Namen jemand zur göttlichen Kraft betet. Oder ob er überhaupt zu einem Gott betet. Das ist das Entscheidende in unserer Gemeinschaft. Wir sind eine Einheit – ein Orden, wie man seit den ersten Tagen sagt, obwohl auch das ein dehnbarer Begriff sein dürfte, wenn man ihn auf uns anwendet. Aber wir sind ganz sicher keine Sekte."

Warren blickte Smithers skeptisch an, sagte aber nichts mehr. Es konnte ihm im Grunde genommen auch egal sein. Ihm waren solche Organisationen, Sekte oder nicht, einfach unheimlich. Vor allem, wenn sie so viel Macht, Vermögen und Einfluss hatten wie die Ashera. Aber seine Vorgesetzten sahen das eben anders, und er war es gewohnt, deren Anordnung Folge zu leisten und einfach seinen Job zu tun. Die Ashera hatte schon häufig die Arbeit des Security Service erfolgreich unterstützt, ihre Kooperationsbereitschaft brachte ihr das Wohlwollen der Führungsetage und des Königshauses ein. Warren hielt das für pure Berechnung, oder zumindest eine kluge Strategie. Wie auch immer, diese Tatsache hatte ihn jetzt hierher geführt. Ausgerechnet ihn, der eher mit Argwohn und Misstrauen auf diese Leute herabsah. Es war eine bittere Pille gewesen, als sein Boss ihm diesen Auftrag erteilte. Aber eine Ablehnung wäre nicht gut für seine Karriere gewesen. Er wollte schließlich nicht ewig die Drecksarbeit machen, oder noch schlimmer, den Bürohengst spielen.

„Und wer ist nun der Mitarbeiter, der mir zur Seite stehen soll?", fragte er, um das Thema zu wechseln und nahm einen kräftigen Schluck von dem Whisky. Mann, der war wirklich gut.

„Nun, meine Tochter Melissa. Unsere beste Mitarbeiterin, mit ausgezeichneten Drähten zur Gegenwelt."

Warren musste lachen. „Mr. Smithers, der MI5 glaubt nicht an Ihre Geister, Werwölfe, Vampire oder was weiß ich. Und ich tue das ganz sicher auch nicht. Also hören Sie auf, von dieser ‚Gegenwelt' zu reden. Für mich existiert nur das, was ich sehen kann."

„Dann sollte ich Sie wohl zumindest warnen, Mr. Forthys."

„Warnen? Wovor? Vor Ihrem ganz privaten Hausgeist?" Er nahm noch einen Schluck aus seinem Glas. Smithers lächelte nachsichtig.

„Nein, eher vor meiner Tochter. Wissen Sie, sie ist sozusagen nicht von dieser Welt."

Sein Blick wurde verschwörerisch. Was sollte das schon wieder? War das ein Ashera-Insider-Witz oder was? Warren hatte jedenfalls keinen Sinn für solchen Humor und runzelte die Stirn. Smithers tat das mit einer Handbewegung ab.

Der Mann, der Warren schon am Tor willkommen geheißen hatte, obwohl man das nicht gerade ein Willkommen nennen konnte, trat ein.

„Mel ist noch nicht zurück, Franklin. Offenbar …" Er zögerte auszusprechen, was er dachte. Warren erkannte, dass der Grund seine Gegenwart war. Man sah diesem Typen an, dass er überlegte, wie er es am besten umschreiben sollte. „Also", meinte er schließlich seufzend, „sagen wir einfach, es dauert heute wohl etwas länger."

Smithers nickte und seufzte ebenfalls leise, es klang resigniert. Doch ansonsten schien es ihm nicht besonders viel auszumachen, dass seine Mitarbeiterin, pardon – seine Tochter, sich verspätete. Hieß es nicht, Disziplin sei der Ashera so wichtig? Warren konnte ein zynisches Grinsen nicht unterdrücken. Blut war also auch hier dicker als Wasser.

„Gut, John, dann bring Melissa bitte zu uns, sobald sie wieder da ist."

„Warum ist Ihre Tochter noch nicht hier? Ich dachte, Sie hätten den Termin extra wegen ihr auf diese späte Uhrzeit gelegt." Er blickte auf seine goldene Rolex. Ein Imitat, aber das wusste ja keiner. Warren war stolz darauf. Viertel nach zwölf, mitten in der Nacht. Wenn die schon Termine um solch eine Uhrzeit machten, dann sollten sie wenigstens pünktlich sein.

„Sie wird gleich da sein. Aber sie hatte vorher noch etwas zu erledigen."

Seltsame Leute, diese PSI-Spinner, dachte er zum zweiten Mal an diesem Abend. Der Blick seines Gastgebers ließ ihn schaudern. Wieder hatte er das Gefühl, dass Smithers seine Gedanken las. Der Butler, oder was immer er war, erschien kurz darauf wieder in der Tür.

„Miss Melissa ist zurück", verkündete er steif mit einem abschätzigen Blick auf Warren und verschwand sofort wieder.

„Nettes Personal haben Sie, Mr. Smithers."

„Oh, wir haben kein Personal. Aber jeder in der Familie hat seine Aufgaben. John ist sozusagen unser Empfangskomitee. Und meine rechte Hand."

Er wollte etwas erwidern, von wegen, er solle das ‚Empfangskomitee' vielleicht mal ein bisschen auf Höflichkeit trainieren, kam aber nicht mehr dazu, denn die Tür flog abermals auf und eine junge Frau trat ein. Oder besser gesagt, sie schwebte herein. Jedenfalls bewegte sie sich mit einer Anmut, dass Warren für einen Moment die Luft wegblieb. *Nicht von dieser Welt*. Er musste an Franklins Worte seine Tochter betreffend denken und konnte dem nur zustimmen. Groß, schlank, mit feinen Gliedern. Smaragdgrüne Augen in einem ebenmäßigen, bleichen Gesicht. Die Blässe wurde noch durch schwarze Kleidung betont. Flammendrotes Haar fiel lose über ihre Schultern bis fast zur Taille hinab. Warren fühlte, wie sein Puls beschleunigte. Franklin stand auf und eilte ihr entgegen, sie umarmten sich liebevoll. Beinahe zu liebevoll für Vater und Tochter. Langsam erhob sich auch Warren von seinem Platz und schritt auf die beiden zu. Die junge Frau reichte ihm ihre Hand, ganz kalt, wahrscheinlich, weil sie von draußen kam. Regentropfen glitzerten noch auf ihrem Ledermantel und in ihrem Haar. Sie war schlicht atemberaubend, nach so einer würde er sich auf der Straße umdrehen. Und nicht nur das.

„Melissa", erhob Smithers seine Stimme. „Darf ich dir Mr. Warren Forthys vorstellen? Er ist Mitarbeiter einer Spezialabteilung des MI5. Seine Abteilung wurde mit der Klärung einiger aktueller Todesfälle beauftragt. Todesfälle in den Reihen des House of Lords. Da die Ashera zum Tatort des letzten Opfers hinzugezogen wurde und wir den Duke of Woodward gerade in unserer Pathologie liegen haben, ist der MI5 an uns herangetreten mit dem Anliegen einer Zusammenarbeit, um all diese mysteriösen Morde aufzuklären. Schnell und unauffällig."

Die fein geschwungenen Augenbrauen der Frau hoben sich fragend. Ihre Lippen öffneten sich leicht und Warren sah etwas schimmern, das ihn für einen Moment irritierte. Doch dann war es wieder weg. Smithers nickte seiner Tochter mit undurchschaubarem Blick zu, offensichtlich sollte er diese Geste nicht sehen, doch er bemerkte es aus den Augenwinkeln.

„Ich habe Mr. Forthys bereits auf die Möglichkeit von", Smithers zögerte einen Augenblick, „mystischen Wesen hingewiesen. Aber natürlich lehnt der Security Service deren Existenz nach wie vor kategorisch ab, wie du ja weißt. Und das, obwohl wir so viele bereits belegen konnten."

Die letzte Bemerkung hatte ungehalten geklungen. Aber natürlich, die Ashera beschäftigte sich ja ausschließlich mit übersinnlichen Vorkommnissen. Ihre Daseinsberechtigung wäre gefährdet, wenn man die Unsinnigkeit ihrer Arbeit nachweisen könnte. Warren überhörte daher den Ton in Smithers Stimme. Obwohl er sich tatsächlich fragte, warum es diese Gemeinschaft schon so lange gab und die Regierungen der Welt sie so anstandslos duldeten. Er fühlte sich zusehends unbehaglicher, weil er mit diesen Leuten zusammenarbeiten sollte, doch ihm blieb keine Wahl, ebenso wenig wie der Ashera.

„Der MI5 glaubt, dass es sich um einen Serientäter handelt", erläuterte Smithers weiter.

„Aha." Ihre Stimme war glockenhell. „Und welche Rolle haben Sie der Ashera zugedacht, Mr. Forthys? Zeuge oder Angeklagter?"

Die Art wie sie sprach, ein wenig zynisch, ihre selbstbewusste stolze Haltung und ihre grünen Augen, die in seine Seele zu blicken schienen, verunsicherten Warren. Er lachte nervös, einen Moment senkte er seinen Blick, der dabei auf eine dünne Silberkette fiel, die sie um den Hals trug. Der Anhänger daran war ein fein gearbeitetes Pentagramm in einem Kreis. Eine zweite Silberkette sowie eine goldene lagen darunter, doch deren Anhänger verschwanden in ihrem Ausschnitt. Er spürte, wie sie ihn beobachtete und auf eine Antwort wartete. Beschämt, dass er sie so unverhohlen angestarrt hatte, noch dazu auf ihren Busen, hüstelte er.

„Das kommt wohl ganz darauf an, wie kooperativ die Ashera in diesem Fall ist. Verstehen Sie mich bitte nicht falsch, aber der Orden ist schließlich schon öfter mit der Justiz aneinandergeraten. Er wird weltweit geduldet und natürlich auch respektiert. Aber gewissen Leuten ist er doch suspekt. Wenn der MI5 keine Hilfe erhält, könnte es unter Umständen Probleme für Sie geben."

Sie schaute ihn mit einem seltsamen Lächeln und einem Glitzern in den Augen an. So als wolle sie sagen: ‚Ja, und dir sind wir auch suspekt, nicht wahr?' Sein Herz setzte einen Schlag aus vor Furcht. Sie legte ihren Kopf schief, in ihren Augen funkelte es schelmisch.

„Sollte das etwa eine Drohung sein?" Wieder blitzte etwas auf, das er nicht einordnen konnte.

„Das nicht, ich meinte nur …"

„Gut. Denn wenn Sie drohen wollen, Mr. Forthys, dann sollten Sie dies mit weniger Angst in Ihrem Herzen tun."

Ihre Stimme klang sanft wie die einer Mutter, ihre Worte waren es keineswegs. Damit drehte sie sich um und verließ den Raum. Warren stieß die Luft aus.

„Ich hatte Sie ja gewarnt, Mr. Forthys", hörte er Smithers hinter sich sagen. „Sie ist vermutlich die beste Hilfe, die ich Ihnen geben kann. Aber Sie sollten vorsichtig sein. Melissa ist anders. Und ich fürchte, dass auch sie Ihnen keinen menschlichen Mörder liefern kann."

Warren schluckte hart. Wie sollte er das alles nur verstehen?

Nachdem Warren Forthys sich höflich verabschiedet hatte und gegangen war, kam ich wieder ins Kaminzimmer zurück. Meine Gefühle ihn betreffend waren gemischt. Ich mochte seine arrogante, engstirnige Art auf Anhieb nicht. Aber er sah verdammt gut aus. Wie es schien, hatte der Security Service tatsächlich James Bond im Angebot. Ach nein, der war ja MI6. Aber trotzdem, durchtrainiert und braungebrannt, ein echter Frauenverführer vermutlich. Ich würde ihn mal fragen müssen, ob er seinen Martini gerührt oder geschüttelt trank. Auf schwarze Haare stand ich, auch wenn ich die längere Variante bevorzugte, statt des akkuraten Kurzhaarschnitts, der wohl im Office gefordert wurde. Aber es war ja ohnehin nur eine vorübergehende Aufgabe, die mir mein Leben vermutlich eher schwerer als leichter machen würde. Mit einem vielsagenden Blick zu meinem Vater ging ich zum Kamin hinüber. Genüsslich nahm ich in einem der bequemen Ledersessel Platz und streckte meine Beine aus.

„Musste das wirklich sein?", fragte er, klang aber keineswegs böse.

„Was?" Ich zog es vor, die Unschuldige zu spielen, was ihn lachen ließ.

„Dass du seine Gedanken gelesen hast. Wir haben diese Fähigkeit zwar, aber du weißt, dass sie mit Bedacht einzusetzen ist. Vor allem mit Respekt."

„Wer im Glashaus sitzt, Dad", antwortete ich zwinkernd und er grinste mich verlegen an.

„Du hast ja recht. Mit der überheblichen Art des Superagenten hat er einen doch sehr in Versuchung geführt."

Wir machten beide eine schuldbewusste Miene. Es war sonst wirklich nicht unsere Art. Aber hier hatten wir nicht widerstehen können.

„Ich werde mich bemühen, es während der Zusammenarbeit mit ihm zu unterlassen", versprach ich.

„Danke. Das ist sehr nett von dir."

Franklin betrachtete mich versonnen, als ich meine Beine übereinanderschlug und mich ins weiche Lederpolster kuschelte. Ich wusste, was er sah. Die Wandlung hatte mich schöner gemacht. Meine Wirkung auf Sterbliche war magisch. Das verstärkte sich mit jedem Jahr. Und vor allem mit jedem Trunk vom mächtigen Blut meines Lords – Lucien. In den Augen meines Vaters geschah dies viel zu oft. Im Moment war er daher froh, dass ich mich in London befand. Weit fort von Miami und der Isle of Dark – Luciens Reich. Ich war kurz nach meiner Wandlung für einige Monate dort gewesen, um mich seinen Lehren zu unterziehen. Das hatte mir Sicherheit gegeben, mich stark genug gemacht für die Unsterblichkeit. Es hatte mich innerlich wie äußerlich verändert. Doch die drastischste Veränderung hatte eben jenes Ereignis mit dem Blut des unschuldigen Priesters bewirkt. Mein Vater wusste nichts davon, durfte es auch nie erfahren. Das hätte er nicht ertragen.

Was er sah, waren nur die äußerlichen Veränderungen. Meine helle Haut war jetzt fast durchscheinend blass. Ein starker Kontrast zu den roten, sinnlichen Lippen. Die Glieder waren noch feiner und katzenhafter geworden. Meine Augen so leuchtend grün und von einer Tiefe, dass es mich manchmal selbst im Spiegel erschreckte. Der schwarze Kohlestift betonte sie noch mehr. Etwas, das ich mir von Lucien abgeschaut hatte und ganz bewusst nutzte. Früher war mir Schminken eher lästig und überflüssig erschienen, aber heute wusste ich den einen oder anderen Trick zu nutzen, der mich einerseits menschlicher machte, andererseits meine übersinnliche Ausstrahlung unterstrich. Ausgefeilte Tarnung, so Luciens Worte, war unser größter Vorteil bei der Jagd. Er war ein fünftausend Jahre alter Vampir aus Ägypten. Ich ertrank jedes Mal in seinen wundervollen nachtblauen Augen, liebte es, wie deren Tiefe durch die kunstvolle Umrahmung nach altägyptischer Art noch hervorgehoben wurde, sodass sie wirkten wie ein sternenübersäter Nachthimmel oder das weite, dunkle Meer. Meine Augen wirkten mit den schwarzen Kohlestrichen wie geschliffene Smaragde. Franklin liebte meine Augen. Manchmal verlor er sich so tief darin, dass er mit dem Gedanken spielte, wie es wohl sein würde, wenn wir doch die Grenze überschritten, die wir niemals überschreiten wollten. Der Reiz war immer da, und Schuld daran trug allein der Dämon, der in uns beiden lauerte. In mir sowieso, weil ich bereits verwandelt war. Und in ihm vom kleinen Trunk, den er so viele Male schon von Armand empfangen hatte. Ein wenig vom Dämon sickerte auch damit schon in den Menschen hinein, ohne ihn zu verwandeln.

Verlegen räusperten wir uns beide. Wir hatten an dasselbe gedacht. Es stand uns deutlich ins Gesicht geschrieben.

„Hältst du es nicht auch für übertrieben, dass der MI5 sich mit diesen Mordfällen beschäftigt?", bemerkte ich beiläufig.

Franklin war dankbar, dass ich das Thema erst gar nicht aufgriff und trat lächelnd hinter meinen Sessel, stützte sich auf die Kopflehne, um mich von oben zu betrachten. Ich musste meinen Kopf in den Nacken legen, um ihn anzusehen. Ohne mein bewusstes Zutun legte sich wieder jenes geheimnisvolle Glitzern in meinen Blick, das in meinem Vater eine vertraute, aber nicht gerade beliebte Unruhe weckte. Er runzelte die Stirn. *Verdammt!*, dachte er, als er bemerkte, dass ich den Gedankengang von eben doch noch nicht ganz hatte fallen lassen.

„Mel, bitte. Nicht heute. Ich habe genug Sorgen."

Ich ließ seinen Blick los und zuckte die Achseln. „Vielleicht würde es dich ja von diesen Sorgen ablenken." Er antwortete nicht. „Also warum interessiert sich der MI5 für diese Morde?", fragte ich schließlich seufzend und verwarf den Gedanken, Franklin zu verführen, für heute endgültig. Ich würde es ohnehin nie tun. Und er es auch nie dulden. Aber dann und wann spielten wir wohl beide mit dem Gedanken, da das Vampirblut in jedem von uns zu stark war, um es gänzlich zu unterdrücken.

„Die Opfer sind allesamt Angehörige des House of Lords. Hochangesehene Persönlichkeiten des Britischen Empire", beantwortete Franklin meine Frage und trat nun hinter dem Sessel hervor, um sich in einen anderen mir gegenüber zu setzen.

„Jetzt sind sie tot, also wohl nicht mehr ganz so hochangesehen."

„Melissa", tadelte er sanft, aber ich nickte schon.

„Ja, ja, schon gut. Ich werde diesen Warren Forthys nach bestem Wissen und Gewissen unterstützen. Und ein Auge drauf haben, dass er kein Opfer von Vampiren oder Ähnlichem wird, an das er nicht glaubt." Ob er im Angesicht des Todes durch solch ein Wesen seine Meinung wohl änderte?

„Danke", sagte Franklin. „Forthys ist der leitende Agent in diesem Fall und befehligt ein Team von elf weiteren Ermittlern, mit denen wir aber der Göttin sei Dank wenig, bis gar nichts zu tun haben werden. Deine Aufgabe wird hauptsächlich sein, dafür zu sorgen, dass er diese Vorfälle irgendwann ad acta legt, wenn wir sie hoffentlich klären und beenden konnten. Über eine plausible Erklärung müssen wir uns Gedanken machen, sobald wir wissen, was dahintersteckt. Und achte darauf, dass er keine unangenehmen Bekanntschaften der dritten Art macht. Es sind ausschließlich Todesfälle, die wir mit übernatürlichen Vorkommnissen in Zusammenhang bringen. Ob es Vampirmorde sind, ist noch die Frage. Aber so oder so wird auch der MI5 keinerlei Erfolg haben. Weder bei der Arrestierung, noch bei der Verurteilung. Im Grunde nicht mal bei der Aufklärung. Und sollte er sie doch haben …", er machte eine bedeutungsvolle Pause, „… nun, ich muss dir wohl nicht erklären, welch unangenehme Konsequenzen das hätte. Deshalb können wir sie unmöglich allein herumschnüffeln lassen. Dieser Forthys scheint mir jemand zu sein, der nicht eher Ruhe gibt, bis er den Fall gelöst hat."

„Ah, also ein kleiner Dobermann. Mit so was habe ich Erfahrung." Ich spielte damit auf Armand an, der die Angewohnheit hatte, mich bei meinen Einsätzen für den Orden wie ein Wachhund zu begleiten und zu beschützen. In diesem Fall würde er sich wohl ein bisschen im Hintergrund halten müssen, um bei diesem Forthys kein unnötiges Misstrauen zu wecken.

„Sorge dafür, dass er Ruhe gibt."

„Wer?", fragte ich verwirrt, aufgrund meiner eigenen Gedankengänge. „Armand oder dieser kleine Schnüffler?"

„Forthys natürlich."

„Schnell?", fragte ich hoffnungsvoll und mit einem verschlagenen Lächeln.

„Nein, Mel!", antwortete mein Vater entschieden. „Nicht schnell. Gründlich, ja. Aber nicht schnell. Und schon gar nicht auf diese Weise. Ich will nicht noch so jemanden wie ihn hier haben. Oder vielleicht sogar ein ganzes Dutzend von diesen bürokratischen Möchtegerns."

„Schade."

Wir schwiegen uns eine Weile an, weil Franklin mir meine sorglose Bemerkung durchaus übel nahm.

„Gibt es sonst noch etwas, das ich über diesen Fall wissen sollte?", fragte ich schließlich und erhob mich gleichzeitig.

„Corelus hat uns die Leiche gebracht, die jetzt in unserer Pathologie liegt."

„Oh! Aber er hat nicht etwa …?"

„Nein", beeilte sich mein Vater zu sagen. „Er nahm die Witterung auf und fand Woodward tot. Da seine feinen Sinne die übernatürliche Präsenz an diesem Ort spürten, zog er uns sofort zurate. Es ist die erste Leiche, die in unsere Hände gelangte. Dass der MI5 nicht gerade erfreut darüber ist, kannst du dir wohl denken."

Jetzt verstand ich das Auftauchen dieses Forthys deutlich besser. „Ach, deshalb diese Kooperationsbereitschaft. Sie können sie uns nicht wegnehmen, aber sie wollen auch nicht, dass wir eigene Ermittlungen durchführen."

Franklins Blick sprach Bände. Wortlos lud er mich mit einer Geste ein, ihm in die Pathologie zu folgen.

„Wie viele Tote gibt es bislang?"

„Drei. Also seit heute Nacht vier. Die anderen wurden jeweils bei der Polizei gemeldet, die aufgrund des Adelsstandes der Todesopfer gleich den Security Service hinzugezogen hat."

Vier Tote, genug, um von einem Serienkiller zu sprechen. Vor allem, wenn die Umstände identisch waren.

Sir Reginald hatte sicher schon mal besser ausgesehen. Nackt und kalt lag er auf dem metallenen Seziertisch. Sein Brustkorb war geöffnet worden, doch inzwischen wieder von einer groben Naht verschlossen. Seine Haut wirkte grau, aber er war auch nahezu blutleer. Franklins erste Überlegung ging in Richtung Vampir, doch Corelus bezweifelte dies. Seine feinen Lycanersinne kannten die Präsenz von Nightflyern und dies hier war keine Tat, bei der einer der Unsrigen die Hände im Spiel hatte. Auch wenn es so aussehen sollte. Aus welchem Grund wohl?

Für einen Moment kam mir der Gedanke an Crawler, eine andere Art von Vampiren. Feige, schwache Lumpengestalten, die im Untergrund lebten und über die man sagte, dass sie meine Art irgendwann vernichten sollten, was ich angesichts ihrer Fähigkeiten und Kräfte für lächerlich hielt. Einzig ihr Fürst fiel aus dem Rahmen. Er hatte Macht und war sehr stark. Ich war ihm schon zweimal begegnet und hätte auf beide Begegnungen verzichten können. Aber auch wenn Crawler den Mord an Sir Reginald begangen hätten, wäre dies Corelus aufgefallen, weil ihr Geruch typisch war. Er glich vermoderndem Fleisch und Klärgruben.

Einige von ihnen waren in der City, das wusste ich. Gut versteckt agierten sie in der Kanalisation. Ihre Opfer beschränkten sich momentan auf Ratten und anderes Getier, das durch die Abwasserrohre kreuchte. Sie standen unter meiner Beobachtung, doch solange sie sich ruhig verhielten, führte ich nur eine Akte über sie im Zentralrechner.

Ich streifte mir ein paar Einweghandschuhe über, beugte mich über den toten Körper und öffnete eines seiner Augen. Oh, unser Lord hatte ein kleines Ersatzteil. Der Glaskörper war tatsächlich aus Glas. Ich ließ das Lid sinken und versuchte es bei dem anderen. Zwei Glasaugen konnte er ja wohl nicht haben.

„Äh …", begann Dr. Green, unser Pathologieleiter, doch da hatte ich es schon selbst gesehen. Die Augenhöhle war leer. Ich hob überrascht die Brauen.

„Da hat wohl einer eine Vorliebe für Leckerbissen, wie?"

Mein Vater schluckte. Er konnte sich an meine Art von Humor, die mit dem Fortschreiten meiner Existenz als Vampir einherging, einfach nicht gewöhnen.

Vorsichtig betastete ich die diversen Wunden an Kehle und Torso. Es waren auch Stellen darunter, an denen ein Vampir niemals zugebissen hätte, um einen Menschen zu töten. Höchstens im Liebesspiel, was hier ganz sicher nicht stattgefunden hatte. Crawler waren da weniger wählerisch. Wieder etwas, das für sie als Täter sprach, aber das Gesamtbild passte zu ihnen sowenig wie zu meinesgleichen.

Als ich den Tisch umrundete, um mir einen besonders tiefen Biss unter der linken Achselhöhle anzusehen, stieß ich versehentlich gegen das Gestell. Sir Reginald wackelte kurz, dann glitt sein Arm von der Liegefläche. Ich schnappte überrascht nach Luft.

„Das passiert schon mal", meinte Dr. Green und wollte den Arm zurücklegen, doch ich hielt ihn davon ab.

Als er mich fragend anblickte, deutete ich auf den Arm des Toten. Oder besser, auf den Boden darunter.

„Was?", fragte der Pathologe.

Und auch mein Vater, der näher trat, begriff im ersten Moment nicht, was ich meinte. Ich nahm die Tischlampe vom Schreibtisch des Doktors und hielt sie direkt über den baumelnden Arm. „Seht ihr das denn nicht?"

„Was denn? Da ist nichts."

„Eben, Dad."

„Eben?"

Ich verdrehte die Augen. „Der Schatten. Wo ist sein Schatten?"

Beide Männer beugten sich gleichzeitig über den Arm und schauten auf den Boden darunter. Grinsend hatte ich vor Augen, wie sie mit den Köpfen gegeneinanderstoßen würden, was aber nicht geschah.

„Das ist völlig unmöglich", sagte Dr. Green.

„Aber Doktorchen", erwiderte ich. „Wir wissen doch alle, dass praktisch nichts unmöglich ist."

Ich erntete einen zurechtweisenden Blick von meinem Vater, den ich ebenso ignorierte wie die Versuche unseres Pathologen, mit unterschiedlichen Beleuchtungswinkeln, einen Schatten zu erzeugen, wo schlichtweg keiner mehr war.

„Lass uns nach oben gehen, Dad. Ich brauch den Zentralrechner. Und ist Corelus noch hier?" Mein Vater nickte. Der Lycanerfürst hatte mitgedacht und ein Gästezimmer im Obergeschoss bezogen, falls ich noch Fragen an ihn hatte, nachdem ich den Fall übernahm. „Gut, dann würde ich später gerne mit ihm reden. Aber erst mal sollte ich mir die Leichen in der anderen Pathologie anschauen. Das heißt, falls sie nicht schon unter der Erde sind."

„Nein", sagte Franklin, „sie sind noch nicht freigegeben, weil es ja ungeklärte Mordfälle sind. Sie liegen in der Pathologie des MI5."

„Direkt in deren Patho? Warum hat man sie nicht in der zentralen, städtischen Pathologie gelassen? Die haben auch Kühlboxen."

Franklin antwortete nicht, sondern warf mir einen Blick zu, der andeuten sollte, dass ich wohl nicht ganz bei Trost sei, so eine Frage zu stellen, wo es doch schließlich um hochrangige Adlige ging. Gut, das konnte man nun sehen, wie man wollte. Für mich waren es schlicht tote Menschen, der Tod macht sie alle gleich.

„Wer ist der zuständige Pathologe?"

„Bishop."

Ah, der Pathologe, dem die Toten vertrauen. Er hatte bislang jeden Todesfall aufklären können. Merkwürdig, dass ihm die fehlenden Schatten nicht aufgefallen waren. Andererseits konnte so etwas im fahlen Neonlicht einer Pathologie auch leicht übersehen werden, vor allem wenn die Toten auf einer weißen Bahre direkt unter der Beleuchtung lagen, was während des Obduktionsvorgangs üblich war. Und wer achtete auch schon auf Schatten von Toten? Es konnte natürlich auch sein, dass die anderen Toten noch einen besaßen. Das versprach interessant zu werden.

„Kann ich den Jaguar haben?"

Mein Vater schluckte hart. Der X-Type war sein Herzblut und noch keine drei Monate alt. Er pflegte den Wagen fürsorglicher als eine Mutter ihre Kinder. Dennoch stimmte er zögernd zu.

„Aber sei vorsichtig, Mel."

Ich verabschiedete mich von Franklin mit dem Schlüssel seines Privatwagens in Händen und setzte mich mit einem Grinsen gleich einer Katze, die den Sahnetopf ausgeschleckt hatte, hinters Steuer. Nicht mal 1000 Kilometer auf dem Tacho, was für eine Verschwendung. Wie lange war ich nicht mehr selbst gefahren? Lange jedenfalls. Es war so aufregend wie Weihnachten und Ostern zusammen, als der Motor schnurrend wie ein Kätzchen ansprang. *Ein sehr großes, schnelles Kätzchen*, dachte ich grinsend, legte den Rückwärtsgang ein und fuhr aus der Garage. Vermutlich bewegte sich Franklin am Rande eines Herzinfarktes, als ich mit durchdrehenden Reifen den Kies der Zufahrt auseinander spritzte und johlend vom Anwesen raste.

Der Wagen fuhr sich gut, viel zu schade, um die meiste Zeit unter Verschluss zu stehen, weil Dad ja lieber den Chauffeur nutzte. Ob ich ihm künftig häufiger die Schlüssel abluchsen konnte?

Ab dem Stadtrand nahm ich das Tempo zurück, einen Strafzettel wollte ich ihm nun doch nicht antun. Die Pathologie lag im Thames House, direkt im Hauptgebäude des MI5. Für einen Moment war ich versucht, mich einfach reinzuschleichen, aber dann parkte ich den Wagen direkt vor der Tür, zückte meinen Ashera-Ausweis und befand mich wenige Minuten später an Bishops Seite bei drei nackten, aufgeschlitzten und wieder zugenähten ehemaligen Lords des British Parlaments.

„Gab es irgendwelche Besonderheiten? Etwas, das die Drei miteinander verbindet? Außer ihrem Status natürlich."

Bishop kannte mich schon von anderen Untersuchungen, allerdings hatten wir immer nur flüchtigen Kontakt. Übernatürliche Phänomene ignorierte er lieber und die 0815-Serienmorde waren kein Metier für die Ashera.

„Ja, Miss Ravenwood. Es lag gleich auf der Hand, dass es sich hier um einen Serienmörder handelt. Denn allen Opfern fehlen die Augen."

Überflüssigerweise öffnete er allen Dreien die Augenlider. Genau wie beim Duke of Woodward waren die Höhlen darunter leer. Auch die übrigen Verletzungen ähnelten sich. Bisswunden, gemäß dem Abdruckmuster alle vom gleichen Kiefer verursacht.

So weit so gut. Aber wie brachte ich den netten Doktor jetzt dazu, den Raum zu verlassen, damit ich die Sache mit den Schatten prüfen konnte?

„Dr. Bishop, ich würde gerne Proben mit in unser Labor nehmen. Denken Sie, das wäre machbar? Es wird auch nicht lange dauern."

Ich setzte mein charmantestes Lächeln auf. Mit Erfolg. Selbstverständlich wäre das kein Problem. Er würde mir sofort die entsprechenden Behältnisse holen und mir bei der Entnahme der Proben behilflich sein. Mit beschwingten Schritten verließ er die Pathologie. Dem machte sein Job wohl wirklich Spaß. Viel Zeit würde mir nicht bleiben, denn der Raum mit den Probenbehältern lag direkt nebenan. Ich holte meine mitgebrachte Taschenlampe hervor, zog bei jedem Toten nacheinander den linken Arm von der Bahre und prüfte, ob ein Schatten auf den Boden fiel. Fehlanzeige. Also tatsächlich derselbe Mörder. Das sprach ebenso gegen die Crawler, wie auch gegen uns Nightflyer. Aber man konnte ja nie wissen. Gerade die Crawler waren noch unerforscht. Wir wussten kaum etwas über sie, außer dass sie meiner Art unterlegen waren.

Gerade rechtzeitig brachte ich die toten Körper wieder in ihre korrekte Position, als Dr. Bishop zurückkehrte. Wir entnahmen Gewebeproben. Blutproben stellte er mir aus den bereits Vorhandenen zur Verfügung, da die Flüssigkeit in den Körpern selbst inzwischen vollständig geronnen war. Schließlich lag Lord Nummer eins seit über einem Monat, die beiden anderen seit knapp zwei Wochen hier.

Ich würde alles an unsere Pathologen weitergeben und mich in der Zwischenzeit mit der zentralen Datenbank der Ashera auseinandersetzen, ob ich dort Spuren von Dämonen oder Ähnlichem fand, die es auf Schatten und Augäpfel abgesehen hatten.

Der Lycanerfürst Corelus gesellte sich wenig später zu mir in die Zentralbibliothek, wo ich ein Dutzend Suchanfragen durch den Rechner laufen ließ. Neugierig blickte er mir über die Schulter. Die Möglichkeit, Einsicht in unsere Datenbanken zu nehmen, ergab sich für Außenstehende selten bis nie. Aber Corelus ging seit der Geschichte mit den Engelstränen regelmäßig ein und aus in Gorlem Manor und hatte unsere Archive seinerseits mit interessantem Wissen über sich und seine Art gefüllt, das nicht einmal in ihrem Lycandinum stand.

Er glich nicht gerade dem klassischen Werwolf. Die größte Ähnlichkeit lag wohl noch in seinem grauen Fell, aber die leuchtend orangene Iris seiner Augen, die kurze Schnauze und seine Hände, die zwar aussahen wie Pfoten, aber über einzeln bewegliche Finger mit langen Krallen verfügten, hatten nichts mit den Figuren aus Horrorfilmen gemein.

„Wonachh suchstt du, Mell?" Seine schnappende Aussprache wirkte im ersten Moment stets fremdartig. Anfangs hatte ich es für lycanertypisch gehalten, doch inzwischen kannte ich auch andere seiner Art, die wesentlich ‚akzentfreier' redeten.

„Nach einer Kreatur, die Schatten stiehlt", antwortete ich ihm und starrte zunächst weiter auf den Schirm.

Corelus knurrte, ich drehte mich verwundert zu ihm um und zog die Stirn in Falten. „Sagt dir das etwas?"

„Ess gibt wenige, die Schattenn stehlenn. Aberr ich weisss von einemm, derr ess vielleichtt könnte. Ein Sölldnerr auss derr Unterrwelt. Der Schattenjägerr!"

Wie auf Kommando sprang eines der Suchfenster auf dem Bildschirm auf. Die Datei trug den Namen ‚Schattenjäger – der/die'.

„Na, welch ein Zufall", kommentierte ich und öffnete den Ordner.

Der Schattenjäger, möglicherweise gab es sogar mehrere davon, war ein Krieger, der seine Fähigkeiten in jedermanns Dienste stellte, der es sich leisten konnte. Womit man bezahlte, stand allerdings nicht im Dokument. Auch nicht, dass er Schatten stahl. Dafür bewiesen Quellen, dass er mehrere Tausend Jahre alt war und einige Skizzen zeigten zumindest Zähne, die zu den vorliegenden Bisswunden passten.

„Ichh weisss, dass derr Schattenjägerr in derr Nähe istt. Sein Dufftt schwebt überr derr Stadtt."

Nachdenklich schaute ich Corelus an. Das passte alles wunderbar zusammen. Vielleicht zu gut. Aber es war eine Spur, die einzige, die ich momentan hatte. Was machte dieses Wesen wohl hier und warum? Wenn er gewöhnlich anderen diente, war es fragwürdig, dass er hier aus eigenem Antrieb agierte.

„Kommst du mit?", fragte ich, während ich meinen Mantel wieder anzog.

„Wohinn?"

„Na zum Tatort. Auf Spurensuche gehen."

Corelus hatte kein Interesse daran gehabt, mich zu begleiten, also war ich allein losgezogen, um mir den Tatort anzuschauen. Schade, denn ein Spürhund wäre gar nicht schlecht gewesen. Die Polizei hatte die Gasse abgesperrt. Mit Kreide war Sir Reginalds Umriss auf das feuchte Pflaster gemalt. Meine Wölfin Osira materialisierte sich und lief sofort darauf zu, um die Stelle abzuschnüffeln. Ich musste lachen, denn sie betonte immer wieder, dass sie kein Spürhund war, wenn ich sie mal darum bat, uns mit ihrer Nase zu helfen. Ein sehr eigenwilliges Krafttier, das mir die Göttin da zur Seite gestellt hatte. Aber ich liebte meine Freundin von Herzen.

„Nicht, dass du mir hier irgendwelche Spuren hinterlässt", mahnte ich, woraufhin sie mir einen beleidigten Blick zuwarf.

Meine Augen suchten die nähere Umgebung ab. Häuserwände, Mülltonnen, eine kaputte Straßenlampe. Der Tatort war nicht zufällig gewählt worden, aber wie hatte der Täter den Duke of Woodward hierher gelockt? Es war ein Rätsel. Männer wie ihn traf man nicht in solchen Gassen. Ich zog mein Handy aus der Tasche und wählte Franklins Nummer. Er nahm sofort ab.

„Dad, ich bin am Tatort. Sag mal, hat man irgendwas in den Sachen des Duke gefunden?"

„Was genau meinst du, Mel?"

„Ich kann mir einfach nicht vorstellen, dass Sir Reginald gewohnheitsmäßig in solch üblen Gassen unterwegs ist. Er muss doch einen Grund gehabt haben. Ich glaube nicht, dass er ein zufälliges Opfer geworden ist. Da hat es einer gezielt auf die Lords abgesehen, sonst würden sich die Todesfälle nicht so häufen. Hatte er einen Brief bei sich? Eine Nachricht auf dem Mobiltelefon? Irgendetwas? Wissen seine Angestellten von einem Anruf?"

Franklin schwieg einen Moment. „Nun, die Durchsicht seiner Kleidung ist abgeschlossen, aber Dick hat mir nichts Auffälliges berichtet. Ich frage ihn natürlich sofort noch mal."

„Ja, tu das, Dad. Ich schaue mich hier weiter um, ob ich einen Anhaltspunkt finde, der uns auf die Spur des Täters bringt. Und was ist mit den Angestellten?"

„Da die Leiche noch nicht lange bei uns liegt, wurden sie noch nicht näher befragt. Ich gehe davon aus, dass der MI5 das erledigen wird. Apropos, was willst du diesem Forthys denn sagen, wenn du dich allein am Tatort rumtreibst?"

Ich verdrehte die Augen. „Das ist ja nicht verboten. Wenn ich etwas finde, schaue ich, wie ich es ihm am besten erkläre."

Damit war Franklin nicht zufrieden, aber er nahm es hin. Ich untersuchte weiter die Gasse. Verdammt, es konnte doch nicht sein, dass der Täter nicht die geringste Spur hinterlassen hatte.

Hinter mir in der Dunkelheit hörte ich plötzlich Flügelschlagen. Gleich darauf glitt ein schwarzer Vogel mit ausgebreiteten Schwingen knapp über dem Boden auf mich zu. Ich erkannte eine blaue Feder in seiner linken Schwinge. Es war Camilles Seelenkrähe, meiner Tante, die mich im Orden zur Hexe ausgebildet hatte. Sie war im vergangenen Jahr an Krebs gestorben.

Ich hatte das Totemtier lange nicht gesehen und war schon fast der Meinung gewesen, dass sie Camille in die Gegenwelt gefolgt war. In der ersten Zeit nach ihrem Tod hatte mich die Krähe begleitet. Doch dann war sie für Monate verschwunden. Ihr plötzliches Auftauchen überraschte mich. Kurz vor mir landete sie auf einem Zaunpfosten.

„Was machst du denn hier, meine Liebe?", fragte ich. Sie krächzte zweimal und sprang dann vom Zaun zu den Umrissen des Duke, wo sie mit ihrem Schnabel zwischen den Pflastersteinen pickte. Ewas Schimmerndes kam zum Vorschein. Die Spitze einer Klinge? Eine Kugel? Ich ging auf sie zu und hielt ihr meine Hand hin. Bereitwillig ließ sie das Metallstück hineinfallen. Es fühlte sich seltsamerweise weder kalt noch starr an. Nach genauerem Betrachten erwies es sich zwar als glatt und glänzend, aber nicht aus Metall, auch wenn es so aussah. Die Konsistenz war weich, ein bisschen wie Gummi. Es handelte sich um lebendes Gewebe. Mit offenem Geist ließ ich die Schwingungen dieses seltsamen Fundstücks auf mich einwirken. Erst herrschte nur Dunkelheit, doch dann zuckten Bilder vor meinem inneren Auge vorbei. Ein großes Wesen mit Schwingen. Metallische Haut, lange Krallen, das Schwert eines Kriegers. Ich sah ihn durch die Gassen laufen, dann vor dem toten Sir Reginald stehen, das Schwert erhoben. Laternenlicht spiegelte sich auf der Klinge. Ein Geräusch, die Gestalt wirbelte herum, die Laterne zerbarst, Splitter regneten herab, einer erwischte dieses Wesen.

Mehr sah ich nicht. Aber dieses winzige Stück Haut stammte von der Verletzung durch die Scherben der Straßenlaterne. Als ich es in der Hand drehte, erkannte ich getrocknete Flüssigkeit, schwarz, wohl das Blut dieser Kreatur. Was ich gesehen hatte, glich den Skizzen des Schattenjägers. Doch er war ganz offensichtlich nicht allein gewesen. Und die Vision sprach auch nicht zwingend dafür, dass er den Duke getötet hatte, obwohl es eine naheliegende Überlegung war. Denn was sonst tat er in der Nähe der Leiche?

„Wie es aussieht, muss ich den Schattenjäger finden, um Antworten zu erhalten."

Leider hatte ich keine Ahnung, wo ich mit der Suche nach ihm beginnen sollte.

Ein Geräusch in den Schatten hinter mir ließ mich herumfahren. Meine Härchen im Nacken sträubten sich. Gefahr lag in der Luft. Es wurde schlagartig kälter. War da ein Zischen? Jeder Muskel meines Körpers stand unter Spannung, als ich mich den Müllcontainern näherte. Da war etwas, ich sah gelbe Augen im Dunkeln schimmern, mir stockte der Atem. Noch ein Schritt … zwischen den Containern sprang plötzlich etwas hervor, direkt auf mich zu. Instinktiv hob ich die Hände zur Abwehr. Der Laut, den mein Gegner ausstieß, verriet große Verärgerung, als er mich mit ausgefahrenen Krallen attackierte.

Lachend fing ich die Katze auf, die noch nicht so recht wusste, ob sie meine Gegenwart gut oder schlecht finden sollte. Sie brummte vor sich hin, war aber durch Kraulen zu besänftigen. Offenbar hatte ich ihr Abendessen vertrieben. Kaum dass ich es dachte, raschelte es noch einmal bei den Abfalleimern. Eine der runden Blechmülltonnen fiel scheppernd zu Boden. Die Katze auf meinem Arm fauchte, hieb mit ihren Krallen nach mir und erwischte mich im Gesicht. Fluchend ließ ich sie fallen, sah einen Schatten um die Ecke verschwinden. War das nicht ziemlich groß für eine Ratte? Aber je nach Winkel verzerrt das Licht die Größe eines Objektes zuweilen erheblich.

Ich fuhr mir mit der Hand über die blutigen Striemen. Sie heilten zum Glück schon wieder ab. Dennoch brannten sie. Von der Katze keine Spur mehr.

„Blödes Vieh."

Die Krähe landete wieder auf meiner Schulter und brachte mir noch ein weiteres Indiz. Ein Büschel Haare, das zweifelsfrei nicht zu dem grauen Straßentiger gehörte. Rotbraun wie das Fell eines Löwen. Sehr merkwürdig. Es war keiner aus dem Zoo ausgebrochen, so was hätte man in den Nachrichten gehört. Verwirrt, aber zumindest mit ein paar ersten Spuren in der Hand, kehrte ich ins Mutterhaus zurück.

Auf ewig dein

Nachdem ich das Beweismaterial ordnungsgemäß in unserem Labor abgegeben hatte, begab ich mich nach Hause. Armand saß am Klavier und spielte Chopin. Er lächelte mich an, als ich eintrat. Wärme durchströmte mich, ich fühlte seine Liebe, die mich einhüllte wie ein samtigweicher Mantel, und der Fall trat erst mal in den Hintergrund. Mit geschlossenen Augen nahm ich auf dem Sofa Platz und lauschte den Klängen. Die Anspannung glitt von mir ab, meine Gedanken kamen zur Ruhe. Der letzte Akkord schwang noch in der Luft, als Armand bereits vor mir kniete, meine Hände ergriff und Küsse darauf hauchte.

„*Tu m'as tellement manqué, ma chère.*"

Ich hatte ihn ebenfalls vermisst. Er setzte sich zu mir, gab mir einen zärtlichen Kuss. Zu zärtlich. Ich wollte mehr. Meine Hände glitten in sein schwarzes Haar, zogen seinen Kopf zu mir. Ich öffnete meine Lippen, neckte ihn mit der Zunge, bis er nachgab und mich leidenschaftlich küsste. Seufzend sank ich gegen seine starke Brust.

„Ach, Armand. Es ist alles so schrecklich verzwickt."

„Was ist los, *mon cœur*? Was wollte Franklin von dir?"

„Mitglieder des House of Lords werden ermordet. Und die Ashera hat sich nun in die Ermittlungen eingeschaltet."

„*Pourquoi?*"

„Weil es eindeutig kein menschlicher Mörder ist."

„Oh!"

Er stand auf, was ich zutiefst bedauerte. Der Rotwein, den er mir einschenkte, war zwar gut, blieb aber ein schaler Ersatz für seine Nähe.

„Erst dachte ich an Crawler. Die Toten sehen ein bisschen wie Vampiropfer aus, aber es fehlen ihnen die Schatten. Ich bin im Archiv einem Wesen auf die Spur gekommen, das Schattenjäger genannt wird. Er ist hier in London, und seine Spuren waren auch am Tatort. Ich bin mir allerdings nicht sicher, ob er auch wirklich der Täter ist. Davon abgesehen fehlt jede Spur von ihm."

„Das ist in der Tat nicht sehr erbaulich."

„Es kommt noch schlimmer."

Fragend zog er die Augenbrauen hoch. Ich verzog den Mund bei dem Gedanken an den Agenten. „Der MI5 arbeitet an diesen Todesfällen. Und er lässt die Ashera nicht auf eigene Faust ermitteln. Einer ihrer Leute soll mit mir zusammenarbeiten, um die

Morde aufzuklären. Er und knapp ein Dutzend seiner Leute. Scheint ziemlich von sich überzeugt zu sein. Habe selten jemanden gesehen, der so karrieregeil ist."

Armand lachte. „Du hast doch nicht etwa seine Gedanken gelesen, *ma chère*? Ungezogenes Mädchen." Er schürzte die Lippen, aber sein Tadel war nicht ernst gemeint. „Ich bin sicher, du wirst mit ihm klarkommen. Bei deinem Charme."

Meine Laune sank noch eine Spur weiter. Versöhnlich streichelte er meine Wange und küsste meine Stirn.

„Vielleicht kann ich dich aufmuntern, *mon amour*."

Ich wusste zwar nicht wie, schaute ihn aber erwartungsvoll an. Armand ging zum Klavier hinüber und kam gleich darauf mit einer dunkelblauen, samtüberzogenen Schatulle zurück, die er mir hinhielt.

„Was ist das?" Zögernd griff ich danach. Er antwortete nicht, sondern grinste lediglich spitzbübisch.

Der Deckel ließ sich nur schwer aufklappen. Im Inneren der Schatulle verbarg sich ein silberner Ring in Form einer Königskrone mit einem etwa anderthalb Zentimeter großen Sternsmaragd in der Mitte. Der dunkelste Smaragd, den ich je gesehen hatte. Er schien beinah schwarz, eher wie ein Turmalin. Nur an den Stellen, wo das Licht direkt auf die Oberfläche traf, erstrahlte er in leuchtendem Grün und zeigte ein ganzes Meer von Sternenfunken. Ich kannte Sternsaphire und Sternrubine, doch dass es dieses Phänomen auch bei Smaragden gab, war mir neu.

„Er ist wunderschön."

Armand nahm den Ring aus der Schatulle und streifte ihn mir über den Ringfinger der rechten Hand. Er passte wie für mich gemacht. Eine verlegene Röte überzog seine blassen Wangen.

„Ich würde mir wünschen, dass du diesen Ring von mir annimmst. Als eine Art Verlobungsring."

„Verlobung?" Im ersten Moment war ich damit überfordert. Aber dann traten mir – ganz frauentypisch – Tränen der Rührung in die Augen. „Oh Armand."

„Ich dachte, es sei an der Zeit. Und nach allem, was geschehen ist … Ich möchte, dass du weißt, dass ich dir für immer gehören werde. Ganz egal, was kommt. *Je t'aime plus que ma propre vie.* Nimmst du ihn an?"

„Was für eine Frage. Natürlich."

Nach all der Zeit, die wir jetzt zusammen waren, den Abenteuern, die wir erlebt hatten, den Bewährungsproben, kam diesem Ring und seiner Symbolik eine ganz besondere Bedeutung zu. Ich musste wieder daran denken, wie Armand sich mir das erste Mal gezeigt hatte, wie er mich kurz darauf vor dem Tod auf dem Scheiterhaufen rettete und zur Ashera brachte. Er hatte so lange um mich geworben, geduldig und abwartend, war am Ende sogar bereit gewesen, auf mich zu verzichten, damit ich glücklich wäre. Es gab wohl kaum einen größeren Beweis, dass er mich wirklich liebte. Die Wandlung war meine Entscheidung gewesen, ich hätte es nicht tun müssen, doch damit hatte ich ihm gezeigt, dass er mir genauso viel bedeutete.

Die Zeit nach der Wandlung war nicht leicht gewesen. Ich hatte ihn verlassen, war zu Lucien gegangen für viele Wochen, was zu nachhaltigen Veränderungen an mir führte. Dennoch hatte Armand sich nie von mir zurückgezogen. Er liebte mich noch genauso wie am Anfang, egal, was geschehen war, wie viele andere Vampire mich berührt hatten. Auch über das, was ich in meinem Übereifer letztes Jahr mit dem Serum beinah anrichtete, sah er hinweg. Armand liebte mich so sehr, dass er mir alles verzeihen konnte. Verdiente ich ihn überhaupt?

Er küsste mich zärtlich, erleichtert darüber, dass ich den Ring annahm, mitsamt der Symbolik, die er ihm zugedacht hatte und ich schüttelte den Kopf, um die Gedanken zu vertreiben. Das alles war Vergangenheit. Es zählte nur das Hier und Jetzt, dass wir uns liebten und wussten, wir gehörten zueinander.

Ich spürte, der Ring war etwas Besonderes. Eine starke Energie strahlte von ihm aus und durchströmte meinen Arm. Armand erklärte mir aufgeregt, welches Geheimnis sein Geschenk in sich barg.

„Dieser Ring wird auch *Dagun al Hewla* genannt. ‚Der Schlund zur Unterwelt'. Es heißt, er habe die Macht, seinem Träger die Tore in die Welt der Dämonen zu öffnen." Er schwieg einen Moment, dann flüsterte er: „Der Sapyrion im Vatikan trug ihn. Ich habe ihn von dort mitgenommen, es war alles, was von dem Dämon übrig blieb. Dann brachte ich in Erfahrung, was es damit auf sich hat. Dieser Ring hat es ihm ermöglicht, in unsere Welt zu gelangen. Es gibt nur wenige davon. Er muss ihn einem Unterweltsfürsten gestohlen haben."

Cleverer Bursche, dachte ich. Einem Fürsten der Unterwelt nahm man nicht so leicht etwas weg. War sein eigentliches Vorhaben dieses Wagnis wert gewesen? Wir würden es wohl nie erfahren. Er hatte die Tränen Luzifers stehlen wollen, doch wofür? Ein Wesen wie der Sapyrion konnte damit nicht wirklich etwas anfangen und wäre sicher nicht auf die Idee gekommen, diese Kristalle an sich zu bringen. Darüber hatte ich oft nachgedacht und auch mit Franklin schon gesprochen. Aber es gab keine Hinweise auf den Auftraggeber und auch keinen neueren Versuch, die Tränen zu entwenden.

Nachdenklich drehte ich meine Hand und beobachtete das Lichtspiel auf der Oberfläche des Steines. Ein sehr mächtiger Ring, in der Tat. Mächtig und gefährlich. Etwas in mir sträubte sich mit einem Mal dagegen, ihn anzunehmen, bei dem Gedanken, wer ihn zuvor getragen hatte. Doch da trat Osira an meine Seite und flüsterte:

„Hab keine Angst, Mel. Im Silberrund liegt die Kraft des Lichts und der Dunkelheit. Kein böser Zauber. Er ist dir bestimmt. Er hat den Weg zu dir gefunden. Der Ring ist dein."

Ich schaute meine Freundin an. Wenn sie für den Ring sprach, dann sollte ich ihn annehmen. Ich schloss die Hand zur Faust, spürte die Kraft des Juwels in mich strömen, das Herz des Steins mit dem meinen im Einklang schlagen. Ja, er war mein. Für alle Zeit.

„Danke", flüsterte ich und küsste meinen Liebsten mit Leidenschaft. Doch in diesen Kuss mischte sich ein seltsam bitterer Geschmack. Als wäre etwas Unsichtbares zwischen uns, das die Vertrautheit und Wärme angriff. Ihr erste schwache Risse zufügte. Ich konnte es mir nicht erklären, schob es auf meine Nerven. Oder vielleicht die fremde Essenz des Ringes.

Armand spürte die dunkle Kraft nicht. Aber er hatte auch nicht das Zweite Gesicht.

„*Tu vas bien?*", fragte er unvermittelt und schaute mich an. Erst verstand ich die Sorge in seinem Blick nicht recht, dann spürte ich die rote Träne über meine Wange fließen. Schnell wischte ich sie weg. „Ja, alles okay, es ist nur …", ich lachte hilflos. „Ich bin einfach gerührt. Damit hatte ich nicht gerechnet."

„Ich hätte das längst tun sollen, *ma chère*."

Illusion

Nebel hing dicht über dem Boden. Der Lärm der Clubs drang nicht bis hierher. Es war spät, die Straßenlampen schon erloschen. Längst Zeit für mich, nach Hause zu gehen. Aber die Ruhelosigkeit trieb mich immer weiter durch die Gassen. An jeder Ecke meinte ich, tote Lords zu sehen, doch wenn ich näher kam, lösten sie sich in Rauchschwaden auf. Vielleicht stieg mir der Alkohol ja doch zu Kopf. Oder war es etwas anderes, das mir die Sinne vernebelte? Das Amulett um meinen Hals vibrierte förmlich. Er musste ganz nah sein.

Ein Schatten löste sich aus dem Nebel, kam näher ohne Hast. Seine Umrisse wurden deutlicher, geschmeidiger Gang, angespannte Muskeln – ein Raubtier auf der Pirsch. Unwillkürlich blieb ich stehen, wich sogar einen Schritt zurück. Da lichtete sich der Nebel gänzlich und er stand direkt vor mir, streckte seine Hand aus, streichelte mein Gesicht, ließ seine Finger zu dem Amulett wandern, das sein Haar, sein Blut in sich trug. Dracon.

„Babe, du hast nichts von mir zu befürchten." Seine Worte rannen wie flüssiges Quecksilber durch meinen Verstand. Ich schwankte. Furcht mischte sich mit Sehnsucht, beides lähmte mich. „Ich will dich nicht töten. Das wollte ich niemals. Ich begehre dich, wie ich noch nie zuvor einen der unseren begehrt habe." Seine Stimme klang dunkel und rauchig. „Komm mit mir. Vertrau mir nicht, aber komm mit mir und du sollst es nicht bereuen."

Seine Augen hatten das gleiche sanfte Braun wie damals. Ich wusste, ich hätte gerade deshalb misstrauisch sein sollen, weil er mich schon einmal mit dieser trügerischen Iris eingefangen hatte. Doch ich konnte nicht anders, als ihm abermals zu verfallen. Meine Finger legten sich auf seine Brust, seine Lippen öffneten sich leicht, kühler Atem folgte der Spur seiner Finger auf meinen Wangen. Ich schloss die Augen, für eine Sekunde nur, doch lang genug.

Das Appartement hatte einen herrlichen Blick auf die Tower Bridge. Eine ganz ähnliche Wohnung wie in New York, mit hoher Glasfront und schwarzen Jalousien, die vor dem Tageslicht schützten. Während ich den Ausblick bewunderte, kam er aus der Küche mit zwei Gläsern Whisky, von denen er mir eins reichte, ehe er einen großen Schluck aus seinem nahm.

„Cool, nicht? Eigentlich wäre hier das Wohnzimmer, aber ich finde es geil, vom Bett aus die erleuchtete Brücke zu sehen."

Schweigend stimmte ich ihm zu, spürte, wie er mich aus den Augenwinkeln beobachtete.

„Oh, Melissa, meine wundervolle Melissa. Pest und Hölle. Du bist so schön. So verboten schön."

Der Klang seiner Stimme war warm. Ich ließ mich davon einlullen. Zog sogar in Erwägung, ihm mein Vertrauen zu schenken. Er schien mir so ungefährlich. So ehrlich, so sanft. Ganz anders, als ich ihn in Erinnerung hatte. War das wirklich derselbe Mann, der mich vergewaltigt und fast zu Tode geprügelt, sein unsterbliches Blut nur dazu benutzt hatte, mich am Leben zu halten, um mich weiter quälen zu können? War es immer noch der listige Dieb, der Joker, der mit mir auf dem halben Globus um das Elixier des Lichts und die Tränen der Engel gespielt hatte? Ich fürchtete mich nicht mehr vor ihm, wie bei unserem ersten Aufeinandertreffen. Damals war ich noch ein Mensch gewesen, hilflos in seiner Gewalt. Und er ein Sadist. Heute kannte ich seine andere Seite, war ihm außerdem ebenbürtig. Und ich verstand ihn, wusste, dass er tief in seinem Inneren nicht nur Monster war, sondern auch eine Seele besaß.

Was er mir in dem billigen Motel in New Orleans angetan hatte, war längst vergeben. Mit meiner Wandlung war das Trauma dieser Erfahrung gänzlich verschwunden. Im letzten Jahr hatte er bewiesen, dass er mir kein Leid mehr zufügen wollte, seine Tat sogar bereute, soweit er zum Bereuen fähig war.

Sein Blick fing mich ein, für einen Moment fühlte ich dieselbe Nähe wie vor der Eishöhle am Pol, als sich alles entschied und er den Wettstreit um die Ewige Nacht verloren hatte. Ich hielt den Atem an, als seine Lippen sich auf meine senkten und er mich leidenschaftlich, aber ohne Forderung küsste.

Meine Augen blickten in eisiges Grau, als ich aus dem Traum wieder in die Realität zurückkehrte. Für einen Moment begriff ich überhaupt nicht, wo ich war und wer mir da gegenüberlag. Dann wusste ich, dass ich neben Armand in unserer Gruft schlief. Geschlafen hatte …

Der Name lag noch auf meinen Lippen. Ich hörte seinen Klang und die Wärme, mit der ich ihn ausgesprochen hatte. Dracon.

Im nächsten Moment spürte ich den sengenden Schmerz einer Ohrfeige, gefolgt von einem Griff um meine Oberarme, der mir fast die Knochen brach.

„Ich will diesen Namen nie wieder hören. Du gehörst mir. Mir allein."

Ich hielt seinem Blick stand, antwortete nicht, doch er konnte es auch so in meinen Augen lesen. Ich gehörte niemandem. Nur mir selbst.

„Ich habe dir einen Ring gegeben, du hast ihn angenommen. Und keine fünf Stunden später träumst du von ihm. *Pourquoi?* Warum tust du mir das an?"

„Ich weiß es nicht. Es war nur ein Traum."

Das Amulett an meinem Hals pulsierte, eine eigenartige Wärme strömte davon aus. Ich hoffte nur, dass Armand es nicht bemerkte. Noch wusste er nichts von meiner Aufgabe, davon, dass ich an den Mann gebunden war, den er am meisten auf der Welt hasste. Ich fand einfach keine Worte, es ihm zu sagen. Hoffte im Stillen, es ihm nie sagen zu müssen, sondern allein damit klarzukommen.

„Lass mich bitte los", bat ich leise.

Er stieß mich angewidert von sich, stand auf und verließ die Schlafkammer. Ich hörte, wie er an dem Tisch im Vorraum, direkt hinter der Sicherheitstür, Platz nahm.

Es schmerzte, dass er mich allein ließ, mich bestrafte für einen Verrat, obwohl dieser unbewusst und nur in meinen Träumen erfolgt war. Trotzdem konnte ich ihn verstehen. Auch an mir nagte es jedes Mal, wenn er auf die Jagd ging, mit einer oder einem Fremden schlief, um den Hunger seines Dämons nach Lust und Blut zu stillen.

War das überhaupt Verrat? Wenn wir unserer Natur, unseren angeborenen Trieben folgten? Nein, die Jagd war etwas anderes. Die meisten meiner Art lachten vermutlich über solche Gedanken. Da war sie dann doch wieder, meine Menschlichkeit. Verflixt, ich konnte diese Moralvorstellungen einfach nicht ablegen. Mein schlechtes Gewissen rumorte in mir. Ich überlegte, aufzustehen und Armand um Verzeihung zu bitten, brachte es aber nicht über mich. Er war schon so lange Vampir, dass er meine Beweggründe sicher nicht verstand. In einem Anflug von Naivität sagte ich mir, dass er vielleicht ähnlich empfand. Warum sonst reagierte er so eifersüchtig? Aber dann schalt ich mich eine dumme Gans. Es ging vor allem um Dracon. Dass Armands Emotionen hoch kochten, nach allem, was geschehen war, lag auf der Hand.

Drum prüfe jeden Zweifel erst

Der Streit zwischen Armand und mir war noch nicht beigelegt, als ich in der folgenden Nacht meinen Vater in Gorlem Manor aufsuchte. Er war nicht allein. Warren Forthys saß in seinem Büro. In den frühen Morgenstunden hatte man die nächste Leiche gefunden. Warren war außer sich, dass er mich den ganzen Tag über nicht erreicht hatte. An dieser Leiche waren DNS-Spuren sichergestellt worden. Man war dem Täter also ein ganzes Stück näher gekommen.

Ich sah mir die Akte an und wusste auf den ersten Blick, dass hier etwas nicht stimmte. Franklin und ich sahen uns an, er schüttelte fast unmerklich den Kopf. Einwände waren jetzt fehl am Platz. Ob es mir passte oder nicht, wir mussten den MI5 erst weiter ermitteln lassen. Wenn wir sie unterstützten, gewannen wir Zeit, die Fakten ebenfalls zu überprüfen. Und vielleicht war es ja doch nicht ganz abwegig, dass dies unser Mörder war. Trotzdem, das Opfer hatte noch Augen, der Mann war ein Bettler, jemand von der Straße. Er passte überhaupt nicht ins Profil. Nur die Bissmale waren ähnlich. Es war ein Vampir. Und mein Gefühl sagte immer noch, dass der Mörder der Lords keiner von meinesgleichen war.

„Ist die DNS registriert?", wollte ich wissen.

„Nein. Aber das Opfer wurde hinter dem Black Devil gefunden. Alle Gäste von letzter Nacht werden überprüft. Wir sind sehr zuversichtlich, bald jemandem Handschellen anlegen zu können."

Ich blickte Warren von der Seite an. Er sprach ruhig und sachlich. Nach meiner ersten Einschätzung hätte ich erwartet, dass er sich in seinem Ermittlungserfolg suhlte. Doch er war lediglich überzeugt, auf der richtigen Spur zu sein.

„Dad, das ist was anderes", meinte ich, als Warren wenig später zurück in sein Büro fuhr, um einen Bericht für seine Vorgesetzten zu verfassen, damit auch sie auf dem aktuellen Stand blieben. Mit sorgenvoll gerunzelter Stirn sah ich meinen Vater an. Hoffte auf seine Unterstützung.

„Ich weiß", sagte er. „Aber das kann auch Zufall sein. Oder er wurde gestört. Du bist voreingenommen, Mel."

Beleidigt verzog ich den Mund. Der Tote war obdachlos. Schon das Überfliegen des Obduktionsberichtes hatte mir klar gemacht, dass er die Nacht so oder so nicht überlebt hätte. Ein gezieltes Opfer von einem Vampir mit Gewissen. Eines, wie ich es mir für gewöhnlich aussuchte. Das allein reichte, die Zweifel in mir zu nähren. Dieselben Gedanken hatte auch Franklin gehabt und war erleichtert, dass er sich irrte und nicht ich hinter dem Black Devil zu Abend gegessen hatte.

„Ich muss ihm helfen."

„Wem?"

„Diesem Vampir, Dad. Wer auch immer er ist. Ich kann nicht meinesgleichen ans Messer liefern. Nicht, wenn sie so handeln, wie dieser hier. So, wie auch ich handele."

Obwohl ich den vermeintlichen Täter noch nicht gesehen hatte, spürte ich bereits eine Verbundenheit zu ihm. Ich hatte die Absicht, für ihn zu kämpfen, solange nur der geringste Zweifel an seiner Schuld bestand. Das war auch meinem Vater klar und er seufzte leidvoll, weil er meine Sturheit kannte.

„Es könnte aber auch sein, dass er was über die anderen Morde weiß. Wir dürfen das nicht außer Acht lassen, solange wir nicht die wahren Hintergründe und den Täter kennen."

Trotz seines Einwands verstand er mich, bestand aber darauf, dass wir auf Nummer sicher gingen. Sollte sich die Unschuld des Vampirs herausstellen und wir den Security Service nicht davon überzeugen können, würden wir uns wie immer etwas einfallen lassen.

Im Schutz der Dunkelheit beobachtete er, wie sie das große Haus verließ. Ah, das war also Melissa Ravenwood. Der Söldner spielte nachdenklich mit seinem Schwert, zog die Lippen zurück, um ihren Geruch besser aufnehmen und sich einprägen zu können. Süß, würzig, nach wilden Beeren, Milch und Honig. Wusste sie, wie gut sie roch? Die meisten sagten Vampiren Geruchlosigkeit nach, aber er nicht. Sie hatten alle einen Duft, nur waren menschliche Nasen nicht in der Lage, ihn aufzunehmen. Auch Vampire witterten nur eine sehr schwache Note, meist überwog der kupferne Blutgeruch. Seine Sinne waren spezialisiert auf solche Dinge. Damit verfolgte er seine Opfer, suchte und fand stets das Ziel.

Jetzt drehte sie sich um, spürte seine Gegenwart. Sie runzelte die Stirn, kniff die Augen leicht zusammen, spähte in die Schatten. Aber er war zu gut getarnt, verschmolz mit der Nacht wie kein zweites Geschöpf. Ihre Schritte waren unsicher, zögernd im Weiterlaufen.

Sein Blick fiel auf ihre Hände, als sie seinem Versteck ganz nah kam. Sie trug den grünen Ring der Nacht, in der Tat. Aber die Ringe interessierten seinen Auftraggeber nicht mehr. Er wollte nur den Kopf der Zielperson. Und den würde er bekommen. In gar nicht ferner Zukunft.

Nicht heute Nacht. Auch nicht morgen. Aber bald. Die Zeit würde kommen, er hatte Geduld.

Warren brauchte nur einen Tag, um der DNS einen Namen und eine Adresse zuzuordnen. Sehr nachlässig für einen Vampir, seinen biologischen Fingerabdruck zu hinterlassen. Andererseits, besaßen wir überhaupt einen? Ich hatte mir nie Gedanken darum gemacht, aber wie leicht wäre es dann gewesen, meinesgleichen Morde nachzuweisen. Das war noch nie passiert. So schlampig konnten die Behörden doch nicht ermittelt haben. Jedenfalls nicht immer. Also hinterließen wir vermutlich keine eindeutige DNS. Klar, weil unsere Zellen angefüllt mit dem transformierten Blut unserer Opfer waren. Dann musste an diesem Vampir hier irgendetwas besonders sein. Ein Punkt mehr, der meine Neugierde anstachelte. Wie schade, dass ich zu genaueren Forschungen keine Zeit hatte.

Der Verdächtige hieß Slade Viskott. Warren ließ ihn augenblicklich verhaften. Er wollte ihn in die Zentrale des MI5 bringen, aber Franklin konnte ihn überreden, das Verhör in Gorlem Manor stattfinden zu lassen. Wir quartieren den Verdächtigen in einer Zelle im 1. Untergeschoss ein. Bei Sonnenaufgang sollte er sich schließlich nicht gleich in Asche auflösen.

Warren verhörte ihn zwei Stunden lang und eines musste ich ihm lassen, er wusste, wie man Menschen mürbe machte. Was ihm fehlte, war die Sensibilität zu erkennen, wann er dies geschafft hatte. Solange Slade nicht alle Morde gestand, war Warren nicht bereit, nachzugeben. Aber ich gewann immer mehr die Überzeugung, dass unser Gefangener nichts zu gestehen hatte.

Natürlich war auch Slades Aussage, wie seine DNS an den Obdachlosen kam, nur teilweise wahr, aber ich verstand ihn. Schließlich schaltete ich mich ein, um zu verhindern, dass Warren tiefer drang, als er selbst wollte. Er glaubte ja nicht an Vampire, aber seine Bemühungen liefen darauf hinaus, dass er einen unumstößlichen Beweis erhalten würde. Es war besser für alle Beteiligten, dem vorzubeugen.

Mit zwei Bechern Kaffee betrat ich den Verhörraum. Als Warren nach einem greifen wollte, zog ich ihn zurück. „Ihrer steht draußen." Ich deutete mit dem Kopf zur Tür. Sein Blick war eine Mischung aus Unglauben und Missfallen, aber als ich bittend den Kopf zur Seite neigte, gab er nach.

„Danke."

Kaum dass er die Tür hinter sich geschlossen hatte, manipulierte ich mit meinen Fähigkeiten das Schloss und die Mithöranlage. Es war zwar immer noch anstrengend für mich, so etwas zu tun, aber Lucien hatte mich gut gelehrt. Mit meinem feinen Gehör vernahm ich, wie Warren draußen mehrmals auf die Knöpfe drückte, fluchte, und schließlich die Tür hinter sich zuwarf, als er nach oben ging. Vermutlich zu meinem Vater, um das Versagen unserer Anlage zu melden. Hoffentlich hatte er seinen Kaffee mitgenommen. Ich war mir sicher, Franklin würde ihm bereitwillig helfen, es würde eben nur ein bisschen länger dauern. Vielleicht, überlegte ich schelmisch, hätte ich Warren eine heiße Schokolade machen sollen. Es hieß doch, das sei gut für die Nerven.

Slade hatte die Arme auf den Tisch gelegt und den Kopf darauf gestützt. Ein Mann, der verzweifelte, resignierte. Nach seinem Äußeren konnte man ihn auf Mitte zwanzig schätzen. Ein schlanker, eher unscheinbarer Typ mit rauen Händen wie von harter Arbeit. Das Leben hatte ihm nichts geschenkt, außer der Unsterblichkeit. Womit er wohl sein Geld verdiente? Oder verdient hatte, vor der Wandlung. Normalerweise sah man unseresgleichen so etwas nicht an, weil Das Blut solche Zeichen heilte. Darin waren wir alle makellos. Vielleicht war er noch nicht lange verwandelt. Das würde auch seine Unvorsichtigkeit erklären. Seine Kleidung war schlicht, aber ordentlich – ein graues Sweatshirt, dunkelblaue Jeans, Boots.

„Mr. Viskott?"

Er zuckte zusammen und hob seinen dunklen Schopf. Auch sein Gesicht wirkte zwar jung, doch nicht zeitlos. Tränen schimmerten in seinen blauen Augen. Klare Tränen? Um seine Lippen lag ein zynischer Zug.

„Wollen Sie mir jetzt die gleichen dämlichen Fragen stellen, Miss? Glauben Sie, dass ich Ihnen was anderes sagen kann als Ihrem Kollegen?"

„Mr. Forthys ist kein Kollege. Er ist kein Mitglied der Ashera. Und ich teile auch nicht seine Meinung über Sie und diese Morde, Mr. Viskott."

„Ach nein?" Er lächelte spöttisch. In seinen Augen war sie Sache schon gelaufen. Er war geliefert.

Ich reichte ihm den Kaffee, zog mir einen Stuhl heran, setzte mich ihm gegenüber und musterte ihn eine Weile. „Kennen Sie die Gemeinschaft der Ashera?"

„Ich habe davon gehört. Sie beschäftigen sich mit übernatürlichen Wesen."

„Dann wird es Sie wohl auch nicht wundern, wenn ich Ihnen sage, wir wissen, dass Sie ein Vampir sind."

Er sah mich an, als hätte ich mich vor seinen Augen in eine Hydra verwandelt.

„Streiten Sie es nicht ab, Mr. Viskott. Slade. Wir haben den Obdachlosen untersucht. Er wäre in Kürze sowieso gestorben. Sie suchen sich Ihre Opfer gezielt aus, nicht wahr? Sie wollen niemandem schaden. Aber Sie brauchen das Blut, um zu überleben."

Sein Misstrauen war offensichtlich. Eigentlich hätte ich ihn genau wie Warren nur zu dem Fall befragen sollen, aber er war einfach zu reizvoll, weil er nicht unserer Norm entsprach und dennoch kein Zweifel bestand, was er war.

„Sie weinen klare Tränen, keine Bluttränen. Und Sie sehen viel menschlicher aus, tragen noch die Zeichen des sterblichen Lebens. Wie kommt das? Wissen Sie es?"

Er rang mit sich, schaute unsicher im Raum umher.

„Es gibt hier keine Kameras, Slade. Wir haben Sie in diesen Raum gebracht, weil er unterirdisch liegt. Damit das Sonnenlicht …"

„Ich bin immun dagegen."

Nun war es an mir, überrascht zu schauen. Mir fehlten die Worte. Ein Daywalker? Ein Mischling wie Pettra. Das wäre der Hammer. Aber eine logische Erklärung für seine klaren Tränen und sein andersartiges Aussehen. Ich brauchte einen Moment, um meine Gedanken zu sortieren.

„Sie sind ein halber Vascazyr?"

„Ein was?"

Meine Verwirrung stieg. Laut Pettra wussten ihre Artgenossen alle, woher sie stammten. War er vielleicht früher geschlüpft? Hatte die Höhle verlassen und nichts mitbekommen von seinen Geschwistern?

„Hören Sie, Miss, weil Sie zu diesem Orden gehören, werde ich nicht leugnen, was ich bin. Ich glaube Ihnen, dass Sie die Fakten längst geklärt haben. Und ich bin Ihnen dankbar, dass sie diesem Idioten vom MI5 nichts gesagt haben."

„Kunststück. Er würde es eh nicht glauben. Aber ein Idiot ist er nicht. Nur ein Ungläubiger." Ich zwinkerte und Slade grinste. Diesmal ehrlich belustigt. Das Eis zwischen uns brach ein Stück.

„Im Grunde mögen Sie ihn nicht, wie?"

„Nicht sehr. Aber ich kann ihn ertragen."

„Da sind wir schon zwei. Aber ich mag ihn nicht mal ertragen."

Ich konnte nicht anders, als darüber zu lachen. „Wenn Sie nicht grade sein Hauptverdächtiger in mehreren Mordfällen wären, würden Sie vielleicht nicht so schlecht über ihn denken. Ich bin sicher, er kann ein netter Kerl sein, wenn man ein Bierchen mit ihm trinken geht. Übrigens, ich heiße Melissa."

„Freut mich."

„Ich bin ebenfalls ein Vampir."

Zischend sog er die Luft ein. Damit hatte er nicht gerechnet. Er konnte es nicht spüren. Was für eine Art von Bluttrinker war er, wenn ihm die Sensitivität fehlte, andere zu erkennen?

Ich orderte erst mal über die hausinterne Leitung von Franklin die Unterlagen über Vascazyre. Er berichtete, dass Warren Gorlem Manor verlassen hatte, weil er ihm leider sagen musste, dass das Problem mit Tür und Anlage im Verhörbereich nicht kurzfristig lösbar war. Von daher konnten wir gefahrlos nach oben kommen. Vorausgesetzt, ich war mir sicher, dass Slade nicht versuchte zu fliehen. Er versprach es und ich glaubte ihm. Im Grunde war er froh, offen darüber reden zu können.

In der kleinen Bibliothek zeigte ich ihm die Daten über Pettra, ihre Mutter und deren Art. Aber er konnte nichts damit anfangen. Danach gingen wir in den Garten hinaus und wanderten ein wenig umher. Es dauerte noch, bis die Sonne aufging. Die Freiheit hier draußen half Slade, sich zu entspannen, auch wenn ihm klar war, dass ich ihn später wieder nach unten in eine Zelle bringen musste, solange wir seine Unschuld nicht beweisen konnten. Er atmete tief durch, erleichtert, seinem Gefängnis entkommen zu sein.

„Ich habe den Obdachlosen nicht mit Absicht getötet. Aber es passiert oft, wenn sie nicht aufhören zu bluten." In seiner Stimme schwangen Tränen mit. Ich schlussfolgerte, dass er nicht über die Fähigkeit verfügte, Wunden mit seinem Blut zu heilen. „Aber die anderen Kerle, von denen dieser Agent gesprochen hat, die gehen nicht auf mein Konto."

„Ich weiß."

„Du glaubst mir?"

„Auch das. Aber davon abgesehen passen die Fakten nicht recht zusammen. Da gibt es zu viele Ungereimtheiten."

„Und dein Boss?" Er nickte in Richtung von Franklins Büro.

„Mein Vater." Staunend hob er die Brauen. „Spielt aber keine Rolle. Er hat ebenfalls seine Zweifel an deiner Schuld, aber im Moment spricht einfach sehr viel gegen dich. Ich hoffe du verstehst, dass du daher vorerst hier bleiben musst."

Er nickte. „Ich bin ja auch ein Killer." Die Bitterkeit in seiner Stimme tat mir leid.

„Wir nennen uns Halfbloods."

„Wir? Das heißt, du kennst noch andere wie dich? Wisst ihr auch, woher ihr stammt?"

Er zuckte die Achseln. „Ich weiß von dem ein oder anderen. Wir gehen uns aus dem Weg. Unsere Herkunft ist schnell erklärt. Sterbliche Mutter, vampirischer Vater. Kommt wohl nicht sehr oft vor. Zum Glück." Er lachte freudlos. „Ich bin nicht so wie du. Wurde nicht verwandelt, sondern schon als Vampir geboren. Ich altere. Wenn auch zusehends langsamer. Und bei Tag bin ich so verwundbar wie jeder andere Mensch. Nur bei Nacht erwacht dieses Dunkle Erbe meines Vaters in mir und macht mich zu einem ebensolchen Ding, wie er es war, wie du es bist."

„Kennst du deinen Vater?"

Er schüttelte energisch den Kopf. „Ich will ihm auch lieber nie begegnen."

In seiner Stimme lagen Hass, Wut und Verzweiflung. Es erschien mir unklug, den Faden weiter zu verfolgen, darum wechselte ich zu einem anderen. „Du bist halb Mensch und trinkst dennoch Menschenblut?"

„Ich versuche, es nicht zu tun. Denn ich komme mir wie ein Mörder meiner eigenen Art vor. Kannibalisch, widernatürlich." Er spuckte auf den Boden. „Vielleicht ist es gut, wenn ich jetzt hinter Gitter komme. Dann hört das endlich auf."

„Das wird es nicht, es sei denn, sie sperren dich in eine Gummizelle in Einzelhaft. Der Hunger ist groß, nicht wahr? Er brennt zu heiß."

„Ja", sagte er rau, „die verfluchte Gier. Ich bin zu schwach, mich gegen sie zu wehren."

Wie gut konnte ich es nachfühlen. Auch mir war es anfangs so ergangen. Ich hatte dieselbe Verzweiflung gespürt, die ihn quälte. Nur war bei mir der Dämon erstarkt, hatten die Lehren unseres Lords meine Menschlichkeit nach und nach zum Schweigen gebracht. Slade würde immer ein halber Mensch bleiben. Also würde es ihn auch ewig quälen.

Er sah mich an. „Ich war 19, als es passierte. Als der Vampyr in mir erwachte. Das war vor fast 30 Jahren."

Dabei sah er keinen Tag älter aus als 26. Der Alterungsprozess musste sich enorm verlangsamt haben, seit er zum Bluttrinker geworden war. Und er hatte noch weniger die Wahl gehabt als einer von uns. So geboren! Es war sein Schicksal gewesen, von Anfang an. Und nichts hätte daran etwas ändern, niemand es aufhalten können.

Ich nahm eine seiner Hände in meine, fuhr die Schwielen mit den Fingerspitzen nach. „Womit verdienst du deinen Lebensunterhalt?"

„Ich bin Arbeiter in einer Metallfabrik. Wie gesagt, am Tag bin ich ein Mensch wie jeder andere auch."

„Wusstest du immer schon, was du wirklich bist? Bevor es erwachte?"

Er schüttelte stumm den Kopf. Erneut schimmerten Tränen in seinen Augen.

„Nein. Woher auch? Ich war ein Waisenkind. Es gab keinen Vater und meine Mutter starb bei der Geburt. Mein halbes Leben hab ich in Heimen oder bei Pflegefamilien verbracht. Mit sechzehn suchte ich mir die erste eigene Wohnung. Als es dann passierte, war ich froh, allein zu leben. Wie hätte ich so was erklären sollen?"

Ich beschloss, nicht weiter in ihn zu dringen, weil er sichtlich litt. Auch wenn diese neuen Erkenntnisse über eine weitere Vampirart für die Ashera von großer Bedeutung waren. Aber das hatte Zeit.

Als ich aufstand und ihn zurück in seine Zelle bringen wollte, reagierte er nicht, starrte vor sich hin und erzählte einfach weiter, ohne dass ich hätte fragen müssen.

„Weißt du eigentlich, was es heißt, nie zu schlafen? Du ruhst während des Tages. Diese Pettra ruht, wann immer es ihr beliebt. Aber wir ... Meinesgleichen schläft nie. Am Tag ist der Mensch in mir hellwach und lebt ein völlig normales Leben. Ich habe einen Job, Freunde. In der Nacht, wenn ich mich eigentlich zum Schlafen niederlegen sollte, erwacht der Vampir und fordert sein Recht. Dann bin ich genau wie du. Ich verfüge über die gleichen Fähigkeiten. Aber auch über die gleiche Gier, die gleiche Lust an der Dunkelheit, am Töten. Wenn dann die Sonne wieder aufgeht, weine ich über meine Verbrechen, wenn es wieder einmal eine Nacht war, in der ich nicht die Kraft hatte, zu widerstehen. Ich finde nie Ruhe davon. Ich sehne mich so sehr nach erholsamem traumlosem Schlaf, in dem ich vergessen kann. Für einige Stunden nur."

„Doch du kannst dich nicht einfach hinlegen und schlafen?"

„Nein", antwortete Slade traurig und blickte in die Ferne. Er sah schön aus, wie sich der Wind in seinem haselnussbraunen Haar verfing und es zerzauste. „Ein Teil von mir ist immer wach. Und der andere ruht. So holen sich Mensch und Vampir ihre Erholung. Aber ich, weil ich beides zugleich bin, finde nie Ruhe."

Warren genoss seinen Erfolg trotz des kleinen Wermuttropfens, dass der Kerl einfach nicht gestehen wollte. Aber das würde er noch. Der Fall war gelöst. Eindeutig. Und er hatte den Täter überführt. Wer brauchte schon die Ashera? Hoffentlich entwischte ihnen der Kerl nicht, weil die Türverriegelung selbständig aufsprang. Der Ausfall heute Nacht war sehr ärgerlich. So ganz traute er Melissa nicht, dass sie ihm die vollständigen Verhörergebnisse auch übergab. Aber im Grunde war es egal. Die Indizien reichten. Er hatte es diesem Orden gezeigt. Der Täter war ein ganz normaler Mensch. Von wegen Dämon. Vampir. Werwolf. Zufrieden kopierte er die Ermittlungsdateien und seine Verhörnotizen in die Email an Agent Warner, seinem Vorgesetzten. Wenn alles gut lief und der Typ morgen das Geständnis ablegte und unterzeichnete, würde er in Kürze wieder in seinem bequemen Office sitzen. Vielleicht sogar eine Belobigung entgegen nehmen. Schließlich war er richtig schnell gewesen. Schade nur, dass mit Abschluss der Ermittlungen auch eine weitere Zusammenarbeit mit der rothaarigen Mel wegfiel. Er hätte sie gern näher kennengelernt. Vielleicht ließ sie sich ja überreden, auf den gemeinsamen Erfolg mit ihm anzustoßen.

Zufrieden bewegte er den Mauszeiger auf den Send-Button. Es machte pling, in wenigen Sekunden würde alles bei seinem Boss auf dem Bildschirm sein.

Warren ahnte nicht, dass die Ashera nicht nur über gute PSI-Ermittler verfügte, sondern darüber hinaus auch exzellente Hacker in ihren Reihen hatte. Seine Mail wurde umgeleitet, öffnete sich auf einem Bildschirm in der großen Bibliothek. Mel grinste Andrea an. Sie schob ihr einen USB-Stick hin. Andrea steckte ihn in den Rechner, kopierte die Dateien, tauschte sie aus und brachte die Internetpost wieder auf ihren vorgesehenen Weg.

„Wenn ich mich nicht irre, und dieser Forthys und sein Boss wirklich so ticken, wie ich denke, dann haben wir das Problem damit erst mal gelöst."

Sie mussten beide grinsen.

„Danke, Andrea."

„Kein Problem, Mel."

Ich trat durch die verbotene Tür, er lag auf dem Bett und schlief. Ich musste doch auf ihn aufpassen. Dass ihm nichts geschah, er keine Dummheiten anstellte. Er sah so hilflos aus in seinem Todesschlaf. Mit dem gnädigen Vergessen des Tages, das sich über ihn senkte, wich alle Härte aus seinen Zügen. Ich nahm neben ihm Platz, zog ihn auf meinen Schoß. Er seufzte selig wie ein Kleinkind im Schlaf und kuschelte sich instinktiv an mich, auf der Suche nach Nähe, Halt, Geborgenheit und Liebe. Ich nahm seine Hand, er gab einen leisen Laut des Wohlbehagens von sich. Göttin, er war fast noch ein Kind, ein zarter, junger Knabe, wenn der Vampir sich zur Ruhe legte. Wie konnte seine Seele das alles nur ertragen? Wie sehr musste er leiden? Ich fühlte eine Wärme in mir, die ich nicht beschreiben konnte. Das Bedürfnis, ihn zu schützen. Und so zog ich ihn fest in meine Arme und hielt ihn, wie eine Mutter ihren kleinen Sohn, während ich meine Augen schloss und flüsterte: „Ich pass auf dich auf."

„Ich wünschte, ich könnte sterben und dem Dunkel in mir entfliehen", sagte er plötzlich. Seine Stimme klang erschreckend kalt und leblos. Mich überlief ein eisiger Schauer. „Ich liebe dich, Melissa."

Ich starrte in der Dunkelheit zur Decke, fühlte, wie eine Träne über meine Wange lief. Warum diese Träume? Warum spürte ich das Amulett deutlicher denn je? War er wirklich in der Nähe? Ich betete stumm, dass es nur mein Unterbewusstsein war, meine Sorge, seit ich die Verantwortung für ihn trug. Mein Dämon durchstreifte die Nacht dort draußen, hob witternd seine Nase in den Wind. Doch der Duft des Drachen blieb der Göttin sei Dank aus.

Wir gewannen nichts weiter als ein bisschen Zeit, indem wir Warrens Email manipuliert und in nichtssagende Informationen verwandelt hatten. Das Risiko war groß, es konnte leicht auffallen. Ich vertraute darauf, dass man wohl kaum jemanden zum leitenden Agenten machte, den man nicht selbstständig in Ruhe arbeiten ließ. Und dass Warren so selbstbewusst war, dass er nicht ständig im Office nachhörte, was sein Boss zu seinem Ermittlungsstand sagte. Solange Slade nicht gestand, hatte er wenig in der Hand, womit er ihn festnageln konnte. Indizien hin oder her. Vielleicht eine Milchmädchenrechnung, aber ich hatte in meinem Leben schon öfter mit solchen Erfolg gehabt.

Im Grunde standen wir vor zwei Problemen. Nach der Verhaftung durch den MI5 war es für Slade unmöglich, einfach wieder in sein altes Leben zurückzukehren. Sowohl seine Arbeitgeber als auch seine gesamte Nachbarschaft wussten inzwischen, dass der Security Service ihn verhaftet hatte. Das warf Fragen auf, Misstrauen. Für einen Vampir war beides ein zu großes Risiko, um es einfach zu ignorieren. Wir mussten ihm, falls er wirklich nicht an den Morden im House of Lords beteiligt war, eine neue Identität verschaffen, und das auch noch möglichst so, dass der MI5 sich nicht hintergangen fühlte. Der Plan sah vor, ihn, sobald seine Unschuld nachgewiesen werden konnte, irgendwie in die Staaten zu schaffen. Im Zweifelsfall mit einem gefakten zweiten Verbrechen. Dann hätte der Security Service auch noch einen Erfolg dabei und konnte sein Gesicht wahren. So war weniger Ärger mit diesen Leuten zu befürchten, meinte Franklin. Das zweite Problem bestand darin, dass wir nach wie vor einen Fall zu lösen hatten. Einen Täter finden mussten. Angespannt und mit gemischten Gefühlen warteten wir auf den nächsten Mord. Nicht dass er wünschenswert gewesen wäre, aber er hätte Slade auf einfachste Weise entlastet, da er ja in Haft saß. Und er barg außerdem die Chance auf weitere Spuren. Aber einen Mord konnte man sich kaum ernsthaft wünschen. Trotzdem ließ er nicht lange auf sich warten. Er kam, wenngleich tragisch, praktisch wie gerufen und auf die letzte Minute, denn nach drei Tagen ohne Geständnis, drohte Warren allmählich die Geduld mit Slade zu verlieren, was weitere Probleme nach sich gezogen hätte.

Mit bitterem Beigeschmack überbrachte ich meinem ‚Kollegen' die aktuelle Todesnachricht, die uns zwar weiterhalf, aber ein unschuldiges Leben gefordert hatte, dem ich nachtrauerte.

Kurz nach Sonnenuntergang suchte ich Warren mit den Obduktionsberichten in seinem Appartement auf. Mein Besuch kam unerwartet für ihn, genau genommen sogar unerwünscht. Hastig räumte er ein paar Unterlagen zusammen. Ich fühlte mich auf Anhieb unwohl, wie ein Eindringling in seine Privatsphäre. Er brauchte offenbar den Schein in seiner Welt, denn die Wohnung war protzig. Aber alles nur Imitate. Die Bilder an der Wand, der Schmuck, die Anzüge. Es war sicher nicht einfach, in der Welt des MI5 zu bestehen, wenn man aus so ärmlichen Verhältnissen stammte, wie Warren. Ich hatte Informationen über ihn eingeholt. Seine Kindheit war alles andere als rosig gewesen, der Tod seines Vaters tragisch, ebenso wir der seiner Mutter nur wenige Jahre später. Danach hatte er sich durchs Leben geboxt, die Ausbildung beim MI5 mit Auszeichnung bestanden, um in die Fußstapfen seines Erzeugers zu treten und ein eher einsames Leben geführt. Wenn ich mich umsah, tat er das immer noch. Nichts in der Wohnung deutete darauf hin, dass hier gelegentlich eine Frau war … oder ein anderer Mann. Nur sein Geruch. Verdammt, hatte er nicht mal Freunde, die ihn hin und wieder besuchten? In Wahrheit ein einsamer Mensch, den ich insgeheim bedauerte.

Vielleicht brauchte er deshalb all dieses Blendwerk. Damit niemand hinter die Fassade blickte. Schade eigentlich. Ich glaubte, dass ich den wahren Warren Forthys mögen konnte.

Als er mit seinen Aufräumarbeiten fertig war und mich abwartend anschaute, reichte ich ihm die Dokumentenmappe.

„Was ist das?", fragte er misstrauisch.

„Ich sage es nicht gern, Mr. Forthys, aber letzte Nacht ist der Earl of Birthwick ermordet worden. Es sieht so aus, als hätten wir den Falschen inhaftiert."

Sein Gesicht spiegelte Ungläubigkeit. Ich schlug die Mappe auf und deutete auf die Obduktionsberichte und Tatortfotos.

„Unsere Pathologen sind sich einig. Identischer Tathergang. Genau wie bei den anderen Mitgliedern des House of Lords. Und der Mord an dem Obdachlosen unterscheidet sich einfach zu sehr."

„Das kann nicht sein. Die müssen sich irren."

„Nein, tun sie nicht. Sehen Sie sich die Berichte an, dann werden Sie zu demselben Schluss kommen. Im Übrigen liegt die Leiche in der Pathologie von Gorlem Manor. Es steht Ihnen frei, sich selbst zu überzeugen, dass der Leichnam keine Augen mehr hat und die Bissmale mit den bisherigen identisch sind."

„Aber der Obdachlose. Die Verletzungen. Die DNS."

Er tat mir wirklich leid, es erschütterte ihn. Und Angst kroch in ihm hoch, wegen der Mail an seinen Vorgesetzten. Ich konnte das Adrenalin riechen, den Schweiß, der ihm ausbrach.

„Mr. Viskott ist kein Unschuldslamm. Insofern ist es schon ein Erfolg. Aber er ist nicht unser Mörder. Die Zahnabdrücke am Obdachlosen passen nicht, wie wir mittlerweile festgestellt haben. Vermutlich haben sich streunende Hunde an dem Kadaver versucht, nachdem Viskott ihn hat liegen lassen. In unserer Datenbank finden Sie die komplette Untersuchungsakte. Ich habe sie extra für Sie freigeschaltet."

Ich zögerte einen Moment, wog ab, was ich ihm sagen konnte. Mit seinem Vorgesetzten hatten wir heute Nachmittag telefoniert, als die neuen Ergebnisse ausgewertet waren und wir eine Möglichkeit für Slade gefunden hatten, ihn in die Staaten zu schaffen. Warren würde es so oder so erfahren, aber die richtige Vorgehensweise dabei war wichtig.

„Ich habe Mr. Viskott heute noch einmal verhört und mit den neuesten Ergebnissen unserer Pathologen konfrontiert. Er gibt zu, das Opfer im Streit angegriffen, verletzt und dann liegen gelassen zu haben. Seine Angaben, wie die DNS an die Leiche kam, stimmen demnach. Es war zunächst nur ein Streit. Bei der Rauferei fiel das Opfer so unglücklich, dass es sich den Kopf stieß und bewusstlos liegen blieb. Fahrlässige Körperverletzung mit Todesfolge und unterlassene Hilfeleistung ist alles, was wir in diesem Fall nachweisen können. Und dabei könnten die tödlichen Verletzungen laut unseren Pathologen sogar die Hundebisse gewesen sein. Der Mann hatte schon eine stark geschwächte Gesundheit. Das mag den Tod beschleunigt haben. Vielleicht sind die Bisswunden erst nach seinem Tod entstanden. Straßenköter haben eine Nase für Leichen. Genau konnte man das nicht sagen. Ihre Pathologen können sich gern noch mal daran versuchen. Doch ich glaube, das spielt ohnehin keine Rolle."

Warren ließ sich auf einen Stuhl fallen und starrte ins Leere. Sein Kartenhaus fiel in sich zusammen. Kein gelöster Fall, keine Belobigung, keine Beförderung. Ein wenig ärgerte mich sein Egoismus, doch ich unterdrückte das Gefühl.

„Allerdings dürfen wir uns dennoch auf die Schulter klopfen. Vor allem Sie, Warren."

Warum bemühte ich mich eigentlich, ihn wieder aufzubauen? Weil ich nett war, und weil er mir leidtat. Warren hatte seine Sprache verloren, darum fuhr ich fort. „Wir werden Slade Viskott morgen den amerikanischen Behörden übergeben. Er wird dort wegen diverser Drogengeschäfte gesucht. Das hätte Ihnen eigentlich auffallen müssen, als Sie seine DNS überprüft haben."

Ich konnte mir die kleine Spitze nicht verkneifen, auch wenn die Daten von uns manipuliert und erst seit heute Morgen mit älterem Datum in die Datenbanken eingepflegt worden waren.

Warren wurde blass, dann puterrot, dann wieder blass. „Ich muss mal kurz telefonieren", sagte er tonlos.

Mir fiel das Zittern seiner Hände auf. Er hatte Angst, was sein Vorgesetzter sagen würde. Nachdem er in seiner Mail schon einen Erfolg auf ganzer Linie angepriesen hatte. Eigentlich hätte ich ihm sagen sollen, dass mit Agent Warner alles geklärt war, aber was auch immer mich ritt, ich wollte ihn ein bisschen schmoren lassen für seine Voreiligkeit.

Er ging ins Nebenzimmer, dennoch konnte ich dank meines guten Gehörs beide Seiten des Gespräches hören. Ich brauchte mich nicht mal anzustrengen.

„Ah, Forthys. Gute Arbeit. Wirklich gute Arbeit. Sie sind fix, Junge, wirklich fix."

„Danke, Sir. Aber ... also ich weiß auch nicht, wie es passieren konnte ..."

„Na, nun mal nicht so schüchtern. Gibt manchmal schon glückliche Zufälle. Der Kollege aus Übersee ist sehr zufrieden. Hab eben mit ihm gesprochen. Ich sag ja, gute Arbeit. Aber Sie bleiben hier dran, ja? An dem Serienkiller."

Warren wusste schlicht nicht, was er sagen sollte. Darum kam nur ein mageres: „Ja, natürlich, Sir!", heraus.

Ich musterte ihn, als er wieder aus dem Bad kam, das Handy noch in der Hand.

„Mein Boss weiß schon, dass ..."

„Ein schlichtes Danke reicht."

„Was?"

Ich musste lachen. „Warren, wir sind im Moment ein Team. Und ich lasse Sie nicht ins offene Messer laufen, wenn ich es verhindern kann. Ich dachte mir, dass Sie es nicht erwarten können, den dicken Fang gleich zu präsentieren. Als ich die Ergebnisse und darüber hinaus die Nachricht aus den Staaten bekam, habe ich daher gleich mit Ihrem Boss telefoniert. Ich glaube, ich habe für Sie die Kurve gekriegt."

Mein Zwinkern wurde noch von einem amüsierten Grinsen unterstrichen. „Jetzt schauen Sie nicht so betreten. Es ist alles in Ordnung. Außer, dass immer noch Lords sterben wie die Fliegen."

Es war nicht ganz klar, ob Wut, Ungläubigkeit oder Hysterie Warrens Züge dominierte.

„Sie ..."

„Wie gesagt, danke genügt."

Ich lächelte, ließ ihm dann keine Zeit mehr, weiter darüber nachzudenken oder gar in Schimpftiraden auszubrechen.

„Da der Fall nun doch nicht so schnell ad acta gelegt werden kann, wie Sie sich das dachten, haben wir noch ne Menge Arbeit vor uns. Kommen Sie jetzt mit zum neuen Tatort? Oder interessiert Sie die Aufklärung der Morde nicht mehr?"

Er zögerte, überlegte noch. Ich legte meinen Kopf schief und schaute ihn aufmunternd an. Da erwiderte er plötzlich mein Lächeln.

„Danke. Ich glaub, ich schulde Ihnen was, Mel."

„Oh, bitte nicht", sagte ich lachend. „Aber warten Sie das nächste Mal vielleicht einfach ein bisschen, bevor Sie sich die Lorbeeren holen wollen."

„Yes, Ma'm." Er griff seine Jacke und begleitete mich zum neuen Tatort.

Home, my sweet new Home

Armand fühlte sich schrecklich einsam ohne Mel. Um den Fall Slade Viscott abzuschließen, war sie mit dem Halfblood in die Staaten geflogen. Der ‚Kollege' in Übersee, mit dem Warrens Chef telefoniert hatte, war eins der Ordensmitglieder in New York, also konnte man schlecht den Security Service mit der Überführung beauftragen und eine Übergabe des Falles an den MI6, was noch schlimmer gewesen wäre, hatte Franklin ebenfalls in letzter Minute verhindert.

Die Notwendigkeit von Mels Reise sah Armand also ein, aber jeder Tag ohne sie schmerzte. Er fühlte sich nicht vollständig, wenn sie nicht an seiner Seite war. Während der Tagesruhe ihren Duft einatmen, sie beim Erwachen in seinen Armen halten, ihr helles Lachen, ihre Leidenschaft, ihr Übermut, ihr ernstes Gesicht, wenn ihr etwas Sorgen machte. Das alles bereicherte sein Leben. Und es veränderte ihn. Er spürte es schon lange, auch wenn er versuchte, es abzuwiegeln. Sanft war er geworden, hatte ein Gewissen bekommen. Mel mit ihrer Menschlichkeit hatte ihm die seine zurückgegeben. Das war gefährlich für einen Vampir, aber auch kostbar. Er fürchtete sich davor, das wieder zu verlieren, wenn er sie verlor. Normalerweise war ein Vampir kalt und gleichgültig, lebte von Lust und Blut. So sollte es sein. Doch seit Mel bei ihm war, konnte er das einfach nicht mehr. Ein ums andere Mal hatte er sich dafür verflucht, sogar sie verflucht, weil er um die Gefahr wusste, die dem innewohnte, wenn ein Vampir wider seiner Natur dachte, fühlte und handelte. Aber seine Liebe zu Mel zählte mehr als all das. Jedes Mal, wenn er seinen Instinkten folgte, hatte er das Gefühl, diese Liebe zu beschmutzen. Darum schränkte er die Jagd ein, wählte sorgsamer als früher seine Beute aus und teilte schon lange nicht mehr das Lager mit einem potentiellen Opfer. Das alles tat er für Mel. Doch was war mit ihr? Er konnte nicht in ihr lesen, wusste nichts über die Art, wie sie jagte, wer ihren Hunger weckte und wie sie ihn stillte.

Und dann diese Träume. Sie hatte sie schon eine Weile, ab und zu erhaschte er einzelne Bilder im Schlaf. Dracon. Jetzt hatte sie seinen Namen geflüstert. Diesen verhassten Namen. Wenn ihre Stimme ängstlich geklungen hätte, oder wütend. Aber nein, die Wärme darin verursachte ihm Übelkeit. Ihm vergeben – warum hatte sie so einem Bastard vergeben? Und warum räumte sie Dracon einen Platz in ihren Träumen ein, statt ihrer gemeinsamen Zukunft?

Die Schlange Eifersucht kroch durch seinen Körper, vergiftete ihn. Es hatte im letzten Jahr angefangen, als Melissa dem Ruf des Lords gefolgt war und Wochen auf Luciens Burg verbracht hatte. Armand gefiel die Veränderung nicht, die das nach sich zog. Ihm war klar, dass Lucien versuchte, Mels Menschlichkeit zum Schweigen zu bringen mit allen Mitteln. Ihre Rückkehr zu ihm hatte ihn zum glücklichsten Mann der Welt gemacht, doch nun fielen erneut Schatten auf ihre Liebe, die er einfach nicht vertreiben konnte.

Glücklicherweise erhob Warren keine Einwände, dass ich die Überführung vornehmen sollte. Im Gegenteil, er versicherte mir, dass ich sein vollstes Vertrauen genoss. Er kümmerte sich derweil um den aktuellen Mordfall, untersuchte selbst die Leiche, prüfte die Parallelen, verglich noch mal die Tathergänge und löcherte jeden Menschen im näheren und weiteren Bekanntenkreis des Opfers. Ein kleiner Terrier, dachte ich amüsiert. Niedlich, aber mit Biss.

Ich flog also mit Slade im Schlepptau nach New York und siedelte ihn dort mit neuer Identität in Pettras Nähe an, damit er einen Vertrauten hatte. Unser Mutterhaus sicherte zwar jegliche Unterstützung zu, doch Slade war nun mal kein Ordensmitglied und jemand außerhalb unserer Gemeinschaft darum nützlicher für ihn, um Fuß zu fassen. Während ich meinen Begleiter erst mal bei Mr. Glöckner, dem Ashera-Vater des Gamblers House, ließ, traf ich mich mit meiner Freundin, um ihr die Umstände zu erklären. Schließlich sollte sie wissen, dass Slade zwar wie sie ein Vampir war, der dem Tageslicht trotzte, aber nicht von ihrer Art.

Wir trafen uns nachts auf einem Friedhof. Meine Freundin hatte sich einer Gruppe von Gothics angeschlossen. Ich mochte mich nicht unbedingt unter sie mischen, hoffte aber für Slade, dass er so auch gleich neue Freunde bekam, die ihn cool fanden.

Als ich ankam, sandte ich Pettra telepatisch eine Nachricht. Wenige Minuten später kam sie auf mich zu und schloss mich freudig in die Arme. Wie immer trug sie figurbetonte schwarze Kleidung und auch der Ledermantel war auf Taille geschnitten. Mit ihren dunkelbordeaux-farbenen Haaren, die seidig über ihren Rücken fielen und der nachtschwarzen Iris sah sie selbst für mich atemberaubend aus. Ihr Timberwolf Tuscon war wie gewohnt an ihrer Seite, er und Osira begrüßten sich nicht minder freudig als wir.

„Ach, Mel. Es ist schon wieder viel zu lange her."

Dem konnte ich nur zustimmen. Schade, dass ich auch diesmal nur zwei Nächte bleiben konnte. Darum hatten wir kaum Zeit für einen privaten Plausch. Pettra war ganz aufgeregt, als ich ihr von Slade erzählte, aber dann kam der Moment, wo ich ihr sagen musste, dass er kein Vascazyr-Mischling war.

„Er ist ein netter Kerl", begann ich vorsichtig. „Du wirst ihn mögen. Und ihr zwei könnt viel mehr zusammen unternehmen, als wir beide. Aber Slade ist nicht von deiner Art."

„Nicht?" Sie setzte sich auf einen der Grabsteine und schlug die Beine übereinander. Tuscon legte sich zu ihren Füßen nieder.

„Er gehört zu einer weiteren Vampirart. Sie nennen sich Halfbloods. Vater Vampir, Mutter Mensch."

Ihre Augen weiteten sich in ungläubigem Staunen. „Aber wie ... ich meine ... sind denn Vampire nicht unfruchtbar?"

Ich nahm auf dem Grabstein ihr gegenüber Platz. Es war auch für mich nicht leicht zu verstehen gewesen. In den letzten Tagen hatte ich mir über Slades Geständnis den Kopf zerbrochen. Barg es doch eine Gefahr in sich, in der auch ich einmal geschwebt hatte. Denn wie Slade mir berichtete, überlebten die Mütter die Geburt nie.

„Normalerweise sind Vampire unfruchtbar. Aber sehr selten entsteht aus der Verbindung zwischen einem Vampir und einem Menschen ein Kind. Diese Kinder sind zunächst wie andere auch. Sie wachsen auf, leben wie Menschen. Und irgendwann erwacht der Vampir in ihnen. Ab diesem Moment verlangsamt sich die biologische Uhr, bis sie schließlich ganz aufhören zu altern. Wenn der Vampir erwacht ist, beginnen sie, nachts auf die Jagd zu gehen, Menschen zu töten und Blut zu trinken. Wie ihr können sie sich keine Gefährten erschaffen und ihr Blut hat nicht die Kraft, die Wunden der Opfer wieder zu schließen. Aber sie verfügen ansonsten über alle Fähigkeiten, die wir auch haben. Solange der Mond am Himmel steht."

„Und danach? Ich meine, was ist am Tag?"

„Wie gesagt, sie sind immun gegen Sonnenlicht. Am Tag leben sie wie gewöhnliche Menschen, sind aber in dieser Zeit auch genauso verletzlich, sogar sterblich. Sie fallen überhaupt nicht auf. Vampire sind sie nur bei Nacht."

„Das ist ja wahnsinnig spannend. Ich freu mich schon darauf, ihn näher kennenzulernen und ihm New York zu zeigen."

Bei ihr wusste ich Slade in guten Händen, das beruhigte mich. Eine Sache weniger, um die ich mir Sorgen machen musste.

„Und sonst? Wie läuft es bei dir?"

Ich winkte ab, wollte Pettra eigentlich nicht mit meinen Sorgen belasten, aber als sie mich eindringlich musterte, erzählte ich ihr doch von den mysteriösen Morden und unserer Zusammenarbeit mit dem MI5, die letzlich dazu geführt hatte, dass Slade umziehen musste.

„Das klingt ganz schön heftig. Hast du denn schon eine heiße Spur?"

„Das Problem ist, dass wir mit 99%iger Sicherheit einen nichtmenschlichen Täter jagen, der Security Service das aber natürlich nicht wahrhaben will."

Pettra schnaubte. Was war auch von solch einer Institution zu erwarten?

„Ich arbeite mit einem ihrer Leute zusammen, dem leitenden Agenten. Eigentlich gar kein so übler Kerl, aber genauso schrecklich verbohrt, wie der Rest der Bande. Er soll den Fall klären, aber in unserem Sinne. Die wahre Aufklärung obliegt also uns, wir müssen es ihm dann hinterher nur geschickt verkaufen. Und dabei gilt es aufzupassen, dass er keine unangenehmen Erfahrungen mit unserem wirklichen Gegner macht. Oder einem anderen ‚Freund' aus der Gegenwelt."

„Hm", machte Pettra nachdenklich. „Ich kann mir vorstellen, dass die größte Gefahr wohl direkt in deiner Nähe lauert." Ich verstand nicht ganz, was sie meinte. „Dein Süßer ist sehr besitzergreifend, was dich angeht. Eine enge Zusammenarbeit mit einem anderen Mann findet er bestimmt nicht toll."

Ich wischte ihren Einwand beiseite. „Armand ist stets auf dem Laufenden und meist auch im Hintergrund dabei. Falls es mal brenzlig wird. Ich denke, er kommt gut damit klar."

„Wenn du dich da mal nicht täuschst."

Ich tendierte dazu, Pettras Schwarzmalerei in den Wind zu schlagen. Armand zeigte keine Anzeichen, dass ihn meine Zusammenarbeit mit Warren störte. Es war eben notwendig. So etwas würde immer wieder mal vorkommen. Viel wichtiger war, dass mit Slade alles klarging und wie erwartet, gab es keine Probleme zwischen ihm und Pettra. Im Gegenteil, sie waren sich auf Anhieb sympathisch, es dauerte keine halbe Stunde und ich fühlte mich überflüssig, sodass ich sie allein ließ. Pettra sah in Slade einen Freund, mit dem sie offen über ihre Existenz reden konnte. Keine Maskerade. Und auch Slade hatte seiner Reise nach New York entgegengefiebert und war von der Daywalkerin bezaubert. Beste Voraussetzungen für ein harmonisches Miteinander.

Wer klopft des Nachts an meine Tür?

Warren schenkte sich eine weitere Tasse Kaffee ein und gähnte. Papierkram war ermüdend. Aber noch mal wollte er sich so einen Fehler wie bei Slade Viskott nicht erlauben. Okay, das Ganze hatte einen erfreulichen Nebeneffekt, schließlich war dieser Kerl tatsächlich ein gesuchter Verbrecher. Für ihren Fall brachte das jedoch gar nichts.

Er hatte sich Kopien der Todesfälle, die das Office dem Serienkiller zuordnete, per Email schicken lassen und studierte sie jetzt ganz genau. Diese Kleine vom Orden hatte ihn ganz schön vorgeführt. Warren grinste. Sie was süß, gefiel ihm. Vor allem hatte sie Köpfchen. Nur dieser ganze Hokuspokus drum herum störte ihn. Aber für romantische Gefühle hatte er sowieso keine Zeit.

Er warf einen Blick auf das Foto seines Vaters an der Wand. Sein alter Herr hatte ihm immer wieder eingebläut, nur auf die Tatsachen zu achten. Für mystisches Zeug war da kein Platz. Darüber hinaus galt Disziplin als oberstes Gebot im Hause Forthys, was mit äußerst harter Hand sowohl ihm als auch seiner Mutter gegenüber durchgesetzt worden war. Er verspürte keine Liebe für diesen Menschen, nur Respekt, aber auch der schmeckte schal. Warum seine Mutter Richard Forthys so angebetet hatte, würde er nie verstehen können. In seinen Augen hatte er das nicht verdient, denn seine Liebe hatte nur der Arbeit gehört, nicht der Familie. Die musste funktionieren wie sein verdammtes Office.

Mit einem bitteren Lachen dachte Warren daran zurück, wie sein Dad gestorben war. Immer im Dienst seiner Majestät. Nur ein einziges Mal hatte Linda ihren Mann dazu überreden können, mit ihr und dem gemeinsamen Sohn in Urlaub zu fahren. Und dann starb er ausgerechnet dort in Irland durch diese blöden Fanatiker, weil er wie immer nicht aus seiner Haut konnte und sich in Dinge eingemischt hatte, die ihn nichts angingen. Seine Mutter war daran zugrunde gegangen. Aus ihm hatte es einen Einzelgänger gemacht.

Damals hatte sich Warren geschworen, dass er niemals zulassen würde, dass dieser Schmerz, der den Blick seiner Mutter getrübt und ihr schließlich das Herz gebrochen hatte, eine Frau zerstören durfte, die er liebte. Dann blieb er lieber allein.

Seine Kollegen flachsten, dass er sowieso mit seinem Job verheiratet war und nur mit seiner Waffe schlief, statt mit einer schönen Blondine im Arm. Ihn kümmerten die Sprüche längst nicht mehr. War er eben seines Vaters Sohn. Immerhin hatte es ihn weit gebracht, dass er so eisern war und jede Minute seinem Job opferte. Wer sonst konnte von sich behaupten, mit 29 Jahren leitender Agent beim MI5 zu sein?

In die Fußstapfen seines Vaters zu treten war Ehrensache gewesen, egal was er über seinen alten Herrn dachte. Gleichzeitig erledigten sich damit alle Pläne für eine eventuelle Familiengründung, denn zumindest das wollte er anders machen, besser. Und da er auch nicht der Typ für spontane Abenteuer war, hatte es nur wenig Frauen in seinem Leben gegeben.

Melissa war da seit Langem eine Ausnahme. Sie sprach ihn an, nicht nur optisch. Er wollte sie näher kennenlernen. Vor allem aber wollte er sie beeindrucken, indem er sich besser in die Fälle einlas. Das Mädel war ein Profi, er auch. Ob er für sie seine Prinzipien über Bord werfen konnte? Er musste zugeben, dass er mit dem Gedanken spielte. Und nach ihrer anfänglichen Zurückhaltung, an der er mit seinem ersten Auftritt im Mutterhaus wohl auch selbst schuld war, begegnete sie ihm inzwischen weitaus freundlicher.

Aber darüber konnte er sich Gedanken machen, wenn der Serienkiller sicher hinter Schloss und Riegel war. Dazu musste er ihn erst mal fassen, also das Raster möglichst eng eingrenzen. Da das Täterraster mehr als dürftig war, nahm er mit dem Opferraster vorlieb. Drei Fälle hatte er inzwischen aussortiert. Ein Adelsmitglied war in der Badewanne an Herzversagen verstorben. Passte überhaupt nicht ins Bild des Killers. Zwei weitere Fälle schloss er ebenfalls aus. Keine Lords, Earls oder Sirs und beide hatten noch ihre Augen.

Irgendwas hatte es mit den Augen auf sich, da war er sicher. Die übrigen Fälle passten, waren weitestgehend identisch. Einer tanzte aus der Reihe, weil er ebenfalls nicht in adlige Kreise gehörte, aber zu stur wollte er auch nicht sein. Außerdem waren in seinen Augen Adlige keine besseren Menschen. Auch der Kerl verdiente, dass man seinen Mörder fand, ob er nun einen Titel hatte oder nicht.

Die Augen. In allen Akten wurde ihr Verlust vermerkt. Aber ein entscheidendes Detail fehlte. Nämlich ob man sie prämortal oder post mortem entfernt hatte. Nur in dem Fall, den die Ashera betreute, hatte deren Pathologe Dr. Green einen Vermerk gemacht, der ‚vermutlich prämortal' lautete. Wie grausam, einem Menschen bei vollem Bewusstsein die Augen auszustechen. Er verzog angewidert den Mund.

Warren beschloss, sich selbst dafür einzusetzen, dass das nächste Opfer in die Ashera-Pathologie kam. Man mochte über den Orden denken, was man wollte, aber die Leute dort schienen auf jeden Fall gründlicher vorzugehen.

Ein Klacken am Balkonfenster ließ ihn herumfahren. Er sah einen Schatten, wie ein riesiger Flügel. Träumte er? Warren rieb sich die Augen und schüttelte den Kopf. Da blitzte doch etwas auf. Ein Schwert? Eine Klinge? Zumindest etwas Metallisches.

„Wer ist da?" Keine Antwort. Er zog seine Waffe, entsicherte sie, näherte sich vorsichtig der Glastür, die nach draußen führte.

„Schluss mit den Spielchen. Zeigen Sie sich. Sofort."

Ein Schatten fiel nach drinnen, verdeckte den Mond. Warren spürte sein Herz schneller schlagen. Schweiß brach ihm aus. Seine Hand zitterte leicht, als er sie nach dem Türknauf ausstreckte, die Pistole im Anschlag. Eine Böe fegte den Blumentopf von der Ecke des Geländers. Obwohl Warren auf den Aufprall am Boden nach sieben Stockwerken Fall gefasst war, zuckte er zusammen, als der Ton zerschellte. In der Luft lag ein Vibrieren, oder war es ein Knurren?

Mit einem Ruck riss Warren die Balkontür auf und sprang hinaus, blickte routinemäßig nach links und rechts, da war nichts. Er schaute nach unten. Dort lag seine Petunie zwischen braunen Scherben. Auf der anderen Straßenseite bewegte sich eine dunkle Gestalt mit Kapuze Richtung Hauptstraße. Aber die konnte unmöglich auf seinem Balkon gewesen sein. Wie wäre sie so schnell wieder runter gekommen? Warren fröstelte. Er schob es auf den aufkommenden Wind. Am Himmel zogen Wolken vor den Mond. Besser, er ging wieder hinein, vielleicht würde es heute Nacht noch regnen. Da fiel sein Blick auf etwas, das wie der Abdruck eines Fußballens aussah. Er blickte noch einmal hinunter auf die Straße, doch die war jetzt menschenleer.

Energisch schob er den Gedanken beiseite, einen heimlichen Besucher hier oben gehabt zu haben. Der Abdruck sah nur so ähnlich aus wie ein Ballen. Es konnte sonst was sein. Er durfte sich von dem Orden und seinen Denkweisen nicht anstecken lassen, sonst war er bald seinen Job los. Dennoch konnte er nicht anders, als diese Nacht zum ersten Mal seit er beim MI5 arbeitete, tatsächlich seine Waffe unters Kopfkissen zu schieben, als er schlafen ging.

Auf dem Rückweg nach London entschied ich mich, bei Lucien vorbei zu schauen. Die Frage nach dem Risiko, das möglicherweise auch für mich einst bestanden hatte, als ich sterblich mit einem Vampir schlief, ließ sich nicht verdrängen. Ich wollte es jetzt wissen. Wie wahrscheinlich waren solche Fälle? Wie oft geschah es? Wie unfruchtbar waren Vampire wirklich? Wenn einer mir darauf antworten konnte, dann Lucien. Außerdem erschien es mir sicherer, den kommenden Tag bei ihm zu bleiben und in meinem Zimmer zu ruhen. Ich wollte kein zweites Mal das Risiko eingehen, von der Sonne verbrannt zu werden, wie bei meiner überstürzten Abreise letztes Mal. Hätte Kaliste mich nicht gerettet, wäre ich inzwischen nichts weiter als ein Haufen Staubkörnchen, die der Wind in alle Himmelsrichtungen verstreut.

Die Burg ragte beeindruckend wie immer vor mir auf. Er wohnte stilecht, wie es einem Lord gebührte. Doch im Inneren hatte das Gemäuer zwei Gesichter. Mittelalterliches Bauwerk oder hochmodernes Luxusambiente. Ganz nach seiner Lust und Laune – oder seinen Gästen. Hier lebte er mit den Zwillingen Andy und Steven und der scheuen Gillian. Die einzigen Menschen, denen er vertraute.

Gillian brachte mich in sein Atelier im modernen Wohnbereich. Ein Feuer prasselte im Kamin, Lucien stand mit nacktem Oberkörper vor einer Leinwand, sein langes, schwarzes Haar wehte in der sanften Meeresbrise, die durchs geöffnete Fenster herein strömte. Er schwang den Pinsel, das Spiel seiner sehnigen Muskeln löste ein vertrautes Kribbeln in mir aus. Einzelne Farbsprenkel schmückten seine Arme. Das Bild war beinah fertig. Ich warf einen Blick darauf und vergaß für einen Moment, was ich hatte sagen wollen. Die Szenerie auf der Staffelei beunruhigte mich auf eine Weise, dass ich mich nicht mehr konzentrieren konnte. Lodernde Flammen, tödliche Finsternis und wimmernde, schreiende Seelen. Eine Vision vom Höllenfeuer?

„Melissa", ermahnte mich Lucien sanft und ich sah erschrocken auf. In seinen nachtblauen Augen funkelten die Sterne, es zog mich magisch an, lockte, mich darin zu verlieren, aber seine warme, sanfte Stimme hielt mich davon ab. „Du wolltest mit mir reden."

Er lächelte nachsichtig darüber, dass er mich hatte erinnern müssen, warum ich hier stand. Ich schüttelte den Kopf, vertrieb die Eindrücke, die das Bild in mir wachrief. Er wollte es auf einer seiner nächsten Ausstellungen zeigen, die er in der National Gallery in London plante. Auf Menschen war die Wirkung sicher noch stärker als auf mich. Das machte seinen Erfolg aus. Menschen spürten seine Bilder.

„Wir können Nachkommen mit Menschen haben", sagte ich.

„Ja, ich weiß."

Lucien tauchte den Pinsel wieder in die Farbe und fuhr fort, seinem Gemälde den letzten Schliff zu geben. Ich konnte das Stöhnen dieser Seelen hören, die Hitze des Feuers spüren. So lebendig. Er hatte ein Talent dafür. Ich schluckte noch einmal und riss mich dann vollständig davon los.

„Passiert das oft?"

Er schwieg eine Weile und ich wurde unsicher, ob ich eine Antwort bekam. Er überhaupt eine kannte. Strich für Strich verlieh er dem Bild mehr Leben. Schließlich legte er

Pinsel und Farben beiseite, wischte sich die Ölreste mit einem Baumwolltuch von den Fingern und drehte sich zu mir um. Seine Arbeit war vollendet.

„Wundervoll, nicht wahr?", fragte er mit deutlichem Stolz in der Stimme.

„Lebendig", antwortete ich nur und man konnte meine Gefühle in meinem Gesicht lesen. Zumindest konnte er es. Aber er schüttelte nur lachend den Kopf und ging dann zu seinem Schreibtisch hinüber. Ich folgte ihm und sah zu, wie er seinen Spazierstock, der neben dem Tisch stand, in die Hand nahm und die Konturen des Griffes nachfuhr. Etwas verwundert runzelte ich die Stirn. Normalerweise hatte der Stock mit der tödlichen Klinge im Inneren einen Pantherkopf. Dieser hier trug einen Drachen zur Schau.

„Ein neues Accessoire?"

„Irgendwie muss ich den Drachen ja im Griff haben", bemerkte er mit einem zynischen Lächeln und spielte damit auf seinen Dunklen Sohn an.

Für einen Moment war ich versucht, mit ihm über Dracon zu sprechen und den Traum. Doch Lucien kam mir zuvor, indem er auf meine Frage wegen der Halfbloods zurückkam.

„Es passiert nicht oft." Ich wagte aufzuatmen, bis sein Lächeln zweideutig wurde. „Aber es passiert öfter, als uns lieb sein kann."

Ein unangenehmes Gefühl breitete sich in meiner Magengegend aus, ich wusste nicht, was ich dazu sagen sollte.

„Realbornes, geborene Vampire. Oder wie sie selbst sagen: Halfbloods. Es ist ein und dasselbe. Eine menschliche Mutter, ein unsterblicher Vater. Eine Vampirin würde die Frucht resorbieren, wenn sie nicht steril ist. Eine Menschenfrau kann das nicht. Und der Same eines Vampirs, wenn er nach der Wandlung fruchtbar bleibt, ist zu stark, als dass sie irgendetwas dagegen ausrichten könnte." Er seufzte tief. „Kein Mensch wird uns je so sehr verachten, wie diese unsere eigenen Kinder."

„Warum?"

„Weil sie verdammt sind. Mehr, als jedes andere Geschöpf. Vor allem mehr als wir. Sie werden zum Mörder durch ihre Geburt, denn keine sterbliche Frau überlebt die Geburt eines Bluttrinkers."

Ich schauderte. Mir ging durch den Kopf, wie oft ich diesem Risiko ausgesetzt gewesen war. Wie viele Vampire mit mir geschlafen hatten, als ich noch zu den Sterblichen gehörte. Hatten sie es gewusst? Lucien offensichtlich schon, aber ihm war es egal. Und den anderen?

„Sie sind Menschen", fuhr Lucien fort. „Als Kinder unterscheiden sie sich nicht von anderen. Aber irgendwann erwacht Das Blut, der Alterungsprozess verlangsamt sich, ihre Gelüste werden andere. Anfangs ist es rohes Fleisch, irgendwann holen sie unter Vorwand in den Schlachtereien Blut, manchmal stehlen sie es auch, um nicht aufzufallen. Wenn das Blut von Tieren nicht mehr genügt, suchen sie in einschlägigen Kreisen nach Gespielen, die eine Vorliebe für Verletzungen haben. Natürlich eher die Masochisten, die sich freiwillig mit einer Nadel oder einem Messer ritzen lassen. Eines Tages ist es dann so weit, dass sie das erste Mal ihre Zähne einsetzen, die Puls- oder Schlagader eines Menschen aufreißen und ihm das Leben aussaugen. Zum kleinen Trunk sind sie nicht fähig, ihrem Blut fehlt aufgrund der Tatsache, dass sie nur Mischlinge sind, die Heilkraft für ein anderes Wesen. Ihre eigenen Verletzungen und Krankheiten heilen zwar schneller, aber bei anderen wirkt diese Kraft nicht. Sie leben menschliche Leben, mit menschlichen Sorgen, Tag für Tag. Keine übernatürlichen Kräfte. Sie sind dem Menschen näher als uns. Aber nachts erwacht der Dämon. Das Dunkle Erbe, das unser Blut in ihnen gesät hat. Dann sind sie wie wir. Übermächtig, unwiderstehlich. Und auch sie haben diese Gier. Aber sie zählen sich selbst zu den Menschen, nicht zu den Vampiren. Und deshalb leiden sie darunter, wenn sie ihresgleichen töten, um den brennenden Hunger zu stillen, der sie zu zerreißen scheint. Sie wehren sich dagegen. Doch Nacht für Nacht werden sie schwächer in diesem Kampf. Ein ums andere Mal verlieren sie ihn. Dafür machen sie uns verantwortlich. Deshalb hassen sie uns."

Slade hasste uns nicht. Eher sich selbst. Aber das war wohl eine Frage des Charakters, wie sich die Erkenntnis über ihre wahre Natur auf den jeweiligen auswirkte. Mich schauderte bei dem bloßen Gedanken daran, was sie wohl durchmachen mussten. Ich konnte es nachfühlen. Denn aus welchen Gründen auch immer, ich war ebenfalls nicht ganz frei von meiner Menschlichkeit, wie ein Vampir es eigentlich sein sollte. Fröstelnd rieb ich mir die Arme.

„Warum hast du mir nie davon erzählt?"

„Ich hielt es nicht für relevant."

„Hast du auch solche Nachkommen?"

Sein Blick wurde dunkel, sein Lächeln raubtierhaft. „Ich halte mir keine sterblichen Geliebten, mein Herz. Wer meine Lust mit mir teilt und nicht unsterblich wird, der sieht den nächsten Morgen nicht."

Seine Stimme klang hart und kalt wie Stahl, der in meine Seele schnitt. Ich wusste, er meinte es so. In seinem Herz war kein Platz für zarte Gefühle. Menschen waren Mittel zum Zweck. Er benutzte sie, wie er es wollte, genoss seine Macht und seine Willkür in vollen Zügen. Eine Ausnahme hatte es gegeben, die er heute noch bereute. Pascal – Dracon. Ich blickte auf den Drachenknauf und wusste mehr denn je, wie sehr Lucien darunter litt. So ein Fehler passierte ihm nicht wieder. Solch eine Schwäche gestattete er sich kein zweites Mal. Sein Herz an einen Sterblichen verlieren. Ich hatte diese Wunde wieder zum Bluten gebracht, als sein Dunkler Lieblingssohn mit meinem Elixier in der Hand durch die Welt reiste, um Verderben zu säen und die Ewige Nacht herbeizuführen.

Gillian trat lautlos herein, verneigte sich vor mir und sagte: „Mylady, Euer Zimmer ist bereit."

Das Tier in dir

Allein wanderte ich durch die dunklen Räume von Madame Tussauds. Vorbei an der Royal Family, Mr. 007 James Bond, in diesem Falle Pierce Brosnan, Elvis und Marilyn. Die Treppen runter ging es ins Gruselkabinett. Ein Schafott, ein Werwolf, ein sehr schlecht getroffener Vampir. Vom Boden stieg Nebel auf. Inmitten des Gebäudes? Über einer Tür stand das Wort Mythen und Legenden. Seit wann gab es dieses Thema hier im Museum? Ich stieß die Holztür auf, dahinter flimmerten bunte Lichter, Robin Hood schoss einen Pfeil auf einen Apfel. War das nicht Tell gewesen? Ein Boot auf dem Wasser trieb der gläsernen Insel entgegen, der Nebel verdichtete sich. *Bitte jetzt nicht in Avalon abtauchen*, dachte ich. *Da finde ich sicher nie wieder zurück.* Der Minotaurus stand mit gesenkten Hörnern vor einem Zerberus. Irgendwas lief hier falsch.

Ein schmatzendes Geräusch lenkte meine Aufmerksamkeit von diesen Widersprüchlichkeiten in die hintere Ecke des Raumes. Eine Kreatur kauerte am Boden. Unter ihr lag ein menschlicher Körper. Im Näherkommen sah ich, dass es sogar viele Körper waren. Bekannte Gesichter, mit denen etwas nicht stimmte. Sie sahen seltsam aus, als würde ihnen etwas fehlen. Die Kreatur über den Körpern drehte sich zu mir um, sie hatte den Kopf eines Krokodils. Die Pranke eines Löwen warf zwei weitere Augäpfel ins geöffnete Maul, die geräuschvoll gefressen wurden.

Ich fuhr von meinem Bett hoch, Schweiß rann in Strömen an mir herab. Göttin, was für ein wirrer Traum. Nein, so wirr war er gar nicht. Die Gesichter, die ich gesehen hatte, gehörten zu Mitgliedern des Oberhauses. Die fehlenden Augäpfel, ein Dämon, der sie aß, es passte alles. Ich arbeitete innerlich immer noch die Mordfälle durch. Auch hier in Miami. Es wurde Zeit, ich musste zurück.

Armand freute sich, dass ich so schnell aus New York wieder zurück war und Pettra sich um Slade kümmerte. Er war ebenso wenig überrascht gewesen wie Lucien, als ich ihm von Slades Herkunft berichtet hatte. In den Aufregungen der letzten Tage hatte ich aber keine Zeit gefunden, mit ihm darüber zu reden. Jetzt erschien mir ein günstiger Zeitpunkt ihn zu fragen, ob er je einen Gedanken daran verschwendet hatte, dass auch mir so etwas widerfahren und ich bei der Geburt eines Halfblood-Babys sterben könnte.

Erst schaute er irritiert, als ich erzählte, dass ich bei Lucien gewesen war, aber die Erklärung, dass ich kein unnötiges Risiko bei der Rückreise hatte eingehen wollen, schien ihm zu genügen und er antwortete auf meine Frage.

„*Alors*, ich habe solche Geschichten gehört. Aber ich habe nie daran geglaubt, weil ich keinem Halfblood je begegnet war. Jedenfalls nicht bewusst." Ich nickte. Leise fügte er hinzu: „Aber ich war damals bereit, das Risiko einzugehen, dass es geschehen könnte."

Ich war ihm dankbar für seine Ehrlichkeit. „Es ist ja nichts passiert. Und jetzt spielt es eh keine Rolle mehr."

Er lächelte, ein wenig reumütig, aber auch mit einem Glitzern in den Augen, das mir eine Gänsehaut über den Rücken jagte. Ich fühlte mein Herz schneller schlagen.

„Wenn es jetzt ja keine Rolle mehr spielt …"

Er brauchte den Satz nicht zu beenden. Ich sank in seine offenen Arme, schmiegte mich an die festen Muskeln seiner Brust und genoss seine Nähe. Ein paar Stunden abschalten. Nicht an die Mordserie denken, nicht an die Halfbloods und auch nicht an den MI5. Ein paar Stunden nur für uns. Morgen Nacht konnte ich mich dann wieder um Forthys und den Fall kümmern. Jetzt hatte ich anderes im Sinn.

Aufreizend rieb ich mein Becken an seinen Lenden, ließ meine Zunge vorschnellen und neckte seine Lippen. Aber ehe er den Kuss erwidern konnte, zog ich schon den Kopf zurück, grinste frech.

„Komm und hol es dir", lockte ich, trat dabei ein paar Schritte rückwärts Richtung Sofa. Er folgte mir. Sekunden später lagen wir auf der Couch, Stoff zerriss unter dem Ansturm unserer Leidenschaft. Blutduft lag in der Luft. Armands Blut, weil meine Nägel sich tief in sein Fleisch gruben. Rot floss es über seine rechte Schulter, den Bizeps, sammelte sich in der Armbeuge. Ich presste meine Lippen darauf, er stöhnte, als meine Zähne die Haut durchstießen. Es schmeckte so süß, berauschte mich. Ein Zittern lief durch meinen Körper, hervorgerufen durch den sanften Schmerz an meinem Puls, wo Armand leckte und saugte. Ich gab ihn frei, drehte meinen Kopf zu ihm, damit er mich küsste, spreizte gleichzeitig meine Beine, bereit, ihn ganz tief in mich aufzunehmen. Er kam der Aufforderung nach, füllte mich aus, während sein dunkler Blick mich einfing. Der Dämon erwachte in uns beiden, zwei wilde Tiere, die sich umkreisten, fauchend, imponierend, einander abschätzend und sich gegenseitig reizend, auf verschiedene Art und Weise. Sie spielten miteinander, gierten nacheinander, zögerten es immer weiter hinaus. Mal näherten sie sich, hieben spielerisch mit den Pranken nacheinander, dann wichen sie wieder zurück. Trieben das Verlangen auf die Spitze, während unsere Körper dem ersten Höhepunkt entgegeneilten. Und in der Explosion des Orgasmus stürzten sich die beiden mit einem gewaltigen Satz aufeinander und vereinten sich. Ich schrie meine Lust hinaus unter Armands andauernden, leidenschaftlichen Stößen, die auch jetzt nicht nachließen. Das Knurren, das meiner Kehle entfuhr, hatte nichts Menschliches an sich. Wie ein Raubtier schlug ich meine Fänge in seinen Körper, spürte, wie auch er mich mit seinem Biss zeichnete, wollte mehr von diesem Schmerz. Darum reizte ich ihn, indem ich mich scheinbar zur Wehr setzte, mich ihm zu entwinden suchte. Das Grollen in seiner Kehle stand dem meiner Wölfin in nichts nach, aber ich ließ mich nicht einschüchtern, auch nicht von seinem immer fester werdenden Griff, mit dem er die Kontrolle über mich zurückerlangen wollte. Und dann geschah es plötzlich. Im einen Moment war es noch Armand, im nächsten sah ich in die gelben Augen eines Panthers, dann verschwamm die Realität und ich tauchte tief ein in eine Vision von zwei Totemtieren, die ihre Kräfte aneinander maßen wie zuvor die Blutdämonen, mit dem einzigen Ziel, am Ende ebenso wie diese beiden zu einer Einheit zu verschmelzen.

Dieses Erlebnis war so intensiv wie keines zuvor. Es zehrte fast all unsere Reserven auf, entriss uns der Wirklichkeit, trieb uns weit hinfort ins Traumland. Für Armand eine beängstigende und völlig neue Erfahrung. Ich spürte seinen anfänglichen Schock, den Impuls zurückzuweichen, doch sein Vertrauen war stärker. Dieses Vertrauen, gepaart mit Gier und Lust, ließ ihn alle Zweifel vergessen, und er folgte mir auf fremdes Terrain, ließ sich fallen, wie ich mich fallen ließ. Schnurrend schmiegte er sich an mich, während ich ihm meinen Leib entgegenbog, zärtlich zogen wir mit unseren Krallen Spuren auf der Haut des anderen. Tiefe Küsse, heißer Atem, eine schier unbeschreibliche Sehnsucht nacheinander, die ein immer engeres Band wob. Ob Fell oder Haut, Fänge oder Zähne, Krallen oder Nägel. Wie viel war Mensch, wie viel war Tier? Osira war mir nie so bewusst gewesen, wie in dem Moment, als der Panther sie in Besitz nahm, sich zärtlich in ihrem Nacken verbiss und ihren Leib umschlang. Armands Körper glühte, weil er die Kraft seines Totems nicht zu kontrollieren vermochte. Seine Hitze verbrannte mich fast, Schweiß floss in kleinen Rinnsalen an uns herab, doch keiner von uns war bereit, loszulassen und sich wieder zu trennen.

Die Sonne blinzelte schon am Horizont, als wir uns mit letzter Kraft in unsere Gruft schleppten, wo wir einander in die Arme sanken und in den erholsamen Schlaf der Erschöpfung fielen, wissend, dass wir einander niemals zuvor näher gewesen waren, als in dieser Nacht.

Nächtliches Rendezvous

Chester Cottage lag gut zehn Meilen außerhalb von London. Ein beschauliches Fleckchen Erde, der Wohnsitz von Sir Cedric Erwing, dem Duke of Chester. Sir Erwing hasste London, dieses überfüllte Touristennest mit den vielen Elektronikreklamen und Schnellrestaurants, den lauten Autos, den schrillen Jugendlichen. Er hatte der City vor etlichen Jahren den Rücken gekehrt, betrat sie nur, um an den Sitzungen des Oberhauses teilzunehmen oder gelegentlich einen Freund zu besuchen. Einkäufe erledigten seine Angestellten. Er selbst widmete sich lieber seinem Hobby, dem Kaufen und Verkaufen voll funktionsfähiger Antiquitäten.

Liebevoll trug er mit dem Pinsel braune Farbe auf. Natürlich hatte er schon jede Menge Kaffeemühlen, doch diese hier war einzigartig schön. Er hatte sie auf einem Flohmarkt in Studham letztes Wochenende erworben. Noch einmal richtete er die Lupe aus, um die Konturen besser sehen zu können.

Das Telefon klingelte und riss Sir Erwing aus seiner andächtigen Tätigkeit. Herrgott, hatte man denn nicht ein Mal seine Ruhe? Ärgerlich legte er den Pinsel beiseite und nahm den schwarzen Hörer des antiken Gerätes nach dem vierten Klingeln ab.

„Wer spricht da?"

Er war stolz auf seine Sammlung von Antiquitäten. Von den bereits erwähnten Kaffeemühlen über Grammophone bis hin zu diesem und noch drei weiteren Telefonen gab es in seinem Haushalt unzählige Schmuckstücke, die einen hohen Sammlerwert besaßen, bei ihm aber noch voll genutzt wurden. Doch an diesem Abend erfreute ihn das Lieblingsstück in der Sammlung nicht. Die Worte, die aus dem Apparat an sein Ohr drangen, verärgerten ihn zutiefst.

„Also … das ist doch … was erlauben Sie sich?"

Seine Haushälterin, die gerade den Neun-Uhr-Tee brachte, erschrak, als sie ihn derart aufgebracht vorfand. Das war für gewöhnlich nicht seine Art. Ihm traten Schweißperlen auf die Stirn, seine Wangen glühten zornesrot.

„Ich werde Sie lehren! Wo? Diese Angelegenheit können wir augenblicklich klären." Sekunden später knallte er den Hörer auf die Gabel. So ging er sonst nie mit seinen Kostbarkeiten um. „Alma, vergessen Sie den Tee. Ich muss noch einmal weg." Im Hinausgehen bellte er noch: „So ein Affront. Ich werde diesem …"

Alles Weitere ging im Zuschlagen der Haustür unter. Der Motor des Bentleys heulte auf und mit quietschenden Reifen verließ er das Anwesen.

Regen floss von den Häuserwänden, schmutzige Pfützen befanden sich auf dem Pflaster, Unrat und Gestank. Sir Erwing verzog angewidert den Mund. Himmel, wo war er hier hingeraten? Es würgte ihn. Von der geheimnisvollen Anruferin keine Spur. Wasser sickerte in seine teuren Lackschuhe, durchnässte die weißen Socken. Mit Ekel wich er einer Ratte aus, die quiekend um eine Ecke verschwand. Wie konnte jemand nur freiwillig in so einer Gegend leben? London war schlimm genug, aber diese Gasse? Wo blieb diese Person nur? Behauptete, sein Grammophon, das erste je gebaute seiner Art, das er am kommenden Wochenende auf einer Ausstellung einem Fachpublikum präsentieren wollte, sei eine billige Kopie aus Asien. Dafür gäbe es Beweise. Pah! Er wusste, dass er keine Fälschungen besaß. Er war Experte. Diese komischen Indizien sollte man ihm erst mal zeigen. Er würde deren Unglaubwürdigkeit schon aufdecken.

Abermals schaute er die Gasse hinauf und hinunter, aber die Dame, die ihn herbestellt hatte, war weit und breit nicht zu sehen. Wenn sich da jemand einen dummen Scherz mit ihm erlaubt hatte, dann würde er sehr ungemütlich werden.

Sir Erwing schlug den Kragen hoch. Kalte Tropfen fielen ihm in den Nacken, ihn schauderte.

Da endlich erklangen Schritte und er drehte sich um. Vom anderen Ende der Straße kam eine dunkle Gestalt auf ihn zu. Die Bewegungen wirkten seltsam steif. Außerdem war der Körper gedrungen. Er hatte der Stimme nach eine junge Lady erwartet, die bedauerlicherweise völlig unwissend in Antiquitäten sein musste oder einem Betrüger aufgesessen war.

Sie kam näher, in der Luft lag ein Grollen. Er warf einen Blick nach oben, ob nun auch noch ein Gewitter aufzog. Als er wieder zu der Gestalt hinübersah, erbleichte er. Sie war nur noch wenige Schritte von ihm entfernt. Mit einer Frau hatte dieses Geschöpf nicht das Geringste gemein. So etwas gab es nicht. Humbug, Aberglaube. Er träumte sicher. Ein Alptraum. Nie im Leben konnte das, was ihm da entgegensprang, wirklich existieren.

Diese Zweifel waren seine letzten Gedanken, bevor scharfe Klauen nach vorne schossen und sich in seinen Hals bohrten. Gurgelnd sprudelte das Blut aus den Wunden. In der anderen Hand blitzte etwas auf, das wie ein Gebiss wirkte, die Reißzähne eines Wolfes. Ehe Sir Erwing sich Gedanken um Sinn und Aufgabe dieser künstlichen Zähne machen konnte, spürte er schon, wie seine Seele aus dem Körper gesogen wurde. Doch kein Licht wartete am Ende des Tunnels, sondern nur Leere und ein grenzenloses Nichts.

Wer hat Angst vorm schwarzen Mann?

Sir Cedric Erwing wurde tot am Ufer der Themse gefunden. Während die augenlose Leiche in unserer Pathologie obduziert wurde, besuchte ich mit meinem Security-Service-Anhang den Tatort. Seine einzige Sorge schien, sich nicht die Schuhe dreckig zu machen. Ich entschied, ihn einfach nicht weiter zu beachten. Vielleicht unterstellte ich ihm ja auch nur etwas. Immerhin hatte er dafür gesorgt, dass wir die Leiche obduzieren durften und nicht Dr. Bishop.

Noch immer wühlten die Empfindungen der Begegnung mit Armands Krafttier in mir. Ich hatte nie darüber nachgedacht, dass er eins hatte. Noch dazu einen Panther, eben jenes Tier, mit dessen Eleganz und Geschmeidigkeit ich seine Bewegungen so oft verglich.

Er war noch überraschter gewesen, weil er seinem Tier noch nie begegnet war. Nun war es erwacht und ich wollte ihm helfen, den Kontakt zu halten und zu intensivieren. Vor allem erst mal seinen Namen zu erfahren, damit er es unter Kontrolle hatte. Seit dieser Nacht war der Panther erst mal wieder verschwunden. Es mochte vielleicht einige Zeit dauern, die Verbindung wieder behutsam aufzunehmen.

Noch mehr als die Tatsache, dass er ein Totem hatte, irritierte mich, wie Osira und der Panther aufeinander reagiert hatten. Der Kampf, die Verschmelzung, so intensiv das Gefühl, völlig mit dem anderen eins zu sein. So etwas geschah selten. Ob es bei meinen Eltern so gewesen war? Joannas Falke war stark gewesen. Welches Tier trug Franklin in sich? Und war es ebenso mächtig? Zog er aus ihm seine Fähigkeiten? Mir wurde klar, wie wenig ich über die magische Seite meines Vaters wusste. Dass er sie ganz gezielt verborgen hielt.

Energisch schüttelte ich den Kopf. Dafür war jetzt keine Zeit.

Eine vertraute Essenz lag in der Luft. Dieselbe, die ich schon am ersten Tatort gespürt und die auch über dem zweiten gelegen hatte, wenngleich dort keine Bilder vor meinem dritten Auge erschienen waren. Vielleicht hatte ich hier mehr Glück. Ich atmete gleichmäßig, ließ die Schwingungen auf mich wirken. Forthys beachtete ich nicht weiter. Mit meinem dritten Auge erfasste ich wieder die Gestalt des Metallkriegers. Er schwang sein Schwert. Eine andere Gestalt, ich sah nur ihren grotesken Schatten an der Häuserwand, floh vor ihm mit ängstlichem Wimmern. Blut glitzerte auf seiner Klinge. Doch es war nicht das Blut von Sir Erwing. Sein Körper hatte keine Schnittverletzung aufgewiesen. Die Augen des Schattenjägers glühten rot, sie kamen immer näher. Dann riss er plötzlich den Mund auf und seine langen, scharfen Fänge schienen sich direkt in meinen Leib zu bohren. Mit einem Keuchen kam ich ins Hier und Jetzt zurück.

„Alles in Ordnung?", fragte Warren.

„Ja", log ich, hielt mich an der Hauswand fest.

Er schnaubte verächtlich. „Das haben Sie nun von Ihrem blöden Hokuspokus, Melissa. Sie sollten sich besser an die Fakten halten. Und darum gehe ich jetzt wieder ins Labor und schau mir den Obduktionsbericht und die Unterlagen der Spurensicherung noch mal an."

Er ließ mich stehen, was mir recht war. So konnte ich auf eigene Faust ermitteln. Es krächzte über mir. Camilles Krähe beobachtete uns schon eine Weile, doch vor Warren zeigte sie sich nicht. Sie nickte mit ihrem Kopf, schlug ein paar Mal mit den Flügeln, krächzte wieder.

„Der Schattenjäger ist wohl der Schlüssel zu diesem Fall."

Der Vogel verstand meine Worte als Aufforderung. Mit lautem Geschrei erhob er sich in die Luft. Rief mich, ihm zu folgen. Vielleicht brachte er mich, wie schon so oft, auf die richtige Spur.

Camilles Krähe enttäuschte mich nicht. Sie führte mich hinaus aus London. Mein Glück, dass ich fliegen konnte wie sie. Einige Kilometer außerhalb strebte sie einem kleinen Wäldchen zu. Zwischen den Bäumen verlor sich dann ihre Spur und ich blieb allein zurück.

Nicht ganz allein. Meine Nackenhärchen stellten sich auf. Ich war ihm ganz nahe, diesem Wesen, dessen Spur ich verfolgte. Meine Haut kribbelte vor Erregung, in meiner Kehle bildete sich ein tiefes Knurren. Meine Wölfin Osira brach stärker durch als der Vampir, je näher ich meiner Beute kam.

Ein Feuer flackerte tiefer im Wald, die Schatten tanzten über den Waldboden, schufen eine Illusion von sich bewegenden Bäumen. Ich näherte mich lautlos, doch das Geschöpf, das dort am Feuer saß, bemerkte mich. Es erhob sich mit einer schnellen Bewegung, ragte in seiner vollen Größe vor mir auf. Göttin, es war noch größer als Lucien. Ich schätzte, deutlich über zwei Meter. Ein Zischen drang an mein Ohr, wie eine Warnung, nicht näher zu kommen. Doch als ich die kleine Lichtung betrat, griff es mich nicht an. Ein Mann, ein geflügelter Dämon, dessen tödliche Macht schon in seinem Aussehen offenbar wurde. Seine Haut schimmerte glatt, glänzte wie Metall. Ein tiefes Nachtblau, unter dem sich die kräftigen Muskeln seiner Glieder abzeichneten. Bekleidet war er nur mit einem Lendenschutz und einem weiten Umhang, der seitlich über seine Schultern fiel, den Rücken mit den spitzen Flügeln jedoch freiließ. Hinter den schmalen Schlitzen seiner Augen glühte es bedrohlich rot. Er hatte scharfe Fangzähne wie ein Vampir. Doch seine waren nicht verborgen, sondern ragten weit über die schmalen Lippen hinaus. Eine deutliche Warnung an jeden, der seinen Weg kreuzte. An seinen Händen wuchsen Klauen, die an eine Harpyie erinnerten und die mächtigen Schwingen passten gut zum Sinnbild des Sturmes dieser griechischen Mythenwesen. Momentan waren sie zusammengeklappt, ließen aber die riesige Spannweite erahnen. Ihre oberen Enden glichen Dolchen. Sie wirkten kraftvoll, und ich konnte mir vorstellen, wie es aussehen mochte, wenn er sich damit in die Lüfte erhob oder ein Lebewesen zerschmetterte. Zu seinen Füßen lag ein fein gearbeitetes und perfekt geschliffenes Schwert. Wozu jemand wie er auch noch eine solche Waffe brauchte, leuchtete mir nicht ein. Dagegen war ich absolut sicher, dass er die Gestalt aus der Vision war.

„Du bist der Schattenjäger, nicht wahr?", fragte ich dennoch. Höflichkeit konnte ja kein Fehler sein, außerdem brauchte ich einen Anfang.

„Der bin ich", erwiderte er mit tiefer, klarer Stimme.

Bingo! Aber war er auch der, den ich suchte?

„Man nennt mich auch Seelenfänger, Traumräuber und manchmal auch den schwarzen Mann." Er lächelte, als amüsierte ihn diese letzte Bezeichnung. „Doch diese Namen trage ich alle zu Unrecht."

Schon klar. Und Jack the Ripper wollte auch immer bloß spielen. Ich gedachte, nicht um den heißen Brei zu reden, sondern gleich klare Verhältnisse zu schaffen.

„Es spricht viel dafür, dass du für die Morde an den Mitgliedern des House of Lords verantwortlich bist."

„Warum denkst du das, Vampirin?"

„Den Opfern fehlen die Schatten."

Er schnaubte. „Ich raube keine Schatten."

„Und warum nennt man dich dann den Schattenjäger?"

Er lächelte wieder und setzte sich zurück ans Feuer, bot mir mit einer Geste an, ebenfalls Platz zu nehmen. Als ich seiner Aufforderung nachgekommen war, erklärte er:

„Meinen Namen trage ich, weil ich den Schatten angehöre. Ich gebe zu, ich mache Jagd auf Seelen. Wenn es mein Auftrag ist und auch, um mich zu ernähren. Doch die

Art, wie ich mich ernähre, schadet meinen Opfern nicht. Ich trinke ihre Träume, wie deine Art ihr Blut. Tod bringe ich nur, wenn man es mir befiehlt. Ich bin nicht so böse, wie die Menschen mich machen." *Das behaupten wir doch alle*, dachte ich. „Aber es ist der Schrecken, den ich verbreite. Mit meiner Gestalt und mit der Lähmung meiner Opfer, während ich mich von ihren Träumen nähre. Und die Geschichten darüber, wie ich meinen Lebensunterhalt verdiene." Er deutete auf das Schwert. „Als Söldner für die Schattenwelt."

Als Kopfgeldjäger traf es eher. Das klang zwar interessant und schrie förmlich nach Erforschung, war aber im Zeitpunkt jetzt etwas ungünstig, da es Wichtigeres gab, um das ich mich kümmern musste.

„Kannst du mir vielleicht trotzdem etwas über diese Fälle sagen? Ich habe Spuren von dir am Tatort gefunden. Das heißt, du warst auf jeden Fall da. Und entschuldige, wenn ich so offen bin, aber unschuldig im Sinne von ungefährlich, ist nicht ganz der Ausdruck, der mir in den Sinn kommt, wenn ich dich so anschaue."

Er grinste, kniff seine Augen zusammen und musterte mich nachdenklich. „Ich habe einen Auftrag."

„Und der wäre? Wenn nicht, das House of Lords auszulöschen?"

Er schüttelte den Kopf. „Diese Morde zu beenden, indem ich die Schattenfresserin töte."

Schattenjäger, Schattenfresser? Da sollte noch einer mitkommen. Ich wurde den Verdacht nicht los, dass dieser Typ sich nur rausreden wollte.

„Wir gehören zum selben Reich. Wir sind wie Geschwister, du und ich, Vampirin. Beide in die Nacht geboren. Und die Schattenfresserin ist es auch."

„Warte mal. Verstehe ich das richtig, du jagst Schatten, sie – *sie*?" Er nickte. „Okay, sie frisst Schatten?"

Wieder stimmte er zu.

„Ich habe nichts über eine Schattenfresserin in unserer Datenbank gefunden. Was ist das für ein Wesen?" Hatten wir es hier gar mit einer völlig neuen Spezies zu tun? Dann konnte die Sache schwierig werden, weil wir nicht wussten, wie vorzugehen war.

„Ihr kennt sie besser als die Verzehrerin der Seelen. Oder auch als ägyptische Ammit. Einst wurde sie erschaffen, um eine Aufgabe zu erfüllen. Die Herzen und Seelen derer zu verschlingen, die vor dem Hohen Gericht des Totenreiches für schuldig befunden werden. Gibt es keine Seele mehr, die wiederkehren kann, so verschwindet auch der Schatten, denn der Schatten ist ein Spiegel für die Seele, die einem Wesen innewohnt."

Diese Erklärung überraschte mich mit ihrer inneren Logik. Darum hatten manche Wesen des Schattenreiches kein Spiegelbild und keinen Schatten. Vampire zum Beispiel schon, obwohl man uns ja oft nachsagt, wir besäßen das nicht mehr. Solange ein Wesen also eine Seele hatte, hatte es auch einen Schatten. Nur die seelenlosen Dämonen besaßen keinen. Oder diejenigen, denen vom Totengericht das Urteil gesprochen wurde. Die Seelenfresserin – der Name Ammit war mir als Ägypten-Liebhaberin geläufiger – vollstreckte demnach nur. Doch wer hatte dann das Urteil über die Mitlieder des House of Lords gesprochen?

„Jemand hat die Ammit für seine Zwecke eingespannt, wie es scheint. Jemand, der nicht das Recht hat, ein Urteil zu sprechen, aber dennoch über die Macht verfügt, der

Dämonin zu befehlen. Lass uns gemeinsam die wahren Gründe herausfinden, Vampirin. Ich habe eine Spur."

Das konnte eine Falle sein. Doch sein Blick zeigte keine Spur von Hinterlist. Ich entschied, es zu wagen. „Gut, welche Spur ist das?"

„Der See."

„Der See?"

„Dort sind Höhlen. Unter dem See. Dort solltest du suchen." Er stand auf und trat das Feuer aus. In der entstehenden Dunkelheit machten seine glühenden Augen sogar mir Angst. „*Wir* sollten dort suchen. Morgen Nacht."

Er war verschwunden, ehe ich die Möglichkeit hatte, zu antworten. Ich kehrte nach Hause zurück. Morgen Nacht würde ich den Schattenjäger wieder dort finden, wo ich ihn heute gefunden hatte. Das wusste ich so sicher, wie die Sonne aufging.

Höhlenforscher

In der folgenden Nacht traf ich mich wieder mit dem Schattenjäger im Wald, diesmal war Armand dabei. Der Söldner musterte ihn skeptisch, hatte aber keine Einwände.

Armand hingegen war der Zweifel anzusehen, ob wir diesem Geschöpf ernsthaft trauen sollten. Er warf mir einen Seitenblick mit hochgezogenen Augenbrauen zu. Ich zuckte entschuldigend die Achseln. Es war eine Spur, wir mussten ihr einfach nachgehen.

Schattenjäger ging voraus, wir folgten in einigem Abstand.

„Du musst nicht mitgehen, wenn du nicht willst", flüsterte ich.

„Glaubst du, ich lasse dich allein, *avec ce type?*"

„War ich letzte Nacht auch und lebe noch."

Er schnaubte nur. Wir gingen zu dem See, die Essenz der Ammit war stark, also war sie noch hier. Ich hatte keine Ahnung, ob ich als Vampir schwimmen konnte, hatte es nie versucht. Es heißt zwar, dass Dämonen kein fließendes Gewässer durchqueren können, aber zum einen trifft das ohnehin nur auf ein paar wenige Arten zu. Und zum anderen bin ich kein reiner Dämon. Die Bezeichnung traf auf die Ammit schon eher zu, und sie konnte definitiv schwimmen, sonst wäre sie nicht in den Unterwasserhöhlen.

Armand zögerte nicht, als Schattenjäger vorausschwamm. Er warf seinen schwarzen Matrix-Ledermantel, zu dem ich ihn kürzlich überredet hatte und in dem er so hinreißend sexy aussah, ans Ufer und sprang hinein. Göttin, was für ein Anblick. Das Muskelspiel beim gekonnten Kopfsprung, ich wünschte mir spontan die Möglichkeit einer Zeitlupenwiederholung. Da diese leider nicht verfügbar war, trat auch ich schließlich mit einem sehnsuchtsvollen Seufzer ans Wasser, entledigte mich meines Mantels und sprang ebenfalls hinein. Es war kalt, im ersten Moment krampften sich meine Muskeln reflexartig zusammen, doch es war sofort wieder vorbei. Ich tauchte den beiden Männern hinterher. Das Atmen war kein Problem. Ich brauche keinen Sauerstoff wie ein Mensch. Der Reflex war leicht zu unterdrücken, ich konnte unter Wasser bewusst die Atmung einstellen, ohne dass es mich anstrengte. Auch das Schwimmen fiel mir überraschend leicht. Aber nicht leicht genug, wie ich feststellen musste. Schattenjäger war sofort meinen Blicken entschwunden. Er schwamm pfeilschnell, konnte sich mühelos um jedes Hindernis winden. Und Armand, das fand ich in dieser Nacht heraus, ist ein ausgezeichneter Schwimmer. Ich hatte Mühe, den beiden zu folgen, und verlor sie bald ganz aus den Augen.

Allein tauchte ich in einer der Höhlen auf. Kaum war ich aus dem Wasser getreten, spürte ich auch schon, wie meine Haut, meine Haare, ja sogar meine Kleider trockneten, weil mein vampirischer Körper begann, das Wasser abzustoßen, ähnlich dem Effekt einer Lotusblüte.

Ich wagte mich ein paar Schritte in die Dunkelheit. Meine Augen nahmen kaum etwas wahr. Nur Schatten und schemenhafte Umrisse. Das beunruhigte mich, denn normalerweise kann ich hervorragend im Dunkeln sehen. Aber etwas war hier anders.

Hinter mir platschte es. Angespannt spähte ich in die Richtung, es war Armand, der aus dem Wasser stieg. *Wenn das bei mir ähnlich ausgesehen hat, wie bei ihm mit dem Trocknungsvorgang, sollten wir Werbefilme drehen*, dachte ich. Die Wassertropfen sprangen wie feiner Sprühregen von ihm ab, hüllten ihn in eine Aura aus Nebel. Wenn wir das im Sonnenlicht hinbekämen, entstünde sicher ein Regenbogenschleier um uns.

Er schüttelte das letzte Wasser ab, dann kam er zu mir. „Hast du schon was gefunden?"

„Nein, nur ihre Essenz ist hier, aber orten kann ich sie nicht."

Mit meinen Sinnen tastete ich mich vor. Ich spürte ihre Gegenwart, versuchte, mich darauf zu konzentrieren. Etwas Schwarzes, Hässliches. Da waren Niedertracht, Argwohn, Mordlust, Gier und auch Angst.

„Vampirin? Findest du, wonach du suchst?"

Ich erschrak. Schattenjäger war lautlos hinter uns getreten. Trotz meiner feinen Sinne hatte ich ihn nicht wahrgenommen. Weil ich mich zu sehr auf die Ammit konzentriert hatte. Jetzt war ihre Aura plötzlich weg, geflüchtet. Vielleicht vor dem Kopfgeldjäger.

„Ich habe einen Namen", erklärte ich und starrte dabei weiter suchend in die Schwärze vor uns.

„Ach ja?", gab der Jäger unbeeindruckt zurück. „Du hast ja nach meinem auch nicht gefragt, Vampirin."

Armand runzelte die Stirn über diese Unhöflichkeit.

„Und wie ist dein Name?", fragte er.

Schattenjäger machte einen Satz nach vorn, ging vor uns auf die Knie und nahm Witterung von der Bewohnerin dieser Höhle auf.

„Schattenjäger."

„Ach!", kam es gleichzeitig aus Armands und meinem Mund. Bei meinem Liebsten gefolgt von einem ärgerlichen Zischen.

Unser Begleiter grinste schelmisch. Seine entblößten Fänge waren den unseren erschreckend ähnlich.

„Sie ist auf jeden Fall hier", sagte Armand.

„Das ist sie. Und sie ist hungrig. Aber vor allem ist sie auch sehr wütend, dass wir in ihre Zuflucht eindringen", sagte Schattenjäger.

„Das alles entnimmst du ihrer Witterung?" Ich war beeindruckt.

„Nein. Aber ich kenne sie und weiß, wie sie denkt."

Das war ganz wundervoll, aber konnte er uns dadurch auch sagen, in welchem der vielen Tunnel sich unser Wild befand? Leider nicht. Also blieb uns nichts anderes übrig, als uns aufzuteilen und getrennt die vielen Gänge systematisch zu durchsuchen.

Es war dunkel und feucht wie in den Höhlen unter Luciens Burg. Nur das Meeresrauschen fehlte. Dafür gluckerte es überall. Tropfende Wurzeln hingen von der Decke, das Gestein war nass und kalt.

Ich wurde das Gefühl nicht los, dass mich tausend Augen aus der Dunkelheit beobachteten. Selbst wenn es nur zwei waren, so reichte das, mir eine Gänsehaut über den Rücken zu jagen. Nachdem Schattenjäger mir gesagt hatte, auf was wir hier Jagd machten, hatte ich letzte Nacht an Armands PC noch ein wenig gesurft. Ich hoffte, dass dieses Wesen nicht tatsächlich so aussah, wie die Ägypter es sich vorgestellt hatten.

Ein kalter Hauch streifte meinen Nacken, ich fuhr herum. Leere. Hatte ich es mir nur eingebildet? Nein, meine Haare hatten sich in dem Luftzug bewegt. Das Schwarz wurde zusehends undurchdringlicher für meine Augen, was mich alarmierte. Mein Herz pochte schneller, flatterte wie ein ängstlicher Vogel. Ich legte die Hand auf meine Brust, um es zu beruhigen.

„Armand?"

Ob er mich in den anderen Gängen hören konnte? Er gab keine Antwort. Offenbar nicht.

Da, wieder dieser eisige Atem, jetzt hörte ich auch ein Schnauben. Es musste nah sein, aber es klang so weit weg. Die Akustik dieses Höhlensystems verfälschte meine Wahrnehmung. Ich war so hilflos wie ein Neugeborenes. Okay, wenn sich meine normalen Sinne täuschen ließen, dann musste ich mich auf meine übernatürliche Wahrnehmung verlassen. Ich atmete tief durch und schloss die Augen, weckte den Dämon, sandte ihn aus. Gierig begann er, die Umgebung zu erkunden. Leckte über jede Felsspalte, tastete Boden und Wände ab, schnüffelte, lauschte. Als er wie ein Jagdhund lostob, brauchte ich ihm nur zu folgen.

Die Ammit hatte Angst vor meinem Blutdämon. Sehr seltsam. Sie ergriff die Flucht, jagte durch die Gänge, die gehörnte Bestie meiner Seele immer hinterher. Ich sah den Weg mit den Augen des Dämons. Ein verzerrtes Bild in blau und grün. Immer wieder bog der Gang scharf nach links oder rechts. Die Schattenfresserin war schnell, ich schneller. In einer kleinen Zwischenhöhle stellte ich sie. Vier Gänge führten von hier fort. Sie versuchte, durch den Ersten zu entkommen, aber Armand kam just in diesem Moment von dort und schnitt ihr den Weg ab.

„Nicht so schnell", sagte er und beförderte sie mit einem kräftigen Sidekick gegen die Wand. Beeindruckendes Manöver. Diesmal flatterte mein Herz aus angenehmerem Grund.

Das Gestein schimmerte hier, ich konnte mit meinen Augen wieder sehen. Zum erstenmal erhaschte ich einen genaueren Blick auf unsere Gegnerin. Himmel, sie sah noch schlimmer aus als in den Dokumenten der Ägypter. Hässlich und entstellt mit dem Krokodilsmaul, das mich an die Ghanagoul-Wächter von Kaliste erinnerte. Eine Löwenmähne fiel auf die kräftigen Vorderbeine herab, die den Tatzen dieser Raubkatze ähnelten. Das Hinterteil war grau und plump. Ihre verzweifelte Wut machte sie noch unansehnlicher. Sie bleckte die Zähne, fauchte erst in Armands, dann in meine Richtung. Mit einem Ausfallschritt versuchte sie uns zu täuschen und in den dritten Gang zu entkommen, aber hier stellte ich mich ihr in den Weg. Ich erwischte ihren Kopf mit meinen Krallen. Das Gewebe fühlte sich widerlich an, als es nachgab. Auch sie schlug jetzt mit der Pranke nach mir, verfehlte aber ihr Ziel. Mein Glück. Sie hätte mir mit dem Schlag den Bauch aufgerissen und meine Eingeweide herausgeholt.

Kämpfen war zwecklos in dieser kleinen Kammer. Außerdem hatten wir nicht die Absicht, sie zu töten, sondern wollten sie nur aufhalten. Darüber hinaus hätte ich sie liebend gern Warren Forthys präsentiert. In einem kleinen Käfig. Nur, wen von den beiden würde ich in den Käfig stecken und wen davor postieren?

Ein glucksendes Lachen bildete sich in meiner Kehle.

„Mel!" Armand wies mich mit scharfem Ton zurecht und schaute mich zweifelnd an, weil ich in dieser Situation Sinn für Humor entwickelte. Er hatte recht, entschlossen kämpfte ich meine gedankliche Entgleisung nieder. So wichtig war es wirklich nicht, ob der Agent ans Übersinnliche glaubte oder nicht. Viel wichtiger war es, die Ammit unter Kontrolle und wenn möglich hinter Schloss und Riegel zu bringen. Sie hatte gemordet. Ich musste wissen warum, wer ihre Auftraggeber waren und vor allem galt es zu verhindern, dass weitere Morde folgten.

Beim nächsten Versuch der Dämonin, in einen der Gänge zu entkommen, griffen Armand und ich gemeinsam an. Worte waren überflüssig, wir waren inzwischen ein eingespieltes Team. Ich sprang hinter sie, schwang mich auf ihren Rücken und umklammerte ihren Hals. Die Ammit sprang herum, bockte und stieg wie ein Rodeopfer, doch ich hielt mich oben. Armand hatte versucht, sie gleichzeitig von vorne zu packen, was aber ungleich gefährlicher war, da sie mit ihren Pranken wild um sich schlug. Er musste ihren Schlägen immer wieder ausweichen, die auch für ihn tödlich gewesen wären. Endlich gelang es ihm, einen ihrer Arme zu packen. Es war zu dunkel, ich zu sehr damit beschäftigt, meine Position zu halten, als dass ich alles genau hätte sehen können. Aber ich hörte Armand aufkeuchen, Sekunden bevor es ihm gelang, auch den zweiten Arm zu packen.

Die kleine Höhle füllte sich mit dem Geruch von Blut. Nachdem die Ammit jetzt offenbar ihre Unterlegenheit gegen zwei Gegner erkannte und nachgab, warf ich einen Blick auf Armand. Das weiße Hemd war nur noch ein Fetzen, auf seiner Brust klafften vier tiefe Risse, aus denen unaufhörlich dunkle Tropfen zu Boden fielen und in Ritzen im Gestein versickerten. Die Wunden bildeten selbst in diesem dämmrigen Licht einen so starken Kontrast zu seiner weißen Haut, dass mir Angst und Bange wurde. Er musste höllische Schmerzen haben, was auch aus seinen angespannten Gesichtszügen abzulesen war. Dennoch ließ er nicht los.

„Geht es?", fragte ich. Er antwortete nicht, nickte nur kurz und heftig mit dem Kopf. Seine Nasenflügel weiteten sich bei jedem Atemzug. Diese Wunden heilten langsamer, weil sie von einem Wesen aus dem Totenreich stammten. Ich machte mir Sorgen, doch er deutete mit dem Kopf auf die Ammit. Ich sollte endlich anfangen, meine Fragen zu stellen.

Er hatte sie so gut im Griff, dass ich mir erlauben konnte, sie loszulassen. Zwar versuchte sie, von der einen Last befreit, noch einmal kurz, sich loszureißen, aber Armand packte sofort fester zu, klemmte blitzschnell beide Pranken unter seinem unverletzten Arm fest und bohrte die scharfen Nägel seiner anderen Hand in das ledrige Fleisch unter ihrem Kiefer. Dabei fauchte er warnend. Die Ammit stöhnte und hielt augenblicklich wieder still.

„*Tu es une fille sage*", lobte er sie. Brave Mädchen stellte ich mir irgendwie anders vor. Die Anstrengung in seiner Stimme machte mir Angst, ebenso wie die Schweißperlen in seinem Gesicht, die in Rinnsalen an seinen Wangen hinabliefen.

„Lasst mich los, lasst mich gehen", keuchte die Dämonin und lenkte meine Aufmerksamkeit wieder auf sich. Ihre Stimme klang wie die des Aliens aus Independence Day, als es durch diesen verrückten Wissenschaftler gesprochen hatte. Verzerrt und kehlig.

„Den Teufel werden wir. Du bringst Leute um und ich will wissen, wieso du das tust, für wen."

„Muss ich tun. Meine Aufgabe. Mein Befehl. Stehle Seelen der Toten, ihre Schatten."

„Ja, das hab ich kapiert. Aber warum? Diese Männer waren noch nicht tot, dafür hast du erst gesorgt, was überhaupt nicht zu deinen Aufgaben gehört. Wer befiehlt dir das?"

Sie zappelte wieder. Ich hob meine Hand, mehr um ihr zu drohen, nicht um wirklich zuzuschlagen. Da fiel ihr Blick auf den Smaragdring. Plötzlich war sie ganz aufgeregt. Sie zischte, knurrte, gab einen sonderbaren Singsang von sich, wie ein Ritualgesang, aus dem sich nach und nach Worte formten.

„Der Ring. Dämonenring. Der Ring der Nacht", flüsterte sie. „Grünes Feuer, rotes Feuer, blaues Feuer. Feuer, Feuer, Sternenfeuer. Dem Ring der Nacht dienen."

Ihre prankenartige Hand entwand sich Armands Griff, streckte sich nach dem Ring an meinem Finger aus. Reflexartig zog ich den Arm zurück, was sie mit einem herzzerreißenden Klagelaut kommentierte.

Ich war für einen Moment vor Überraschung wie gelähmt. Unglücklicherweise genau in dem Moment, in dem Armand das Limit seiner Kräfte überschritt. Schmerz und Blutverlust überwogen. Er schaffte es nicht, den befreiten Arm wieder zu packen, auch sein anderer Griff um ihre Kehle lockerte sich. Die Ammit erkannte ihre Chance sofort, ergriff sie, indem sie sich mit einer raschen Drehung ganz losmachte und im nächsten Moment im Labyrinth der unterirdischen Gänge verschwand.

Armand war nicht einmal mehr fähig, darauf in irgendeiner Weise zu reagieren. Er fiel auf die Knie, konnte sich gerade noch mit den Händen abstützen, seine Arme zitterten, dann gaben sie nach und er sank zu Boden. Mit einem Aufschrei ließ ich mich neben ihm nieder, zog ihn auf meinen Schoß und befühlte seine klamme Haut.

„Es geht gleich wieder", versuchte er mich zu beruhigen. Sein Versuch zu lächeln misslang gründlich.

Schattenjäger kam aus einem der Gänge.

„Ihr habt sie entkommen lassen", stellte er fest.

Ich war fassungslos, dass er in Anbetracht von Armands Zustand nichts anderes zu sagen hatte. Aber natürlich interessierte ein fremder Vampir ihn nicht sonderlich. Immerhin weckten seine Gleichgültigkeit und Ignoranz Armands Lebensgeister wieder. Schnaufend kämpfte er sich hoch, ich musste ihn stützen, damit er vor Schwäche nicht gleich wieder hinfiel. Er taumelte noch, aber seine Mimik hatte schon wieder ausreichend Aussagekraft, um den Schattenjäger wütend anzufunkeln.

„*Merde*! Statt dumme Sprüche zu machen, hättest du dich vielleicht besser beeilen sollen. Wärst du eher hier gewesen, hätten wir sie nicht verloren. Wir beide waren es, die die Ammit gestellt und festgehalten haben. Mich hat sie verletzt."

Der Söldner blickte auf das zerstörte Hemd und die noch immer blutenden Wunden, als würden sie ihm gerade erst auffallen. Verdammt, warum setzte die Heilung nicht ein? Die Sorge darum nagte an meinen Nerven. Dann sah er mich an und lenkte meine Gedanken kurzfristig ab. „Du bist nicht verletzt. Warum hast du nicht geholfen, sie festzuhalten?"

Das reichte Armand. Er machte einen wütenden Satz auf den Schattenjäger zu. Das helle Sirren von Metall war die Antwort, als dieser sein Schwert zog und Armand die Klinge entgegenhielt. Mein Liebster stoppte abrupt, ich konnte kaum hinsehen, so unsicher war sein Stand. Der Gedanke, wie er in diese Klinge stolperte, die so scharf war, dass sie ihm mühelos den Kopf abtrennen konnte, ließ mich Galle schmecken.

„Ich habe gleich gesagt, dass wir dem nicht trauen sollten", schnappte er.

Mit einem abfälligen Schnauben zog der Söldner sein Schwert zurück, schob es wieder in die Scheide und blickte mich abwartend an. Ich hatte seine Frage nicht beantwortet.

„Sie war so interessiert an meinem Ring", erklärte ich und ließ Armand nicht aus den Augen. „Das hat mich derart überrascht, dass ich nicht aufgepasst habe."

Wieder schnaubte unser Begleiter. „Heute Nacht kriegen wir sie nicht mehr. Morgen wird sie woanders sein. Aber ich finde ihre Spur. Ganz bestimmt. Halte dich bereit, wenn du mit ihr reden willst", meinte er zu mir und ignorierte Armand ganz bewusst. „Wenn ich ihr erst den Kopf abgeschlagen habe, wird sie dir deine Fragen nicht mehr beantworten können."

Er schaute zu Armand, deutete mit dem Kinn auf die tiefen Risse. „Wenn du glaubst, du kannst mir nicht trauen, warum gebe ich dir dann wohl jetzt das hier?" Er warf ihm eine kleine Phiole zu, die Armand trotz seines Handicaps geschickt auffing.

„Was ist das?", wollte er wissen.

„Etwas, das das Gift neutralisiert, wenn du es austrinkst", antwortete Schattenjäger ungerührt.

Gift? Mir wurde schwindlig. Eigentlich unsinnig, denn wir sind immun gegen so etwas. Aber eine böse Stimme in meinem Inneren flüsterte, dass Dämonengift etwas anderes war. Schattenjäger bestätigte das.

„Die Ammit stammt aus der Totenwelt. Deine Selbstheilungskräfte nutzen dir nichts gegen Verletzungen, die sie dir zufügt. Wenn du mir nicht trauen willst, dann warte auf deinen Tod, Vampir. Aber wenn du klug bist, trinkst du es aus, dann wird das in ein paar Tagen heilen."

Damit ließ er uns allein. Widerwillig öffnete Armand die Phiole und stürzte ihren Inhalt in einem Zug hinunter. Ich wusste, er traute dem Jäger nicht, aber das Risiko zu sterben, weil er auf ein Gegengift verzichtete, wollte er auch nicht eingehen. Die Wunden mussten höllisch schmerzen, auch wenn er Stärke vorspielte. Kaum hatte er das Mittel des Söldners getrunken, ebbte die Blutung allmählich ab. Er hatte also die Wahrheit gesagt.

Erschöpft und verwirrt kehrten wir nach Hause zurück.

Franklin war zwar zufrieden mit unseren bisherigen Erkenntnissen, aber dass wir die Ammit praktisch schon in Händen und sie wieder hatten laufen lassen, machte ihn unglücklich. Seine Sorge um Armands Verletzung hielt sich in Grenzen, meine hingegen nicht. Sein Zustand bei unserem Besuch war zwar stabil und seine Kraft wieder stark genug, um zu gehen und sich aufrecht zu halten, aber er bewegte sich immer noch vorsichtig und hauchfeiner Schweiß auf seiner Stirn und Oberlippe sprachen eine deutliche Sprache. Der kleine Trunk von mir und eine Ruhephase während des Tages hatten ihm geholfen, ihn aber noch längst nicht geheilt. Es würde diesmal vermutlich wirklich Tage dauern, bis alles wieder verheilt war. Eine Tatsache, die mich beunruhigte. Wir mussten künftig aufpassen, wenn wir der Ammit begegneten. Ihre Angriffe konnten auch für uns tödlich enden.

„Ihr hättet sie nicht entkommen lassen dürfen."

„Fang du auch noch an. Reicht schon, dass dieser Söldner solche Sprüche machen muss. Gerne haben wir sie nicht gehen lassen, Dad. Aber ehrlich gesagt ist mir wichtiger, dass Armand auf dem Weg der Besserung ist. Mit so was hatten wir es noch nicht zu tun."

Dad gab einen undefinierbaren Laut von sich und setzte sich wieder an seinen Schreibtisch.

„Sieh es mal so", warf ich ein, „wir hätten sie Warren sowieso nicht zeigen können. Den hätte es aus den Schuhen gehauen."

Armand verschluckte sich fast an einem Lachen, was meinen Vater ein weiteres Mal die Stirn runzeln ließ. „Apropos Forthys. Was willst du ihm jetzt sagen? Wie erklärst du ihm deinen Alleingang, deine Erkenntnisse, deine Vermutungen?"

„Wenn ich darf, zeig ich ihm ein paar Fotos und schaue, ob er es für eine Fotomontage hält, oder die Flexibilität besitzt, sich vorstellen zu können, dass es dieses Ding gibt. Wenn er sie für real hält, kann er mir helfen, sie zu fangen. Wenn nicht, leg ich ihn am besten auf Eis, bis ich fertig bin. Er ist mir nur im Weg."

„Mel!"

„Schon gut." Offenbar hatte Franklin gerade null Sinn für Humor. „Aber ehrlich, wenn ich mich der Ammit nähere, kann ich ihn nicht mitnehmen. Was denkst du, würde passieren? Wir können von Glück sagen, wenn er nur ohnmächtig wird. Am besten hab ich künftig immer ein Fläschchen Riechsalz dabei."

„Er ist ein Agent des MI5 und kein Weichei!", nahm Franklin ihn in Schutz.

„In seinem Job, Dad, ist er sicher spitze. Das will ich ihm nicht absprechen. Aber wenn dieses Biest Armand so verletzt, was denkst du macht sie mit einem Sterblichen?"

„Mel hat recht, Franklin", unterstützte mich Armand. „Sie soll den Kerl vor übersinnlichen Gefahren bewahren. Das heißt, es ist besser, ihn aus der Sache rauszuhalten. Aber wir müssen in ihre Richtung ermitteln, denn sie ist der Killer."

„Wir? Du hast damit nichts zu schaffen", erklärte Franklin ärgerlich.

„Das ist meine Sache", meinte Armand trocken. „Und ich tue, was ich will. Da hast du kein Mitspracherecht."

Die Stimmung zwischen den beiden kochte schon wieder bedenklich hoch. Dabei hatten wir doch im Moment ganz andere Sorgen. „Ich krieg das schon irgendwie hin,

Dad. Ich tue mein Bestes." Und an Armand gewandt fügte ich hinzu: „Wie hast du doch so schön gesagt? Mit meinem Charme sollte ich Warren um den kleinen Finger wickeln können."

Weder ich noch mein Vater hielten Armands Zähnefletschen für ein misslungenes Lächeln, aber wenigstens stimmte er zu, dass ich Warrens Einladung zum Abendessen annahm, die er ins Mutterhaus geschickt hatte. Um den Stand der Ermittlungen noch mal durchzugehen und den aktuellen Pathologiebericht von Dr. Green. Wir wussten alle drei, dass er dabei nicht nur den Fall im Kopf hatte, was mir durchaus Magenschmerzen bereitete.

Warren war der Meinung, man könnte das Angenehme mit dem Nützlichen verbinden und hatte mich zu seinem Lieblingsitaliener eingeladen, den Aktenstapel mit den bisherigen Mordfällen im Gepäck.

Lustlos stocherte ich in meiner Pasta Arrabiata herum, nahm eine Gabel voll und kaute ohne jeden Appetit. Warren saß mir gegenüber und versuchte, die bisherigen Erkenntnisse zusammenzufassen. Obwohl ich bemüht war, mir nichts anmerken zu lassen und im Grunde ja auch kein Problem mit Nahrungsmitteln dieser Art hatte, konnte er sicher sehen, dass es mir nicht schmeckte. Dass ich mich fast schon davor ekelte. Schließlich legte ich die Gabel beiseite, nahm einen Schluck Rotwein, hielt das Glas in den Händen und spielte damit.

„Mögen Sie kein Italienisch? Wir hätten auch woanders hingehen können."

„Nein, schon gut. Ich hab einfach keinen Hunger."

Er schaute auf meine Hände. Die Nägel waren lang, liefen spitz zu und glänzten in einem hübschen Goldton. Ich lege Wert darauf, sie scharf zu halten, aber mit Nagellack ihren gläsernen Schimmer zu tarnen. Warren runzelte die Stirn. Etwas irritierte ihn. Der Lack war wie eine zweite Haut absolut gleichmäßig aufgetragen. Lackiertes Glas. *Vielleicht sind die nicht echt*, schoss es ihm durch den Kopf. *Aber sie sehen auch nicht künstlich aus.*

„Sie machen sich Gedanken über Dinge", rutschte es mir heraus.

Er zuckte zusammen. „Würden Sie das bitte lassen?"

„Ihre Gedanken lesen? Die sind so laut, dass ich sie gar nicht überhören kann."

„Ich finde das unhöflich."

„Wenn Sie nicht wollen, dass ich höre, was Sie denken, dann denken Sie doch ganz einfach nicht. Das dürfte Ihnen ja nicht schwerfallen."

„Sie könnten ja auch einfach aufhören, in meinem Kopf herumzuschnüffeln."

„Da gibt es nun wirklich nicht viel zu finden."

Er lachte leise. „Eins zu null für Sie."

„Sorry", entschuldigte ich mich. „Aber ich schnüffle wirklich nicht darin herum. Ich sperre mich nur nicht dagegen. Sie laufen auch nicht mit Ohropax durch die Gegend, damit Sie keine Gesprächsfetzen anderer Leute auffangen."

„Das ist ein komischer Vergleich."

„Für Sie vielleicht, für mich nicht. Ich höre Gedanken, wie andere Leute Worte. Das ist bei dieser Gabe eben so. Aber jemandem, der keine Erfahrung darin hat, kommt das sicher seltsam vor. Trotzdem gibt es viele, die das können. Und die meisten haben weit weniger Respekt als ich beim Einsatz dieser Fähigkeit. Halten Sie Ihre Gedanken also besser unter Verschluss."

Er fühlte sich unwohl in meiner Nähe. Weil er nicht damit umgehen konnte, dass es etwas zwischen Himmel und Erde gab, das er nicht mit physikalischen Gesetzen erklären konnte. Nicht einschätzen konnte, wie viel ich mit meiner Gabe ausspionierte.

„Ich beiße nicht", versuchte ich ihn aufzuheitern, weil meine Worte ihn augenscheinlich beunruhigten.

„Na ja, Sie vielleicht nicht. Und was ist mit all den anderen komischen Dingern, die es angeblich gibt?"

Ich lachte. „Sie glauben doch eh nicht dran."

„Und wenn doch? Bei allem, was ich da in ihren Bücherregalen gesehen habe, könnte man als Mensch ja kaum noch eine Nacht ruhig schlafen. So viel permanente Gefahr, vor der man sich kaum schützen kann."

Wollte er mich allen Ernstes aufs Glatteis locken und glaubte, ich würde es nicht merken?

„Dafür sind wir ja da. Die meisten Wesen sind auch völlig harmlos."

„Viele töten angeblich."

„Tun sie tatsächlich."

„So was Verwerfliches. Also ich hab noch nie ..."

Ich unterbrach ihn mit erhobenem Zeigefinger, den ich auf seinen Teller richtete, als er schwieg. „Sie haben also noch nie getötet, Warren? Und diese Bolognese da auf Ihren Nudeln ist so mundgerecht zur Welt gekommen?"

Er prustete vor Lachen. „Na, das will ich doch nicht hoffen. Sähe recht merkwürdig aus."

Ich grinste ebenfalls. „Sehen Sie. Und das Prinzip ist dasselbe. Egal ob Sie töten oder töten lassen."

„Aber Menschen sind doch was anderes."

„Oh natürlich, die Krone der Schöpfung."

Er zuckte entschuldigend die Achseln. „Da haben Sie natürlich recht. Aber ist ja auch egal. Wie Sie schon sagten, ich glaube sowieso nicht daran."

Meinen theatralischen Seufzer überhörte er scheinbar, aber ich sah sein Schmunzeln.

„Wie soll das denn gehen?", fragte er unvermittelt.

Ich hörte auf, das Glas zwischen den Händen zu drehen und sah ihn an.

„Was?"

„Na dieses Gedankenlesen. Oder auch Verschleiern. Was Sie mir eben geraten haben. Wie? Ich kann's mir nicht vorstellen."

„Wollen Sie es lernen?" Ich schöpfte ein wenig Hoffnung, ihm unsere Arbeit näher bringen zu können. „Die Begabung hat praktisch jeder. Der Rest ist Training. Natürlich kann es nicht jeder gleich gut, aber bis zu einem gewissen Grad ist es machbar, wenn man den Willen hat und die Konzentration dazu aufbringt. Ich übe das gern mal mit Ihnen, wenn Sie wollen." Er runzelte die Stirn. Was ich ihm da anbot, war einerseits verlockend, andererseits widersprach es seiner Überzeugung. Doch ich hatte endlich sein Interesse geweckt, mal über den Tellerrand hinweg zu sehen. Und zwar nicht nur über den mit der Pasta.

Aber dann machte er doch wieder einen Rückzieher, lächelte still und deutete mit seiner Gabel auf meinen Teller.

„Sie sollten endlich Ihre Nudeln essen, sonst werden die noch ganz kalt."

Besser meine Nudeln als du, dachte ich und machte mir ernsthaft Sorgen, was wohl passieren würde, wenn ein Vampir, ein Lykantrop oder sonst irgendein Wesen unseren Weg kreuzte. Was durchaus nicht ganz abwegig war, sie spürten meine dunkle Natur. Im Grunde war ich die Gefahr für Warren Forthys bei diesen Ermittlungen.

„Nein danke, wie gesagt, ich hab heut keinen sonderlichen Appetit."

„Das liegt aber nicht an diesen Akten, oder?" Er befürchtete wirklich, dass mir aufgerissene Kehlen und herausgepickte Augen das Essen vermiesen könnten. Göttin, wenn der wüsste.

„Nein, damit hat es nichts zu tun." Ich schüttelte den Kopf, eine rote Strähne fiel nach vorne, fast in meine Nudeln. Wie im Reflex streckte er den Arm über den Tisch, um sie wieder zurückzustreichen, was ich im gleichen Moment schon selbst tat. Ich lächelte verwundert, er wurde rot vor Verlegenheit, räusperte sich und lenkte dann ab.

„Warum die Augen, was glauben Sie?"

„Wegen der Seele."

Er runzelte fragend die Stirn.

„In vielen Kulturen gelten die Augen als Tor der Seele. Manche sagen sogar, dass die Seele ihnen innewohnt und die Augen deshalb auch sofort brechen, wenn man stirbt. Schauen Sie sich mal die Augen einer Leiche an."

„Wenn ja mal welche da wären", flachste er.

Ich musste unfreiwillig kichern. „Sie können Ihre Pathologen ja mal um ein vollständiges Exemplar bitten. Nein, im Ernst. Augen sind sehr lebendig, aber wenn man stirbt, dann sterben die Augen auch. Sie werden stumpf und leer. Krieger in früheren Zeiten haben sehr oft die Augen ihrer Feinde gegessen, um deren Seele aufzunehmen."

„Jetzt verderben Sie mir gleich den Appetit, Melissa." Er verzog das Gesicht.

„Oh wie schade, ich wollte Ihnen gerade anbieten, meine Portion mitzuessen, so hungrig, wie Sie sind." Er hatte seinen Teller schon fast aufgegessen.

„Ich finde ja, Sie sollten sie selbst essen. Ehrlich, Sie könnten es vertragen. Sie sind nämlich ziemlich blass um die Nase."

„Ich bin immer blass, Warren", erklärte ich und lächelte ihn an. „Das liegt bei mir in der Familie. Da müssen Sie sich keine Sorgen machen." Ich entschuldigte mich, dass ich noch etwas zu erledigen hätte, und erhob mich. „Einen schönen Abend noch. Und trinken Sie nicht zuviel Wein. Das macht nur Kopfweh. Ich suche Sie dann Morgen auf, wenn ich alles andere erledigt habe."

„Gut! Sie finden mich …"

„Ich finde Sie schon, keine Sorge. Ignoranz rieche ich nämlich schon über Meilen."

Er hielt mich im Vorbeigehen am Handgelenk fest.

„Bitte, ich wollte Sie nicht beleidigen. Ich hab inzwischen viel Respekt vor Ihrer Arbeit, aber es ist schwer vorstellbar, dass … Schön, ich glaube Ihnen das mit dem Gedankenlesen. Ist echt ein Hit. Aber der ganze Rest mit anderen Dimensionen, Überwesen."

Ich lächelte ihn traurig an, befreite mich aus seinem Griff und beendete seine Versuche, sich zu entschuldigen. „Sie können sich so manches nicht vorstellen, Warren. Vielleicht können Sie das irgendwann. Wenn Sie es wollen."

Ich war aus der Tür, noch ehe er etwas erwidern konnte.

Warren sah Melissa nach. Eine merkwürdige junge Frau. Aber schlichtweg bezaubernd. Sie hatte seinen Plan durchschaut, dass er nur einen netten Abend mit ihr verbringen wollte. Ganz klar. Deshalb war sie auch gegangen. Und weil er schon wieder in den Fettnapf der Ungläubigkeit getreten war. Himmel, er konnte sich aber auch einfach nicht vorstellen, dass das, wovon sie sprach, real sein sollte. So etwas gab es einfach nicht. Leute, die an diese Dinge glaubten, landeten früher oder später in der Psychiatrie. Oder bei der Ashera. Aber die Leute dort wirkten alles andere als verrückt auf ihn.

Seufzend nahm er sich den unberührten Teller von Melissa und begann, auch diesen zu verspeisen. Einer der Gäste stieß ihn im Vorübergehen an und eine volle Gabel landete statt in seinem Mund, auf seiner weißen Anzughose.

„Hey, passen Sie doch auf", schnauzte er und stand auf, um dem Typ gehörig die Meinung zu sagen.

Die Worte blieben ihm in der Kehle stecken, als er dem Mann in die Augen sah. Was gar nicht so einfach war, denn der Typ überragte ihn deutlich, obwohl Warren mit seinen einsfünfundachtzig nicht gerade klein war. Der Kerl musste an die zwei Meter groß sein. Seine Augen waren dunkel wie das Meer an seinem tiefsten Punkt. Sein Gesicht mit goldfarbener Haut aristokratisch scharf geschnitten. Ein feiner Schnurr- und Kinnbart umrahmte die weichen schmalen Lippen. Ein Mann, dem gewiss alle Frauen zu Füßen lagen. Aber diese Augen. Sie wirkten leer, nicht mal das Kerzenlicht spiegelte sich in ihnen. Als würden sie alles verschlingen. Oder, nach dem, was Melissa eben gesagt hatte, als wäre der Mann schon tot. Die Art, wie er ihn ansah. Jetzt lächelte er und plötzlich schimmerte auch die Reflektion der kleinen Dekoflammen wieder in der dunklen Iris.

„Passen Sie gut auf sich auf, Mr. Forthys", sagte der Fremde.

Seine Lippen hatten sich gar nicht bewegt. Und dann war er einfach fort. Verschwunden. Hatte sich in Luft aufgelöst. Die Tür nach draußen fiel leise ins Schloss. Mit zittrigen Knien setzte Warren sich wieder hin. Nein! Er würde sich von diesem Hokuspokus-Quatsch garantiert nicht anstecken lassen. Aber eine kalte Angst blieb den ganzen restlichen Abend in seinem Nacken sitzen. Als er eine gute Stunde später zu Fuß die paar Blocks vom Restaurant zu seiner Wohnung zurücklegte, ertappte er sich immer wieder dabei, wie er sich beunruhigt umdrehte, ob nicht jemand hinter ihm war. Zum zweiten Mal innerhalb kurzer Zeit teilte er sich das Bett mit seiner Dienstwaffe.

Oh Maske, trügerisch und schön

Warrens Rückzug hatte mich verletzt. Dass er uns immer noch belächelte, hinterließ einen bitteren Geschmack in mir. Am liebsten hätte ich Franklin darum gebeten, diesem Agenten jemand anderen zur Seite zu stellen.

„Ärgere dich nicht. Der Kerl ist es nicht wert."
Ich wirbelte beim Klang der vertrauten Stimme herum. „Lucien!"
Lächelnd stand er da, so schön wie immer. Groß, athletisch, mit nachtblauen Augen und schwarzem Haar. Sein Anzug war maßgeschneidert und verriet mehr, als er verbarg. Ich konnte nicht anders, als zumindest einen bewundernden Blick über seinen Körper wandern zu lassen.
„Ich wusste gar nicht, dass du in der Stadt bist", sagte ich freudig.
„Das spricht aber nicht für dich, *thalabi*. Du solltest eigentlich merken, wenn fremde Vampire in der Stadt sind."
„Was tust du hier?"
„Mel, du hast doch nicht meine Ausstellung in der National Gallery vergessen?" Er hob tadelnd den Finger. „Lassen wir das, die kannst du dir immer noch ansehen, sie bleibt ja für mehrere Wochen. Es gibt etwas anderes, das du unbedingt wissen solltest."
Seine Miene war ernst, düster, was keine guten Nachrichten verhieß.
„Wenn du etwas aufmerksamer wärst, müsste ich dich nicht drauf hinweisen. Doch da du meine Anwesenheit schon nicht gespürt hast, wundert es mich kaum, dass du auch bei anderen blind wie ein Maulwurf bist. Dracon ist ebenfalls in der Stadt."
Ich stieß zischend den Atem aus und das keineswegs wegen seines verhaltenen Angriffs auf meine Sinne. Verdammt, dann war meine Sorge tatsächlich begründet. Ich hatte es nach diesen Träumen schon befürchtet, aber eine schwache Hoffnung war geblieben, dass es nur meine überreizten Nerven waren, darum hatte ich es weit von mir geschoben.
„Hoffentlich überlebt Warren das. Falls Dracon unseren Weg kreuzt …"
Lucien verdrehte die Augen. „Ich habe ihn mit dir im Restaurant gesehen. Er wäre kein sonderlicher Verlust."
Ich strafte Lucien mit einem drohenden Blick. „Er ist harmlos. Tut nur seinen Job."
„Eben. Kein Verlust."
„Lucien. Ich trage für ihn die Verantwortung während der gemeinsamen Ermittlungen." Sein mitleidiges Seufzen ignorierte ich ganz bewusst. „Weißt du, wo Dracon sich aufhält?"
Er zuckte die Achseln. „Mal hier, mal da. Bemüht sich, dass ich ihm nicht auf die Spur komme. Er weiß schon warum."
Unser Lord hatte seinem Dunklen Sohn immer noch nicht vergeben. Er wusste, dass unsere Königin Kaliste mich zu Dracons Aufpasser bestimmt hatte. Unwillkürlich berührte ich das Amulett an meinem Hals. Bisher hatte ich das Glück gehabt, dass er sich am anderen Ende der Welt aufhielt, aber wenn er sich in London befand, würde eine Begegnung unumgänglich werden.
„Ich könnte mich ja darum kümmern, *djamila*", bot er mit boshaftem Grinsen an.
Wie er das zu tun gedachte, stand mir deutlich vor Augen. „Das ist wohl kaum akzeptabel."
Er mimte einen Schmollmund, aber das gefährliche Glitzern in seinen Augen blieb. Hoffentlich lief Dracon ihm nicht versehentlich über den Weg. Ich hatte so meine Zweifel, ob Lucien das Wort unserer Königin wirklich scherte.
Ich betrachtete meinen Lord nachdenklich, für einen kurzen Moment vergaß er scheinbar, die kalte unnahbare Maske aufrecht zu erhalten und gewährte mir so unfrei-

willig einen Blick auf etwas, das mich gleichsam überraschte und schockte. In den Tiefen seiner blauen Augen flackerten Schmerz und Sehnsucht. Große Göttin, das war es. Er liebte Dracon nach wie vor. Trotz der Ewigen Nacht, trotz seines Verrats, trotz Leonardos Tod. Und gerade diese Liebe machte es umso demütigender für ihn, sodass er den Tod seines Dunklen Sohnes mehr denn je wünschte.

Einem Impuls nachgebend streckte ich meine Hand aus zum Trost. Lucien kam dem zuvor und wich mir aus. Sofort legte sich die Kälte wieder auf seine Züge und nichts deutete auf die Schwäche hin, die so tief in seinem Herzen schlummerte. Hatte ich mich vielleicht doch nur getäuscht, etwas hineininterpretiert?

Er las meine Gedanken und lächelte kalt. „Menschliche Gedanken, *thalabi*. Sie trüben deinen vampirischen Verstand."

Warren entschloss sich, die Strategie zu ändern. Was bedeutete, dass er anhand irgendwelcher Wahrscheinlichkeitsberechnungen, die ich beim besten Willen nicht verstand – aber das war ja sein Spezialgebiet, nicht meins – die Lords filterte, die am gefährdetsten zu sein schienen. So wurden dreiundzwanzig Anwesen Tag und Nacht überwacht. Um seinen Leuten mit gutem Beispiel voranzugehen, übernahm er gleich die erste Nachtwache. Mit meiner Gesellschaft.

Ich rieb mir mit der Hand über die Augen, unterdrückte ein Gähnen und schaute durch die beschlagenen Scheiben nach draußen. Wenn jetzt irgendein einsamer Jäger vorbeikommen würde, wäre er todsicher der Überzeugung, ein Liebespärchen beim Kuschelparken erwischt zu haben. Dafür hätte ich Warren, der die Situation sichtlich genoss, fast schon erwürgen können. Wenn er gewusst hätte, was hinter meiner Maske lag. Der Gedanke ließ mich grinsen.

Erfreulicherweise konnte man die ‚Spuren' wenigstens nicht zur Ashera zurückverfolgen, da Warren seinen Wagen für die Aktion genommen hatte. Einen James-Bond-typischen Aston Martin. Ein bisschen Schein durfte es wohl sein.

Das Anwesen war totenstill. Nicht mal ein Käuzchen rief. Hinter allen Fenstern herrschte Dunkelheit, die Bewohner lagen in tiefem Schlaf.

„Müde?", fragte Warren und lächelte.

„Gelangweilt trifft es eher. Was machen wir hier überhaupt?"

„Sir Winston gehört zu einem der potentiellen Opfer, die ich ermittelt habe. Wir sind hier zu seinem Schutz, das habe ich Ihnen doch erklärt, Mel."

„Aber was macht Sie so sicher, dass ausgerechnet er das nächste Opfer sein könnte?"

„Vertrauen Sie mir, ich weiß immer, was ich tue."

James Bond hätte das nicht überzeugter sagen können. Manchmal war er ja richtig süß. Dennoch konnte ich nicht widerstehen, ihn ein bisschen aufzuziehen.

„Ach! Und was machen Sie, wenn plötzlich ein zwei Meter großer Werwolf auftaucht, der immun ist gegen Silberkugeln?"

Er drehte langsam seinen Kopf zu mir und entzog Sir Winston somit kurzfristig seine ungeteilte Aufmerksamkeit.

„Das ist eine gute Frage."

Meine Hoffnung stieg, dass er durch den Kontakt zum Mutterhaus vielleicht die eine oder andere Möglichkeit des Übersinnlichen inzwischen in Erwägung zog. Dem Gedankenlesen war er schließlich auch nicht ganz abgeneigt gewesen.

„Also ich glaube, ich würde mir das Popcorn schmecken lassen und den Film weiter genießen."

Sein Lächeln war entwaffnend frech.

„Prima! Wenn Sie Glück haben, mag er auch Popcorn."

„Ach, kommen Sie, Mel, seien Sie nicht so humorlos. Okay, was raten Sie mir, wenn ich so einem Biest gegenüberstehe? Als erfahrene Werwolfsjägerin?"

Er zwinkerte mir zu und ich überlegte, ihm eine ehrliche Antwort auf seine nur halbehrlich gemeinte Frage zu geben. Da raschelte es plötzlich im Gebüsch neben uns.

Warren war sofort aus dem Wagen und zog seine Waffe. Ich folgte ihm, holte aber nur eine Taschenlampe aus meinem Mantel, die ich fürs Erste nicht anschaltete, um uns nicht zu verraten.

„Sehen Sie, ich hab es doch gewusst. Ich hab ne Nase für so was."

Sollte die Ammit sich tatsächlich hierher wagen? Möglich war es und falls ja, dann hatte ich Warren unrecht getan. Wieder knackte es. Da war auf jeden Fall jemand zwischen den Sträuchern unterwegs.

„Ich komm von links, Sie von rechts", flüsterte er.

Gesagt, getan. Als Indianer hätte man Warren vermutlich sofort an den Marterpfahl gestellt, wegen Gefährdung des eigenen Stammes, so viel Krach machte er. Leises Anpirschen gehörte scheinbar nicht zu den Pflichtkursen beim Security Service. Ich würde da noch mal mit ihm reden müssen. Auch wenn er meine Lautlosigkeit wohl nicht erreichen konnte, ein bisschen hätte man schon noch an der Anschleichtaktik feilen sollen.

Aufgescheucht durch solch einen Verfolger, wurde auch das Rascheln schneller und lauter. Es kam direkt auf mich zu, ich würde ihm den Weg abschneiden. Seltsamerweise konnte ich nichts erkennen. So klein war die Ammit ja nun wirklich nicht. Was Warren wohl sagen würde, wenn er so einem Geschöpf Auge in Auge gegenüberstand? Diesmal würde ich sie jedenfalls nicht entkommen lassen, das schwor ich mir und betete inständig, dass Warren kein Riechsalz brauchte, wenn er zum ersten Mal in seinem Leben einem Wesen gegenüberstand, das nicht in seinem Biologiebuch zu finden war. Angestrengt starrte ich in das dichte Gestrüpp, durch das sich mein Kollege lautstark kämpfte, tastete mich mit meinen Sinnen vorwärts. Die Essenz der Ammit war nicht zu spüren, aber ich durfte die Möglichkeit nicht außer Acht lassen, dass sie nach unserem Aufeinandertreffen in den Höhlen, ihr Wesen verbarg, daher verharrte ich in höchster Anspannung. Warren war jetzt schon ziemlich nah, von daher müsste ich eigentlich jeden Moment auf unseren Gegner treffen.

„Ich krieg dich", rief Warren plötzlich und machte einen Satz nach vorn. Ich kam ihm von der anderen Seite entgegen. Im Blindflug, aber er hatte das Ziel sicher vor Augen, wenn er es direkt ansprach. Es jaulte kurz auf, dann schrie mein Kollege lauthals. „Ah! Verdammter Mist, er hat mich gebissen."

Ich konnte nicht anders, als zu kichern. Auf Warrens verständnislosen Blick hin schaltete ich nun doch die Taschenlampe an und leuchtete in die Dunkelheit, damit auch er sah, was ich inzwischen erfasst hatte.

Ein Fuchs schaute uns verdutzt und ärgerlich an. Das Kaninchen, auf das er es abgesehen hatte, hoppelte über einen Baumstumpf und verschwand dann in seinem Bau. Und wir? Lagen halb aufeinander im Unterholz, wie ein liebestolles Pärchen.

Der Krach hatte die Bewohner des Hauses aufgeweckt. In den oberen Fenstern gingen Lichter an.

„Kommen Sie, Warren", meinte ich und griff ihm helfend unter die Arme, während er sich seinen blutenden Daumen hielt. „Diese Peinlichkeit wollen wir wohl lieber nicht erklären müssen."

Ich zog ihn zum Wagen, öffnete die Beifahrertür für ihn und spazierte zur Fahrerseite.

„Was haben Sie vor?" Sein Misstrauen, mir das geheiligte Auto zu überlassen, war nicht zu überhören. Männer! Genau wie mein Vater. Warum fürchteten die eigentlich immer so um ihren fahrbaren Untersatz?

„Keine Sorge, ich hab meinen Führerschein auf Anhieb bestanden. Ich fahr Sie in die Klinik, Sie Held. Franklin reißt mir den Kopf ab, wenn Sie sich die Tollwut holen. Sie haben doch keine Angst vor Spritzen?"

Warren wurde blass um die Nase bei dem Wort Spritze. Ich kicherte schadenfroh und gab Gas.

Nachdem ich Warren in die Klinik gebracht, ihm bei der Spritze Händchen gehalten und ihn anschließend nach Hause gefahren hatte, nutzte ich den Rest der Nacht für eine schnelle Jagd. Ich musste immer noch darüber lachen, dass ein erwachsener Mann, der beim Security Service gegen Schwerstkriminelle vorging, sich bei einer kleinen Nadel fast in die Hosen machte. Ich hatte ihm hoch und heilig versprochen, niemandem etwas zu erzählen. Wie es aussah, teilten wir jetzt ein Geheimnis.

So was Ähnliches hatte mein Opfer auch. Das gefährliche Geheimnis eines großen Drogenlagers, das sich der junge Dealer unter den Nagel gerissen hatte, indem er zwei Konkurrenten einfach abknallte. Er war wirklich sehr jung, aber unschuldige Gesichter verkauften die tödlichen Träume leichter. Sein durchtrainierter Körper steckte in hautengen Jeans und Designerjacke. Er sah wortwörtlich zum Anbeißen aus und befand sich völlig allein in einem Hinterhof, wo er das erbeutete Crack mit irgendwelchen Putzmitteln oder sonstigem Mist streckte.

In seinem Blut schwang der Duft von Verdorbenheit mit. Viel zu verlockend, nachdem ich durch meinen Job als Warrens Wachhund mehrere Nächte gar nicht hatte trinken können.

Die Muskeln fühlten sich herrlich stark in meiner Umklammerung an, als ich ihn packte. Seine Wehrhaftigkeit war eine zusätzliche Würze. Das Fleisch an seiner Kehle war fest, das Blut heiß und süß.

„Hallo Schönheit!", erklang es plötzlich hinter mir. Ich wirbelte herum, ließ den Jungen zu Boden sinken. Nur sein Stöhnen erinnerte mich noch rechtzeitig daran, ihn in den Nebelschlaf zu schicken, damit er sich morgen an nichts mehr erinnern konnte.

Meine Gedanken verschafften dem Neuankömmling genug Zeit, an meine Seite zu eilen, mich zu umarmen und an sich zu ziehen.

„Dracon!", keuchte ich.

Etwas Blut hing noch an meiner Unterlippe. Er leckte es mit einem stürmischen Kuss von meinen Lippen, raubte mir damit den Atem. Trotzdem schob ich ihn energisch von mir.

„Hör sofort auf. Was bildest du dir eigentlich ein, nach deinen Eskapaden?"

„Hey, schon vergessen? Du hast mir vergeben." Er grinste triumphierend. „Und außerdem sind wir aneinander gebunden."

„Schlimm genug", schnappte ich und war mir durchaus bewusst, dass es diesmal kein Traum war. „Aber das gibt dir noch lange nicht das Recht, mich anzugrabschen." Beleidigt ließ er mich los. „Was machst du hier?"

„Urlaub."

Ich konnte nicht umhin, meine Blicke über seinen Körper wandern zu lassen. Verdammt, er sah einfach viel zu gut aus. Ich spürte mein Herz schneller schlagen, was er zweifellos hörte, wie mir sein breites Grinsen bestätigte.

„Hast du mir diesen Traum geschickt?"

Er setzte eine überhebliche Miene auf, legte den Kopf schief und verzog die Lippen, als denke er nach. „Es war die einfachste Art, an dich ranzukommen. Hey, und so ein heißer Kuss auf der Astralebene ist doch auch nicht übel, oder? Hättest auch mehr haben können."

Er schaute vielversprechend. Ich verzog das Gesicht. „Danke, kein Bedarf."

Aber seine Worte riefen Erinnerungen wach. Es war wirklich nicht übel gewesen, ganz im Gegenteil. Und ich hatte mich nach mehr gesehnt. Daran konnte auch mein schlechtes Gewissen nichts ändern. Ich wusste um den Hunger in meinen Augen, mit dem ich ihn ansah, konnte nicht umhin, auf den pochenden Puls an seiner Kehle zu blicken. Leise hörte ich das Flüstern:

„Komm schon, nimm es dir. Nimm, soviel du willst."

Ich schüttelte ärgerlich den Kopf. „Es trifft sich gut, dich zu sehen", sagte ich betont kühl. Er grinste zufrieden, deshalb sah ich mich genötigt hinzuzufügen: „Aber nicht aus Gründen, an die du denkst."

„Oh!" Das Bedauern in seiner Stimme hielt nur kurz, sogleich erhellte sich seine Miene wieder. „Egal, weshalb du mich sehen wolltest. Gegen eine heiße Nummer wirst du doch sicher nichts einzuwenden haben."

„Habe ich sehr wohl. Und Armand wäre das ebenso wenig recht." Damit stimmte ich ihn säuerlich, was meinem Anliegen wenig zuträglich war, aber er konnte mir Träume schicken, soviel er wollte. Es würde definitiv bei der Astralebene bleiben. „Es geht lediglich um einen Fall, an dem ich arbeite", fuhr ich fort.

„Aha! Ich kann wohl kaum davon ausgehen, dass du meine Hilfe brauchst."

„Nein, brauche ich nicht. Ich habe schon eine. Das ist ja das Problem. Dass ich nicht allein an diesem Fall arbeite."

„Schön und gut, Babe, aber was sollte das mit mir zu tun haben?"

„Mein Partner ist vom MI5. Ich soll ihm helfen, mysteriöse Mordfälle aufzuklären, die nach Vampirmorden aussehen."

„Bitte was?", fragte er nach. „Sag mal, spinnst du? Wechselst du auf einmal das Lager oder was?"

Ich verzog ärgerlich den Mund. „Jetzt sei nicht albern, Dracon. Natürlich wechsle ich nicht die Fronten. Der Killer ist auch keiner von uns. Aber wenn die Ashera eine Zusammenarbeit abgelehnt hätte, wäre es verdächtig gewesen. Der Typ glaubt sowieso nicht an Geister, Dämonen und Vampire. Also wird er die Morde früher oder später als ungeklärt zu den Akten legen müssen."

„Und wenn er das nicht tut?"

„Selbst wenn er die Wahrheit herausfindet und glaubt, seine Kollegen beim MI5 würden ihn auslachen, wenn er mit so ner Story käme. Glaub mir, das Problem wird sich von selbst erledigen."

„Vielleicht sollte man nachhelfen", bemerkte Dracon trocken.

„Gerade das soll ich verhindern. Also, da wir uns ja so rein zufällig begegnen." Ich konnte den Zynismus nicht aus meiner Stimme nehmen. „Lass die Finger von ihm und mach dich rar. Ich brauch nicht noch mehr Unruhe, als ich eh schon habe. Wir haben in einem anderen Fall eben so die Kurve gekriegt. Noch so ein Ding wäre zu auffällig."

„Und jetzt?"

„Halte einfach die Füße still, geh mir und dem Agenten aus dem Weg und mach ausnahmsweise mal keinen Ärger. Auch wenn dir so was ja sehr schwer fällt."

Er verzog beleidigt den Mund, versprach es aber schließlich.

Als ich an diesem Abend nach Hause kam, sagte ich Armand wohlweislich nichts von dieser Begegnung. Er war auch so schon reizbar in der letzten Zeit und ich wollte das nicht unnötig anheizen.

Hors d'œuvre und Lachshäppchen

Es gab Momente, da war ich äußerst froh über Armands geschäftlichen Hintergrund. Auf dem Empfang im Buckingham Palace hätte man ihn sonst sicher nicht zugelassen. Aber er hatte einflussreiche Geschäftspartner, die ihm eine ‚Eintrittskarte' verschafften.

Meine langweilige Aufgabe bestand darin, in einem unbequemen grünen Cocktailkleid an der Seite von Warren, der sich in einen weißen Smoking geworfen hatte, sämtliche Gäste im Auge zu behalten, ob jemand darunter war, der sich verdächtig benahm. Ich hatte keine Lust, dies allein zu tun, und den halben Abend an Warrens Seite zu bleiben, musste auch nicht unbedingt sein. Dadurch, dass Armand ebenfalls auf die Gästeliste gerutscht war, gab es zwischendurch immer wieder einen Anlaufpunkt für mich. Wir achteten penibel darauf, dass Warren ihn nicht zu Gesicht bekam, was durch dessen eigene Organisation – *ich nehme die linke Seite, Sie die rechte* – erfreulich leicht fiel.

Es war wohl auszuschließen, dass eine leicht übergewichtige Dame mit Krokodilskopf und Nilpferdhintern sich unauffällig unter den Adel mischen konnte. Kein Hut mit Netzschleier und kein noch so wallendes Kleid hätten die Ammit ausreichend tarnen können. Demnach befand sich keiner im Raum in ernstlicher Gefahr, außer vielleicht in der, sich zu Tode zu langweilen. Blieb nur zu hoffen, dass es nicht allzu spät wurde, sondern die Queen früh zu Bett ging und ihre Gäste nach Hause entließ.

Zugegeben, auch mir war es eine Ehre, die Queen höchstpersönlich kennenzulernen. Schade nur, dass der Rest der Royal Family nicht anwesend war. Aber Queen Liz machte das mit ihrer Ausstrahlung durchaus wett. Ich hatte sie mir größer vorgestellt, dafür wirkte sie aber bedeutend jünger als sie war und das royalblaue Kleid stand ihr ausgezeichnet. Armand verbeugte sich bei seiner Vorstellung formvollendet und deutete einen Kuss auf ihren Handrücken an. Adlige Manieren. Zum Glück hatten Warren und ich zu diesem Zeitpunkt diese Formalitäten längst hinter uns, und der Agent war am anderen Ende des Saales beschäftigt, sodass er Armand nicht über den Weg lief.

Auch wenn diese Vorsichtsmaßnahmen auf den ersten Blick unnötig erschienen, die Fragen, falls Warren Armand doch einmal durch Zufall in Gorlem Manor über den Weg laufen sollte, wollten wir lieber im Vorfeld schon vermeiden.

Gleich zu Beginn fühlte ich mich beobachtet. Ich ertappte mich dabei, ständig über meine Schulter zu schauen, weil mir ein eisiger Schauer über den Rücken lief. Immer wenn ich glaubte, die Ursache meiner Unruhe entdeckt zu haben, verlor sie sich wieder als Nichts in der Menge. Herrje, bekam ich allmählich Paranoia, nur weil ich einen Ring trug, der das Interesse der Ammit geweckt hatte? Sie war nicht hier und für die anderen Gäste war ich nur eine von vielen. Ich schüttelte den Verfolgungswahn ab und schließlich verlor sich das Gefühl.

Unauffällig trat ich an Armands Seite, nahm mir ein Glas Champagner vom Tablett eines umhereilenden Dieners und beobachtete den Mann vom Security Service über die Köpfe der übrigen Gäste hinweg. Eben war er in ein Gespräch mit dem Viscount Beddingford vertieft, ein enger Freund des verstorbenen Duke of Woodward.

„*Un mec sympa*, dein Anhängsel", flachste Armand.

„Armand, bitte." Mir entging der eifersüchtige Unterton in seiner Stimme nicht.

„Du verbringst viel mehr Zeit mit ihm als mit mir."

„Aber doch nur so lange, bis wir den Fall abschließen können. Er ist wirklich keine Konkurrenz für dich und ich versuche, mit ihm auszukommen, okay?"

Er seufzte, ließ das Thema aber auf sich beruhen. „*Bien*. Hast du schon erste Verdächtige ausmachen können?"

Ich schüttelte den Kopf. Wie auch? Wir kamen einfach nicht weiter, solange ich mit Warren zusammenarbeiten musste. Aber um auf eigene Faust zu ermitteln, musste eine Begründung her. Mein letzter Alleingang hatte schon zu Fragen geführt und Franklin wollte jede unnötige Skepsis seitens des MI5 gegenüber dem Orden vermeiden. Dass er mich damit vor ein Problem stellte, weil ich in Warrens Fahrwasser nicht mehr an die Ammit rankam, ignorierte er geflissentlich. Das war mein Problem, nicht seins. Manchmal mochte ich meinen Vater erwürgen. Wenn ich die Morde nicht bald stoppte, würde der Security Service nie aufgeben. Mit jedem toten Lord wurde die Sache brisanter.

Der ganze Abend verlief erwartungsgemäß langweilig. Wir betrieben ein wenig Konversation, die Mitglieder der royalen Garde hatten alles und jeden stets unter Kontrolle und wären durchaus auch ohne uns in der Lage gewesen, eventuelle Attentäter zu überwältigen. Die aber nicht anwesend waren.

Ich plauderte mit einem der vielen Dukes, deren Namen ich mir nie im Leben behalten konnte, als sowohl mein Gespräch, als auch meine Gedanken jäh unterbrochen wurden.

Ein Aufschrei ging durch die Menge, einige eilten zu einer Ecke des Büffets, wo sich ein junger Mann mit einem Tranchiermesser in der Hand über eine am Boden liegende Person beugte.

Ich sah Warren im Laufschritt zu der immer größer werdenden Menschenansammlung stürmen, seine Dienstwaffe gezückt, wobei der vom Fuchsbiss bandagierte Daumen bizarr abstand. Ich betete stumm, dass ich ihn richtig einschätzte und er nicht anfing, wild in die Menge zu ballern, was eine Massenpanik ausgelöst hätte. Aber er blieb souverän, stellte den vermeintlichen Verbrecher mit seiner Waffe und ließ den Standard-Agentenspruch vom Stapel, von wegen MI5, keine Bewegung und blabla.

„Halt das bitte mal", sagte ich und reichte Armand im Vorbeigehen mein Glas, der es wortlos in Empfang nahm und auch keine Anstalten machte, mir zu folgen.

Bis ich den Raum durchquert und den Stein des Anstoßes ins Auge gefasst hatte, war Warren bereits damit beschäftigt, den Attentäter zu durchsuchen. Außer dem Tranchiermesser besaß er noch eine Schusswaffe, die der von Warren verdächtig ähnlich sah. *Wenn er eine Schusswaffe hatte, warum dann das Tranchiermesser*, fragte ich mich gerade, als Warren etwas zutage förderte, das ihm einen hochroten Kopf bescherte.

„Warren, alles okay? Was ist denn?"

Auch alle übrigen Umstehenden, die Royal Guards eingeschlossen, beäugten die beiden Männer mit einer Mischung aus Neugier und Unverständnis.

„Was glauben Sie eigentlich, was Sie hier tun?", fuhr er den jungen Mann plötzlich an und steckte seine Waffe wieder weg.

Die Unterlippe des Angesprochenen zitterte nervös. „Na ja, ich dachte, ich …"

„Überlassen Sie das Denken Leuten, die was davon verstehen." Er funkelte den Typ so wütend an, dass der mir leidtat. Dann wandte sich Warren an die Umstehenden. „Ist ein Arzt hier?"

„Warren, könnten Sie mir wohl erklären …", versuchte ich es noch mal. Da trat einer der Gäste vor.

„Ich bin Dr. Swanson. Kann ich helfen?"

Warren musterte ihn skeptisch von Kopf bis Fuß, kam aber wohl zu der Überzeugung, dass er dem Herrn den Arzt zutraute.

„Mein junger Kollege sagt, Sir Biscuitt habe Fisch gegessen und sei dann plötzlich umgefallen, nachdem er sich an den Hals gegriffen und nach Luft gerungen hat. Klingt nach Gräte. Kümmern Sie sich bitte um ihn."

Dr. Swanson kniete neben dem reglosen Adligen nieder. Minuten später saß dieser schon wieder auf einem Hocker, klang noch etwas rau, wenn er sprach und hustete viel, aber ein Glas Wasser besserte sein Befinden schnell.

Warren zog den jungen Agenten beiseite.

„Wie heißen Sie?"

„Tim…timothy J…jones", kam die gestotterte Antwort. „S…s…security S…service. H…heute ist m…mein erster T…tag im a…aktiven Dienst."

Oh Shit! Jetzt verstand ich Warrens Zorn. Einer von seinen eigenen Leuten.

„Hat Ihnen mal jemand erklärt, dass man sich beim leitenden Agenten zum Dienst meldet, ehe man mit einem Messer in der Luft rumwedelt? Noch dazu über einem am Boden liegenden Lord. Was hatten Sie denn damit vor?"

„Na ja … in der Ausbildung … ein Luftröhrenschnitt b…bei A…Atemnot."

Der arme Kerl war völlig durcheinander. Ich sandte ein Stoßgebet zum Himmel und konzentrierte meine Aufmerksamkeit darauf, dass dies nicht der letzte Tag in Diensten des Security Service für Timothy Jones werden würde, was durchaus im Bereich des Möglichen lag, weil Warren so aussah, als wolle er ihm den Kopf abreißen. Okay, ein Luftröhrenschnitt mit einem Tranchiermesser war sicher etwas übertrieben.

„Warren, wir haben doch alle mal angefangen", versuchte ich die Situation zu entschärfen. Als er nicht reagierte, sondern stattdessen immer noch versuchte, mit seinem bloßen Blick Timothy in dessen Atome zu spalten, legte ich vorsichtig meine Hand auf seinen Arm. Das lenkte ihn zumindest kurz ab und er schaute mich an. „Er hat es nur gut gemeint."

„Er hat ..." brauste Warren auf und ich konnte mir die Schimpftirade schon denken, die gleich losbrechen würde, darum sagte ich nur ein einziges Wort. „Fuchs!"

Sofort klappte Warren den Mund zu. Seine Kiefer mahlten ungehalten, er schnaubte wie ein wütender Stier. Sein Blick ging ein paar Mal zwischen dem jungen Agenten und mir hin und her. Dann meinte er forsch:

„Sie schreiben einen Bericht! Und ich werde dem Office mitteilen, dass ich Sie nicht länger bei meinen Leuten haben will. Anfänger kann ich nicht brauchen."

Ich atmete auf, als er mit energischen Schritten in den Hauptsaal zurückkehrte, um sich nach dem Befinden von Sir Biscuitt zu erkunden.

„Gehen Sie nach Hause, Timothy. Bis morgen wird er sich wieder beruhigt haben. Aber ich glaube, er hat recht. Dieser Fall ist noch nichts für einen Neuling." Dabei zwinkerte ich ihm freundlich zu, damit er die Wahrheit nicht ganz so schwer nahm. Er hatte sich seinen ersten Tag sicher auch anders vorgestellt.

Kaum, dass ich mich umdrehte, stieß ich auch schon mit Warren zusammen, dessen Gesicht jetzt eher hektisch-besorgt als wütend war.

„Haben Sie Sir Wesley gehen sehen?", wollte er wissen.

„Sir Wesley?"

„So ein großer Blonder mit Monokel."

Ich schüttelte verwirrt den Kopf. „Vielleicht ist er nach Hause gegangen."

„Das wissen wir gleich."

Er fasste mich am Arm, aus den Augenwinkeln sah ich Armand an der Tür und sein Zähnefletschen. Ich zuckte hilflos die Schultern und folgte Warren nach draußen.

Der Wagen von Sir Wesley stand noch mitsamt Chauffeur an Ort und Stelle. Er hatte seinen Brotgeber seit der Ankunft nicht mehr gesehen.

Verdammt, wie konnte das sein? Panik machte sich in mir breit und griff mit eisigkalter Klaue nach mir. Auch Warren wurde bleich. Hatte sich der Killer etwa einen der Lords geschnappt, während wir danebenstanden? Ich konnte das nicht glauben. Die Ammit wäre aufgefallen. Bei Warrens Vorstellung des Mörders lag es zumindest im Bereich des Möglichen, würde aber bedeuteten, dass der Killer sich in den höheren Kreisen des englischen Adels bewegte.

Via Pieper rief Warren seine Leute zusammen. Nachdem er auch die Queen über den Sachverhalt aufgeklärt und ihre Einwilligung erhalten hatte, erteilte er die Anweisung, das gesamte Anwesen zu durchsuchen. Die Privaträume der königlichen Familie übernahmen dabei selbstverständlich die Royal Guards. Jedes Zimmer wurde durchsucht, der Garten hinter dem Buckingham Palast durchkämmt, alle Bediensteten und sämtliche Chauffeure befragt. Aber keine Spur von Sir Wesley. Warren war kurz vorm Verzweifeln. Ich sah es ihm an und er tat mir leid. Er war der leitende Agent, die Sicherheit auf dem Empfang heute Abend seine Aufgabe.

„Das ganze Aufheben wegen einer Person?", raunte Armand mir zu.

„Einer sehr wichtigen Person", gab ich zur Antwort. „Es wird Konsequenzen für Warren haben, falls ihm tatsächlich was passiert ist. Er trägt die Verantwortung für den Empfang."

Armand schnaubte nur ungehalten und warf dem Agenten einen abfälligen Blick zu. Ich hatte schon eine Bemerkung auf der Zunge, da kam der Chauffeur von Sir Wesley zur Tür herein und ging zu Warren hinüber. Kurz darauf entspannten sich dessen Züge, er atmete erleichtert auf, klopfte dem Chauffeur auf die Schulter, der mit einem Lächeln wieder den Palast verließ.

Armand mischte sich schnell unter die anderen Gäste, die in kleinen Gruppen umherstanden und diskutierten, als Warren in unsere Richtung strebte.

„Was ist? Was hat er gesagt?", wollte ich von ihm wissen, aber er winkte ab.

„Gleich, Melissa. Ich bin sofort wieder bei Ihnen."

Er ging zur Queen und flüsterte ihr etwas ins Ohr. Sie strahlte über das ganze Gesicht und bat dann um die Aufmerksamkeit der Anwesenden.

„Meine lieben Gäste. Es ist alles in bester Ordnung. Wie ich soeben erfahre, ist Sir Wesley sicher zu Hause in Dornham Court."

Allgemeines Aufatmen. Es dauerte nur Minuten und die Gäste verhielten sich wieder genau so, wie vor dem kleinen Zwischenfall. Ich hingegen wartete auf Warren und dass er mir erklärte, was geschehen war.

„Sir Wesley hat eben seinen Chauffeur angerufen, dass er nach Hause kommen soll. Er fühlte sich nicht wohl und ist zusammen mit Rafe Desmond, einem Geschäftsmann, den er seit Langem kennt und der heute Abend auch hier war, in den Garten gegangen, um frische Luft zu schnappen. Als das nichts half, hat Mr. Desmond angeboten, ihn nach Hause zu bringen. Sie sind vor einer halben Stunde dort angekommen."

Ich atmete nun ebenfalls erleichtert auf. Außerdem freute es mich für Warren, dass sein Security-Einsatz somit erfolgreich verlaufen war.

Wer trinkt aus meinem Becherlein

Erschöpft kamen Armand und ich gegen halb drei nachts nach Hause. Warren hatte sich fast den ganzen Abend noch über die Unfähigkeit des jungen Jones aufgeregt, der gleich nach Hause gefahren war. Ich hoffte, er hing seinen Job beim MI5 jetzt nicht gleich an den Nagel. Es gab bestimmt auch passende Fälle für jemanden, der noch nicht viel Erfahrung hatte. Sofern Warren ihm nicht sämtliche Türen zuwarf, indem er eine Beschwerde über ihn einreichte.

Die unerfreulichen Ereignisse für diesen Abend nahmen aber noch kein Ende. Schon vor unserem Haus hörten wir Klaviermusik. Sehr schräge Musik. Armand schaute mich an, entweder standen mir meine Gedanken auf die Stirn geschrieben oder er hatte dieselben.

Mein Liebster schloss die Tür auf. Göttin, das schmerzte in den Ohren. Aber die falschen Töne waren nichts gegen den Schock, der mich durchfuhr, als wir das Wohnzimmer betraten und ich unser beider Befürchtung bestätigt fand. Dracon saß an Armands teurem Konzertflügel und hämmerte ohne Sinn und Verstand und mit noch weniger Gefühl auf die bemitleidenswerten Tasten.

Zischend sog Armand die Luft ein. Unser Gast wurde auf uns aufmerksam und beendete sein Geklimper. Eine Flasche des teuersten Whiskys, den Armands Bar zu bieten hatte, stand auf dem edlen Musikinstrument. Es war nur noch eine kleine Pfütze darin.

„Hey, Leute! Mir ist ja schon richtig langweilig geworden", begrüßte Dracon uns gelassen, schwenkte mit der einen Hand sein halbvolles Whiskyglas und klimperte mit der anderen noch mal auf ein paar Tasten herum.

Armand war im Bruchteil einer Sekunde am Flügel und klappte den Deckel so heftig zu, dass die Saiten des Instrumentes protestierten. Hätte Dracon seine Finger nicht blitzschnell zurückgezogen, wären sie vermutlich abgetrennt gewesen.

„*Dehors!*", sagte Armand in einem Tonfall, dass mir das Blut gefror.

„Raus?", fragte Dracon gedehnt und unbeeindruckt.

„Raus!" Armand hatte die Zähne vor Wut so fest zusammengebissen, dass er kaum zu verstehen war.

Mit hochgezogenen Augenbrauen erhob sich Dracon vom Klavierschemel, er schwankte leicht. Wie viele Flaschen Whisky hatte er intus? Gemächlich schlenderte er zum Sofa und ließ sich unelegant fallen. Sein Lächeln war selbstgefällig, während Armand kurz vorm Explodieren stand.

„Er weiß es wohl noch nicht, wie?", wandte sich mein Ziehkind an mich.

„Ich hatte noch keine Gelegenheit", gestand ich kleinlaut, was mir augenblicklich Armands volle Aufmerksamkeit zuteilwerden ließ.

„Keine Gelegenheit wozu?"

Mir wurde siedend heiß. „Also Schatz, weißt du, das ist so, äh, Dracon und ich ... ich meine, nicht was du jetzt vielleicht denkst, es ist eher so, also, ich hab doch da die Ampullen mit dem Serum bei Lucien holen wollen, und auf dem Heimweg bin ich dann ... vielmehr hat Kaliste ... wie soll ich sagen ..."

„Melissa!"

Das Wort war wie eine Ohrfeige, brachte mich wieder in eine zurechnungsfähige Verfassung, auch wenn ich Armand bei meinem Geständnis nicht in die Augen sehen konnte.

„Wir sind auf Geheiß von Kaliste aneinander gebunden, Dracon und ich. Ich bin sozusagen sein Kindermädchen, damit er keine Dummheiten mehr anstellt."

So, jetzt war es raus. Armands Gesichtsfarbe wechselte vom üblichen Bleich zu Puterrot. Er erinnerte mich unangenehm an einen unter Volldampf stehenden Schnellkochtopf, gleich würde er anfangen zu pfeifen. Aber er starrte dabei nicht in mein Gesicht, sondern eine Handbreit tiefer.

Ich folgte dem Blick meines Liebsten, unbewusst hatte ich das Amulett umfasst, schützend. Armands Augen waren dunkel vor Zorn und Eifersucht. Erschrocken ließ ich es los. Er war mit einem Satz bei mir, griff das Amulett, riss es mir vom Hals und schleuderte es quer durch den Raum. Mit gefletschten Zähnen, wie ein Raubtier, packte er meine Arme so fest, dass ich die Knochen knirschen hörte.

„Du gehörst mir. Nur mir!", zischte er warnend. In seinen Augen blitzte es unheilvoll auf. Eine Mischung aus Begehren und Wut, beides galt in diesem Moment mir. „Der Kerl soll meinetwegen verrecken, wenn er nicht ohne dich leben kann. Das ist besser, als wenn er immer wieder dein Leben in Gefahr bringt."

Ich erwiderte wortlos seinen Blick, bis er mich losließ, dann drehte ich mich um, ging hinüber zu der Stelle, wo das Amulett auf den Boden gefallen war, band die Kette wieder zusammen und streifte sie mir über den Kopf. Dabei war ich mir durchaus bewusst, dass ich mit dieser Geste eine Aussage traf, die Armand nicht schmeckte, aber ich hatte keine Wahl.

„Tja", nutzte Dracon das Schweigen und setzte noch einen drauf, „sieht so aus, als irrst du dich gewaltig, mein Freund. Meine Süße sieht das offenbar anders. In weiser Voraussicht dachte ich mir deshalb schon, ich ziehe gleich bei euch ein. Dann hat sie mich immer unter Kontrolle."

„Ich – bin nicht – dein Freund! Und Melissa – ist nicht – deine Süße! *Comprends?*"

Entschuldigend hob Dracon die Hände und nippte dann wieder an seinem Glas.

„Ich glaube in Anbetracht der, äh, leicht angespannten Situation zwischen euch beiden, ist es wohl besser, ich bringe ihn vorerst …"

„Wage das nur nicht, Melissa!", schnitt mir Armand das Wort ab, der schon ahnte, worauf ich hinaus wollte. „Wage es nicht, diesen Teufel auch nur in die Nähe von Franklin zu bringen, oder ich vergesse mich."

Dracon wollte gerade zu einer spitzfindigen Bemerkung ansetzen, als meine Wut über diese peinliche, unangenehme Situation zu kochen begann. „Halt du bloß deinen Mund", fauchte ich ihn an. „Armand hat recht, du kannst nicht hier bleiben. Aber wenn ich ihn nicht nach Gorlem Manor bringen soll, wohin dann?", wollte ich von Armand wissen.

„Von mir aus auf den Friedhof. Da gehört er hin!" Und an Dracon gewand fügte er hinzu: „Verschwinde! Oder du brauchst keinen Aufpasser mehr."

Dracons Züge verhärteten sich. Er stürzte den Rest des Whiskys herunter und stand betont langsam auf, schritt gemächlich zu Armand, der sich nicht von der Stelle rührte. Auge in Auge blieben die beiden voreinander stehen. Ich hielt den Atem an. Falls sie jetzt aufeinander losgingen, konnte ich kaum etwas dagegen tun, außer hinterher die Fetzen zusammenkehren, die von den beiden noch übrig blieben.

„Ciau", hauchte Dracon.

Armand verzog angewidert das Gesicht, was ich durchaus verstehen konnte, da ich die Whiskyfahne auch noch in fünf Schritt Entfernung riechen konnte.

„Hilfst du mir, bei der Suche nach ner Bleibe?"

Ich nickte ihm wortlos zu und deutete mit dem Kopf zur Tür. Er verstand und wartete draußen.

Als wir allein waren, blickten Armand und ich uns lange an, keiner wusste so recht, was er sagen sollte. „Es ist nicht so, wie du denkst", versuchte ich es noch mal.

„Ach! Wie originell. Sagt man das nicht immer?"

„Armand." Ich streckte hilflos meine Hand nach ihm aus, aber er wendete sich ab, als ekele er sich vor meiner Berührung.

„Wie lange geht das schon? Deine Träume kommen dann ja wohl nicht von ungefähr."

Ich zuckte zusammen wie unter einem Schlag. Er unterstellte mir doch nicht, dass ich ihn mit Dracon betrog? „Ich weiß noch nicht sehr lange, dass er in der Stadt ist."

Damit machte ich ein gefährliches Geständnis, das er sofort aufgriff. Seine Augen waren nur noch schmale Schlitze und seine Nasenflügel bebten bei jedem Atemzug.

„Überraschend kam sein Besuch heute Abend also nicht", sagte er gepresst.

Schuldbewusst senkte ich den Blick und gestand kleinlaut: „Nein, er ist mir vor ein paar Tagen in der Stadt begegnet." Jetzt sah ich ihn flehend an. „Aber mehr ist wirklich nicht, ich schwöre es. Bitte glaub mir."

Er atmete tief durch, nickte dann aber schließlich. Mir war trotzdem klar, dass er es mir nicht ganz abnahm und das tat weh.

„Dann geh ihm nach. Das ist ja jetzt wohl deine Aufgabe." Er klang bitter, was ich ihm nicht verdenken konnte. „Aber sorge dafür, dass er nicht in mein Sichtfeld gerät. Und nicht in die Nähe von Gorlem Manor. Klar?"

„Klar."

Armand blickte Melissa nach, wie sie draußen auf der Straße zu Dracon ging und ihm mit einer Kopfbewegung zu verstehen gab, dass er ihr folgen sollte. Gleich darauf waren beide um die Ecke und aus seiner Sicht entschwunden. Gott, er war so wütend, dass er am liebsten die ganze Wohnung kurz und klein geschlagen hätte. Aber das hätte auch nichts genützt. Sie war weg, mit diesem Typen. Gott, der Kerl sah so verdammt geil aus, das musste er widerwillig zugeben. Der fleischgewordene Traum einer jeden Frau. Groß, gestählter Körper, goldbraune Haut und ein Lächeln, dass sogar ihm die Knie weich wurden. Außerdem war er tough, ein Rebell, ein cooler Rocker, auf so was standen die Frauen nun mal. Er hingegen war ein verstaubter Aristokrat. Wenn er an Mels Stelle wäre …

Nein! Er verbot sich, so zu denken. Mel würde das niemals tun. Der Kerl hatte sie vergewaltigt und letztes Jahr fast den Weltuntergang heraufbeschworen.

Doch sie hatte ihm verziehen. Verdammt noch mal, warum hatte sie ihm verziehen? Die Frage stellte er sich nun schon zum wiederholten Mal und fand keine Antwort darauf. War es, weil Kaliste sie an ihn gebunden hatte? Was bedeutete das überhaupt? War es so nicht nur eine Frage der Zeit, bis er sie in der Kiste hatte? Mit Sicherheit legte er es darauf an. Er hatte die Geilheit in seinem Blick gesehen, jedes Mal, wenn er seine Melissa anschaute. Seine Melissa – sie gehörte ihm, ihm ganz allein. Niemand durfte sie ihm wegnehmen.

Aber ging es nur um Dracon? Oder ging es nicht vielmehr darum, dass er sie einfach nicht teilen wollte? Mit niemandem! Wenn er ehrlich zu sich selbst war, dann traf genau das zu. Egal ob Dracon, Lucien, dieser Agent oder irgendein Fremder, der letztlich nur als Mahlzeit endete. Keiner von ihnen sollte sie berühren oder ihr Blut in Wallung bringen. Die Wut, die bei der bloßen Vorstellung in ihm hoch kochte, schnürte ihm die Kehle zu.

Er war derjenige, der die Fäden in der Hand hielt. Das war immer so gewesen. Bei ihr, bei Franklin, bei jedem seiner Opfer. Jetzt entglitt ihm einer nach dem anderen und er hatte das Gefühl, selbst zu einer Marionette zu werden. Seiner eigenen Gefühle, die ihn tanzen ließen, ohne dass er es kontrollieren konnte. Das musste es sein. Das war die Erklärung. Seine Eifersucht, dieser Schmerz in seiner Brust bei dem Gedanken, dass sie andere liebte. Es ging nicht darum, dass er die vampirische Natur infrage stellte. Den Hunger, den Trieb, die Gleichmütigkeit. Nein, was ihn zum Wahnsinn trieb, war das Gefühl, die Kontrolle zu verlieren. Etwas, das der Vampir in ihm nicht akzeptierte.

Dann musste er sich eben beweisen, dass er noch immer die Kontrolle hatte. Dass alle nach seinem Willen tanzten.

Armand hielt es nicht länger in der Wohnung aus. Er riss den Mantel vom Haken und stürmte aus der Tür. Sein Ziel war Gorlem Manor.

Manch Seele voller Schatten ist

„Scheint so, als könnte er mich nicht besonders leiden, wie?"

Ich schnaubte mürrisch. „Sagen wir mal so, wenn ich euch beide allein gelassen hätte, wäre es vermutlich anschließend nicht mehr möglich gewesen, genau zu bestimmen, welcher Fetzen Haut zu wem von euch gehört."

Dracon lachte unbekümmert. „Mag schon sein. Ist schon blöd, wenn zwei Männer dieselbe Frau geil finden."

Ich blieb abrupt stehen und funkelte ihn an. „Lass dir nur nie einfallen, mich noch mal anzufassen, klar? Ich habe dir New Orleans verziehen, aber vergessen habe ich es nicht."

Er kam ganz nah, beugte sich dicht an mein Ohr, berührte mich aber nicht.

„Ich würde es heute sehr viel besser machen. Probier's doch einfach aus."

Er fing meine Hand ab, die ihn hätte ohrfeigen sollen. Ohne seinen bohrenden Blick von meinen Augen zu nehmen, drückte er einen Kuss darauf. „Na, na, na, ich dachte du stehst nicht auf Sadomaso-Spielchen."

Wortlos riss ich mich los und ging weiter.

„In meinen Augen ist er ein Schwächling, dein Armand", fuhr er fort, seine Stimme klang abfällig. „So benimmt sich kein Vampir. Was soll dieses eifersüchtige Gehabe und dieser ‚du-gehörst-mir'-Scheiß?"

„Schon mal was von Liebe gehört?"

Er lachte. „Was hat das eine mit dem anderen zu tun? Lust gehört zur Jagd. Und auf unseresgleichen sind wir immer scharf. Liebe? Wenn er meint, lieben zu müssen, bitteschön. Aber deshalb kann er dir doch keine Leine anlegen." Er machte eine kurze lauernde Pause, ehe er noch nachsetzte: „Und das, während er vermutlich selbst munter weiter durch die Gegend vögelt."

Wutentbrannt drehte ich mich zu ihm um. „Kannst du dich nicht einfach mal um deine eigenen Sachen kümmern und die Schnauze halten?"

Er grinste lasziv. „Ups! Da hab ich wohl den falschen Ton angeschlagen."

„Ja, noch schlechter als eben am Flügel."

„Babe, ich würde mich so gern um meine Sachen kümmern, aber ich darf ja nicht." Er streckte die Hand aus und umfasste meine Taille.

„Vielleicht fängst du lieber mal bei Lucien an. Da gibt es auch genug zu kitten."

Ich traf den wunden Punkt. Er ließ mich augenblicklich los und ging wieder schweigend neben mir her. Nach einer Weile meinte er beiläufig:

„Die Suche nach einer Wohnung können wir uns übrigens sparen. Ich hab ne Bleibe." Das wunderte mich nicht. Der nächste Satz war dann schon wieder eher deplaziert, aber trotzdem typisch für ihn. „Das heißt, wir können gleich dorthin gehen und uns angenehmeren Dingen zuwenden."

„Ich bin mit dir gekommen, weil wir dringend reden und ein paar Sachen klären müssen, Dracon."

Dabei sah ich ihn bewusst nicht an. Wir befanden uns auf dem Weg zu seiner Wohnung. Ich brauchte nur der Spur zu folgen, die seine Essenz auf dem Hinweg zurückgelassen hatte. Seine direkte Gegenwart beeinträchtigte mich dabei nicht.

„Schade, und ich dachte, wir könnten ein Schäferstündchen abhalten."

Mit einem tiefen Seufzer entschied ich mich, zu schweigen, bis wir sein Zuhause erreicht hatten. Es war das Penthouse mit Blick auf die Tower Bridge. Wie in meinem Traum. Er warf die Lederjacke achtlos aufs Bett, darunter trug er nichts und die Schlangen schienen so lebendig wie in der Nacht, als er mich vergewaltigt hatte. Ich sah, wie sie sich bewegten, züngelten, glaubte fast, ihre glatten, weichen Körper wieder zu spüren. Energisch schüttelte ich den Kopf, um die Gedanken zu vertreiben.

Dracon ging zum Sideboard, holte zwei Gläser mit Whisky und reichte mir eins. Verdammtes Déjà-vu.

„Wage es nur nicht, mich jetzt zu küssen. Egal, wie viel Mühe du dir gibst, es nachzustellen, es wird nicht dort enden."

Mein Kinn wies kurz zum Bett hinüber. Schuldbewusst senkte er den Blick.

„Warum bist du so hart, Mel? Nach allem, was bei der Engelsuche passiert ist, solltest du doch wissen, dass ich dich wirklich liebe."

„Du kannst lieben?" Ich bedauerte meine Worte sofort. Es war nicht meine Absicht gewesen, ihn zu verletzen. Aber genau das hatten meine Worte getan. Es stand deutlich in seinen Augen.

„Tut mir leid. Ich wollte das nicht sagen", entschuldigte ich mich.

„Doch, wolltest du. Und wenn ich ehrlich bin, kann ich's dir noch nicht mal verdenken. Aber ich liebe dich wirklich. Und ich würde dir keine Leine anlegen." Er machte eine kurze Pause, wartete, ob ich auf die Spitze bezüglich Armand reagierte, was ich nicht tat. „Ich habe auch früher schon geliebt. Lucien. Liebe ihn noch immer."

Liebe. Für den Mann, der seinen Tod wollte – einen möglichst qualvollen – obwohl er ihn noch immer begehrte. Ich glaubte Lucien nicht, dass er sich mit Dracons Begnadigung durch Kaliste abgefunden hatte. Aber er spielte nach den Regeln. Doch was, wenn sich die beiden wieder gegenüberstanden? Siegte dann sein Begehren oder seine Wut? Betroffen senkte ich den Blick. Was war Liebe überhaupt für den Drachen? Ich wollte ihn fragen und doch wieder nicht, weil ich fürchtete, ihn noch einmal zu verletzen.

„Warum liebst du mich? Normalerweise stehst du doch nur auf Männer." Armand hatte mir davon erzählt. Das bisschen, was er über das schwarze Schaf der Vampirfamilie wusste.

„Ich habe als Sterblicher nie was mit einer Frau gehabt. Nur mit Lucien. Ich kannte nichts anderes. Aber das heißt nicht, dass ich mich nicht auch zu Frauen hingezogen fühle. Ich habe in meinem Leben schon einige weibliche Wesen geliebt."

Geliebt! Wohl eher genommen, benutzt, vergewaltigt. Der Schmerz seiner Opfer war für ihn Nahrung wie das Blut selbst. Und soweit ich wusste, hatte er sich stets Gefährten gesucht, die sich ihm gerne unterwarfen und den Schmerz zu lieben wussten.

„Pierre war der Einzige, der es nicht so gesehen hat. Vangelis' Zärtlichkeiten waren ihm bedeutend lieber."

Vangelis! Armands Dunkler Sohn. Was zwischen ihm und Pierre geschehen war, war auch der Grund für Dracons Hass gegen meinen Geliebten.

„Hast du sie beide aus Eifersucht getötet?"

„Nein. Es war schlichte Wut, weil Pierre mich anlog. Er traf sich heimlich mit Vangelis, empfand für ihn, was er für mich nicht annähernd fühlte. Für diesen Verrat gab ich Vangelis' Schöpfer die Schuld, schließlich hätte es ohne ihn diesen Nebenbuhler gar nicht gegeben. Ich wollte alle drei tot sehen, aber an Armand kam ich nicht ran. Du weißt warum. Luciens Schutz. Das machte mich noch wütender, dass mein Dunkler Vater meinen Gegner schützte. Darum wollte ich, dass er zumindest litt. Also habe ich Pierre und Vangelis getötet. Und dich beinahe auch. Wenn du nicht entkommen wärst …"

„Zu unser beider Glück bin ich ja entkommen", bemerkte ich und dachte bei mir, dass er es nennen konnte, wie er wollte. Es war Eifersucht. Genau wie bei Armand.

Er senkte den Blick, war mit einem Mal alles andere als gefährlich und boshaft. Eher schüchtern und schuldbewusst. Ich trat näher an ihn heran. Nachdenklich fuhr ich die Schlangen auf seiner Haut mit meinen Fingerspitzen nach. Er erschauerte unter meiner Berührung, schloss die Augen und genoss stumm das Wenige an Zärtlichkeit, das ich zu geben bereit war. Ich hatte mich einmal vor diesen schwarzen Tieren gefürchtet, mit den gelben Augen und den roten Zungen, die nach seinen durchstochenen Brustwarzen leckten. Hatte mir eingebildet, sie wurden lebendig, schlängelten sich an meinem Körper entlang. Doch das war lange her. In einem anderen Leben, wie mir schien.

„Wie hast du das nur geschafft?", fragte ich.

„Was geschafft?"

Nur unwillig kehrte er in die Realität zurück. Er folgte den Bewegungen meiner Finger mit seinem Blick, als könne er mich so davon abhalten, die Berührung zu unterbrechen. Aber das hatte ich gar nicht vor. Solange ich es für ungefährlich genug hielt, genoss ich es durchaus, seinen Körper zu berühren. Seine Attraktivität war nicht zu leugnen.

„Ich meine das Tattoo! Unsere Haut ist so fest und glatt. Es muss ewig gedauert haben. Ich kann mir kaum vorstellen, dass es überhaupt nach der Wandlung geschah."

Er grinste ein bisschen überheblich. „Sagen wir einfach, der Tätowierer hat eine Menge Nadeln gebraucht, um es zu stechen."

Und sich vermutlich gründlich gewundert. Wenn das überhaupt noch von Belang gewesen war. Doch seine nächsten Worte beantworteten meine unausgesprochene Frage schon fast.

„Außerdem sind die Farben alle mit meinem Blut gemischt, damit der Körper sie nicht abstößt oder resorbiert."

„Lebt der Tätowierer noch?"

Dracon beantwortete die Frage mit einem Blick, als hätte ich nicht mehr alle Tassen im Schrank. Mit diesem Wissen hatte er ihn einfach nicht weiterleben lassen können.

„Aber er war gut."

Ich verzog das Gesicht und entfernte mich ein paar Schritte. Suchend blickte ich mich um. Auf dem Bett wollte ich nicht Platz nehmen, er hätte es als Aufforderung sehen können. Ich entschied mich für einen Hocker in der Ecke.

„Es ist nicht immer leicht, der Teufel in Person zu sein", sagte er freudlos. „Glaub nur nicht, dass ich Spaß daran habe."

„Warum bist du dann so?"

Er schnaubte. „Ich bin so, weil man mich so gemacht hat."

Ich schwieg und wartete, was er mir sonst noch zu sagen hatte. Es war ihm anzusehen, dass er das Bedürfnis verspürte, sein Herz auszuschütten, aber noch nicht wusste wie.

„Ich bin ein Mischling, weißt du das?", fragte er schließlich.

Ich nickte. Ein bitteres Lächeln umspielte seine Lippen.

„Man sieht es mir an. Selbst nach der Wandlung ist dieser Makel unverkennbar. Wenn er auch nicht mehr ganz so deutlich hervortritt. Auch meine Haut ist heller geworden. Vom Milchkaffeebraun eines Sterblichen zum hellen Goldbraun eines Unsterblichen. Es ist ein Vorteil. So falle ich weniger auf unter den Menschen. Genau wie Lucien. Trotzdem ist da jedes Mal diese Gewissheit, wenn ich in den Spiegel sehe, dass ich nicht rein bin."

Er machte eine kurze Pause. Seine Gedanken reisten weit in die Vergangenheit. Keine besonders schönen Erinnerungen, wie es schien. „Sie war eine Hure, meine Mutter. Auf einem Sklavenschiff hatte man sie nach Portugal gebracht und weiter nach England, wo sie auf dem Markt wie ein Stück Vieh verkauft wurde. Ein Mädchen von gerade mal dreizehn Jahren. Der Mann, der sie kaufte, vergewaltigte und schlug sie. Sie musste den ganzen Tag hart in seiner Wäscherei arbeiten und nachts zwang er sie, in seinem Bett die Beine breit zu machen. Wenn sie nicht gut genug war, verprügelte er sie. Wenn sie sich wehrte, ebenso. Schließlich lief sie fort. Er hat nicht mal nach ihr gesucht. Vermutlich hat er einfach Ersatz für sie gekauft. Zwei Jahre lebte sie in der Gosse, bettelte und stahl, um zu überleben. Als dann ein harter Winter kam, wäre sie in den Londoner Straßen fast erfroren. Mrs. Charlston fand sie in einem dreckigen Hinterhof. Sie gab ihr Essen und warme Kleider. Aber nicht aus Gutmütigkeit, obwohl meine Mutter das immer so sah. Sie hatte zwar ein Dach über dem Kopf und genug zu essen, dafür musste sie aber auch mit Männern auf die Zimmer gehen, denn Mrs. Charlston gehörte ein billiges Bordell an den Docks. Es machte meiner Mutter nichts aus, mit diesen Männern zu schlafen. Sie war es ja schon gewohnt. Und hier gab es zumindest keine Schläge. Als ich dann zur Welt kam, war sie sich ganz sicher, wer mein Vater war. Sie gab mir seinen Namen. Pascal. Pascal Molèine war ein Kapitän. Bei meiner Geburt längst wieder auf See. Doch knapp ein Jahr vorher, als er längere Zeit in London lebte, war er jede Nacht zu ihr gekommen. Hatte sie zum Essen ausgeführt, ihr Kleider und Schmuck geschenkt. Ihr versprochen, sie freizukaufen. Sie hat ihm geglaubt. Hat immer gewartet, dass er wiederkommt. Sogar auf dem Sterbebett hat sie nur nach ihm gerufen. Sie hat nicht mich gemeint, das weiß ich."

Ich sah rote Tränen in seinen Augen schimmern. Er tat mir leid. Weil er die Liebe, die ihm zustand, nicht bekommen hatte. Unwirsch fuhr er sich übers Gesicht. Er mochte diese Tränen nicht.

„Nach ihrem Tod musste ich bei Mrs. Charlston bleiben. Ich hatte ja niemanden. Wer würde sich schon um einen Mischling kümmern? Ich habe Besorgungen gemacht, in der Küche geholfen, die Zimmer der Mädchen saubergemacht, wenn die Freier fort waren. Das machte mir nichts aus. Aber dann kam eines Abends ein Matrose ins Bordell, der keins der Mädchen wollte, sondern mich. Er hat Mrs. Charlston viel Geld gegeben. Also hat sie mich mitgeschickt. Ich solle tun, was er wollte, dann wär's auch schnell vorbei, hat sie gesagt." Der Ekel vor dem, was damals geschehen war, stand ihm noch jetzt deutlich ins Gesicht geschrieben. „Er stank nach Schweiß und Pisse, nach Alkohol und fauligem Fleisch. Hatte kaum noch Zähne. Als er mich küsste und mir seine Zunge in den Mund schob, hätte ich fast gekotzt. Aber ich tat nichts, während er mich auszog und betatschte. Auch nicht, als er seine Hosen auszog, obwohl ich vor Angst am liebsten schreiend weggerannt wäre. Erst, als er mich umdrehte und sich auf mich legen wollte, hab ich geschrien. Geschrien und mich gewehrt. Er hat mich geschlagen. Mit einem dünnen Stock. Es hat gebrannt – und geblutet. Aber viel schlimmer als der Schmerz war die Angst."

Er brach ab. Seine Hände umklammerten den Fensterrahmen so fest, dass die Knöchel weiß hervortraten. Seine Lippen bebten und inzwischen rannen Tränen über seine schönen Wangen. Färbten seine Haut und seine seidigschwarzen Wimpern rot. Plötzlich drehte er sich um und atmete tief durch. Als könne er mit diesem Atemzug auch die Erinnerung loswerden.

„Ich denke, du weißt, was dann geschah."

„Lucien?"

Er bestätigte es mit einem langsamen Nicken. „In dieser Zeit war er ein Earl. Besaß eine Burg und Ländereien außerhalb der Stadt. Er kam oft ins Bordell und zahlte teuer für ein Mädchen. Die, die mit ihm aufs Zimmer gingen, waren danach immer tagelang schlapp und müde. Die anderen machten ihre Scherze darüber, dass er so ein leidenschaftlicher Liebhaber war, der seine Gespielin immer zur völligen Erschöpfung trieb." Sein Lächeln war bitter. „Wir wissen es wohl beide besser, nicht wahr?"

Auch ich musste lächeln. Doch meins war frei von Schmerz und Bitterkeit.

„Er hörte meine Schreie. Er kannte mich. Hatte mich schon häufiger gesehen und immer höflich behandelt, mir ab und zu eine Münze zugesteckt. Ich mochte ihn. Und von diesem Tag an liebte ich ihn. Weil er den Matrosen niederstreckte. Ob er tot war oder nur bewusstlos, weiß ich bis heute nicht. Lucien legte mir seinen Mantel um die Schultern, damit ich meine Blöße bedecken konnte. Er tat das für mich, worauf meine Mutter so lange gehofft hatte: Kaufte mich frei, gab mir ein Zuhause. – als Vater und Liebhaber." Jetzt leuchteten seine Augen und sein Lächeln war verträumt. „Oh, er war sinnlich und sündig. Du kennst ihn. Seine Verführung. Es gab für mich kein größeres Glück, als in seinen Armen zu liegen. Nur den einen Schritt, den brachte ich nicht über mich. Alles, was er wollte, aber ich konnte mich nicht überwinden, ihn in mir zu spüren. Er respektierte es. Dafür liebte ich ihn umso mehr. Er war mein Lehrer. Machte mich zu seinem Verwalter. Besorgte die nötigen Papiere, damit ich ganz offiziell sein Sohn wurde. Und die ganze Zeit wusste ich, was er war und sehnte mich danach, einmal genauso zu werden. Ein Bluttrinker. Ein Geschöpf der Nacht. Ein mächtiger Zauberer." Traurig setzte er sich auf die Bettkante. „Er wusste es immer, Mel."

„Was wusste er?"

„Was der Dämon aus mir machen würde. Dass ich zu schwach dafür bin. Aber er liebte mich. So sehr, dass er meinem Flehen schließlich nachgab. Vielleicht dachte er auch, es mir schuldig zu sein. Weil ich mich ihm schließlich ergab, ihm mehr Sohn und Geliebter war, als es irgendjemand sonst hätte sein können. Jedenfalls gab er mir Das

Blut. Und schon in der folgenden Nacht verließ ich ihn für immer. Geleitet von dem teuflischen Geschöpf, das von meiner Seele Besitz ergriffen hat. Ich selbst blieb ganz tief in mir drin zurück. Wie in einem Gefängnis. Verstehst du, was ich meine? Ich sehe mich manchmal in einem winzig kleinen Raum. Kauernd auf dem Boden, als kleiner Junge. Ich bin nackt, halte mir die Ohren zu und wiege mich hin und her. Die Augen ganz fest zugekniffen. Damit ich nichts höre und nichts sehe von dem, was dieses zweite Ich tut. Ich habe keine Kontrolle darüber. Er wollte es mich lehren, hätte es bestimmt geschafft. Doch ich floh und darum habe ich nie gelernt, es zu zähmen, zu führen."

Es war genau das, was Lucien mir auch immer wieder erklärte. Dass ich mit meiner menschlichen Seele keine Kontrolle über den Dämon erringen konnte, wenn er mir nicht dabei half. Dracon und ich waren einander ähnlicher, als mir lieb war. Und Lucien wusste, was der Dämon aus ihm gemacht hatte. Er wollte verhindern, dass es mir ebenso erging. Vielleicht urteilte ich zu hart über ihn, wenn ich ihm vorwarf, was er mich lehrte. Wenn ich ihn kalt, gleichgültig und überheblich nannte. Möglicherweise waren seine Beweggründe sehr viel edler, als ich angenommen hatte.

„Manchmal sehne ich mich nach meinem Vater", flüsterte Dracon und riss mich damit aus meinen eigenen Gedanken. „Nach seiner leidenschaftlichen Umarmung, mit der er mich einst unsterblich machte. Aber ich wage nicht, zu ihm zurückzugehen."

„Warum nicht, Dracon? Vielleicht klärt ein Gespräch so einiges."

„Bist du verrückt?" Er schaute mich an, als ob ich ihn gerade aufs Solarium gebeten hätte. „Ich fürchte ihn, Babe. Weil ich weiß, er setzt meinem Leben ein Ende, wenn ich es wage, ihm noch mal unter die Augen zu treten."

Ganz unbegründet war seine Angst ja nicht. Warum musste er auch unbedingt Leonardo töten? Trotzdem flüsterte mir eine leise Stimme zu, dass Lucien ihn nicht umbringen würde. Egal, was er getan hatte.

„Ich hätte nie gedacht, dass du so sanft und verletzlich sein kannst."

Für Sekunden schloss er die Augen, dann trat von einem Moment zum anderen wieder dieser harte Ausdruck auf seine Züge.

„Hey, pass bloß auf. Ich bin nicht sanft. Ich bin ein Killer, klar? Eiskalt und böse. Ruinier mir ja nicht meinen Ruf."

Jäger und Beute

Das Zimmer lag im Dunkeln. Die Gestalt auf dem Bett schlief tief und fest, hörte sein Kommen nicht. Wie ein Schatten glitt Armand lautlos näher, blickte auf Franklin herab, dessen Gesicht völlig entspannt war. Weiche Züge, verlockend. Er streckte eine Hand aus und strich Mels Vater über die Wange. Er rührte sich im Schlaf, seufzte, flüsterte Armands Namen. Seine Hand glitt unter die Decke, berührte warme, nackte Haut, das Haar, das sich auf der Brust kräuselte. Seine Finger verkrallten sich darin, zogen sanft daran. Armand schloss die Augen, das Verlangen brannte übermächtig in ihm. Aber nicht die übliche Sehnsucht nach Franklins Nähe, seinem Körper, seiner Lust. Es war viel mehr. Wut, Gier, Zorn, Eifersucht. Er wollte diesen durchtrainierten männlichen Körper in Besitz nehmen, all seine Gelüste an ihm stillen. Die Hand krallte sich fester zusammen und Franklin erwachte mit einem Stöhnen. In der Finsternis der Kammer konnte er nur die fluoreszierenden Augen sehen, die Emotionen mussten deutlich sichtbar darin liegen, denn er wich entsetzt zurück.

„Armand!"

Der vom Schlaf noch heisere Klang seiner Stimme entlockte Armand einen unmenschlichen Laut. Franklins Körper reagierte auf Armands Nähe, seine Lust lag wie edles Parfum in der Luft, das in Armand alle Begierden zu vollem Leben erweckte. Er riss ihn vom Bett hoch in seine Arme, als wäre er eine gewichtslose Puppe, seine Lippen nahmen den Mund des Geliebten brutal in Besitz, Krallen und Zähne bohrten sich in menschliches Fleisch. Armand sah alles wie durch einen roten Nebel, die Gegenwehr, die er erhielt, auch wenn sie schwach und schlaftrunken war, ließ das schwarze Feuer in seiner Seele immer höher lodern. Der Stoff von Franklins Shorts zerriss, er drehte ihn um, drückte ihn aufs Bett nieder und war über ihm, ehe dieser flüchten konnte. Mit einer Hand erstickte er jeden Schrei, die andere rieb, zur Klaue gekrümmt, über die warme Haut des männlichen Körpers, der für Armand weder Namen noch Gesicht hatte, sondern nur einem Zweck diente: Seine Gier zu stillen. Je mehr sich der Leib unter ihm wand, desto härter stieß er zu. Seine Reißzähne traten stärker hervor. Als ein Arm nach ihm schlug, packte er ihn grob, musste dafür aber den Mund seines Opfers freigeben.

„Armand, bitte. Hör auf. Was tust du? Was ist los mit dir?"

Franklin schrie nicht. Aber die Angst und der Schmerz in seiner Stimme holten Armand für Bruchteile von Sekunden in die Wirklichkeit zurück. Er ließ von ihm ab, wich bis zur Wand zurück und starrte Franklin an, als wäre ihm weder bewusst, wo er sich befand, noch, wer da vor ihm auf dem Bett lag.

„Oh, meine Göttin", entfuhr es Franklin. „Wer oder was auch immer du bist. Armand bist du nicht."

Sein Körper spannte sich an, als wolle er sich einem Raubtier gleich auf seine Beute stürzen. Der Panther erwachte, brüllte, fauchte, hieb mit den Pranken. Armand hatte keine Kontrolle. Weder über die eine Bestie noch über die andere. Seine Wut, die Hilflosigkeit angesichts der Gefühle, die in ihm tobten, raubten ihm jegliche Selbstbeherrschung. Fauchend machte er einen Satz vorwärts, bereit zum tödlichen Schlag. Doch im letzten Moment stieß er Franklin beiseite und schoss aus dem Fenster, gerade rechtzeitig, bevor dies eine Gefühl die Oberhand gewann, das am heißesten in ihm tobte: Mordlust.

Er war sich bewusst, dass er Franklin um ein Haar getötet hätte. Die Erkenntnis jagte Angstschauer durch seinen Körper. Doch das Biest in ihm wollte nicht schweigen, immer wieder gaukelte es ihm Bilder vor, wie Melissa sich auf kühlen Laken unter Dracon wand und lustvoll seinen Namen stöhnte. Er ertrug es nicht. Mit gefletschten Zähnen flog er am nächtlichen Himmel Londons entlang, der Sturm seiner Wut folgte ihm. Dieser Zorn brauchte ein Ventil, sein Hunger musste gestillt werden.

Ein unglückseliger Obdachloser in einem schäbigen Hinterhof Sohos hatte das Pech, dass der Blutgeruch aus einer frischen Wunde, die von einem Rattenbiss herrührte, den rasenden Vampir auf ihn aufmerksam machte.

Kein Umgarnen, keine Sinnlichkeit und kein Nebelschlaf. Auch kein schlichter Biss in die Kehle. Armand riss dem Mann den halben Hals auf, seine Hand bohrte sich in seinen Brustkorb, umklammerte das Herz, das wie ein nach Luft ringender Fisch pumpte und ums Überleben kämpfte. Vergebens. Es gab keine Gnade, kein Entrinnen, denn ein Leben musste heute Nacht verlöschen. Es war ein berauschendes Gefühl, dieses Pulsieren in Händen zu halten, die Macht zu spüren, es jederzeit beenden zu können. Aber noch nicht. Es hatte noch eine Aufgabe, ihm das heiße, würzige Blut in den Mund zu pumpen. Als der Fluss schwächer wurde, drückte er fester zu. Die Arme des Alten schlugen hilflos umher, Armand bemerkte es nicht einmal. Erst, als der letzte Tropfen in seine Kehle floss und das Pochen endlich erstarb, kehrte er ganz langsam in die Wirklichkeit zurück.

Zitternd sank er an der Hauswand neben der Leiche hinab. Quälend und erbarmungslos sickerte die Erkenntnis in seinen Verstand, was er getan hatte. Sein Atem ging schwer, das Feuer brannte noch immer, auch wenn die Flammen schwächer züngelten. In der Brust des Obdachlosen klaffte ein schwarzes Loch, das Herz hielt Armand noch immer mit seiner Hand umklammert. Angewidert warf er es weg, erhob sich, taumelte, musste sich abstützen und nach Atem ringen. Als ob dieser verfluchte Dämon in ihm nicht schon genug wäre, war jetzt noch dieses andere Biest erwacht. Mel nannte es Totem, er nannte es einen Fluch. Diese schwarze Katze hatte nichts gemein mit der Wölfin Osira, so viel stand fest. Er musste mit Melissa darüber reden, herausfinden, wie er sie kontrollieren konnte. Aber Mel war nicht da. Sie war bei Dracon. Wieder kochte die Eifersucht hoch, ein Gift, das jede Faser seines Körpers durchtränkte und gegen das es kein Gegenmittel zu geben schien. Wem wollte er noch länger etwas vormachen? Die schlichte Wahrheit war, dass er entgegen seinem Naturell als Vampir, sich im wahrsten Sinne des Wortes unsterblich verliebt hatte und Melissa darum nicht länger teilen wollte. Aber wie sollte er ihr das sagen? Wie konnte er von ihr verlangen, das aufzugeben, wofür sie lebten? Er erinnerte sich daran, wie sehr sie als Mensch gelitten hatte, dass er mit seinen Opfern schlief, ehe er trank. An seine Worte, mit denen er sie zurechtgewiesen, ihr erklärt hatte, was es hieß, ein Vampir zu sein. Sie tat nichts anderes, als das zu befolgen, was er selbst ihr beigebracht hatte. Dass ihn genau das jetzt innerlich auffraß, war vielleicht die gerechte Strafe dafür, dass er ihre sterbliche Liebe mit Füßen getreten hatte.

Es war schon früher Morgen, als ich zu unserem Haus zurückkehrte. Verwirrter und aufgewühlter denn je.

Ich verstand Dracon. Nicht nur wegen Lucien, den ich beinah ebenso fürchtete wie er und genauso sehr liebte und begehrte. Aber da war noch mehr, das uns verband. Ganz tief in mir tat es furchtbar weh, ihm so ähnlich zu sein.

Nachdenklich schloss ich die Wohnungstür auf. Das Gespräch mit Dracon hatte mich aus meinem Gleichgewicht gebracht. Die Verantwortung, die mir durch Kalistes Willen auferlegt worden war, lastete schwer auf meinen Schultern. Ich drückte die Haustür hinter mir zu und lehnte mich von innen dagegen. In meinem Kopf wirbelten die Gedanken durcheinander. Zu viel, viel zu viel. Die Ammit, die Morde, der MI5, Dracon ...

„Und? Hat er's wenigstens gut gemacht?"

Armands Stimme troff vor Sarkasmus, nicht gut bei meinen blank liegenden Nerven. Ich zuckte zusammen wie unter einem Peitschenhieb. Ein Blick in sein verhärmtes Gesicht ließ auch in mir Wut aufsteigen. Jeder Muskel meines Körpers schien zum Zerreißen gespannt, als ich mich von der Tür abstieß und zu ihm hinüber ging.

„Ich habe nicht mit ihm geschlafen."

„*Pas aujourd'hui.*"

„Heute nicht und auch an keinem anderen Tag. Außer der Vergewaltigung damals ist nie etwas zwischen uns passiert, und die war nicht gut, danke der Nachfrage!" Mit drei Schritten durchquerte ich das Wohnzimmer und schüttete den Rest aus der Whiskyflasche in Dracons Glas, das noch daneben stand. „Und was geht dich das überhaupt an? Frag ich dich etwa, mit wie vielen Männern und Frauen du in die Kiste springst, ehe du sie aussaugst? Frag ich dich jedes Mal, wenn du von Franklin kommst, ob er gut war?"

Er hatte zumindest den Anstand, beschämt zur Seite zu blicken. „Das ist etwas anderes."

„Nein, Armand, das ist es nicht. Es ist genau dasselbe. Ich habe nicht weniger Rechte auf meine sexuelle Freiheit als du."

„Ich will dich aber nicht teilen."

„Ach, denkst du, mir macht es Spaß, dich zu teilen? Ausgerechnet mit meinem Vater?"

Darauf sagte er nichts mehr.

„Mir fällt es auch schwer, zu wissen, dass du dich mit anderen vergnügst. Und es tut mir weh, dass du noch immer mit meinem Vater schläfst. Aber ich habe gelernt, es zu akzeptieren. Ich weiß, was wir sind und dass es unsere Natur ist. Lucien hat recht, wir sind nicht geschaffen für die monogame Liebe."

„Schläfst du mit deinen Opfern?", fragte er völlig unvermittelt.

„Manchmal", antwortete ich zögernd, obwohl ich nicht wusste, warum er fragte.

Er schlief mit seinen Opfern, das wusste ich. Das hatte er immer schon getan, hatte mich sogar dabei zusehen lassen, wie er sie umgarnte und verführte, als ich noch sterblich war. Gut, ich hatte nie gesehen, wenn er Sex mit ihnen hatte, aber darauf legte ich auch keinen Wert.

„Lass uns nicht mehr streiten heute Nacht", bat ich.

Dafür war ich zu erschöpft. Er nickte schließlich. Wir gingen früh in unsere Gruft, lagen einander in den Armen, doch beide waren wir so kalt wie Eis.

Zwei Nächte später erwartete Warren mich bereits, als ich in Gorlem Manor ankam. Er wirkte aufgewühlt, was in mir sofort alle Alarmglocken anschlagen ließ.

„Sir Wesley ist tot", sagte er, erst gar nicht um den heißen Brei herum redend.

Ich stieß zischend die Luft aus. „Tot, oder nur verschwunden?", fragte ich vorsichtig und hoffte insgeheim, dass er nur wieder irgendwo mit irgendwem spazieren ging. Was natürlich angesichts Warrens Betroffenheit völlig unrealistisch war.

„Leider ist er diesmal wirklich tot. Einer seiner Angestellten fand die Leiche heute Nachmittag im Garten, versteckt zwischen den Rosenbüschen. Die Augen fehlen und der Körper ist ziemlich übel zugerichtet. Ich hab veranlasst, dass er hierher in die Pathologie kommt. Wenn Sie selbst einen Blick auf ihn werfen wollen?"

Ich nickte wortlos und ging gemeinsam mit Warren in unser pathologisches Labor. Dr. Green war gerade dabei, den Torso wieder zuzunähen. Die Autopsie war beendet.

„Gibt es schon nähere Hinweise auf die Todesursache?", wollte ich sofort wissen.

„Ähnlich wie bei allen anderen. Extrem hoher Blutverlust, obwohl am Tatort nur wenig Blut gefunden wurde, und Herzstillstand aufgrund von massivem Stress. Er hat sich zu Tode geängstigt. Da tat die Anämie ihr Übriges."

„Was ist mit den Augen, Doktor?", fragte Warren. „Prämortal oder post mortem?"

Warren zauberte damit ein Lächeln auf das Gesicht unseres Pathologen, weil er eine Frage stellte, die offenbar keiner vorher gestellt hatte. Eifrig erklärte Dr. Green, wie wichtig die Überprüfung eines solchen Umstandes ist, und ließ sich über die Fahrlässigkeit seiner Kollegen aus, dies nicht genauer untersucht und in den Akten vermerkt zu haben.

„Ja, ja, schon gut", beschwichtigte Warren ihn. „Aber was ist es denn nun?"

„Es ist weder noch", teilte der Doktor uns mit stolzgeschwellter Brust mit.

„Wie, weder noch?" Ich war nicht minder verwirrt als Warren. Für lange wissenschaftliche Abhandlungen war es nicht der rechte Zeitpunkt. Er kannte diesen Blick von mir und verstand. Mit leichter Verstimmung erklärte er uns also ganz simpel, dass Sir Wesley seine Augen während des Sterbens oder ganz präzise gesagt: exakt zum Todeszeitpunkt verloren hatte.

„Kann man das so genau feststellen?"

Dr. Green entglitten augenblicklich die Gesichtszüge. Er schaute beleidigt, in seiner Ehre gekränkt und schob sich die kleine Nickelbrille auf der Nase zurecht.

„Man nicht, ich schon."

Warren bemerkte seinen Faux-pas sofort. „Verzeihen Sie, ich bin Laie in diesen Dingen." Unser Pathologe antwortete zwar nicht, aber sein Ausdruck deutete darauf hin, dass er geneigt war, den Ausrutscher zu verzeihen, sofern er sich nicht wiederholte.

„Wie ist denn so etwas möglich? Man kann einen Menschen doch nicht umbringen und ihm gleichzeitig die Augen rausschneiden, oder? Haben wir es etwa mit zwei Tätern zu tun?"

Der Pathologe schüttelte den Kopf. „Aber nein. Ich sagte ja schon, der Tod rührte vom hohen Blutverlust her in Verbindung mit Stress. Kurzum, er hatte einen Herzinfarkt und noch dazu so wenig Blut in den Adern, dass es einfach nicht mehr ausreichte, um genügend Sauerstoff zum Gehirn zu bringen. Das eine kann das andere mit ausgelöst haben, also der Sauerstoffmangel den Infarkt. Aber die hohen Stresshormone in seinem Restblut belegen, dass er Panik hatte."

„Die hätte ich auch, wenn mir grad die Augen rausgeschnitten werden."

„Nein, nein." Dr. Green überlegte, wie er es Warren am besten erklären sollte. Da ich ihn schon lange kannte und mir einen Teil selbst zusammenreimen konnte, kam ich ihm zu Hilfe.

„Was Dr. Green meint, ist, dass das eine unabhängig vom anderen erfolgt ist. Der hohe Blutverlust und der Infarkt kamen vor dem Verlust der Augen."

„Genau! Danke, Melissa. Also, die Augen wurden auch gar nicht rausgeschnitten. Da bin ich offen gestanden noch etwas hilflos. Ich tappe im Dunkeln, was das Wie angeht. Es gibt keinen Gegenstand, den ich der sauberen Entfernung der Bulbus oculi zuordnen kann."

Warren war sehr nachdenklich, als wir die Pathologie verließen. „Es ist gut, dass ich gegenüber meinen Vorgesetzten darauf bestanden habe, die Leiche hierher zu bringen. Wie es scheint, ist Dr. Green wirklich gründlicher als unsere Leute."

„Er ist der Beste. Ich möchte Dr. Bishop natürlich nichts unterstellen. Er ist ebenfalls sehr gut in seiner Arbeit. Aber er ist ein klassischer Pathologe, der bei manchen Dingen an seine Grenzen stößt."

„Wie meinen Sie das?"

Ich druckste ein wenig herum, es war mir unangenehm, schon wieder darauf hinzuweisen. „Sehen Sie, Dr. Green glaubt auch an die unmöglichen Dinge. Für ihn gibt es kein: ‚weil nicht sein kann, was nicht sein darf'. Darum bewertet er manche Fakten anders als ein weltlicher Pathologe."

Warren schnaubte. „Ich finde es zwar komisch, Dr. Green nicht zu den ‚weltlichen' Pathologen zu zählen, aber in einem muss ich Ihnen recht geben. Er bewertet die Fakten wirklich mit etwas mehr Weitsicht. Und das ist gut so."

Auch Samtpfoten haben scharfe Krallen

Ich brauchte eine Weile für mich. Ohne Armand und ohne Warren. Hoffentlich auch ohne Dracon. Das Gefühl, dass er ständig in meiner Nähe war und mich heimlich beobachtete, wollte nicht weichen.

Der Drang, meinen natürlichen Instinkten zu folgen und alles andere einfach abzustreifen, war übermächtig. Darum ging ich auf die Jagd nach Blut. Mein Opfer war schnell gefunden, ein alter Mann, der sein Leben gelebt hatte, sich jetzt einsam und verloren fühlte, tief im Inneren voller Trauer. Er war allein auf den Straßen unterwegs. Aus seinen Gedanken erfuhr ich, dass er eine kleine Wohnung in einer Seitenstraße Nähe Regents-Street hatte. Seine Frau war vor vier Jahren an Leukämie gestorben. Sein einziger Lebensinhalt war jetzt seine Katze Pheodora.

Ich stellte ihn abseits der belebten Straßen. Er erschrak zwar, hatte aber keine Angst.

„Wer bist du?", fragte er mehr neugierig als beunruhigt. Seine Stimme war zittrig, genau wie seine Glieder.

„Dein Tod, Edward", sagte ich und streckte ihm meine Hand entgegen. Er seufzte, ergeben und erleichtert zugleich.

„Dann ist es wohl Zeit. Kümmerst du dich um Pheo?" Ich nickte. „Weißt du, so ein Tierheim ist nichts für sie. Hab sie zu sehr verwöhnt. Milla hat sie verwöhnt." Er lachte, es klang rau.

Widerstandslos ließ er sich von mir an die Hand nehmen. Wir schritten durchs nächtliche London und ich hörte ihm zu. Alles, was er noch jemandem mitteilen wollte, bisher nur Pheodora erzählt hatte, nachdem Milla fort war. Er war so glücklich, mit mir zu reden. Ich ließ ihn den Weg bestimmen, und zielstrebig näherte er sich dem Hyde Park. Dort stand eine große Trauerweide am See. Die Tret- und Ruderboote waren alle fest vertäut. Die Wellen plätscherten sacht. Er sank am Stamm der Weide nieder, seufzte, wartete, bis ich neben ihm saß.

„Ist ein guter Ort, um zu sterben. Waren oft hier. Milla und ich. Ist hier in meinen Armen eingeschlafen."

„Ich weiß. Jetzt wirst du bald wieder bei ihr sein."

Er nickte, empfand weder Bedauern noch Furcht. Es war ihm bewusst, dass ich ihm den Tod brachte, als ich meine Lippen auf seine Kehle legte und mit seinem Blut das Leben aus ihm saugte. Doch er war bereit, glaubte, dass ich ein Engel Gottes wäre, der ihn jetzt zu seiner Liebsten gehen ließ. Ich hoffte für seine Seele, dass die große Göttin sie beide wieder vereinte im Reich des ewigen Friedens. Dem Reich, das mir für immer verschlossen war.

Seinen Leichnam begrub ich unter dem Baum, wo ihre Seelen sich am nächsten gewesen waren und wo sie von ihm ging. Er hatte sie hier in den Armen gehalten, als es soweit war. Der richtige Ort, sie wieder zu vereinen.

Der Tod seiner Frau erinnerte mich schmerzlich an den meiner Großtante Camille. Auch sie hatte es vorgezogen, in meinen Armen zu sterben, nicht im Krankenhaus. Aber anders als Edward hatte ich ihren Tod nicht begleitet, ich hatte ihn herbeigeführt.

„Ich passe auf deine Katze auf, mein Freund", sagte ich noch zu Edward, und ein Windhauch schien mir zu sagen, dass er mich gehört hatte.

Die Wohnung war leicht zu finden. Sie lag direkt unter dem Dach, also kletterte ich an der Hauswand hoch und öffnete telekinetisch das Fenster zum Wohnzimmer.

Pheodora kam sofort maunzend angelaufen. Eine wunderschöne Katze mit dichtem rotgetigertem Fell und leuchtend-grünen Augen. Ich hob sie hoch und kraulte ihr den Pelz.

„Was ist, meine Schöne, magst du mit mir kommen? Ich werde gut auf dich aufpassen."

Sie schnurrte in meinen Armen, also waren wir Freunde. Ich wollte nicht durchs Treppenhaus gehen, damit mich niemand sah und vielleicht mit Edwards Verschwinden in Verbindung brachte. Also wählte ich wieder das Fenster. Pheodora hatte hundertprozentiges Vertrauen in meine Fähigkeiten, als ich uns die fünf Stockwerke hinunterstürzte. Weder krallte sie sich an mir fest, noch versuchte sie, panisch zu fliehen. Sie blieb ruhig und schnurrend in meinen Armen liegen.

Als ich kurze Zeit später bei Franklin eintraf, zog er fragend die Augenbraue hoch, ob des Gastes, den ich mitbrachte.

„Bist du sicher, dass sie keine Flöhe hat?"

„Franklin!"

„War ja nur eine Frage."

Ich nahm neben ihm am Kamin Platz. Auch wenn die Kälte mich nicht mehr berührte, so tat mir die Wärme eines Feuers doch noch immer gut. Pheodora rollte sich in meinem Schoß zusammen und schlief. Sie vermisste Edward nicht, sie hatte sich mir angeschlossen.

„Willst du sie behalten?"

„Ich hatte nicht vor, sie zu verspeisen."

„Dann wird sie wohl hier bei uns bleiben."

„Zumindest bis Armand und ich das nächste Mal nach New Orleans reisen. Scaramouche wird sich über eine Gefährtin bestimmt freuen, und wie ich Eleonora kenne, schließt sie Pheo sofort in ihr Herz."

Scaramouche war Armands schwarzer Kater, der in seiner Wohnung im French Quarter residierte. Die Vermieterin Eleonora Cavenor kümmerte sich um das Tier. Sie war eine gute Freundin, die aber keine Ahnung hatte, was wir waren.

„Das geht wohl in Ordnung. Und es wäre gar nicht schlecht, eine Weile auch im Haus mal einen Mäusefänger zu haben."

Ich lachte leise, während ich Pheodoras glänzendes Fell streichelte.

„Vergiss aber bitte nicht, sie zu füttern. Wenn sie sich nur von Mäusen ernähren soll, wird sie bald bis auf die Knochen abgemagert sein. Im ganzen Haus findet sich nicht eine Einzige."

Nachdenklich nickte Franklin. „Wir werden sie schon verwöhnen, keine Sorge."

Er streckte seine Hand aus und kraulte ihr ebenfalls den Kopf. Unsere Finger berührten sich, er spürte die Wärme, die von Edwards Blut herrührte.

Wir schwiegen eine Weile und sahen ins Feuer. Mir war bewusst, dass er litt. Darunter, dass ich tötete, es ihm vor Augen führte. Nicht unbedingt wegen dieser Katze, obwohl ihre Anwesenheit es unterstrich. Aber jedes Mal, wenn ich ins Mutterhaus kam, mit rosiger Haut, glänzenden Augen, der Aura frischen Lebens, wusste er, dass wieder jemand in meinen Armen gestorben war. Er fragte nie. Wollte gar nicht wissen, wie ich meine Wahl traf. Vielleicht sollte ich es ihm einfach sagen, ihm erklären, dass ich meist Verbrecher oder Sterbenskranke wählte. Dass seine Tochter keine grausame Mörderin war, sondern sorgsam ihre Opfer suchte. Konnte er das verstehen mit seinen menschlichen Moralvorstellungen? Schließlich streckte ich nur die Hand nach ihm aus, berührte seine Schulter und meinte sanft: „Ich bin noch immer dieselbe, Vater. So lange nun schon. Also was sollen diese ewigen Vorwürfe?"

Gerade meine Milde war es, die ihn aufbrausen ließ. Überrascht zuckte ich zurück, als er mich anfunkelte, seine Hände sich um die Armlehnen des Sessels krampften.

„Du denkst also wirklich, du bist noch du selbst? Es hätte sich nichts in dir geändert? Und was ist dann mit deinen Idealen? Mit deinem Ehrenkodex – dem Gelübde jeder weißen Hexe? Tu, was du willst, aber schade niemandem! Kannst du noch immer eine Hexe sein und dir jeden Tag im Spiegel ins Gesicht sehen, wenn du Nacht für Nacht tötest und dein Kodex nichts anderes mehr ist als eine Lüge?"

„Ich bin noch immer Hexe, Vater. Ebenso wie ich Vampir bin. Also bin ich auch noch an meinen Kodex gebunden."

„Hexe und Vampir lassen sich nicht miteinander vereinbaren. Du schadest jede Nacht, denn jede Nacht bringst du anderen den Tod."

„Das ist Ansichtssache. Ich sehe mich als Raubtier, nicht als Mörder. Für viele, denen ich meinen Kuss schenke, ist es eine Gnade. Eine Gunst, die sie willkommen heißen. Und damit entspreche ich meinem Kodex wieder. Außerdem töte ich nicht mehr als nötig. Wenn ich die Verbrecher jage, dann erfülle ich ebenfalls einen höheren Zweck, den ich mit meinem Kodex vereinbaren kann. Ich verhindere weiteren Schaden durch solche Subjekte."

Franklin schnaubte. „Du warst mir lieber, als du noch nicht bei Lucien in die Lehre gegangen warst, und dich allein vom kleinen Trunk ernährt hast. Was hat er getan, um dein Gewissen zum Schweigen zu bringen? Wie hat er deinen Widerstand gebrochen?"

Das Bild des Priesters trat mir wieder vor Augen. Der Geschmack seines süßen unschuldigen Blutes perlte über meine Zunge. Ich gierte so sehr danach, es wieder zu schmecken. Franklin ahnte nicht, wie viel Kraft ich aufbrachte, um mich unter Kontrolle zu halten. Wie groß die Einschränkung war, die ich mir auferlegt hatte, indem ich nur den Abschaum dieser Welt zu meiner Beute erklärte oder jene, für die es keine Hoffnung mehr gab. Ich ging gewiss nicht leichtfertig damit um. Aber ich war nun mal, was ich war. Wollte ich überleben, durfte ich das nie wieder vergessen. Das hatte ich durch Luciens kleine Lektion endgültig verstanden.

„Du hast deine Menschlichkeit bei ihm verloren. Das Wertvollste, was du dir durch die Wandlung hindurchgerettet hattest. Es tut mir unendlich weh, das zu sehen."

Sein Mitleid ekelte mich an. Ich war längst davon ab, ihm alles zu glauben, was er sagte. Dafür wusste ich inzwischen von zu vielen Schatten auf seiner Seele.

„Es gibt keinen Grund, meinen Verlust zu betrauern, Vater. Ich habe mehr gewonnen, als verloren. Diese selige Kälte in mir lässt mich ertragen, was ich als Sterbliche nie hätte vergessen können. Das Wissen um das Leiden und Sterben meiner Mutter. Ihren qualvollen Tod in den Flammen des Scheiterhaufens, den ich mit ansehen musste, kaum dass ich diese Welt erblickte. Als Vampir ist es nicht mehr als eine Facette in meiner Erinnerung. Wie alles nur Facetten werden im Laufe der Ewigkeit eines unsterblichen Lebens. Als Mensch wäre es eine immerwährende Seelenqual. Du siehst, für mich war es ein Glück, ein Segen, dass Armand mich in die Finsternis holte. Und ein noch Größerer, dass Lucien die Reste meiner Menschlichkeit endlich zum Schweigen gebracht hat."

Als ich von meiner Mutter sprach, traf ich ihn damit tief. Vor allem, weil ich es inzwischen mit innerem Abstand tat, während er den Schmerz des Verlustes noch so intensiv fühlte, wie am ersten Tag. Er hatte sie wirklich von ganzem Herzen geliebt und das glaubte ich ihm ohne jeden Zweifel.

„Tut mir leid."

Er winkte ab. „Schon gut. Im Grunde hast du wohl recht. Und ich möchte mich auch nicht mit dir streiten. Sag mir lieber, wie es mit den Ermittlungen vorangeht. Kommst du mit Warren inzwischen zurecht?"

„Er ist ein netter Kerl. Aber das Problem ist, dass er in die eine Richtung ermittelt und ich in die andere. Dummerweise ist meine die, die uns zum Ziel führt. Aber wie soll ich ihm das klarmachen, wenn er an nichts glaubt, was man nicht mit den gängigen Naturwissenschaften belegen kann?"

„Nun, vielleicht sollte man wirklich überlegen, ob man ihn einweiht."

Ich traute meinen Ohren nicht. Das von meinem Vater? „Meinst du das im Ernst?"

„Na ja, nicht sofort. Und nicht zu direkt. Das sollte man schon behutsam angehen. Aber ich glaube, dass mehr in ihm steckt, als wir bislang denken."

Wie ein Schatten schlich sie um das große Gebäude. Niemand bemerkte ihre Anwesenheit. Er war so nah, der Ring. Seine Macht strömte aus den Mauern nach draußen wie ein süßer Duft, der sie anlockte. Unerreichbar für sie. Aber ihr Auftraggeber wollte diesen Ring. Diesen und noch einen Weiteren. Auch der Zweite war ganz nah. Beide Ringe würden ihren Weg nach London finden, hatte das Geschöpf aus der Dunkelheit zu ihr gesagt, als es sie losschickte. Und genau so war es geschehen. Ihre Aufgabe war es, den Köder zu legen, die Schlinge zu platzieren und im richtigen Moment zuzuschlagen. Dann würden beide Artefakte ihr gehören. Die Versuchung der Silberstücke war groß, aber nicht so groß, wie die Angst vor dem, der den Befehl gegeben hatte. Sobald die Ringe in ihrer Hand waren, musste sie sie sofort abgeben. Sonst war ihr Leben verwirkt.

Die Ammit duckte sich hinter einem Busch, als das Hauptportal geöffnet wurde und die Frau mit dem Flammenhaar heraustrat. Das silberne Rund schimmerte an ihrer Hand. Sie verließ das Anwesen, steuerte auf die City zu. Die Spur war warm, leicht zu verfolgen.

So mächtig, fast schon so mächtig, wie das Geschöpf aus der Dunkelheit, aber nur fast. Doch nicht so dunkel, nicht so böse. Nicht von Machtgier und Zorn beherrscht. Die hier war sanft, zu sanft für einen Dämon. Die Ammit schmeckte den Schmerz, wenn sie ihre Dämonenzunge ausstreckte und nach der Essenz in der Luft leckte, die Melissa Ravenwood auf ihrem Weg zurückließ.

Ab und zu drehte sich die Vampirhexe um, spürte vielleicht, dass sie verfolgt wurde, aber die Ammit war sehr geschickt darin, sich zu verbergen und noch einmal würde sie sich nicht von ihr greifen lassen. Es war gefährlich, wenn sie zupackte. Die Kraft strömte dann aus ihr hervor, stark genug, um die Ammit zu bannen. Glück hatte sie gehabt, oh ja, dass Melissa beim letzten Mal für einen Moment unaufmerksam geworden war. Sonst wäre sie ihr nicht mehr entschlüpft. Durfte sich nicht wieder anfassen lassen von der Flammenhaarigen. Wäre nicht gut. Musste doch die Ringe holen, sonst durfte sie nicht zurück in die Totenwelt. Seelen verzehren. Wer vollstreckte die Urteile der Totenrichter nun, wo sie nicht da war? Ah, da gab es viele, zu viele, die ihren Platz einnehmen wollten. Sie würde sie zerschmettern, wenn sie wieder heimgekehrt war. Aber erst, wenn ihr Auftrag erfüllt war, würde das Schattengeschöpf ihr die Tore wieder öffnen. Darum musste sie die Ringe besorgen und zwar schnell.

Die frischen Seelen waren süß, schmeckten so gut. Die Ammit war nicht dumm. Sie wusste, dass sie etwas Verbotenes tat, wenn sie ungerichtete Seelen verzehrte. Seelen, die vielleicht vor dem Gericht nicht schuldig waren. Aber sie musste überleben, und ihr Auftraggeber hatte es ihr schließlich erlaubt. Das nahm doch die Schuld von ihr, oder etwa nicht? Die Richter des Totenhofes würden es genauso sehen, ganz bestimmt.

Jetzt betrat Melissa ein Haus. Die Ammit hob die Nase in den Wind. Aus dem Haus drang der Duft eines weiteren Vampirs. Sein Duft umwehte auch die Vampirhexe. Er stand ihr zur Seite, hatte sie festgehalten in der Höhle, aber mit ihm würde sie fertig werden, denn seine Macht war längst nicht so groß, wie die seiner Gefährtin. Sie hatte ihn verletzt, tödlich sogar. Nur der Söldner hatte ihn gerettet mit dem Gegengift. Aber der war jetzt nicht hier.

Die Temperatur in der Gruft sank merklich, ich war sofort hellwach. Alarmiert setzte ich mich auf, lauschte in die Dunkelheit. Auch Armand erhob sich. Ungewöhnlich, denn normalerweise schlief er tief und fest weiter, wenn mich die Unruhe packte. Aber heute hatte auch er die Veränderung wahrgenommen.

„*Qu'est-ce que c'est?*"

„Ich weiß nicht. Nichts Gutes, jedenfalls."

Der Gang zur Sicherheitstür war leer, kein Eindringling. Dennoch spürte ich etwas Böses und Bedrohliches ganz nah. Vorsichtig tastete ich mich voran. Da war ein Sog, der mich erfasste. Wie ein Strudel zog er mich fort, rief mich ins obere Stockwerk, wo er, sie oder es auf mich wartete.

„Mel!" Armand hielt mich gerade noch rechzeitig fest, bevor ich den Ausgang zum Keller öffnen konnte. „Es ist heller Tag draußen, bist du lebensmüde?"

Der Schock riss mich aus der Trance, die man um mich gewoben hatte, und ließ mich beben. Daran hatte ich überhaupt nicht gedacht. Verdammt, was war mit mir los? Ich war nie so leichtsinnig.

Er strich mir übers Gesicht, in der Dunkelheit konnte ich nur das fluoreszierende Weiß seiner Augen sehen, das vor mir schimmerte. Aber auch darin erkannte ich die Sorge.

„Schon gut, ich bin wieder bei Verstand, danke", sagte ich mürrisch, weil ich wütend auf mich selbst war und darauf, dass wir hier wie die Kaninchen in der Falle saßen und nichts tun konnten, als darauf zu warten, dass es Nacht wurde. Dort oben in unseren eigenen vier Wänden lauerte etwas auf uns, das der Sonne trotzen konnte, wühlte vielleicht in privaten Dingen und lachte hämisch, weil wir wehrlos in dem kleinen Gefängnis unter Tage hockten, uns der Machtlosigkeit völlig bewusst.

Ich hungerte nach dem Sonnenuntergang, meine Nerven zum Zerreißen gespannt. Die Unruhe wuchs ins Unerträgliche, als ich spürte, dass nur noch ein roter Schimmer die Straßen erhellte. Ich wollte hier raus, wollte nach oben, wusste, dass dieses schwache Licht mir nichts anhaben konnte. Aber da war noch Armand und ihm fehlte das Blut der Vampirkönigin, das ich getrunken hatte. Für ihn war es noch zu riskant, die Tür zu öffnen. Die wenigen Strahlen, die durch das kleine Kellerfenster hereinfielen, konnten ausreichen, ihm schwere Brandwunden zuzufügen.

Endlich spürte auch er die Sicherheit der Nacht und öffnete die Tür. Ich stürzte an ihm vorbei, eilte nach oben, immer zwei Stufen auf einmal nehmend. Mit einem Satz war ich im Wohnzimmer, sprang direkt in die ausgestreckte Klaue der Ammit, die nur darauf gewartet hatte. Wie dumm und leichtsinnig von mir, aber die stundenlange Warterei und die Gewissheit, dass ein Feind in unser Heim eingedrungen war, hatten alle Vorsicht in mir außer Kraft gesetzt.

„Der Ring der Nacht", zischte sie und griff mit ihrer freien Hand nach dem Silberstück.

„Halt! Lass sie sofort los, du Bestie!"

Armand zögerte nicht lange, sondern eilte mir zur Hilfe. Das hämische Grinsen der Dämonin ließ nichts Gutes ahnen. Sie fürchtete ihn kein bisschen und wir konnten ihre Kraft nicht einschätzen, dafür wussten wir zu wenig über sie. Das Gift ihrer Krallen war tödlich, ich hatte keine Lust, dass einer von uns beiden erneut Bekanntschaft damit machte.

Mich noch immer in ihrem eisernen Griff haltend, stürzte sie sich mit den gekrümmten Krallen der anderen Hand auf Armand, zielte auf seinen Brustkorb in der augenscheinlichen Absicht, ihm das Herz herauszureißen. Meines blieb dabei fast stehen.

Ich rechnete damit, dass er den Rückzug antrat, sich in Sicherheit brachte. Doch stattdessen öffnete er den Mund und es erklang das Brüllen seines Totemtieres. Ich sah den Panther in seinen Augen aufblitzen, die Fänge für einen Moment in das Gebiss der Raubkatze wechseln.

Völlig unvorbereitet schlug ich Sekunden später auf dem Boden auf, weil die Ammit mich fallen ließ. Ihr schriller Angstschrei hallte noch durch unser Wohnzimmer, die Dämonin selbst war spurlos verschwunden.

„Was war das denn?", fragte ich verdutzt.

„Keine Ahnung. Hauptsache, sie ist fort."

Armand klang misstrauisch. Offenbar erwartete er, dass unser Besuch gleich wieder zurückkam, was aber nicht geschah.

„Du hast sie mit deinem Totem in die Flucht geschlagen."

Er konnte nicht wirklich verstehen, was mich daran freute.

„Es war einfach da. Ich konnte es nicht steuern."

„Hey, freu dich doch. Und es ist kein Es, sondern ein Er. Auch Krafttiere haben ein Geschlecht und glaub mir, ich weiß, dass deins ein Kerl ist."

Er hatte keinen Sinn für meinen Humor, war zu geschockt über das plötzliche Ausbrechen des Panthers.

„Es ist wirklich okay, Armand. Dazu sind sie da. Um uns zu schützen."

Er nickte, aber ich glaubte nicht, dass er begriff. Im Augenblick fehlte uns die Zeit, die Krafttier-Thematik näher zu besprechen. Das hier war kein Spaß mehr.

„Jetzt schlägt es jedenfalls dreizehn. Ich werde nicht hinnehmen, dass dieses Biest in unser Zuhause eindringt. Ich will jetzt endlich wissen, was hier los ist."

„Wie meinst du das?"

„Ich werde herausfinden, was um alles in der Welt diese Dämonin will."

„Und wie willst du das tun? Lädst du sie zum Kaffee ein?"

„Ich gehe und frage Kaliste."

Gut eingefädelt ist halb genäht

Als wir Franklins Büro betraten, saß er vor dem Fernseher und starrte wie gebannt auf den flimmernden Bildschirm. Das war ungewöhnlich. Normalerweise lief der Fernseher so gut wie nie. Jetzt aber war er von dem Geschehen so gefesselt, dass er uns gar nicht zu bemerken schien.

„Dad?"

Erschrocken blickte er auf, das Grauen auf seinem Gesicht ließ mich zittern.

„Franklin, was ist denn?"

„New York! Es ist einfach grauenvoll. Terroristen sind mit zwei Flugzeugen in die Türme des World Trade Centers geflogen. Tausende sind tot. Die Türme sind in sich zusammengestürzt."

Ich musste mich setzen. Mein erster Gedanke galt Pettra und Slade, aber sicher waren die beiden nicht im WTC gewesen.

„Wie viele Tote?" Meine Stimme klang blechern, aber das fiel meinem Vater nicht auf. Armand trat wortlos hinter mich und legte mir seine Hände auf die Schultern.

„Tausende. Sie kennen keine genauen Zahlen. Aber wer noch im Gebäude war, ist mit Sicherheit tot."

Detailaufnahmen erschienen in schnell zusammengeschnittener Abfolge. Der Einschlag, Feuer, winkende Menschen, Feuerwehrautos, dann der Zusammensturz. Erst der eine Turm, kurz darauf der zweite, eine Staubwolke, die alles verschlang. Mir stockte der Atem.

„Wer tut so etwas?"

„Die Al Kaida hat sich dazu bekannt. Man befürchtet noch weitere Anschläge. Ein drittes Flugzeug mit Ziel Pentagon hat wohl nicht so viel Schaden angerichtet, wie geplant, aber auch dort sind genug gestorben. Das vierte Flugzeug ist vorher abgestürzt. Vielleicht hat da etwas bei der Entführung nicht geklappt. Ziele sind nur Mutmaßungen. Einige reden schon vom Beginn des Dritten Weltkrieges."

„Es wird keinen Weltkrieg geben, Franklin. Dafür haben alle viel zu große Angst vor den Atomwaffen."

„Sei dir nicht so sicher", sagte er. „So etwas ist noch nie geschehen. Die Vereinigen Staaten werden das nicht ohne Vergeltung hinnehmen."

Nein, das würden sie sicher nicht. Aber ein Atomkrieg? Eine Weile schaute auch ich auf die Bilder des Nachrichtensenders. Die riesige Staubwolke, die schreienden und weinenden Menschen mit ihren schmutzigen Gesichtern. Immer wieder der Einschlag der beiden Flugzeuge und das Zusammenbrechen der beiden Türme. Mir lief eine Gänsehaut über den Rücken. Wie viele mochten darin gestorben sein? Was waren wohl ihre letzten Gedanken gewesen?

Ich riss mich los. Wir hatten auch Probleme und den Menschen in New York konnten wir nicht helfen. Besser sich auf die Dinge zu konzentrieren, die in unserem Wirkungskreis lagen und ebenfalls eine aktuelle Bedrohung darstellten. Armand sah das wie ich. Er nahm die Fernbedienung vom Tisch und stellte den Ton ab.

„Franklin, ich muss für ein paar Tage weg. Wir kommen hier einfach nicht weiter und die Lage spitzt sich zu."

Mein Vater war noch immer geschockt von den Berichten aus den USA. Er runzelte die Stirn, weil er offenbar nicht verstand, worum es ging.

„Wo willst du hin?"

Armand und ich tauschten Blicke. Wir hatten darüber gesprochen, er war wenig begeistert, sah aber die Notwendigkeit ein, da sie Hilfe versprach.

„Melissa möchte unsere Königin aufsuchen."

Franklin schaute uns beide an, als hätten wir den Verstand verloren. Für einen Moment waren sogar die Schreckensnachrichten auf dem Bildschirm vergessen.

„Das ist nicht dein Ernst. Nicht ausgerechnet jetzt."

„Gerade jetzt. Wegen der Morde. Vielleicht weiß Kaliste mehr darüber und kann uns helfen."

„Und wer kümmert sich um Warren?"

Armand räusperte sich. Franklins Blick wechselte von Unglauben zu nacktem Entsetzen.

„Das kommt überhaupt nicht infrage."

„Dad, es ist die einfachste Lösung. Armand kennt Warren, er kennt den Fall und er kennt die Ashera. Er kann mich besser und schneller ersetzen, als jeder andere."

„Er ist kein Ashera-Mitglied! Ich dulde schon, dass er dich überall hin begleitet, was für den Orden mehr als riskant ist. Und jetzt soll er auch noch deine Position übernehmen? Vergiss es. Das Risiko ist mir zu groß."

„*Quel risque*, Franklin? Mel und ich sind beide Vampire. Es macht keinen Unterschied. Und ich bin Profi darin, meine Natur vor Sterblichen zu verbergen."

Franklins Gesichtsfarbe wechselte in ein ungesundes Feuerrot. „Das ist eine offizielle Ermittlung des MI5! Hast du eigentlich eine Vorstellung davon, wie man uns hier auf die Finger schaut? Ich riskiere für dich doch nicht den Orden."

Irgendwie wurde ich das Gefühl nicht los, dass hinter Franklins Reaktion mehr steckte als die Tatsache, dass Armand ein Vampir und kein Ashera-Mitglied war. Dafür war es viel zu persönlich. Seine Ablehnung hatte einzig und allein mit Armand selbst zu tun. Hatten die beiden Streit? War etwas vorgefallen? Armand hatte mir ebenso wenig etwas gesagt wie Franklin, aber die beiden sprachen mit mir auch nicht über ihre Liebelei.

Ärgerlich wischte ich die Gedanken beiseite. Für so was hatten wir jetzt wirklich keine Zeit.

„Es steht nicht mehr zur Diskussion, Dad. Die Ammit hat mich letzte Nacht verfolgt. Sie hat den ganzen Tag über in unserer Wohnung gelauert und mich angegriffen, kaum dass ich das Wohnzimmer betrat. Armand konnte mir gerade noch zu Hilfe kommen. Ich muss wissen, was hinter dem Ganzen steckt und was ich tun kann. Aber jemand muss Warren begleiten, wenn ich nicht da bin. Jemand der weiß, was er tut und wie er mit ihm umzugehen hat. Ich muss zu Kaliste, da führt kein Weg dran vorbei. Sie ist über fünftausend Jahre alt und kennt sich in der Welt der Dämonen bestens aus. Wenn mir jemand etwas über den Ring der Nacht und die Ammit sagen kann, dann sie."

Ich blieb taub gegen Franklins Einwände, der mich noch mindestens eine Stunde lang zu überzeugen versuchte, dass ich nicht gehen sollte und schon gar nicht Armand meine Vertretung überlassen durfte. Ihn ignorierte er dabei weitestgehend, antwortete kurz angebunden auf seine Einwürfe. Ich spürte eine unterschwellige Angst in ihm, die mir unerklärlich war. Bei genug Zeit hätte ich nachgehakt, so jedoch brach ich noch in derselben Nacht auf, womit ich Franklin letztlich gar keine andere Wahl mehr ließ, als Warren und den Fall in die Hände meines Liebsten zu geben.

„Agent Forthys ist angekommen, Franklin."

Johns Stimme verriet seinen Unwillen. Er konnte den kompletten SIS nicht leiden, hielt sie alle für arrogante Schnösel mit einer krankhaften Abhängigkeit von ihrer Dienstwaffe und vor allem ihrer Position in dieser großen, sauberen Familie. Franklin schmunzelte, obwohl ihm bei der Angelegenheit, die er jetzt mit dem Agenten zu besprechen hatte, eigentlich der Humor verging.

„Bring ihn bitte in mein Büro."

Das zusätzliche Quäntchen Abscheu seitens John erklärte sich, als Warren einem Dressman gleich im maßgeschneiderten Armani-Anzug eintrat. Ich sollte Ermittler beim MI5 werden, dachte Franklin und schaute beiläufig an seinem dunkelblauen Cordanzug herunter.

„Schlimme Sache, das in New York, nicht war Mr. Smithers?"

Die Anschläge hatten jeden schockiert und es gab wohl niemanden auf der Welt, der momentan mit seinen Gedanken nicht bei den Menschen dort war.

„Ja, eine Tragödie. Ich fürchte um den Frieden der Welt."

Auch Warren blickte betroffen. Es war menschlich, darüber reden zu wollen, doch Franklin musste sich auf das vorliegende Problem konzentrieren.

„Mr. Forthys, ich muss sie über eine kurzfristige Änderung informieren."

Neugierig schaute der junge Mann ihn an. Franklin fand ihn nett, und auch Mel hatte ihre anfängliche Abneigung inzwischen weitestgehend abgelegt. Forthys war ein Produkt seiner Erziehung und dem, was der MI5 seinen Leuten beibrachte. Franklin spürte die kindliche Neugier in ihm, die zeitlebens unterdrückt worden und nun zu kraftlos war, um ohne Hilfe wieder hervor zu kommen. Eine gewisse PSI-Begabung steckte sogar in ihm, verbunden mit einem ehrlichen Herz. Alles in allem jemand, dem Franklin eine Chance geben mochte. Doch ob Warren daran interessiert war?

Er räusperte sich. „Meine Tochter musste kurzfristig zugunsten eines anderen Einsatzes abgezogen werden."

„Oh!" Die Enttäuschung auf Warrens Gesicht war nicht gespielt, das ließ Franklin aufhorchen. „Aber sie kommt doch zurück, oder?"

Er schien gewisse Sympathien für Mel entwickelt zu haben. Sehr interessant und nicht verwunderlich. Schließlich kannte er ihren Charme, egal, wie kratzbürstig sie manchmal war. Und dass Warren diese Kratzbürstigkeit schon kennengelernt hatte, daran bestand kein Zweifel. Aber es traf keinen Unbewaffneten, wenn Franklin ihn richtig einschätzte.

„Ja, sie wird so bald wie möglich zurück sein."

Das strahlende Lächeln auf Warrens Gesicht zerstreute jeden noch verbliebenen Zweifel. Der junge Mann war auf dem besten Wege, sich in Melissa zu verlieben. Ob er ihm sagen sollte, dass sie nicht mehr zu haben war und sein neuer Kollege auf Zeit ihr Verlobter? Andererseits hielt er sich für gewöhnlich aus Mels Leben raus. Wenn Warren ihm nur nicht so sehr am Herzen gelegen hätte. Er hatte die unsinnige Hoffnung, ihn im Verlauf des Falles, wenn man ihn schonend an den wahren Täter heranführte, vielleicht für den Orden gewinnen zu können. Da kam es ungelegen, ihn mit seiner frisch knospenden Liebe ausgerechnet in Armands Obhut zu geben. Hoffentlich wusste der noch nichts davon. Im Moment lag Franklin nichts ferner als ein Gespräch unter vier Augen mit dem Vampir.

„Mr. Smithers?"

Die Lage war aber auch verzwickt. Ärgerlich schüttelte er den Kopf, um die Gedanken wie lästige Insekten zu verscheuchen.

„Entschuldigung. Ich war grade woanders."

„Das habe ich bemerkt. Ist ja auch verständlich bei den aktuellen Ereignissen. Sonst noch was? Wissen Sie, wann Ihre Tochter zurück sein wird?"

„Nein, das weiß ich leider nicht. Darum haben wir uns auch bemüht, einen Ersatz für sie zu finden."

„Das klingt, als würde es länger dauern."

„Wie gesagt, wir wissen es nicht genau. Leider steht keiner der Ordensmitglieder zur Verfügung, darum …"

„Überhaupt kein Problem", wiegelte Warren gleich ab. „Für ein paar Tage komme ich schon alleine klar. Ich hab ja genügend Leute."

„Nein, nein." Das hätte grade noch gefehlt. Den MI5 ohne Aufsicht weiterschnüffeln lassen. Dann doch lieber Armand.

„Ein sozusagen freier Mitarbeiter, der gelegentlich für uns tätig ist, wird Sie unterstützen. Er kommt heute Abend bei Ihnen vorbei, damit Sie ihn auf den neuesten Stand bringen können."

Warren sah darin kein Problem, musste aber noch einmal betonen, dass Mel vermutlich nicht zu ersetzen sei und er sich schon darauf freute, dass sie zurückkam.

Franklin konnte diese Bemerkung nicht überhören. „Sagen Sie, Warren, Sie mögen Melissa, sehe ich das richtig?"

Der Agent errötete, was Franklins Vermutung untermauerte und ihm den Mann noch sympathischer machte.

„Na ja, sie ist eine tolle Frau. Und damit meine ich nicht nur ihre Optik. Ich weiß schon, Sie als ihr Vater ..."

Jetzt war es an Franklin, abzuwinken. „Das hat damit nichts zu tun. Da halte ich mich lieber raus. Mel ist alt genug. Aber ich mag Sie, Warren, darum möchte ich Ihnen einen Rat geben, obwohl ich das nicht sollte. Passen Sie auf sich auf. Und da Sie in einigen Wochen, wenn der Fall abgeschlossen ist, zurück in Ihr Büro gehen, wo Sie wieder in einer völlig anderen Welt leben, sollten Sie sich besser nicht in Mel verlieben. Sie passt nicht in Ihre Welt. Sie gehört in den Orden."

Warren lächelte höflich. „Melissa ist eine intelligente Frau. Sie hätte große Chancen im Office. Wären Sie nicht stolz auf sie, wenn sie eine Agentin des Security Service würde?"

„Ich bin stolz auf meine Tochter, dass sie mit offenen Sinnen durchs Leben geht, Warren. Und grundsätzlich nichts für unmöglich hält, nur weil der menschliche Verstand zu klein ist, es zu begreifen."

Den Wink verstand Warren sofort. „Es widerspricht sämtlichen Naturgesetzen."

„Nein, das tut es nicht. Es widerspricht nur der eingeschränkten Vorstellungskraft derer, die sich nicht trauen, die ausgetretenen Pfade zu verlassen. Ich würde Sie gern einladen, sich etwas genauer mit unserer Arbeit auseinanderzusetzen, denn alles ist Bestandteil natürlicher Vorgänge und Zusammenhänge. Wer weiß, vielleicht holen Sie nicht Mel ins Office, sondern umgekehrt."

Er zwinkerte ihm zu und Warren antwortete diesmal nicht. Aber Franklin spürte, dass der junge Mann gar nicht so abgeneigt war. Es reizte ihn, hinter die Fassade zu blicken. Mehr zu sehen, als andere. Sein Geist war frisch und lebendig. Eine Verschwendung, ihn unwissend zu lassen. Aber noch war es zu früh. Wenn der Fall erledigt war, konnte er in Ruhe mit ihm darüber sprechen. Möglicherweise spielte ihm da die Zuneigung zu Melissa sogar ein Stück weit in die Hände.

Armand flucht innerlich. Er hätte es Mel erzählen müssen. Vor allem hätte er sich gleich in der folgenden Nacht bei Franklin entschuldigen, es erklären müssen. Aber er hatte nicht gedacht, dass es so drastisch war und ihn derart aus der Fassung brachte. Obwohl dies bei genauerem Überlegen klar war, schließlich hatte er ihn um ein Haar getötet. Auf jeden Fall ihm Gewalt angetan und ihn ohne jede Rücksicht genommen, das konnte er nicht von der Hand weisen.

Er kam sich vor wie ein dummer Junge, der einen Fehler gemacht und statt ihn wieder zu begradigen eher verschlimmert hatte. Das war alles Dracons Schuld. Warum war er nicht einfach durch Luciens Hand gestorben? Dann wäre jetzt alles gut.

Missmutig stieg Armand die Stufen des Miethauses hoch, in dem Warren Forthys seine Wohnung hatte.

„Ja?", erklang es aus der Gegensprechanlage.

„Guten Abend, Mr. Forthys. Ich bin Armand de Toulourbet. Franklin Smithers schickt mich."

Kurzes Schweigen, gefolgt von einem Knirschen in der Leitung. „Ach ja, der Ersatz. Kommen Sie hoch."

Allein für das Wort ‚Ersatz' hätte er den Typen gern erwürgt. Armand schluckte den Ärger herunter und drückte die Tür auf, als der Summer ertönte. Warrens Wohnung lag im siebten Stock, war eine typische Junggesellenwohnung, und mit allerhand Schnickschnack und Technik vollgestopft. Die Tür zum Schlafzimmer war nur halb geschlossen, Armand erhaschte einen Blick auf jede Menge Armani- und Boss-Anzüge. Allerdings alles nur Imitate.

Zur Begrüßung bot er Armand eine Flasche Bier an und öffnete sich selbst ebenfalls eine. Mit einem Glimmstängel im Mund in allerbester Bogart-Manier spielte er den Gönner, der großzügig darüber hinwegsah, dass man ihm wahllos irgendwelche Ordensmitglieder zur Seite stellte, wie es grade beliebte.

Armand musterte sein Gegenüber abschätzend, um eine Taktik zu wählen. So leicht wie bei Warren, fiel es ihm selten, jemanden zu lesen. Kühl, arrogant und karrieregeil. Jemand, der um jeden Preis nach oben wollte.

„Also, Mr. Forthys, packen wir die Sache doch mal an, wie Männer. Offensiv." Er grinste breit, und Forthys schnappte den Köder sofort.

„Sie sprechen mir wirklich aus der Seele, Mr. Toulourbet."

„Bitte, Armand."

„Gern. Warren."

So schnell hatte man den Fisch am Haken. Und dieser *Crêtin* baggerte Mel an. Lächerlich. Aber auch ärgerlich. Der Panther in ihm knurrte. Er zuckte zusammen und rief sich zur Ordnung.

„Also, Warren. Haben Sie schon irgendwelche Erkenntnisse, die dem Orden bislang entgangen sind?"

Eine Spur Misstrauen mischte sich in Warrens Blick. Er musste vorsichtiger sein, so einfältig war er offenbar doch nicht. Wenn er dichtmachte, würde Franklin sich bestätigt sehen und Mel würde ihm die Hölle heiß machen, weil er versagt hatte.

„Ganz im Ernst, ich kenne den Orden und weiß, dass da manches sehr einseitig bewertet wird. Die sehen in allem gleich was Magisches oder Dämonisches. Ich bin da skeptischer."

„Sie arbeiten für die, obwohl Sie sie für Spinner halten?"

Lachend schüttelte Armand den Kopf. „Nein, das nicht. In vielem haben die recht. Glauben Sie mir, es gibt Sachen zwischen Himmel und Erde, da fehlt einem normalen Menschen die Vorstellungskraft. Aber deshalb muss das ja nicht immer so sein."

Warren taute wieder auf. Er hatte die Kurve gekriegt. „Das Problem ist einfach, dass wir zuwenig Spuren haben, denen wir nachgehen könnten. Das bestärkt Miss Ravenwood in ihrer Überzeugung. Und dann gab es da neulich ein dummes Missverständnis mit einem zu Unrecht Verdächtigten. Ich gebe zu, da war ich etwas vorschnell."

Er konnte tatsächlich Fehler eingestehen? Kaum zu glauben. „Kann ja mal passieren", meinte Armand großzügig, was Warren ermutigte weiterzureden.

„Ja, es waren eben auch sehr vielversprechende Spuren. Denen musste ich einfach nachgehen. Genau das, was uns bei allen anderen Toten bislang fehlt. Fingerabdrücke! Faserspuren! DNS! Mit so was kann man arbeiten."

Armand wurde hellhörig. Fingerabdrücke? DNS? In ihm erwachte eine Idee, die Mordfälle waren plötzlich nebensächlich.

„Ja, Warren, da haben Sie absolut recht. Wir brauchen Fingerabdrücke. Dann könnten wir diesen Serienkiller festnageln."

Ringe der Nacht

Den Ort fand ich wie von selbst, als sei ich schon tausend Mal dort gewesen, obwohl ich bisher nicht einmal in seine Nähe gekommen war. Ich kannte Kaliste nur von der Eishöhle in der Antarktis – und natürlich der Rettungsaktion in Irland. Aber dieser verborgene Tempel in den Anden Südamerikas war fremd für mich. Er bestach und überwältigte mich vom ersten Augenblick an mit seiner exotischen Schönheit.

Fein gemeißelte Säulen aus gelbem Sandstein trugen das Dach. Die Wände schienen frei zu stehen, doch wenn man genau hinsah, entdeckte man die kostbaren Goldstäbe, die sie zusammenhielten. Ich strich mit den Fingern über einen dieser Stäbe und feinster Goldstaub blieb auf meinen Fingern haften. Eine Stimme rief mich ins Innerste des Heiligtums und ich folgte ihr. Die massigen Ghanagoul-Wächter der Vampirkönigin ließen mich unbescholten passieren, beobachteten nur jeden meiner Schritte.

Ein großes, achteckiges Becken mit kristallklarem Quellwasser bildete den Mittelpunkt eines großen Saales. An den Wänden befanden sich Malereien aus einem anderen Zeitalter. Überall brannten Fackeln. Ich sah Kaliste erst, als sie mich mit sanfter Stimme ansprach. Sie stand auf der anderen Seite des Beckens, zwischen zwei mächtigen Marmorschlangen mit aufgesperrten Mündern und riesigen Giftzähnen. Ihre Augen waren aus buntschillernden Kristallen und schienen mich höhnisch anzustarren, während ich auf meine Königin zuschritt. Kalistes rechte Hand ruhte auf einem der Schlangenköpfe wie auf einem treuen Schoßhund. Sie lächelte. Ein kaltes Lächeln, auch wenn es freundlich gemeint war.

„Ich bin froh, dass du deinen Weg gefunden hast", sagte sie. Das Wasser im Becken schien von einer fremdartigen Lichtquelle durchflutet und warf wellenartige Reflexe auf ihr nachtschwarzes Haar und in ihre türkisen Augen.

„Es war, als würde ich deine Stimme hören, die mich ruft."

Ihr Lächeln wurde breiter, aber auch kälter. „Zwischen uns gibt es eine Verbindung, mein Kind."

Die gab es wohl, seit sie mich mit ihrem Blut geheilt hatte, nachdem ich beinah der Morgensonne zum Opfer gefallen war. Kaliste hatte mich gerettet, nur um mir die schwere Bürde aufzuerlegen, über den Drachen zu wachen.

„Aber deswegen bist du nicht hier, Melissa."

Ich war mir fast sicher, dass sie den Grund meines Kommens bereits kannte, doch sie hob nur eine ihrer Augenbrauen und sah mich abwartend an.

„In London werden Mitglieder des House of Lords umgebracht. Von einer Dämonin. Der Ammit."

Sie schürzte die Lippen und schüttelte tadelnd den Kopf. „Aber Kind, die Ammit tötet doch nicht. Sie verzehrt die Seelen derer, die gerichtet wurden. Das solltest du wissen."

„Es ist aber die Ammit. Ich habe sie gesehen, mit ihr geredet."

Sie war so schnell an meiner Seite, dass es mich erschreckte. Ich zuckte zurück, ein Schauer rann durch meinen Körper, der instinktiv auf Abwehr ging. Ihr Blick war bohrend.

„Und was hat die Ammit gesagt?"

„Nicht viel. Nur, dass sie dem Ring der Nacht dienen muss."

Zischend sog Kaliste die Luft ein, fletschte die Zähne, sah für einen Moment ebenso aus, wie die steinernen Schlangen.

„Was weißt du von dem Ring?"

„Nichts. Darum bin ich hier. Sie sah meinen Ring und sprach vom Dämonenring. Und dann vom Ring der Nacht und dass sie ihm dienen muss. Das ergibt überhaupt keinen Sinn. Steht sie unter einem Bann, der ihr befiehlt zu töten? Oder hat das eine mit dem anderen nichts zu tun?"

„Ja und nein", antwortete sie kryptisch und wiegte sich mit geschlossenen Augen von links nach rechts. „Es gibt diesen Ring der Nacht. Sogar mehr als einen. Und sie haben in der Tat die Macht, der Ammit zu befehlen."

„Wie?"

Sie hielt abrupt inne, fixierte mich, ihre Stimme war ein heiseres Flüstern. „Wie sehen die Toten aus?"

Ich schluckte, fühlte mich, als läge eine eiserne Kette um meinen Körper, die sich enger zog. War es wirklich eine gute Idee gewesen, unsere Königin aufzusuchen? Sie wirkte entrückt, mit einer Spur Wahnsinn in den türkisfarbenen Augen. Meine Kehle war so trocken, dass ich kaum reden konnte. Worauf wollte sie nur hinaus?

„Wie Vampiropfer. Aber ohne Augen."

Ein unmenschlicher Laut entrang sich ihrer Kehle. Markerschütterndes, schrilles Kreischen, von dem ich nicht vermocht hätte, zu sagen, ob es Lachen, Fauchen oder etwas anderes war. Augenblicklich tauchten zwei ihrer Ghanagoul-Wächter wie aus dem Nichts auf, doch sie schickte sie sofort mit einer herrischen Geste zurück. Dann streckte sie die Hand aus und fasste meine Kehle. Nicht fest, aber ihre eisige Berührung war schmerzhaft.

„Du weißt, dass es noch andere Vampire außer uns gibt?"

Inzwischen kannte ich vier verschiedene Arten. Also ja, durchaus, ich war mir bewusst, dass es nicht nur Nightflyer gab. Eine Antwort konnte ich mir sparen, denn sie las meine Gedanken.

„Ich meine die Dunklen, unsere Feinde, dieses dreckige Pack, das sich in Höhlen verkriecht und auf eine Chance lauert, uns zu vernichten."

„Ich bin diesen Wesen schon begegnet. Die meisten sind dumm und schwach. Nur …"

„Nur der eine nicht. Der Fürst mit den Augen wie heller Bernstein. Er ist mächtig, er ist stark und er hat, was die Ammit bindet. Einen Ring der Nacht."

Der Schreck lähmte mich. Tausend Gedanken schossen mir durch den Kopf, was das bedeutete. Wenn der Crawlerfürst dahinter steckte …? Aber warum? Was bezweckte er? Warum agierte er mit nur einer Dämonin, noch dazu in London? Und wie brachte er sie dazu, diese Morde so zu verüben, dass sie für Eingeweihte nach Vampirmorden aussahen?

Auch diesmal las Kaliste jeden meiner Gedanken. Sie gab meine Kehle frei, fasste mein Handgelenk, und hielt mir den Ring mit dem Sternsmaragd vor Augen.

„Die Verzehrerin der Seelen", sagte sie, „ist nichts anderes, als eine Dienerin. Sie dient dem Dämon, der die Macht hat, ihr zu befehlen. In der Unterwelt sind es die Totenrichter, hier in der Welt der Menschen nur die Träger der Ringe."

„Was hat es mit den Ringen auf sich? Ich kenne nur meinen und weiß, dass er einem Sapyrion die Tore geöffnet hat."

„Die Ringe der Nacht", erklärte Kaliste, „wurden in der Unterwelt geschmiedet. Sie öffnen die Tore zwischen den Welten. Wer sie besitzt, kann auch niederen Dämonen befehlen. Wesen wie der Ammit."

„Und warum tötet sie dann ausgerechnet in London? Mitglieder des House of Lords?"

Kaliste strich zärtlich über den grünen Stein. Mir wurde kalt bei ihrer Berührung, auf der Oberfläche des Juwels schienen sich Eiskristalle zu bilden. Meine Frage ließ sie mitten in der Bewegung innehalten und meine Hand wieder freigeben.

„Die Ringe der Nacht bilden den Dämonenring, ein machtvolles Artefakt. Es liegt wohl auf der Hand, dass der Crawler die Ammit ausgesandt hat, weil er deinen haben will. Er kennt dich, nicht wahr? Er weiß, dass du für diesen Orden arbeitest. Also wusste er, was zu tun ist, um eure Aufmerksamkeit zu erregen und dich anzulocken."

„Woher soll er denn gewusst haben, dass ich den Ring besitze? Armand nahm ihn an sich, als wir den Sapyrion vernichtet hatten, und gab ihn mir erst vor wenigen Wochen. Ich habe ihn also noch gar nicht so lange."

„Aber er war spürbar für den Crawler. Er war in dieser Welt, erreichbar für ihn. Also sandte er die Ammit aus, ihn zu beschaffen. Armand und du, ihr seid unzertrennlich. Die Spur, der er folgen musste, war dieselbe, ganz gleich, ob sich der Ring bei deinem Liebsten oder dir befand."

Sie seufzte theatralisch und sank auf ein Steinsims in unserer Nähe nieder. „Aber das ist sicher nur ein Teil seines Plans."

„Was meinst du damit?"

Sie schaute mich traurig an, ihre Lippen bebten. „Du hast doch sicher auch schon von der Legende gehört, oder nicht? Sie werden uns vernichten. Diese Dunklen. Aber sie selbst sind zu schwach, um das zu tun. Darum sorgt ihr Fürst nun dafür, dass die Menschen uns jagen werden, indem er die Spuren der Vampire allzu deutlich auf die Opfer malen lässt."

Das erschien mir abwegig, nahezu unlogisch. Dafür brauchte er nicht die Ammit. Seine Brut hätte es ebenso gut gekonnt. Außerdem beschränkten sich die Morde nur auf London, ausschließlich das House of Lords.

„Warte es ab, Melissa. Dies ist erst der Anfang. Er geht listig und behutsam vor, um kein frühzeitiges Misstrauen zu wecken. Unterschätze den Fürsten nicht. Schließlich musste er dich an eine ganz bestimmte Stelle locken und nicht quer über den Erdball jagen. Aber jetzt, wo sein Plan erste Früchte trägt, wird sich das sehr schnell ändern. Bald schon werden es keine vereinzelten Toten mehr sein. Und auch nicht mehr nur in London."

„Erzähl mir von dem Ring, den der Crawler hat. Weißt du, wie er aussieht?"

„Sicher. Er trägt ihn ganz offen. Du hast ihn sicher schon gesehen."

Ich hatte in der Tat einen Ring an der Hand des Crawlerfürsten gesehen, doch der hatte keine Ähnlichkeit mit meinem.

Der Ring des Gelbäugigen hatte rote Runen, die im Dunkeln leuchteten und Rauchfäden spien. Kalistes hysterisches Lachen, als sie meine Gedanken las, schmerzte mir in den Ohren. Sie packte meine Hand so fest, dass ich aufschrie, meine Finger knackten. Dann drehte sie den Ring mit dem Stein nach innen und blickte mir in die Augen. Ihre Iris leuchtete, begann sich zu drehen, mich zu hypnotisieren. Ich spürte, wie ihr Dämon nach mir griff. Mehr noch, er griff mich an. Und da geschah es. Ganz ohne mein Zutun, leuchtete der Ring plötzlich, die Runen im Rund wurden zum ersten Mal sichtbar und dann sprühten grüne Tropfen daraus hervor direkt auf das Gesicht meiner Königin zu. Sie wich ihnen in letzter Sekunde aus und gab mich frei.

„Die Ringe der Nacht beschützen ihre Träger. Es gibt drei von Ihnen, aus demselben Stück Metall geschmiedet. Der Ring aus Rauch, ihn trägt der Crawler. Dein Ring gehört auch zu den Dreien. Er ist der Ring aus Wasser. Und dann gibt es noch den Ring aus Luft."

„Ein Sapyrion trug diesen Ring hier. Ihn hat er nicht geschützt, als ich ihn tötete."

Kaliste schnaubte. „Er wusste nur, dass der Ring die Tore öffnet. Mehr nicht. Der Ring schützt dich, wenn du den Stein zu dir drehst. Zur Handfläche hin."

Sie griff wieder nach meiner Hand, aber ich wich instinktiv zurück. Die Enttäuschung war ihr deutlich anzusehen.

„Mel, Liebes, die Ringe sind mächtig. Und sehr gefährlich. Dein Ring lockt die Ammit auf deine Spur. Sie wird dich jagen, um ihre Aufgabe zu erfüllen und ihn zu stehlen. Wenn der Crawlerfürst ihn in die Hände bekommt … Welche Macht hätte er mit zwei Ringen der Nacht? Vielleicht", ihre Stimme wurde sanft und schmeichelnd, Sorge schwang darin mit, „wäre es besser, du lässt ihn bei mir. In sicherer Verwahrung."

Es klang logisch und einleuchtend. Aber etwas in mir sträubte sich dagegen, ihr den Ring zu geben. Osira knurrte leise in meinem Inneren.

„Armand gab ihn dir. Du kannst ihn ihr nicht geben. Dazu hast du kein Recht."

Ich schüttelte stumm den Kopf. „Er ist bei mir sicher, Kaliste. Ich bin ja nun gewarnt."

Zorn und Enttäuschung über mein Misstrauen huschten über ihr Gesicht, doch sie gab weder dem einen noch dem anderen nach. Stattdessen lächelte sie kalt und gönnerhaft.

„Wie du meinst. Dann wünsche ich dir viel Glück."

Es war nicht gerade üblich, dass man Warren persönlich ins Office rief, um einen Zwischenbericht abzugeben. War da was im Busch? Oder lag es schlicht daran, dass man die Ashera mit Argusaugen beobachtete?

Agent Warner, sein direkter Vorgesetzter, der ihn in den Security Service geholt hatte, sah sich nachdenklich die bisherigen Ergebnisse an. Er war früher oft bei ihnen gewesen, mit Warrens Vater regelmäßig zum Fischen gefahren, ab und zu hatten sie ihn sogar mitgenommen. Die beiden Männer kannten sich aus der Schulzeit und waren enge Freunde gewesen. Bis zu diesem furchtbaren Tag.

„Mhm!"

Der Laut riss Warren aus seinen Erinnerungen. „Ist etwas damit nicht in Ordnung, Sir?"

„Der erste Ermittlungserfolg kam sehr schnell. Und seitdem sieht es so aus, als drehten Sie sich im Kreis. Das beunruhigt mich."

„Wir haben mehrere Spuren verfolgt, Sir, und bewachen die Mitglieder des House, die am meisten gefährdet sind."

„Das ist es nicht, Warren. Ich traue diesem Orden nicht. Und diese Ravenwood? Sie ist die Tochter des Ordensleiters, macht sicher alles, was er sagt. Denken Sie nicht auch, dass da manches nicht koscher ist?"

„Nein, Sir. Ich lege meine Hand dafür ins Feuer, dass sie nicht gegen uns arbeitet. Das hätte ich gemerkt. Sie wissen, wie gut ich bin. Meine Quote liegt bei fast hundert Prozent. Miss Ravenwood ist eine große Unterstützung. Ich bedaure sehr, dass sie ein paar Tage an einem anderen Fall arbeiten muss und London verlassen hat."

„Ach, hat sie das? Sehr seltsam."

Warren zuckte die Achseln. „Der Orden ist vielbeschäftigt, wie ich mitbekomme. Und für Smithers scheint es nicht außergewöhnlich zu sein, für einige Zeit den Mitarbeiter auszutauschen. Also stört es mich nicht."

„Warren", aus der Stimme seines Vorgesetzten klang Sorge. „Passen Sie bitte auf sich auf. Diese Leute sind nicht ungefährlich. Sie sollten sie keinesfalls unterschätzen."

„Die arbeiten auf unserer Seite. Und was mich betrifft, so halte ich sie inzwischen weit weniger für Spinner, als noch vor einigen Wochen. Man macht sich vielleicht einfach zuwenig Mühe, mal hinter die Kulissen zu schauen."

Die Miene seines Gegenübers wurde noch besorgter.

„Das klingt nicht gut, mein Junge. Sie sind leichte Beute für die."

Warren wollte etwas einwenden, doch Agent Warner hob abwehrend die Hand. „Hören Sie mir zu. Sie haben keine Familie, kaum Freunde. Es bindet Sie nichts in dieser Welt."

Darüber musste er lachen. „Diese Welt, jene Welt. Sie tun so, als würde die Ashera in anderen Sphären schweben. Übertreiben Sie da nicht ein bisschen?"

Warner schüttelte den Kopf. „Warren, Sie haben eine glänzende Karriere vor sich. Ihr Vater wäre stolz auf Sie. Zerstören Sie sich das nicht."

„Wie meinen Sie das? Wollen Sie mir drohen?"

Sein Vorgesetzter schüttelte den Kopf. „Nicht doch, mein Junge. Ich möchte Ihnen nur raten, sich nicht vom Orden einwickeln zu lassen. Sollten Sie die Seiten wechseln, sind Sie für das Office gestorben. Haben Sie das verstanden?"

Warren schluckte. Ja, das hatte er verstanden. Und zum ersten Mal, seit er dem Security Service beigetreten war, fragte er sich, ob es die richtige Entscheidung gewesen war.

Wie ein Besessener hackte Armand auf die Tastatur ein. Ein Passwort nach dem anderen wurde vom System geblockt. Er arbeitete fieberhaft, tippte immer neue Kombinationen in den Decoder, um sie zu prüfen, aber jedes Mal warf ihm der Zentralrechner, in den er einsteigen wollte, die Tür zu.

Das Gespräch mit Warren hatte ihn auf eine Idee gebracht. Fingerabdrücke war das Stichwort gewesen. Dracon. Er hatte dessen Fingerabdrücke von den Tasten des Flügels und der Whiskyflasche. Es war so leicht gewesen, sie zu sichern und nach einigen Versuchen hatte er sogar gute Latexkopien davon erstellen können. Dracon würde seine Spuren jetzt an vielen Orten hinterlassen, den passenden. Aber all das nutzte nichts, wenn man ihm diese Spuren nicht zuordnen konnte.

Endlich erschien das ersehnte Pop-up auf dem Bildschirm. ‚Access granted'! Er war drin.

„Ha!" Er grinste zufrieden. „Wollen doch mal sehen. Wo habt ihr denn eure Akten mit den Schwerverbrechern?"

Die Dateilisten waren ein Kinderspiel für ihn. Er fand sich sofort zurecht. Neben ihm lagen die Fingerabdrücke von Dracon als Kohleabdruck und in Latex.

„*Alors, mon copain.* Dann verpassen wir dir doch mal einen netten Background." Sein hochauflösender Scanner kopierte die Kohleabdrücke perfekt. Das File fügte Armand an der vorgesehenen Stelle im Steckbrief der Schwerverbrecherdatei ein.

„Jetzt zu deinen zahlreichen Vergehen. Als da wären: Vergewaltigung, bewaffneter Raub, Mord, Körperverletzung, Diebstahl, nein, schwerer Diebstahl in Verbindung mit Körperverletzung. Noch mal Mord, Einbruch mit Mord."

Armand musste sich beherrschen, um nicht zu übertreiben. Sonst hätte es unglaubwürdig gewirkt. Die einzelnen Vergehen passte er sowohl datumsmäßig wie örtlich an. Einen Teil in den Staaten, die beiden aktuellsten hier in London. Auch die Erstanlage der Akte an sich datierte er in die Vergangenheit. Zufrieden lehnte er sich in seinem Stuhl zurück. Blieb nur noch eins. Dracons Fingerabdrücke am nächsten Tatort zu verteilen. Armand nahm die Schatulle mit den Latexabzügen in die Hand. Er hatte sie nur an Handschuhen befestigen müssen, und schon konnte er unbegrenzt Abdrücke seines Erzfeindes an jedem beliebigen Tatort dieser Welt verteilen.

„*Tu es mort.* Du bist schon so gut wie tot."

Wie gerne hätte er ihm eigenhändig den Hals umgedreht. Aber er musste diesen Forthys mit einbinden, damit Mel nicht Lunte roch. Mit etwas Glück würde er sie beide aus dem Weg räumen. Diesen Teufel Dracon und diesen arroganten Agenten, der seiner Liebsten schöne Augen machte. Dieser *crétin*. Glaubte allen Ernstes, er hätte genug Klasse für eine Frau wie Mel. Es war ihm längst aufgefallen, auch wenn Mel es ignorierte.

113

Die Hintergründe waren nun erstellt. Jetzt musste er Warren lediglich noch auf die Spur ansetzen. Das sollte leicht sein, bei dem Halfblood hatte sich der Security Service Mann auch gleich drauf gestürzt, ohne nachzudenken. Die Befürchtung war gering, dass es jetzt anders lief. Er war zu karrieregeil.

Also musste es einen Mord geben, der den anderen zumindest ähnelte und wo man ausreichend Spuren des ungeliebten Nebenbuhlers am Tatort fand. Armand hatte sich die Handschuhe mit den hauchfeinen Latexkopien von Dracons Fingerabdrücken angezogen, die mit speziellem Kleber daran fixiert waren. Außerdem hatte er sie vorher in Talg getaucht, damit die Spuren auch authentisch und deutlich waren.

Jetzt fehlte ihm nur noch das passende Opfer. Nein, er würde sich nicht in den Reihen der Lords umschauen. Und auch ein x-beliebiger unschuldiger Mensch kam nicht infrage. Ein wenig Moral besaß er noch. Darum suchte er sich eine dunkle Seele für seinen Plan. Jemanden, der den Tod verdient hatte, um den es nicht schade war.

Er kannte die Bars und illegalen Spielhöllen in London, wo sich der Abschaum traf. Die halbe Nacht verbrachte er damit, von einem miesen Loch zum nächsten zu wandern, und nach jemandem Ausschau zu halten, der ihm geeignet erschien. Dann endlich, es war schon gegen drei, wurde er fündig. Dem Kerl fehlte ein Auge, das er bei einer Schlägerei eingebüßt hatte. Wunderbar, dann musste er nur noch eines entfernen. Er war ein Einzelgänger, hatte weder Freunde noch Handlanger, die für ihn arbeiteten. Perfekt. An den Spieltischen kannte man ihn als den, der einem noch Geld gab, wenn man nirgends sonst mehr kreditwürdig war. Aber viele, die ihre Schulden nicht zurückzahlen konnten, sah man nie wieder. Der Einäugige war kein Freund, auch wenn seine Masche so aussah. Die Scheine verteilte er großzügig an Bedürftige, und beim ersten Zahlungsverzug brach er seinem Klienten ein oder zwei Finger. Sehr geduldig.

Der Kerl, den er gerade in seiner Wohnung festhielt, war schon mehrere Raten im Rückstand. Allmählich riss auch Mr. Einauge der Geduldsfaden. Er hatte den arbeitslosen Bäcker auf seiner morgendlichen Zeitungstour, mit der er versuchte, seine Spielsucht zu finanzieren, abgefangen und ihn in seine Wohnung gebracht. Finger brechen war nicht mehr, das hatte er bei ihm schon erfolglos getan. Die Zahlung war dennoch ausgeblieben. Jetzt wollte er ihm eine richtige Lehre erteilen. Angefangen hatte er heute, indem er ihn geknebelt und gefesselt zusammengeschlagen hatte, bis er das Bewusstsein verlor. Jetzt hoffte er, dass er wieder wach war, bis er nach Hause kam.

Der Typ hatte eine Fahne, dass Armand schon von Weitem schlecht wurde. Ruhig wartete er in einer Nische des Clubs, bis sein Opfer sich auf den Heimweg machte. Er folgte ihm wie ein Schatten, immer gut zwanzig Schritt hinter ihm.

Schwankend bewegte er sich über die Gehwege. Armand wunderte sich, dass er den Weg nach Hause überhaupt fand. Er schätzte, dass es nicht weit sein konnte, sonst hätte er ein Taxi angehalten, aber der Weg zog sich endlos hin. Immer wieder bog der Einäugige mal links, mal rechts ab, durch schmale Gassen, überquerte Straßen, völlig ziellos. Als er endlich vor einer Haustür stehen blieb und den Schlüssel ins Schloss steckte, hätte Armand beinah laut gelacht. An diesem Haus waren sie bereits viermal vorbei gelaufen, es befand sich nur zwei Straßen von dem Club entfernt.

Schon auf der Straße konnte Armand die Angst im Inneren der Wohnung riechen. Schweiß, Adrenalin, Blut und Urin. Die Gedanken des Geknebelten schwemmten über ihn hinweg. Er war erst siebenundzwanzig. Zu jung zum Sterben, entschied Armand. Er wollte nur den Einäugigen.

Eine gute Tat rechtfertigte so manches. Natürlich durfte der Befreite ihn später nicht erkennen, für den Fall, dass man die Spur zu ihm verfolgen und ihn verhören würde. Es war sehr unwahrscheinlich, dass man unter den derzeitigen Umständen auf die Idee käme, in anderer Richtung statt der offensichtlichen zu ermitteln, aber man wusste ja nie.

Darum setzte Armand die Augenmaske auf, die er eigens dafür mitgebracht hatte. Er kam sich vor wie Zorro. So langsam fing die Sache an, ihm Spaß zu machen.

Er huschte durch die sich schließende Tür, drückte sich im Hausflur an die Wand, aber der Einäugige hätte ihn ohnehin nicht bemerkt. Er war zu sehr vom Alkohol benebelt. Zu besessen von seinen sadistischen Fantasien.

Der Wohnungseigentümer suchte erst einmal das Badezimmer auf. Der Uringestank in der Wohnung verstärkte sich kurzzeitig, bis die Klospülung gezogen wurde. Als er wieder herauskam, stand seine Hose noch offen und gab den Blick auf fleckige Boxershorts frei. *Mon Dieu*, dieser Kerl war wirklich entsetzlich.

Er torkelte in den Raum, wo sein Schuldner in einer gelben Pfütze auf dem Boden lag. Seine Hände waren so eng zusammengeschnürt, dass die Finger bereits dick geschwollen und blau verfärbt waren. Die Schnüre rochen nach Blut. Auch sonst hatte er aus unzähligen Wunden geblutet, die jetzt verkrustet waren. Der Einäugige stieß den Bewusstlosen unsanft mit dem Stiefel an. Als er nicht reagierte, trat er ihm in den Bauch. Der am Boden Liegende keuchte und würgte. Der Knebel in seinem Mund färbte sich rot, er rang nach Luft, weil die Magensäure nicht aus dem Mund fließen konnte.

Ein tiefes Knurren bildete sich in Armands Kehle. Er mochte ein Mörder sein, keine Frage. Und mit manchen Opfern ging er nicht gerade zartfühlend um. Aber das hier war ein Schauspiel, das er sich nicht länger anzusehen gedachte.

Der Einäugige drehte sich zu dem unerwarteten Geräusch um, rätselte, woher der Hund in seiner Wohnung kam. Sein Blick fiel auf einen großgewachsenen Mann im dunklen Umhang, mit einem Schleier aus nachtschwarzem Haar und einer Maske im Gesicht.

„Wäh bist du dän? Wie kommsch in meine Woh-ung?"

Seine Zunge war so schwer vom Alkohol, dass er kaum zu verstehen war. Selbst seine Gedanken ergaben kaum Sinn.

„Du wirst heute Nacht sterben. Alles andere muss dich nicht mehr kümmern, *mon ami*."

Der Mann wich zurück, Speichel tropfte ihm aus dem offenen Mund. Der andere am Boden schaute aus seinen zugeschwollenen Augen nach oben. Ein Angstlaut drang durch den Knebel hindurch. Armand gebot ihm mit einer Geste Ruhe.

„Scht! Du hast nichts zu befürchten. Bleib ruhig, dann wirst du leben." Er wandte sich an den Einäugigen. „Diese Hoffnung gibt es für dich nicht."

Hinter der Maske funkelten seine eisgrauen Augen, fixierten sein Opfer mit tödlicher Präzision. Er wusste, dass der Mann eine Waffe aus der Schublade des Sideboards holen wollte, noch eher er den Schrank erreicht hatte. In dem Moment, als er sich umdrehte, um in das Fach zu greifen, schoss Armand einem schwarzen Raubvogel gleich auf ihn zu. Er brach den Arm, der die Waffe hielt. Elle und Speiche durchstachen die Haut, der Kredithai schrie wie am Spieß. Aber der Schrei ging unter in dem Gurgeln aus seiner Kehle, als Armand ihm Luftröhre und Halsschlagader zerriss, sodass der entweichende Lebenssaft direkt in seinen Mund sprudelte. Die Schreie vom Boden wurden trotz des Knebels immer lauter. Armand brach das Genick seines Opfers und warf den toten Körper achtlos beiseite. Blitzschnell kniete er neben dem Wehrlosen nieder, der verzweifelt versuchte, über den Boden fortzurobben.

„Scht!", machte Armand noch einmal und hielt sich einen blutverschmierten Finger an die Lippen. *„Je t'avais dit*, ich sagte dir doch, dass du nichts zu befürchten hast." Der Mann erstarrte vor Angst. „Ich werde dir jetzt den Knebel aus dem Mund nehmen und deine Fesseln lösen. Aber du musst schwören, dass du weder schreien, noch fliehen wirst. Tust du das?" Hektisches Kopfnicken. *„Bien!* Dann halt still."

Er zog die Handschuhe aus und verstaute sie in seiner Hosentasche. Dann löste er zuerst den Knebel. Ein Schwall von Blut und Erbrochenem ergoss sich auf den Fußboden. Ein Wunder, dass der Kerl nicht längst erstickt war. Es stank bestialisch, der Mann hustete, würgte, spuckte ein paar Mal aus.

„Ich bringe dir gleich Wasser. Aber erst die Fesseln."

Er schrie tatsächlich nicht, schaute nur ungläubig zu, wie Armand behutsam die Fesseln an den Händen und Füßen löste, prüfend die geschwollenen Gliedmaßen betastete und dann mit dem Kopf schüttelte.

„Der Tod kam viel zu schnell für ihn. Er hätte verdient, noch viel länger zu leiden."

Der junge Mann schluckte.

„Wie heißt du?", wollte Armand wissen.

„Dominik, Dominik Webber."

Seine Stimme klang rau und gepresst. Vermutlich war sein gesamter Rachen verätzt. Wortlos erhob sich Armand und ging in die Küche. Nachdem er ein halbwegs sauberes Glas gefunden und es mit Wasser gefüllt hatte, ging er zu Dominik zurück, der es inzwischen wenigstens geschafft hatte, sich aufzusetzen. Mit zitternden Gliedern lehnte er an der Wand, seine Haut wächsern bleich und von unzähligen blauschwarzen Verfärbungen überzogen. Die Lider waren derart zugeschwollen, dass er sicher kaum etwas sehen konnte. Auch ohne Maske wäre es unwahrscheinlich, dass er seinen Retter später wiedererkennen würde. Das Glas konnte er mit seinen tauben Händen nicht halten, darum ließ Armand ihn schluckweise trinken.

„Danke. Sie ... Sie sind mein Retter."

Armand grinste und zeigte dabei seine langen Reißzähne. Dominiks Augen konnten sich im derzeitigen Zustand nicht weiten, sonst hätten sie es sicher getan.

„Kannst du laufen?"

„Ich denke schon."

„Dann geh nach Hause, sobald du wieder aufstehen kannst. Ich bringe den Abfall weg. Du hast nichts und niemanden gesehen heute Nacht, ist das klar?"

„Absolut klar", versicherte Dominik eilig.

Armand nickte zufrieden. Er schulterte den Leichnam des Einäugigen, an der Tür drehte er sich noch mal um.

„Du wirst nie wieder spielen, verstanden?"

Der Tonfall, die stechenden Augen und blitzenden Fänge ließen keinen Widerspruch zu. Dominik beteuerte, dass er in seinem ganzen Leben keinen Spieltisch mehr aufsuchen würde.

„Keine Karten, keine Kugeln, keine Würfel. Gar nichts, Sir. Überhaupt nichts. Ehrenwort. Beim Leben meiner Mutter."

„*Bien!* Ich werde ein Auge auf dich haben, Dominik Webber."

Damit verließ Armand die Wohnung. Machten Helden das nicht auch immer so? Die Geretteten nebenbei noch schnell auf den richtigen Weg bringen. Vielleicht sollte er öfter solche Aktionen unternehmen, irgendwie gefiel ihm der Heldenstatus.

Armand brachte seine Fracht in die Nähe des Towers, er wollte, dass der Tote möglichst schnell gefunden wurde. Der Plan hatte vorgesehen, ihn in der Wohnung zu lassen. Aber Dominik war ein zu großes Risiko. Nachdem er den Einäugigen platziert hatte, streifte er die Handschuhe wieder über, verteilte Dracons Fingerabdrücke großzügig auf der Leiche und in der gesamten näheren Umgebung. Er fügte noch ein paar weitere Bissverletzungen hinzu, dann kam der ekligste Teil. Das Entfernen des verbliebenen Augapfels. In Ermangelung eines passenden Werkzeuges nahm Armand die behandschuhte Hand zur Hilfe. Ein unangenehmes Gefühl, von dem Geräusch ganz zu schweigen. Angewidert warf er das Auge in die nächste Mülltonne.

Mit Speck fängt man Mäuse

In der nächsten Nacht hatte er bereits eine SMS von Forthys auf dem Handy. Er wählte dessen Nummer und hörte sich einige Minuten die Fakten aus Sicht des MI5-Agenten an. Ein diabolisches Grinsen spielte um seine Mundwinkel. Die Fingerabdrücke hatten ihn sofort zu Drake Brown geführt, der alles andere als ein unbeschriebenes Blatt war. Das Einzige, was nicht recht ins Bild passte, war die Tatsache, dass Drake Brown seinen Wohnsitz in den Staaten hatte.

„Mhm! Drake Brown. Der Name sagt mir etwas", gab sich Armand nachdenklich. „Ich bin gleich bei Ihnen, Warren. Vielleicht fällt mir mehr ein, wenn ich die Unterlagen über ihn sehe. Gibt es auch Bilder?"

„Ja, eins."

„Gut, das sollte reichen. Bis gleich."

Eine Schauspielkarriere in Hollywood hätte durchaus im Bereich des Möglichen gelegen, so gut spielte Armand seine Rolle. Er durchforstete die gesamte Akte, die er zwei Nächte zuvor selbst angelegt hatte. Dann betrachtete er nachdenklich das Foto, schaute immer mal wieder aus dem Fenster, rieb sich das Kinn, ganz so, als würde er angestrengt überlegen. Dann schien ihm etwas aufgefallen zu sein, er blätterte hektisch wieder in den Unterlagen und tippte dann mit dem Finger auf ein ganz bestimmtes Vergehen.

„Hier, jetzt weiß ich es wieder. Diese Drogenlieferung, ich hatte am Rande mit dem Fall zu tun. Jetzt weiß ich auch, warum mir der Name und das Bild so bekannt vorkommen. Er hat sich damals viel in den Szeneclubs herumgetrieben. Hauptsächlich im Blue Moon, im Sunset und im Devil's Inn. Ich würde vorschlagen, dass wir dort für ein paar Nächte Stellung beziehen. Wenn er in London ist, wird er sicher früher oder später in einem auftauchen."

„Dass so einer nicht längst hinter Gittern sitzt."

„Tja, er ist gewitzt. So schnell kriegt man den nicht. Sie sehen ja in der Akte, dass die Indizien fast nie für eine Verurteilung reichten."

Warren war wie erwartet sofort auf Armands Vorschlag eingegangen. Während er das Devil's Inn überwachte und einer seiner Kollegen im Sunset Dienst schob, hatte es sich Armand in einer Nische im Blue Moon bequem gemacht. Seit über einer Stunde schon beobachtete er Dracon, wie er tanzte, flirtete, Cocktails trank. Wohin der Drache zum Tanzen ging, hatte er im Vorfeld abgecheckt. Alles war perfekt eingefädelt. Er zog sein Handy aus der Tasche und wählte Warrens Nummer.

„Mr. Forthys? Ich hab ihn. Er ist tatsächlich im Blue Moon. Nein, kein großes Aufgebot. Wir machen das besser allein. Sonst wittert er vielleicht die Gefahr und türmt. Ja, gut, ich bleibe hier und halte die Stellung. Wenn sich was Neues ergibt, bis Sie hier sind, melde ich mich wieder."

Er nannte ihm die Adresse des Clubs und klappte das Handy zu. Diese Falle würde zwei fette Ratten fangen.

Alles lief wie am Schnürchen. In einer halben Stunde würde Forthys ebenfalls vor Ort sein. Egal, ob der Kerl wirklich der gesuchte Serienmörder war oder nicht, in Warrens Augen war er ein zu großer Fisch, um ihn durchs Netz schlüpfen zu lassen.

Einen passenden Lockvogel hatte Armand auch schon gefunden. Der Verstand einer Blondine in hohen Pumps und ultrakurzem Minirock war so von Drogen benebelt, dass sie Armands Marionette wurde, die er Dracon zum Spielen gab. Der Nebenbuhler schöpfte keinen Verdacht, Armand verbarg seine Präsenz so gekonnt, dass der Drache ihn nicht wittern konnte. Sobald Forthys da wäre, würde er die Kleine nach draußen dirigieren, in den Hinterhof. Wenn der Drache zum Todesbiss ansetzte, hätte der Agent seinen großen Auftritt. Entweder würde Dracon ihn dann platt machen und Armand musste nur noch den Vampir beseitigen. Mit einer hervorragenden Begründung, schließlich galt es, diesen Forthys zu retten, was dann eben Bedauerlicherweise misslang. Oder, im ungünstigsten Fall, musste er bei beiden selbst Hand anlegen, um ihr Ableben zu gewährleisten. Die Story, die er Franklin und Mel auftischen wollte, war in beiden Fällen dieselbe.

Er beobachtete seinen Konkurrenten genau, während er auf die Ankunft des Agenten wartete. Dracon war eine Augenweide, das konnte Armand nicht bestreiten. Das nachtschwarze Haar, dieser sehnige Körper, der sich so perfekt zur Musik bewegte, wie eine Schlange wand. Er weckte Sehnsüchte in dem Mädchen, wusste, wie er sie berühren musste. Seine Lippen strichen über ihre Kehle, während seine Hände ihren Bauch und ihre Brüste streichelten. Beide waren völlig in der Musik und ihrem Liebesspiel gefangen. Ein äußerst anregender Anblick. Wären die Umstände andere gewesen, hätte Armand sich gut vorstellen können, ebenfalls bei diesem Vampir schwach zu werden. Einen Atemzug lang, gab er sich der Vorstellung hin, seine Hände über diesen sinnlichen Körper gleiten zu lassen und ihn in Besitz zu nehmen. Aber da war Vangelis, den dieser Kerl getötet hatte. Und Mel, die er ihm wegnehmen wollte. Von allen anderen Dingen mal abgesehen, die er in seinem schwarzen Leben schon angestellt hatte. Vampire waren von Natur aus keine Unschuldslämmer, aber auch unter ihnen gab es solche und solche. Dracon gehörte zum Abschaum, mochte er noch so schön und begehrenswert sein.

Sein Handy klingelte. Es war Warren.

„Ich bin jetzt vor dem Club. Wo sind Sie?"

„Drinnen. Aber kommen Sie nicht rein. Der Kerl geht gerade zum Hinterausgang. Und er hat ein Mädchen bei sich. Ich glaube, wir werden ihn auf frischer Tat ertappen."

Ohne die Antwort abzuwarten, klappte er das Mobiltelefon zu, widmete seine Aufmerksamkeit wieder dem Pärchen auf der Tanzfläche.

„Nach draußen", sandte er der Blondine zu. „In den Hinterhof. Da sind wir ungestört."

Ihre Lippen bewegten sich, formten die soufflierten Worte. Dracon grinste breit, nahm sie in den Arm und verschwand mit ihr Richtung Notausgang.

Auch Armand lächelte, folgte ihnen aber nicht, sondern ging stattdessen zum Haupteingang. Er grüßte die Türsteher, schlug den Weg zu den Parkplätzen ein. Als er sicher war, dass ihn niemand beobachtete, sprang er mit einem gewaltigen Satz auf das Dach des Clubs. Von hier aus hatte er eine gute Übersicht. Er hörte Dracon flüstern, aber auch unterschwellig knurren. Der Biss stand kurz bevor. Wo war Forthys? Ein Blick über den Rand des Daches zeigte ihm, dass der vorsichtig und an die Hauswand gedrückt zum Ende des Hinterhofes schlich, die Waffe im Anschlag. Armand roch seine Angst. Alles nur Show, seine Coolness, seine Souveränität, pure Maskerade. Er wollte um jeden Preis nach oben, dabei machte er sich in Wahrheit in die Hosen. Mit abfälligem Schnauben wählte Armand seine Position so, dass er beide Parteien im Auge hatte. Hoffentlich warnte der Schweiß in Forthys' Händen den Drachen nicht vor. Vermutlich würde ihm die Waffe entgleiten, ehe er dazu kam, einen Schuss abzufeuern.

Zumindest Dracons Aufmerksamkeit wurde nicht abgelenkt. Er war ganz auf seine Eroberung konzentriert. Sein leidenschaftlicher Kuss ließ das Mädchen stöhnen, seine Lippen glitten an ihrem Hals hinunter bis zu ihren Brüsten, die aus dem engen Top quollen. Reißzähne blitzten auf, der Griff des Vampirs wurde fester, dann folgte der Biss. Genau in dem Moment kam Warren um die Ecke.

„Warren Forthys, MI5, lassen Sie sofort die Frau los und nehmen Sie die Hände hoch."

Es knackte unschön, die Frau sank zu Boden, Dracon wirbelte herum.

„*Très bien*", murmelte Armand an seinem Platz auf dem Dach. „Komm schon, schieß, du Idiot", sandte er den stummen Wunsch an Warren.

Warum ging Dracon nicht einfach auf ihn los? Das wäre typisch für ihn gewesen. Stattdessen verharrte er starr und blickte ihm entgegen. Aber wenn Warren schoss, würde er gewiss nicht zögern.

„Oh Shit!" hörte Armand die Stimme des Vampirs. „Wo kommt der denn jetzt her?"

Verwundert schaute Armand zwischen den beiden Männern hin und her. Nichts geschah.

„Sorry", sagte Dracon plötzlich an Forthys gewandt. „Hab noch nen dringenden Termin. Man sieht sich."

Er verschwand wie ein Schatten in der Nacht. Warren erbleichte, strauchelte. Armand sah, wie die Waffe in seiner Hand zitterte. Verdammt, was war hier schief gegangen? Warum haute der Kerl einfach ab? Warum tötete er den Agenten nicht?

„*Merde!* Das kann doch alles nicht wahr sein."

Fluchend sprang er vom Dach. Sein schöner Plan. Gründlicher konnte er kaum in die Hose gehen. Das war ihm unerklärlich. Beide Konkurrenten hätten jetzt tot auf dem Pflaster liegen sollen. Stattdessen war der eine getürmt, der andere zur Salzsäule erstarrt und Armand blieben zwei Probleme. Er musste alle Informationen, die er Warren gegeben hatte, inklusive des gerade Erlebten in dessen Gehirn löschen, und außerdem die Leiche dieses Mädchens verschwinden lassen. So hatte er sich diesen Abend nicht vorgestellt.

Warren konnte kaum glauben, was er da gerade gesehen hatte. Dieser Typ war einfach verschwunden. Nicht weggerannt, sondern puff und weg. Vor seinen Augen. Zurück blieb das tote Mädchen. Er verharrte unschlüssig, wusste nicht, was er jetzt tun sollte. Seine Leute rufen? Und wo war Armand? Der hatte doch hier auf ihn warten wollen.

Da hörte er plötzlich ein Knacken hinter sich. Er fuhr herum, ein Schuss zerriss die Stille. Verdammt, er hatte heute seine Nerven nicht unter Kontrolle. Der Fall wurde immer mysteriöser. Melissa mit ihrem übersinnlichen Gerede, dieser ganze undurchsichtige Orden und jetzt auch noch Menschen, die sich in Luft auflösten. Außerdem hasste er es, wenn er seine Waffe benutzen musste. Töten machte ihm keinen Spaß. Dennoch hatte er gerade geschossen und offenbar auch getroffen. Der Mann, der aus dem Dunkeln auf ihn zukam, zuckte zusammen und krümmte sich. Er hörte ein Stöhnen, einen Fluch, den er nicht verstand. Großer Gott, er hatte einen Unschuldigen verletzt, der zufällig hier vorbei kam. Hoffentlich nicht allzu schwer. Das konnte ihn seinen Dienstausweis kosten. Zumindest würde es ihm eine Suspendierung einbringen. Er musste den Mann sofort in ein Krankenhaus schaffen. Hastig steckte er die Waffe weg und eilte zu dem inzwischen am Boden Hockenden.

„Hey, Sie. Ist alles in Ordnung?" Er machte ein paar Schritte auf das vermeintliche Opfer zu, das immer noch vornüber gebeugt verharrte. „Ich … das wollte ich nicht. Der Schuss hat sich einfach gelöst. Sind Sie schwer verletzt?"

Er hatte den Mann jetzt erreicht, legte ihm die Hand auf Schulter. In dem Moment schoss eine eiskalte Klaue nach oben und packte seine Kehle. Er schaute in Augen, die er kannte, nur hatten sie beim letzten Mal nicht so kalt und wild geblickt. Die weichen Lippen öffneten sich, etwas Raubtierhaftes blitzte auf, im nächsten Moment spürte er einen unerträglichen Schmerz an seiner Kehle, dann wurde alles dunkel.

Es raschelt im Gebüsch, ne Katze ist es nicht

Lachend stolperten Kim, Dennis und Rosanne durch den Hyde Park. Die Grünanlage war um drei Uhr nachts menschenleer. Dennis schwenkte die Wodkaflasche in der Hand.

„Na, Mädels, wäh will och en Schluck?"

Die Mädchen kicherten, Rosanne nahm ihm die Flasche ab und trank gierig. Sie wollte sich für ihr Vorhaben Mut antrinken. Eigentlich machte sie das Ganze nur, weil Kim sie dazu überredet hatte. Ein Dreier im Freien mit dem schärfsten Typen der Schule. Dennis war zwei Klassen über ihnen und der absolute Mädchenschwarm. Kim baggerte ihn schon eine ganze Weile an, aber feste Beziehungen waren nicht seine Sache. Letzte Woche in der Disco hatte er ihr dann ganz frech den Vorschlag mit dem Dreier gemacht. Seitdem lag sie Rosanne damit in den Ohren, was für eine tolle Erfahrung das doch sicher wäre und schließlich war ja nichts dabei. Die beiden Mädchen waren sehr vertraut miteinander, Rosanne liebte ihre Freundin, die beiden Geschlechtern nicht abgeneigt war. Sie hätte fast alles für Kim getan, darum stimmte sie schließlich zu. Jetzt, wo es kurz bevorstand, bekam sie aber Schiss. Ein Rückzieher war undenkbar, das hätte Kim nicht verstanden. Also trank sie noch einen Schluck von dem klaren Getränk und hoffte, dass sie damit ihre Nerven beruhigen konnte. So schlimm konnte es ja nicht sein, sich von einem Jungen anfassen zu lassen. Hässlich war Dennis immerhin nicht.

„Dah drüben is ain lauschigesch Plätzschen."

Dennis nahm beide an der Hand und zog sie mit in Richtung einer Ansammlung von Büschen. Kim war schon dabei, sich die Bluse aufzuknöpfen und lasziv ihren Busen zu streicheln. Rosanne spürte Übelkeit in sich aufsteigen. War sie sich wirklich sicher, dass sie das tun sollte? Aber Kims wohlgeformte Oberweite erregte sie. Ebenso Dennis, wie sein gieriger Blick zeigte. Vielleicht bekam er ja gar keinen mehr hoch, so viel Alkohol, wie er schon getrunken hatte, oder schlief sogar ein. Dann hätte sie Kim ganz für sich. Mit dieser Aussicht fiel es ihr schon wesentlich leichter, zwischen den Sträuchern ins weiche Gras zu sinken.

„Ihh, hier ist es ja ganz nass", quiekte Kim, was Dennis zum Lachen brachte.

„Nah und? Du bischt gleich auch ganz nasch, wänn isch meie Sunge …"

Der Rest ging in Kims schrillem Gekicher unter, als Dennis vor ihr auf die Knie ging, ihren Rock hochschob und seinen Worten Taten folgen ließ. Kims Kichern verwandelte sich in lustvolles Stöhnen.

In der Dunkelheit erklang ein Knurren, gefolgt von Rascheln.

„Hört ihr das?", fragte Rosanne.

Sie rüttelte Kim an der Schulter, die nur ärgerlich den Kopf drehte, im nächsten Moment aber vor Wonne die Augen verdrehte und ein Bein über Dennis' Rücken legte, um ihm einen besseren Zugang zu verschaffen.

Es raschelte wieder, das Knurren kam näher.

„Da ist doch was."

Rosanne bekam langsam Angst. Wenn hier ein streunender Hund unterwegs war, vielleicht tollwütig?

„Ach Quatsch, du Angsthase, da ist gar nichts", zischte Kim, die augenscheinlich genervt davon war, dass Rosanne mit ihrer Paranoia die Stimmung verdarb.

„Jenau!", meldete sich auch Dennis zu Wort und versuchte, nach Rosanne zu greifen, verpasste sie aber, weil er aufgrund des Alkohols nicht mehr klar sehen konnte. Er fiel nach vorne mit dem Gesicht ins Gras, was sowohl ihn als auch Kim zum Lachen brachte.

„Mhm! Eben das schmegte aber bescher. Hey, Rosi, zeig doch mah, ob du auch scho gut schmegst."

Doch Rosanne hörte gar nichts. Ihre Augen suchten die Dunkelheit hinter den Büschen nach der Ursache für das Rascheln ab. Eine kalte Hand griff nach ihrem Herzen, die Härchen an ihren Armen stellten sich auf, sie zitterte. Da war etwas, glühende Augen. Aber kein Knurren mehr, eher ein Zischen wie von Schlangen. Ein Zweig knackte links von ihr, sie fuhr herum, auch dort glühten zwei Augen. Nicht ein Hund, sondern ein ganzes Rudel. Vielleicht auch Füchse, sie hatte neulich gelesen, dass die Tiere sich inzwischen auch in den Innenstädten aufhielten.

„Kim, Dennis, da sind irgendwelche Tiere. Ich seh nur ihre Augen leuchten."

„Meine Augen leuchten auch, wenn ich so was sehe", raunte Kim und hielt voller Stolz Dennis' erigierten Penis in der Hand.

Sie leckte sich über die Lippen und nahm ihn dann in den Mund. Rosanne wendete sich ab, sie fand es widerlich. Außerdem kamen diese Füchse, oder was auch immer das war, näher. Es wurden mehr. Jetzt sah sie schon vier Augenpaare.

„Schnell, wir müssen weg hier", bettelte sie mit Tränen in der Stimme.

Die Panik raubte ihr fast den Verstand. Aber Kim und Dennis hörten ihr nicht mehr zu. Die Augen tauchten jetzt unter den Büschen hindurch, dann waren sie direkt vor ihr. Der Schrei blieb Rosanne in der Kehle stecken. Vor ihr auf dem Boden kauerte kein Hund, sondern eine schmutzige, verlumpte, menschliche Gestalt. Die Augen wirkten riesengroß in einem knochigen Gesicht. Als die schwarzen Lippen sich teilten, ragten lange spitze Zähne hervor. Das Ding machte einen Satz nach vorn, Rosanne stolperte rückwärts, fiel über etwas, blickte nach rechts, sah ein zweites solches Geschöpf, das Kim in den Armen hielt, deren Blick starr nach oben ging, und an ihrer Kehle saugte. Blut lief über die nackten Brüste ihrer Freundin. Sie wollte nur weg, drehte sich auf die Knie, um durchs Gestrüpp davon zu kriechen, aber etwas packte ihren Fuß. Vor ihr nagte ein Lumpenbündel an Dennis' Penis, ein weiteres hielt sein Herz in der Hand, das schwarze Loch in seiner Brust schimmerte feucht. Der Alkoholgeruch von der ausgelaufenen Wodkaflasche war beißend, Rosanne würgte, wollte schreien, doch Erbrochenes blockierte ihre Kehle, sie rang um Atem. Vergebens. Ihr wurde schwarz vor Augen. Sie spürte noch den Biss in ihre Kniekehle und Klauen, die ihre Halsschlagader durchtrennten, dann verschwamm die Welt vor ihren Augen.

Ich kam kaum dazu, Atem zu holen, als ich nach Gorlem Manor zurückkehrte. Warren Forthys hatte meinen Vater besucht und war eben im Aufbruch, um die Leichen dreier Jugendlicher in der städtischen Pathologie zu begutachten. Die Verletzungen waren denen der Lords nicht unähnlich. Angeblich sogar ähnlicher, als bei dem Obdachlosen. Man hatte sie am Morgen im Hyde Park gefunden, offenbar wollten sie dort ein Schäferstündchen abhalten. Da war ihnen aber etwas oder jemand dazwischen gekommen.

Er bat darum, dass ich ihn begleitete und mir ebenfalls einen Eindruck verschaffte. Leider lehnten seine Vorgesetzten die Überführung dieser Leichen ins Ashera-Mutterhaus rigoros ab. Warren hatte mit Engelszungen geredet, ohne Erfolg. Es waren keine Adligen, die Vorgehensweise passte nicht, weil drei Menschen gleichzeitig ermordet wurden. Außerdem hatten alle drei noch ihre Augen.

„Trotzdem, irgendwo ist da ein Zusammenhang. Das hab ich im Gefühl."

Allmählich fing er an, wie einer von uns zu denken.

„Weiß man schon, wer es ist?"

„Rosanne Riggs, Kim Devon und Dennis Williams. Sie waren letzte Nacht zusammen im Blue Ray, haben es aber verlassen, als man ihnen keinen Alkohol verkaufen wollte. Den haben sie dann woanders bekommen. Neben den Leichen lag eine leere Wodkaflasche."

Die zwei Mädchen waren blutleer, hatten Wunden am Hals, in der Armbeuge und den Kniekehlen. Alles weiches Gewebe. Den Jungen hatte man übler zugerichtet. Jemand hatte sein Geschlechtsteil regelrecht aufgefressen. Aber schlimmer als das, war der Geruch, der die Leichen umgab. Die beiden Pathologen meinten, es käme von dem verunreinigten Boden, auf dem man sie gefunden hatte. Tierkot, vermoderte Blätter, feuchte Erde. Kein Wunder, sie kannten diesen Gestank ja auch nicht. Ich hingegen wusste sofort, woher er kam. Crawler. Nur sie stanken derart erbärmlich. Egal, ob sie in der Kanalisation oder in irgendwelchen Grabhöhlen hausten, ihre Duftnote war unverkennbar.

Möglichst unauffällig prüfte ich, ob die Leichen noch ihre Schatten hatten. Er war bei allen noch vorhanden. Ein weiteres Indiz dafür, dass die Ammit nichts damit zu tun hatte.

Die Crawler. Kaliste hatte recht. Das war erst der Anfang. Die Ammit hatte eine Aufgabe, die Crawler eine andere. Und alle folgten dem Befehl des Fürsten. Wie sollten wir dagegen vorgehen? Ich musste sofort mit Franklin sprechen.

Warren brachte mich wieder zum Mutterhaus und stieg mit mir aus. Als ich mich verabschieden und hineingehen wollte, ergriff er meine Hand, was mich wunderte. Noch mehr jedoch seine plötzliche Verlegenheit. Das war gar nicht seine Art.

„Es ist schön, dass Sie wieder da sind, Mel", sagte er schließlich.

Ich räusperte mich, wusste aber nicht, was ich darauf antworten sollte. Für zärtliche Gefühle war jetzt nicht der richtige Zeitpunkt. Wir hatten gerade drei Teenagerleichen begutachtete. Aber er fuhr unbeirrt fort.

„Wirklich, nichts gegen Ihre Vertretung, aber Sie sind einfach zu gut. Unersetzbar."

Einen Moment herrschte betretenes Schweigen. Mir war es peinlich. Ich hatte das Gefühl, ihm auch, aber tatsächlich suchte er nur nach den richtigen Worten. Dann platzte er damit heraus.

„Für den MI5 wären Sie wirklich von unschätzbarem Wert. Eine Schande, dieses Talent hier zu vergeuden. Es wäre mir eine Freude, Ihnen einen Posten im Office zu vermitteln."

Mir blieb der Mund offen stehen. Stotternd brachte ich ein ‚Danke' heraus, entzog ihm aber meine Hand.

„Sie müssen sich nicht sofort entscheiden. Denken Sie in Ruhe darüber nach. Der MI5 würde sich glücklich schätzen, wenn Sie es sich überlegen. Und ich persönlich noch viel mehr."

Damit stieg er endlich in seinen Wagen und brauste davon.

Kaum war Warren außer Sicht, erschien Osira. Von einem fürchterlichen Hustenanfall geschüttelt, als wäre sie kurz vor dem Ersticken.

„Was ist denn mit dir los? Hast du dich an einem Kaninchen verschluckt?"

Sie keuchte noch mal und spuckte dann vor ihre Pfoten.

„Na hör mal. An so viel Schleimerei muss man doch einfach ersticken. Wie widerlich."

Ich schmunzelte. „Also ich glaube, er hält sich für einen ganz tollen Fang. Und glaubt, ich hätte eine große Karriere beim MI5 vor mir, wenn er mich unter seine Fittiche nimmt."

„Ich denke eher, er hält sich für nen ganz tollen Hengst. Pass auf, dass er dich nicht besteigt, ohne dass du es merkst."

„Osira!"

„Was denn? Sein Testosteron rieche ich zehn Meilen gegen den Wind. Pfui!"

Ihre Sprüche brachten mich zum Lachen und vertrieben das Gefühl peinlicher Berührtheit.

„Vergessen wir es einfach. Es steht schlicht nicht zur Diskussion. Und irgendwann ist er ja auch wieder weg."

Franklin saß noch an seinem Schreibtisch und arbeitete die Pathologieberichte durch. Der Stapel wuchs. Mein Vater wirkte müde und abgespannt, die Falten auf seiner Stirn eine Spur tiefer als sonst.

„Alles okay, Dad?"

Er zuckte zusammen, hatte mein Eintreten nicht bemerkt, so versunken war er in seine Arbeit gewesen.

„Mel. Ich dachte schon, es wäre ..."

Was? Oder sollte ich fragen wer? Ein Vampir. Armand. Irgendetwas war zwischen den beiden vorgefallen. Ich war versucht, zu fragen, doch wir hatten die stillschweigende Übereinkunft getroffen, dass ihre Liebelei mich nichts anging. Darum verwarf ich den Gedanken.

„Sind das alle Berichte?"

„Ja." Er griff den Faden sofort auf. „Ich habe sie verglichen und bin der Meinung, dass wir, abgesehen von Slades Opfer, zwei verschiedene Täter haben."

„Das denke ich auch."

„Vielleicht sogar drei." Er schaute mich aufmerksam an, nahm seine Brille von der Nase. „Was meinst du dazu?"

„Bei den Kids, Crawler."

Er schob die Unterlippe vor, legte den Kopf zur Seite. „Möglich."

„Nicht nur möglich. Ich war mit Warren in der Patho. Der Geruch ist eindeutig. Die drei Jugendlichen wurden von Crawlern getötet."

„Dann hat das eine mit dem anderen nichts zu tun, und wir haben schon mindestens zwei Fälle, in denen wir den MI5 am Hals haben."

Ich setzte mich mit einem Seufzer auf den Stuhl ihm gegenüber. Die Tischlampe reflektierte in dem kristallenen Briefbeschwerer. Ich griff danach und wog die schwere Kugel mit dem abgeflachten Boden in meiner Hand. Sie blieb leer, zeigte keine Antworten auf die Fragen, die in meinem Kopf Karussell fuhren. Kristallkugellesen lag mir nicht.

„Ich glaube nicht, Dad." Er runzelte die Stirn, sagte aber nichts, sondern wartete, was ich ihm zu sagen hatte. „Kaliste hat angedeutet, dass die Crawler auch hinter den Morden der Ammit stecken."

„Nun, warum sollten sie Auftragsmorde erteilen? Und warum die Ammit sich darauf einlassen?"

Ich legte meine Hand auf den kühlen Stein und blickte den Sternsmaragd an.

„Weil ihr Fürst es befiehlt. Er hat etwas, dem auch die Ammit sich nicht entziehen kann."

„Hm." Er rieb sich das Kinn. „Ich werde das prüfen lassen. Wir haben inzwischen zwei Experten, die sich mit den Crawlern befassen. Denen müsste aufgefallen sein, wenn sich ungewöhnliche Aktivitäten einstellen. Bislang habe ich keine Nachricht von ihnen erhalten."

„Ja, hör mal bei ihnen nach. Vielleicht war das auch ne einmalige Sache im Hyde Park. Warten wir's ab. Zufälle gibt es manchmal. Und die Drei waren wirklich leichtsinnig. Und was meinst du mit einem dritten Täter?"

Die Sorgenfalten auf seiner Stirn wurden noch tiefer. „Es hat einen Mord gegeben, als du weg warst. An einem, der es meiner Meinung nach sogar verdient hat. Ich hätte ihn Slade zugeordnet, wenn er noch hier wäre, denn das Opfer scheint gezielt gewählt. Ein übler Verbrecher. Er wurde ohne Augen gefunden."

„Und?"

„Es gab jede Menge Fingerabdrücke, aber Warren hat uns sofort die sprichwörtliche Tür vor der Nase zugeworfen, weil die zu einem TopSecret-File geführt haben. Ich kenne keine Hintergründe. Es kommt mir merkwürdig vor, nachdem er bislang so offen und fair mit uns zusammengearbeitet hat. Die Leiche wurde abgeholt und im Office weiter untersucht. Bei seinem letzten Besuch meinte er nur ausweichend, es sei eine Sackgasse gewesen, etwas Ähnliches, wie bei Slade und dass der Fall abgeschlossen sei, wir uns nicht darum kümmern sollten. Aber Dr. Green hatte zumindest festgestellt, dass das eine Auge schon länger fehlte und das andere mit bloßen Fingern entfernt wurde."

„Mhm. Klingt, als ob jemand falsche Spuren legen will. Aber wer? Und warum?"

Mein Vater verzog den Mund und zuckte mit den Schultern. Noch etwas, das den Fall schwieriger und verzwickter machte. Dabei hatten wir schon genug Sorgen, auch ohne Trittbrettfahrer.

Wir schwiegen eine Weile. Dann ergriff Franklin meine Hand. „Es ist gut, dass du wieder hier bist, Mel."

Ich wurde misstrauisch und betrachtete ihn wachsam.

„So was Ähnliches hat Warren Forthys auch gesagt. Ist etwas vorgefallen, während ich weg war? Hat Armand was angestellt?" Eine böse Ahnung nagte an mir, die ich energisch unterdrückte. Göttin, ich kam mir vor, wie seine Mutter. Albern. Oder doch nicht? Franklins Gesicht war seltsam bleich, seine Augen unruhig.

„Armand hat nichts weiter gesagt. Er war nicht mehr hier, seit du weg bist. Und Warren hat ..."

Meine Anspannung wurde unangenehm stark, ich atmete tief durch und blickte meinen Vater eindringlich an.

„Er meinte, er hätte wohl zuviel getrunken. Ihm fehlt ein kompletter Abend. Ich weiß nicht recht, was ich davon halten soll. Von dem Gesamtbild. Andererseits gibt es keinen begründeten Zweifel."

„Ich werde Armand darauf ansprechen."

Was mit Sicherheit nicht half, das war mir klar. Und mir behagte der Gedanke auch überhaupt nicht, ihm etwas zu unterstellen. Aber so wie er sich in letzter Zeit verhielt, die Eifersucht, die Spannungen zwischen ihm und Franklin und jetzt dieser mysteriöse Sonderfall. Energisch schüttelte ich den Kopf. Nein, Armand würde keine Beweise fälschen und den Orden gefährden. Es mussten dumme Zufälle sein.

Die Katze auf dem Dach

Als ich am Abend nach meiner Rückkehr wieder brav meinen Babysitterjob beim MI5 antrat, untersagte ich Armand dennoch strikt, mich zu begleiten und war durch nichts zu erweichen. Ich drohte ihm sogar, dass er es bitter bereuen würde, sollte er es wagen, mir heimlich zu folgen. Mein Misstrauen wollte nicht gänzlich schweigen, erst recht nicht, als er sich in keiner Weise zu den Ereignissen während meiner Abwesenheit äußern wollte. Außerdem kannte Warren ihn jetzt, das erhöhte das Risiko, dass er ihm zufällig auffiel.

Warren indes überraschte mich, indem er sich für den heutigen Abend mit einer Straßenkarte bewaffnet hatte, auf der die Tatorte der bisherigen Opfer verzeichnet waren, inklusive der drei Teenies, und diese wie bei einem Rätselspiel miteinander verbunden waren. Vom Kreuzpunkt aus, in dessen Nähe er das Zuhause seines Serienkillers vermutete, wollte er sich langsam vorarbeiten und dabei auf alles achten, was verdächtig erschien.

Ich zweifelte an dem Erfolg, machte mir aber vor allem Sorgen darum, wem wir begegnen konnten, jetzt wo die Crawler anfingen, durch die Straßen zu ziehen, aber da ich keine Gegenargumente fand, musste ich nachgeben.

Wir wanderten ziellos durch Londons nächtliche Straßen. Dabei konnte kaum etwas Schlimmes passieren, dachte ich, achtete lediglich nebenbei auf Crawlergeruch. Doch dann stieg mir ein Duft in die Nase, der noch wesentlich unerwünschter war als der Gestank von Dunklen Vampiren. Frisches Blut und die Sinnlichkeit meiner Art.

Warren hatte zwar nicht annähernd meine Nase, aber der Teufel sollte mich holen, dieser Kerl besaß einen sechsten Sinn. Plötzlich blieb er stehen, lauschte in die Nacht. Ich versuchte, ihn zum Weitergehen zu bewegen und sandte eine stumme Botschaft an den Jäger, der unweit von uns seinen Hunger stillte. Doch beide ignorierten mich. Der Vampir hatte seinen Geist abgeschottet und konzentrierte sich auf sein Opfer. Warrens

Gehör war fein genug, um das leise Stöhnen des sterbenden Mannes zu hören, der nur noch verhalten um sein Leben rang.

Er zog seine Waffe und stürmte gleich darauf in die Richtung los, aus der das Geräusch kam. Ich fluchte und setzte ihm nach. Konnte er nicht wenigstens leise sein? Für die Ohren eines Unsterblichen veranstaltete er geradezu ein Rockkonzert.

„Seien Sie leise, verdammt noch mal", zischte ich. Er machte Krach, wie eine Herde Elefanten. Jeder Mensch hätte ihn gehört, von den Unsterblichen wollte ich gar nicht erst reden. Aber es schien auch nicht seine Absicht zu sein, den Täter darüber im Dunkeln zu lassen, dass wir ihm gerade auf die Spur kamen. „Was glauben Sie überhaupt, was wir in dieser Gasse finden?"

„Unseren Killer", antwortete er unbeeindruckt.

„Warum sind Sie so sicher, dass wir hier auf den Killer stoßen?"

„Das hab ich im Gefühl."

Ich verdrehte innerlich die Augen, musste aber ein Lachen unterdrücken, als Osira leise flüsterte: „Ist wohl eher Testosteron."

Wir schlichen weiter durch die enge Seitenstraße. Mir wurde mulmiger zumute, je näher wir dem Tatort kamen, der nichts mit der Ammit und auch nichts mit Crawlern zu tun hatte. Ich kannte diese Energie allzu gut und wäre lieber wieder umgekehrt. Aber es war mein Job, Warren zur Hand zu gehen, und er hatte die Spur eines Mörders aufgenommen, womit er zweifelsfrei recht hatte. Dass es ausgerechnet so ein Mörder war, dafür konnte er nichts.

Die Straßenlampe an der Ecke hatte einen Wackelkontakt. Das Licht flackerte, es wirkte gespenstisch und verschaffte dem Vampir, der am Ende der Gasse im Hinterhof des Bankgebäudes wartete, einen gewissen Vorteil. Zumindest Warren gegenüber. Ich schirmte mich ab. Eine Fähigkeit, die Lucien mir beigebracht hatte und die es mir ermöglichte, sogar für meinesgleichen unsichtbar zu sein. Unser ‚Killer' witterte also nur einen Verfolger. Und da dieser ein Mensch war, würde er sich bei seiner Mahlzeit nicht stören lassen. Wir waren fast an der Ecke. Man sah einen Schatten auf dem Pflaster, jedes Mal, wenn das Licht wieder kurz aufflackerte.

„Jetzt haben wir ihn", rief Warren plötzlich und schoss mit entsicherter Waffe vor.

„Halt, Warren, nicht!", brüllte ich ihm hinterher und war blitzschnell wieder an seiner Seite.

Doch zu spät, wir standen bereits mitten im Hof und der Vampir blickte uns in die Augen. Aufrecht stand er da, einen toten Banker in den Armen, der wohl Überstunden gemacht hatte und den er mit seinem Mantel umhüllte. Beinahe fürsorglich seine Blöße damit verhüllend. Ich kannte diese Art von Mantel, wenn auch nicht an ihm. Aber Lucien trug diese Dinger ebenfalls gern. Mäntel, deren Ärmel so geschnitten waren, dass sie, wenn der Träger seine Arme hob, wie riesige Fledermausflügel aussahen. Ein Tropfen Blut klebte noch an der Unterlippe unseres Gegenübers und zog meinen Blick magisch an. Ich zitterte. Verdammt, ich hätte doch trinken sollen, bevor ich Warren aufsuchte. Der andere Vampir merkte es und leckte betont langsam diesen winzigen Tropfen mit der Zungenspitze auf. Seine Stimme erklang tief und klar, als er mich ansprach.

„Sieh an, sieh an! Wen haben wir denn da? Hat da jemand vielleicht doch das Lager gewechselt?"

Die Doppeldeutigkeit ließ meine Wut hoch kochen.

„Keine Bewegung, hören Sie? Und lassen Sie den Mann los."

Warrens Stimme zitterte wie meine Hände. Aus den Augenwinkeln bemerkte ich, dass er einen inneren Kampf ausfocht. Etwas wollte an die Oberfläche, konnte aber nicht.

Mein Artgenosse schaute mit hochgezogenen Augenbrauen auf die Leiche in seinem Arm, als würde er erst jetzt bemerken, dass sie überhaupt da war.

„Oh!" sagte er, und ließ sie achtlos aufs Pflaster fallen. Er hatte definitiv nicht nur seinen Blutdurst gestillt.

Betont lässig drehte er uns den Rücken zu und schritt zur Wand des Gebäudes.

„Bleiben Sie stehen oder ich schieße", drohte Warren.

„Das wird ihn nicht beeindrucken", knurrte ich mit zusammengebissenen Zähnen.

„Schießen Sie ruhig, Sir! Tun Sie sich keinen Zwang an."

Warren war dumm genug, abzudrücken, was ich ihm aber ebenfalls nicht vorwerfen konnte. Er wusste nicht, womit er zu tun hatte. Aber so wie es aussah, würde er es heute Nacht lernen müssen.

Ich zuckte bei dem Schuss zusammen, schloss gequält die Augen. Ein hässliches Lachen ließ die Luft um uns herum vibrieren und schon sah man einen dunklen Blitz um die Ecke verschwinden.

„Hinterher", meinte Warren. Mir blieb nichts anders übrig, als ihm zu folgen.

Die Absicht unseres Freundes war mir klar. Es wäre ihm ein Leichtes gewesen, einfach zu verschwinden, doch er spielte lieber Katz und Maus. Das war so typisch für ihn. Jedes Mal, wenn wir glauben mussten, ihn verloren zu haben, ließ er sich wieder kurz in unserem Blickfeld sehen. Hinunter in den U-Bahn-Schacht, auf der anderen Seite wieder hinaus, einige Häuserblocks entlang, irgendwo in der Menge verschwinden. Dann an der Ecke auf der anderen Straßenseite wieder auftauchen, quer durch den Londoner Abendverkehr und schließlich verschwand er beim British Museum.

„Verdammt, jetzt ist er uns entwischt", keuchte Warren.

„Na hoffentlich", rutschte es mir heraus. Ich war nicht im Mindesten außer Puste, keuchte aber auch, damit Warren keinen Verdacht schöpfte.

„Sind Sie verrückt? Das ist unser Mann."

Ein Teufel war er, und ich zerbrach mir jetzt schon den Kopf, wie ich das wieder geradebiegen sollte. Unglückliche Verkettung von dummen Zufällen. Warren ließ seinen Blick umherschweifen, fluchte, weil er den Flüchtigen nirgends entdecken konnte. Ich wusste, dass wir ihn nicht verloren hatten, hoffte aber, dass Warren bei der Überzeugung blieb. Leider machte mir unser Freund einen Strich durch die Rechnung.

„Diese Art von Fitnesstraining ist doch wohl nicht zu ermüdend für Sie?", rief er uns von der obersten Stufe des Museumseingangs zu.

„Oh, Dracon, du verdammter Mistkerl, ich bringe dich um, wenn ich dich das nächste Mal allein erwische", murmelte ich.

„Haben Sie was gesagt?", fragte Warren.

„Nein, nicht wirklich."

„Dann los, er geht ins Museum."

Im British Museum fand heute Abend ein Event statt. Eine Ausstellung von Leihgaben aus Griechenland, die für die nächsten paar Monate in London zu sehen sein würden. Nur geladene Gäste, aber für einen Vampir ist so was kein Hindernis. Für Warren auch nicht. Der Ausweis des MI5 öffnet einem zumindest in London Tür und Tor. Hoffentlich war Lucien als Kunstkenner nicht hier. Das hätte in einer Katastrophe geendet, an die ich nicht denken mochte. Aber zu meiner Erleichterung spürte ich seine Präsenz nicht. Wir versuchten, uns wie normale Gäste zu verhalten. Was uns bestimmt keiner abnahm, in Anbetracht unserer Kleidung und der Tatsache, dass man zumindest Warren die Hetzjagd durch Londons Straßen ansah. Er schwitzte, seine dunklen Haare klebten ihm feucht an Stirn und Nacken. Ich betete im Stillen, dass es ihm in der Hitze der Jagd nicht weiter auffiel, dass ich nicht transpirierte.

„Wo kann er sein? Er trägt genauso wenig Abendgarderobe wie wir. Er müsste also auffallen", flüsterte Warren.

Just in dem Moment hörten wir ein Klacken aus der Halle draußen, sahen uns an und sagten beide wie aus einem Mund: „Das Treppenhaus."

Er wollte aufs Dach. Hätte ich mir denken können, dass er sich einen spektakulären Abgang aussuchte. Einen, wo es Warren unmöglich war, ihm zu folgen. Warum konnte er diese Spielchen nicht einfach lassen?

„Er ist vermutlich nach unten, zum Hinterausgang", meinte Warren.

„Nein, er ist aufs Dach", antwortete ich, und hätte mir im selben Moment in den Hintern beißen können.

„Aufs Dach? Aber von da gibt es keine Fluchtmöglichkeit."

„Warren, ich glaube, ich sollte Ihnen sagen, dass wir hier keinen Menschen verfolgen."

„Fangen Sie bloß nicht schon wieder damit an, Melissa. Nicht jetzt. Sie haben ihn doch selbst gesehen. Er ist ein Mensch aus Fleisch und Blut. Und ein Mörder."

In dieser Hinsicht war einfach nicht mit ihm zu reden.

„Er ist auf dem Dach", sagte ich deshalb nur, und rannte die Treppe hinauf. Oben wurden wir schon erwartet. Dracon hatte sich an den Rand gestellt, um springen zu können, wenn er den richtigen Moment für gekommen hielt. Typisch für ihn, diese Theatralik. Er brachte mich damit ganz schön in Schwierigkeiten.

„So, mein Freund, hier ist Endstation. Wie's aussieht, haben Sie sich selbst schachmatt gesetzt", sagte Warren hinter mir, als er das Dach erreichte.

Göttin, wäre ich nicht hier gewesen, hätte er mit seinem Leben gespielt. Dracon bewies in diesem Punkt erstaunlich viel Beherrschung, oder Rücksichtnahme, mir zuliebe.

„Tja, sieht wohl ganz so aus", gab er Warren zur Antwort. „So was Dummes aber auch. Legst du mir jetzt Handschellen an, Süßer?"

Ich stand hinter Warren und machte eine Geste mit der Hand, die Dracon zum Schweigen bringen sollte. Damit verlor Warren erst mal seine Aufmerksamkeit.

„Ist das etwa der tolle Geheimagent, von dem du gesprochen hast?"

Ich gab mich geschlagen. Nun würde ich kein Geheimnis mehr daraus machen können, was ich war. Jedenfalls hatte Warren bereits verstanden, dass Dracon und ich uns kannten.

„Ja, das ist er."

„Hat der MI5 nichts Besseres zu bieten?"

Warren wollte empört auf ihn losgehen, doch ich hielt ihn zurück.

„Lassen Sie es sein, Sie riskieren Kopf und Kragen."

„Sie kennen diesen Mann, Melissa? Sie kennen und decken ihn? Wenn ich das meinen Vorgesetzten berichte, wird das nicht gut sein für die Ashera."

„Sie könnte Sie aber auch töten, und dann würden Ihre Vorgesetzten es gar nicht erst erfahren", schaltete sich Dracon mit Hohn in der Stimme wieder ein. „Nur ein weiteres Opfer des Serienkillers, was niemanden wundern würde, so dämlich, wie Sie sich bei den Ermittlungen anstellen. Jetzt schon zum zweiten Mal."

„Dracon, halt endlich den Mund!", fuhr ich ihn an, stutzte aber im nächsten Moment verwirrt. Zum zweiten Mal? Sie waren sich vorher schon begegnet? Slade konnte er ja schließlich nicht meinen, davon wusste er nichts.

„Oh, Verzeihung, Mel. Er weiß ja vermutlich gar nicht, wer ihm da so tatkräftig zur Seite steht", lenkte Dracon mich wieder ab.

„Was soll dieses blöde Gerede? Sie wurden auf frischer Tat ertappt. Das wird Sie für Jahre ins Gefängnis bringen. Und jetzt geben Sie endlich auf."

„Ich fürchte", setzte Dracon mit gespieltem Bedauern an, „ich kann Ihnen diesen Gefallen nicht tun. Sehen Sie, im Gefängnis gibt's so viel Sonnenlicht. Das vertrage ich nicht so gut, ist schlecht für den Teint. Ich bitte daher um Vergebung, wenn ich mich jetzt auf den Heimweg mache. Aber mit Melissa sind Sie ja in bester Gesellschaft. *Au revoir*, mein Freund."

Er lächelte mich noch einmal zuckersüß an und sprang dann mit einem gewaltigen Satz und ausgebreiteten Armen in die Tiefe. Himmel, er sah wirklich aus wie eine übergroße Fledermaus. Und wie eine äußerst attraktive noch dazu.

„Ist der wahnsinnig? Das sind drei Stockwerke, das überlebt er nicht."

„Er überlebt das", sagte ich, und ging zum Rand des Daches. Warren folgte mir.

Möglicherweise hätte ich Dracon hinterher springen sollen. Aber das hätte noch mehr Fragen aufgeworfen. So groß die Mordlust auch war, ich verzichtete. Es gab kaum eine logische Erklärung für das, was wir sahen, als wir nach unten blickten. Ob Warren wollte oder nicht, spätestens jetzt musste er begreifen, dass es auf dieser Welt noch andere Wesen gab als Menschen. Dracon winkte uns lächelnd zu und verschwand dann wie ein Gespenst. Schnell und für Warrens Augen nicht sichtbar.

Und ein dunkler Engel nahm dich bei der Hand

Benommen taumelte Warren vom Rand des Daches zurück.

„Das ... das ist nicht möglich."

Ich konnte sehen, wie sein Verstand kämpfte. Wie das Wissen, um das, was er gerade gesehen hatte, mit dem rang, was ihm jahrelang eingebläut worden war. Dass es für alles eine logische Erklärung geben musste. Dass es keine übernatürlichen Wesen gab. Dass man rational denken und sich nicht täuschen lassen durfte. Sie hatten ihn gut gedrillt beim MI5. Das musste man denen lassen. Und doch war es offensichtlich, dass hier keine Tricks und Täuschungsmanöver im Spiel gewesen sein konnten. Dass er wirklich gesehen hatte, wie ein Mensch vom Dach sprang und einer Fledermaus gleich unbeschadet zu Boden schwebte. Er tat mir leid. Wurden doch alle Grundsätze, die für ihn bislang die Basis seines Daseins bildeten, über Bord geworfen. Ich überlegte fieberhaft nach einer Erklärung, mit der er leben konnte. Da kam mir eine Idee.

„Es ist möglich", erklärte ich bemüht ruhig und hoffte, er würde mir die Anspannung in der Stimme nicht anhören."

„Was? Wie?"

„Der Mantel."

Er sah mich immer noch verständnislos an. „Das Ding hat sich aufgebläht wie Flügel. Sind Sie mal mit einem Fallschirm abgesprungen? Das sah fast genauso aus."

Es war eine müde Ausrede, aber mit etwas Glück kaufte er sie mir ab.

„Das ist nicht hoch genug für so was", meinte er skeptisch.

„Ach, da wird doch ständig was Neues entwickelt. Und die Typen heutzutage sind risikofreudig wie nie."

„Blödsinn." Er schaute wieder über den Rand nach unten. Ein Versuch war es wert gewesen. Aber wenn er unbedingt wollte.

„Na gut, Sie haben recht. Das ist Quatsch. Die Wahrheit ist, es war ein Vampir. Die sind unsterblich und können so was."

Ich wollte später noch ein ernstes Wort mit Dracon reden, weil er unbedingt diese Vorstellung hatte geben müssen. So wirkungsvoll sie auch gewesen sein mochte. Franklin würde kochen vor Wut, wenn er davon erfuhr. Und da war noch die Bemerkung von dem zweiten Mal. Auch dazu würde mein Schutzbefohlener mir Rede und Antwort stehen müssen.

„Hören Sie auf mit diesem Blödsinn, Mel. Auf den Arm nehmen kann ich mich selbst."

„Das will ich sehen."

Er warf mir einen bösen Blick zu. Verdammt, ich hatte es mit einer Ausrede versucht und mit der Wahrheit. Beides Fehlanzeige. Mehr fiel mir nicht ein. Erst mal sollte ich Warren nach Hause bringen. Vielleicht konnte ich dort noch einmal versuchen, die Sache zu erklären. Heute Nacht würden wir Dracon ohnehin nicht mehr sehen. Auch Warren ging wohl nicht davon aus, dass wir dem Verdächtigen noch habhaft werden konnten.

Ich tendierte dazu, mit den vorliegenden Fakten den Versuch zu wagen, ihn doch noch von der Wahrheit zu überzeugen. Damit hätte ich eine Chance, ihn auch in die Ermittlungen bezüglich der Ammit und Crawler einzubinden. Das würde uns viel schneller weiterbringen, als wenn wir ständig gegeneinander arbeiteten.

Falls es mir nicht gelang, ihn zu überzeugen, und auch das Märchen von dem Fallschirmspringer nicht griff, blieb nur eine Alternative. Der Nebelschlaf, um seine Erinnerung zu löschen. Die schon einmal jemand gelöscht hatte. Dracons Andeutung, Warrens Filmriss, Armands Schweigen. Es musste mir noch jemand Rechenschaft ablegen heute Nacht, beschloss ich missmutig.

„Ich werde gleich morgen die Kartei im Office durchsehen. Der Typ kam mir irgendwie bekannt vor. Den mach ich dingfest", wetterte Warren, während wir die Treppen hinunter gingen.

„Beißen Sie sich doch nicht schon wieder so an dem fest. Bei Slade Viscott lagen Sie auch daneben."

„Das spielt doch keine Rolle. Hauptsache die Kerle sind aus dem Verkehr gezogen. Schließlich sind das Mörder."

„Sie haben vermutlich noch nie jemanden im Dienst erschossen, wie?" Ich hatte das ohne Hintergedanken gesagt, doch Warren stockte augenblicklich und eine wirre Flut von Gedankenbildern schwappte von ihm zu mir herüber. Ein Bild blitzte besonders stark auf, von einem Mann in der Dunkelheit, der sich nach einem Schuss krümmte. Ich erkannte den Mann sofort. Na warte, Armand.

Soweit hätte es nicht kommen dürfen. Ich verfluchte meinen Liebsten und meinen Dunklen Bruder sowieso, wobei ich mir sicher war, dass der uns irgendwo von einem Häuserdach aus beobachtete und sich ins Fäustchen lachte.

Er war sich nicht klar, was er da angerichtet hatte und welche Konsequenzen es für uns alle haben konnte. Der Security Service kannte uns, wusste, dass wir Aufzeichnungen machten, unerklärliche Phänomene erforschten, übersinnlich begabt waren. Was aber nicht bekannt war und uns auch die allergrößten Probleme ins Haus bringen mochte, war, dass die Ashera mit Wesen freundschaftlichen Kontakt pflegte, die für ihr Überleben regelmäßig mordeten. Dass sie sogar eins davon in ihren eigenen Reihen hatten und darüber hinaus von vielen wussten, ihren Aufenthaltsort kannten und sie nicht den Behörden meldeten oder unschädlich machten. So etwas würden die Menschen nicht verstehen. Wer wollte ihnen das auch verübeln? Es war also in mehrfacher Hinsicht wichtig, dass ich Warren alles erklären oder ihn alles vergessen lassen konnte.

Die Taxifahrt verlief schweigend. Warren öffnete mehrmals den Mund, als wollte er etwas fragen, ließ es aber sein. Ich war dankbar dafür, denn jegliche Erklärungsversuche wären vermutlich an ihm abgeprallt. Also hingen wir unseren Gedanken nach und versuchten jeder auf seine Weise, eine Erklärung zu finden. Als der Wagen vor seiner Wohnung hielt, fragte ich Warren spontan:

„Hätten Sie noch einen Kaffee für mich?" Der direkte Weg war vielleicht auch der einfachste in seine Wohnung zu kommen.

Seine Augen spiegelten Ungläubigkeit wider. „Meinen Sie das im Ernst?"

„Ich scherze selten. Schon gar nicht bei Kaffee."

Er verstand zwar nicht, wie es mich jetzt nach Kaffee gelüsten konnte, aber als Gentleman kam er meiner Bitte selbstverständlich nach.

„Wir haben ein mächtiges Problem, Melissa", sagte er und reichte mir die Tasse.

„Haben wir?"

„Natürlich haben wir das. Sie kennen diesen verdammten Kerl."

Mist, ich hatte gehofft, das wäre im Eifer des Gefechts untergegangen. „Kennen ist nicht ganz richtig, ich …"

„Ich halte zu Ihnen, keine Frage. Aber wir müssen uns was Plausibles für meine Vorgesetzten einfallen lassen. Sie sind eh schon hellhörig und skeptisch, was den Orden angeht. Wenn die von der Aktion Wind kriegen, weiß ich nicht, wie ich Sie decken soll."

„Sie wollen mich decken?" Ich verstand jetzt gar nichts mehr. Himmel, was hatte ich mich in ihm getäuscht. Warum war er bereit, seine Karriere für mich zu riskieren?

„Wir sind ein Team, schon vergessen?"

Ich schnappte nach Luft. „Warren! Sie lesen Gedanken?"

„Fast." Er kratzte sich an der Stirn. „Die hier waren Ihnen von der Nasenspitze abzulesen. Also, was hat es mit dem Typ auf sich?"

Er tat es, weil ihm was an mir lag. War bereit, alles auf eine Karte zu setzen. Das konnte ich nicht zulassen. Nicht so. Wenn er bereit war, so weit für mich zu gehen, dann verdammt noch mal, sollte Franklin mir meinetwegen den Kopf abreißen. Aber dann hatte er ein Recht darauf, zu wissen, wofür er es tat.

„Vertauen Sie mir?", fragte ich ihn.

Er runzelte die Stirn. „Ja."

„Dann kommen Sie mal mit auf den Balkon."

Er folgte mir. Ich hatte ein ungutes Gefühl, ob ich das Richtige tat. Aber war der Nebelschlaf wirklich soviel besser? Ich musterte ihn genau, er bemerkte, was ich versuchte, sah mich erst warnend an, nickte aber dann.

„Ich weiß nicht, was Sie vorhaben, Mel. Aber wenn Sie glauben, dass es Ihnen hilft, meine Gedanken zu lesen, dann tun Sie's in Gottes Namen. Mit meinem Einverständnis."

„Danke."

„Ist mir lieber, als wenn Sie's ohne tun."

Ich musste lachen. „Ich verspreche Ihnen, ich werde nicht darin wühlen. Es gibt nur eine Kleinigkeit, die ich wissen möchte. Es geht auch ganz schnell."

War er stark genug für die Wahrheit? Sein Geist offen für eine solche Erkenntnis?

„Geben Sie mir Ihre Hand." Er tat es, ohne zu zögern. „Und vielleicht sollten wir vorher die Förmlichkeiten ablegen. Danach werden diese Floskeln ohnehin nur noch stören."

„Hättest du mir gleich gesagt, dass du mit mir Bruderschaft trinken willst, hätte ich den Sekt aufgemacht, statt Kaffee zu kochen."

Ich musste schmunzeln. „Mal sehn, ob du gleich auch noch dumme Sprüche klopfst."

Wenn er einen Rausch wollte, dann hatte ich genau das Richtige für ihn. Lächelnd legte ich einen Arm um seine Taille und sah ihn verschmitzt an.

„Was wird denn das jetzt?"

„Abwarten. Nicht das, was du denkst."

Ohne Vorwarnung sprang ich über die Brüstung und nahm ihn mit mir in die Tiefe. Sein entsetzter Aufschrei war zu erwarten gewesen. Nach nur zwei Stockwerken freier Fall bremste ich ab. Ich wollte nicht, dass er einen Herzinfarkt bekam. Wir schwebten sanft zu Boden. Er war ein wenig blass um die Nase, aber sonst ging es ihm gut.

„Wie ... was ... das ist doch einfach ..."

Gut, er war ziemlich durch den Wind. Darum schob ich lieber schnell die Erklärung nach.

„Es ist alles in Ordnung, Warren. Aber das hat es mit dem Kerl von eben auf sich. Und deshalb kennen wir einander. Er und ich sind von derselben Art. Und damit meine ich nicht, wir gehören zum selben Fallschirm-Club. Wir sind Vampire. Das war kein Witz. Ich glaube an diese Wesen, weil ich selbst eines bin."

Ich ließ meine Fänge aufblitzen, er riss die Augen auf. An einen Witz glaubte er jetzt auch nicht mehr, keuchte stattdessen, schwankte zwischen Schreck, Unglauben und Faszination. Aber im Allgemeinen blieb er erstaunlich ruhig, versuchte nicht mal, sich von mir zu befreien. Ich hatte damit gerechnet, dass er panisch wurde, brüllte, doch nichts geschah. So behutsam, wie Dad gedacht hatte, musste man ganz offensichtlich nicht bei ihm vorgehen.

„Das gibt es doch gar nicht. Weißt du, wie hoch das ist?"

„Sicher."

Er schüttelte den Kopf. „Mein Schlüssel liegt oben auf dem Tisch."

Das brachte mich zum Lachen. Ich sprang sieben Stockwerke mit ihm in die Tiefe und er dachte an den Haustürschlüssel. Vermutlich eine Schutzreaktion seines Verstandes.

„Hast du ein Glück, dass ich da bin", neckte ich ihn, stieß mich vom Boden ab und brachte uns beide wieder an den Ausgangspunkt der kleinen Reise.

„Wow-wow-wow! Kannst du mich nicht wenigstens vorwarnen?"

„Dann würde es doch keinen Spaß mehr machen", flachste ich grinsend. Ich ließ ihn los und ging rein. Er folgte mir auf wackeligen Beinen.

„Überzeugt?"

„Überzeugt!"

„Gut, das wird uns die Ermittlungen in dem Fall nämlich leichter machen."

„Dann hatte ich recht, der Typ von eben steckt dahinter?"

Ich schüttelte den Kopf. „Nein, kein Vampir, auch wenn es anfangs so aussah. Aber ein Schattenwesen." Und das gleich in mehrfacher Hinsicht. Doch zuviel auf einmal wollte ich ihm auch nicht zumuten. Er sollte das hier erst mal verdauen, dann wollte ich versuchen, ihm alles zu erklären. Am besten im Mutterhaus, mit Unterstützung unserer Datenbank.

Ich nahm die beiden Kaffeebecher und wollte ihm seinen geben, da trat er einen Schritt zurück. Es war mehr ein Reflex, doch er spiegelte wider, was sein Unterbewusstsein verarbeitete.

„Du brauchst keine Angst vor mir zu haben."

Warren räusperte sich. „Na ja, es ist nicht grade Angst. Aber wenn ich deine Beißerchen da sehe."

Ich lachte. „Hey, es hat sich nichts verändert. Wenn ich dich beißen wollte, ist es doch eher unlogisch, dich vorher einzuweihen, oder?"

Dem konnte er nicht widersprechen. Eine innere Vorsicht blieb aber. Ihm gingen tausend Fragen durch den Kopf. Das alles hatte ich bei Armand genauso durchgemacht. Noch dazu mit seinem Geständnis, dass er beabsichtigte, mich zu verwandeln.

Er schaute mich von der Seite an und nippte an seinem Kaffee. „Sag mal, schläfst du in einem Sarg?"

Ich schüttelte den Kopf. „Kein Sarg, kein Knoblauch, kein Pflock durchs Herz. Und Kreuze sind auch kein Problem. Hier schau." Ich holte den Anhänger mit dem Ankh hervor. „Alles Ammenmärchen. Und um dir noch eine Sorge zu nehmen, ich bin keine Killerin. Ich stille meinen Blutdurst, aber meine Opfer nehmen keinen Schaden." Von den Verbrechern oder Todgeweihten musste ich ihm nicht unbedingt erzählen, bei denen ich mich nicht auf den kleinen Trunk beschränkte.

Er überlegte kurz, dann entschied er wohl, dass ihm diese Erklärung genügte. Ich bot ihm an, sich in Gorlem Manor in den Bibliotheken umzuschauen, oder nach dem Abschluss dieses Falls einmal in Ruhe darüber zu reden.

„Du wirst aber niemandem etwas sagen, oder?", fragte ich ihn schließlich. Ein Anflug von Unsicherheit bemächtigte sich meiner. War ich zu leichtfertig gewesen? Hatte ihm zu sehr vertraut? Immerhin gab ich mich damit ein Stück weit in seine Hand.

Er verstand den Hintergrund meiner Frage sofort. Sein Blick war ernst und ruhig. „Ich werde dich nicht verraten, Mel. Da kannst du ganz unbesorgt sein. Ich danke dir sehr für dein Vertrauen." Er machte eine kurze Pause und grinste dann schelmisch. „Allerdings hat mich deine Vorgehensweise ziemlich aus den Socken gehauen."

Ich musste ebenfalls lachen. „Aber du musst zugeben, sie war effektiv."

Da stimmte er mir zu. Sein Blick musterte mich neugierig. Er sah mich mit anderen Augen als bisher. Ich ließ ihn gewähren, fand es wichtig, dass er sich die Kleinigkeiten einprägte, die mich von einem Menschen unterschieden. Normalerweise erfolgt die Täuschung des menschlichen Verstandes automatisch, das übernimmt der Dämon ganz von selbst. Aber bei Warren schaltete ich sie jetzt bewusst aus. Wenn sein Blick dafür geschärft war, hatte er gute Chancen, auch andere Vampire zu erkennen und entsprechend zu reagieren.

Das Flackern in seinen Augen bemerkte ich zu spät. Ich hatte die Wirkung des Vampirs unterschätzt, genau wie die bereits vorhandene Zuneigung in ihm. Beides nahm urplötzlich einen für uns beide unangebrachten Weg. Ich konnte riechen, wie das Testosteron in seinem Blut anstieg, weil er meine Nähe genoss, obwohl sein Verstand noch immer mit ganz anderen Dingen beschäftigt war. Aber seine Sinne sprachen auf die überirdische Ausstrahlung des Todesengels an. Den sinnlichen Zauber, der die Jagd erleichterte. Das war nicht gut. Es durfte nicht sein. Aber gleichzeitig mit dieser Erkenntnis setzte noch etwas anderes in mir ein. Der Dämon erwachte, angelockt von Warrens Begehren und dem verlockenden Duft seines Blutes. Er wollte ihn. Wollte eins mit ihm sein und den süßen Saft seines Lebens trinken. Mir wurde schwindlig, meine Hände zitterten. Nein, das durfte ich nicht tun. Meine Seele heulte auf vor Wut und Enttäuschung, ein körperlich spürbarer Schmerz. Es wurde unerträglich, als Warren seine Hand ausstreckte und fasziniert über meine weiße Haut streichelte. Er wollte verstehen, begreifen, erfahren. Wie unschuldig waren doch seine Gedanken und Beweggründe, obwohl er sich zu mir hingezogen fühlte. Dass er uns beide damit in Gefahr brachte, war ihm nicht bewusst. Er ahnte nichts von diesem Ding in mir. Ich musste uns beide schützen und zwar schnell, ehe es zu spät war und mein Verlangen stärker wurde als mein Verstand.

„Melissa." Seine Stimme klang samtig, hatte aber schon den rauen Unterton wachsender Lust.

„Scht!" Ich legte einen Finger auf seine Lippen, mein Blick wurde kalt, selbst die Luft im Raum schien um ein paar Grad an Temperatur zu verlieren. Ich sah, wie sich sein Adamsapfel bewegte, als er mühsam schluckte, die Gefahr spürte, in der er schwebte, ohne sie einordnen zu können.

Da war etwas in meinen Augen, das ihn schaudern ließ. Doch er konnte es nicht greifen. Meine Lippen teilten sich und er sah die Fangzähne im Mondlicht aufblitzen, schimmernd wie Perlmutt. Warren stand da wie paralysiert, gebannt von dem grünen Feuer meines Blickes, während ich meinen Mund langsam auf seine Kehle senkte. Seine Haut war warm, sein Duft herb und männlich. Ich fühlte, wie der Hunger erwachte. Aber er war kein Opfer, kein Futter. Ich wollte nur, dass er einschlief und so uns beide vor Dingen bewahren, die wir hinterher bereuen würden. Er war in mich verliebt, das wusste ich. Und attraktiv wie er war, zeigte sich mein Dämon alles andere als abgeneigt. Mit einem stummen Gebet ersuchte ich die Göttin um genug Kraft, ihn wieder freizugeben, sobald der Schlaf ihn umfing. Meine Zähne durchstießen die Haut, er keuchte, griff meine Hände, klammerte sich daran. Sein Stöhnen klang qualvoll, als ich begann, zu saugen. Er zitterte am ganzen Körper. Die Versuchung war so groß, ihn zu verführen, mit ihm ins Schlafzimmer zu gehen, unsere Kleider abzustreifen und zu schauen, ob er hielt, was er versprach. Die Sehnsucht stieg, als seine Laute lustvoll wurden. Der Nebelschlaf begann zu wirken, nahm ihm die Angst. Auch meine Lust verstärkte sich, aber ich gab ihr nicht nach. Stattdessen entwand ich ihm meine rechte Hand, ließ sie von seiner Stirn über seine Augen bis zu seinen Lippen gleiten und wob den Nebelschlaf um seine Seele. Ich fing ihn auf, als er in sich zusammensackte, gab seine Kehle frei und schloss sorgsam die beiden kleinen Einstiche. Im Schlafzimmer legte ich ihn aufs Bett, betrachtete seine entspannten Züge und verlor schließlich doch in einem Punkt die Kontrolle über mich. Mit geschlossenen Augen drang ich in seinen Geist, der jetzt völlig zugänglich war. Da war Dracon, mit einer Frau im Arm. Warren mit seiner Waffe. Armand, er wurde angeschossen. Dracon flüchtete. Vor oder nach dem Schuss? Aber der erste Nebelschlaf war gründlich gewebt worden. Armand war gut darin. Mehr als die paar Bilder würde ich nicht bekommen. Seufzend breitete ich schließlich die Decke über Warren und ging.

In Wahn und Sinn, mein Herz

Meine Stimmung war so dunkel wie die Nacht, das sah Armand schon bei meinem Eintreten. Er schluckte, ahnte, dass etwas vorgefallen war, spürte meine Wut.

„Was ist passiert, als ich weg war, Schatz?"

Liebevoll klang anders. Osira knurrte tief in mir, erweckte damit Armands Panther, den er noch immer nicht im Griff hatte. Seine Muskeln spannten sich an, aber ich war schneller und trieb sein Totem sofort zurück.

„Wage es nicht!", fuhr ich ihn an und meinte damit nur das Tier, das sich sofort wieder zurückzog. Armand schien erleichtert darüber, bemühte sich jedoch, es zu verbergen.

„*Pas des menaces!*"

„Ich drohe dir nicht. Aber setz dein Krafttier nicht gegen mich ein. Darin bin ich besser als du."

„*Oui*", stimmte er mürrisch zu. Das Gefühl, das ihn das belastete, kühlte meinen Zorn schlagartig und rief mein schlechtes Gewissen auf den Plan.

„Schau nicht so", bestätigte er meine Vermutung. „Es erwacht, wann immer es will und lenkt mich. Es ist mir fremd. Ich hasse es."

„Und was genau hat es getan? Mit Warren?"

Mit einem unwilligen Laut drehte er sich von mir weg. „Dieser Agent? Mit ihm hat es nichts getan."

„Du hast ihn in den Nebelschlaf versetzt. Warum?"

„Weil uns Dracon über den Weg gelaufen ist. Was sollte ich sonst tun?"

Ich öffnete den Mund, um etwas zu sagen, schloss ihn aber wieder. Hatte ich nach der Begegnung am heutigen Abend nicht auch mit dem Gedanken gespielt, ehe ich Warren die Wahrheit sagte und ihm zeigte, was wir waren? Armand würde so eine Situation nie im Leben absichtlich herbeiführen und damit die Ashera in Gefahr bringen. Ich kam mir albern vor. Paranoia, meine Nerven lagen blank. Was unterstellte ich ihm?

„Tut mir leid. Daran habe ich nicht gedacht."

„Was hast du denn gedacht?"

Ich senkte den Blick und fühlte mich schäbig. „Keine Ahnung. Uns ist er auch gerade begegnet."

Sofort schlug mir Hass von Armand entgegen, er fauchte und diesmal ging er wirklich auf mich los, fuhr die Krallen aus und schlug sie in mein Fleisch.

„Armand, bist du verrückt?" Ich versuchte, ihn abzuwehren, mich zu befreien, aber der Panther war überraschend stark. Die gefletschten Reißzähne richteten sich wie Waffen auf meine Kehle.

„Du gehörst mir, hörst du? Ich dulde nicht, dass du mit ihm schläfst." Er war wie von Sinnen.

„Ich habe mit niemandem geschlafen. Verdammt, lass mich los."

Ich schnappte nach ihm wie eine Wölfin, erwischte ihn am Oberarm, riss eine blutende Wunde. Er reagierte nicht einmal, das Adrenalin schaltete jedes Empfinden aus.

„Du schläfst mit Dracon. Lüg mich nicht an. Und mit diesem Forthys? Machst du für den auch die Beine breit, damit er die Füße stillhält? Für deinen Vater tust du doch alles. Wer weiß, was du wirklich alles für ihn tust."

Damit hatte er den Bogen überspannt. Vieles hätte ich ihm verziehen, weil mir bewusst war, dass sein Verstand gerade beeinträchtigt wurde, von was auch immer. Aber der Vorwurf, ich würde mit meinem Vater ins Bett gehen, wo unsere Moral und unser Verstand uns von Beginn an davon abhielten und wir beide stolz darauf waren, dem Verlangen des Vampirs die Stirn zu bieten, weil wir wussten, was dahinter steckte. Eine schlimmere Beleidigung hätte er mir nicht an den Kopf werfen können. Ich befreite mich energisch von ihm, ignorierte den Schmerz, wo seine Nägel meine Arme aufkratzten. Stattdessen stieß ich mich kraftvoll vom Boden ab, sprang über ihn hinweg und riss ihn im Flug mit meinen Füßen zu Boden. Damit überrumpelte ich ihn, er konnte nicht darauf reagieren und schlug hart auf. Keuchend kam ich hinter ihm in der Hocke nieder, wirbelte sofort wieder herum, bereit, jede Attacke abzuwehren. Doch die blieb aus. In Armands Augen lag mehr Schreck über sich selbst als Angriffslust.

„Du hast sie ja nicht mehr alle." Ich stand langsam auf, musterte ihn, während er sich ebenfalls erhob. In diesem Moment glaubte ich, ihn nicht mehr zu kennen. „Wenn du wieder bei Verstand bist, findest du mich in Gorlem Manor. Und dann helfe ich dir auch, den Panther zu kontrollieren." Das brachte ein hoffnungsvolles Leuchten in seine Augen, das ich so wenig zu deuten wusste, wie seine Aggression zuvor. „Du bist eine Gefahr für jedes atmende Wesen. Für dich selbst. Ich erkenne dich nicht wieder." Angst kroch in mir hoch. Vor ihm und vor allem um ihn. Es schnürte mir die Kehle zu und schnitt in mein Herz. War das der Wahnsinn, von dem Lucien immer sprach? Wurden wir dann so, wenn wir die Unsterblichkeit nicht mehr ertrugen? Ich wollte ihn nicht verlieren. Diesen Gedanken ertrug ich nicht. Aber ich war auch nicht bereit, seine Raserei hinzunehmen und mich von ihm zu seinem persönlichen Besitz degradieren zu lassen. Darum fügte ich mit mehr Härte in der Stimme, als ich eigentlich wollte noch hinzu: „Merk dir eines, Armand, du hast keinen Anspruch auf mich. Ich kann tun, was ich will. Und wenn du mir das, was ich bin, zum Vorwurf machen willst, pack dir an deine eigene Nase."

Armand fühlte sich so elend wie nie zuvor in seinem Leben. Ob er sie verloren hatte? Dieser verfluchte Panther. Aber wenn er ehrlich war, lag die Schuld nicht bei dem Krafttier. Die große schwarze Katze setzte nur die Emotionen um, die er nicht im Zaum halten konnte. Eine krankhafte Eifersucht. Die Gier, Melissa zu besitzen, über sie zu verfügen, als wäre sie sein Eigentum. Er konnte die Gedanken nicht abschütteln, wie sie in Dracons Armen lag – hoffentlich stieß jemand durch Zufall auf die gefälschte Akte, die er absichtlich nicht wieder gelöscht hatte, und machte dem Kerl ein für alle Mal den Garaus. Er wünschte sich, dass dieser Typ nie wieder Ruhe fand.

Und wenn sie dem fragwürdigen Charme dieses Forthys nachgab? Da sie dem Drachen begegnet waren, hatte sie diesen Agenten mit Sicherheit in den Nebelschlaf geschickt. Hatte ihre Lippen auf seine Kehle gepresst, ihre Zähne in sein Fleisch geschlagen, dem Herzschlag gelauscht, während das süße Blut in ihre Kehle floss und dabei einen Nebel aus Vergessen um seine schwache Seele gewoben. War es dabei geblieben? Oder hatte sein Geschmack ihre Sehnsucht geweckt? Er war nicht unattraktiv, sein Blut köstlich.

Armand ballte seine Hand zur Faust, als er spürte, wie die dunkle Schlange Eifersucht wieder in sein Herz kroch.

Verdammt, sie hatte ja recht. Er war der Letzte, der ihr Vorwürfe machen durfte. Schließlich nahm er sich ganz selbstverständlich die Freiheiten, die er ihr nicht lassen wollte. Doch er ertrug den Gedanken nicht, dass sie in den Armen eines anderen die gleiche Lust verspürte, wie bei ihm. Und da war Lucien noch der geringste Schmerz in seiner Brust. Gott, er wusste es, er war schon lange genug Vampir. Sie brauchten dieses Spiel bei der Jagd, diesen Rausch im Blut des Opfers. Aber ehrlich gesagt konnte er sich nicht mehr erinnern, wann er das letzte Mal mit einem Menschen geschlafen hatte, ehe er sein Blut trank. Außer Franklin natürlich, aber das war etwas anderes.

Franklin! Ein Stöhnen kam über seine Lippen. Auch ihm schuldete er noch etwas. Eine Erklärung, eine Wiedergutmachung. Er wusste nicht wie. Im Augenblick war er dabei, alle zu verlieren, die er liebte, weil er keinen von ihnen teilen wollte.

Früher waren Lust und Liebe unterschiedliche Dinge für ihn gewesen. Jetzt sah das anders aus. Er hielt sich bei seinen Opfern zurück, trank nur noch, was er brauchte, begnügte sich meist sogar mit dem kleinen Trunk. Seine Liebe zu Mel hatte ihn weich gemacht. Der letzte Tote, der auf sein Konto ging, lag über ein Jahr zurück. Mr. Einauge zählte er nicht dazu, das hatte andere Gründe gehabt. Und bei dem Obdachlosen war er nicht er selbst gewesen. Er war verletzlich geworden, die Gefühle, die er in den Jahren bei Lucien verloren geglaubt hatte, waren aus ihrem Winterschlaf erwacht. Weil er wieder liebte, von ganzem Herzen. So, wie seinesgleichen eigentlich nicht mehr lieben konnte. Dieser Gedanke trieb ihn in den Wahnsinn. Die Frage, ob Melissa ihn überhaupt so sehr liebte, wie sie sagte. Ob es dieselbe Art von Liebe war, die er empfand. Die Liebe, die Menschen füreinander empfinden. Lucien hatte immer gesagt, dies sei kein Gefühl für einen Vampir, man würde es noch Liebe nennen, doch das wäre es längst nicht mehr. Und Armand hatte im Lauf der Jahre gelernt, dass dem wirklich so war. Bis er Melissa begegnete. Sie hatte alles in ihm auf den Kopf gestellt. Ihre Menschlichkeit, die Lucien so verachtete. Er liebte sie gerade deswegen. Hatte Lucien sie in ihr gründlicher zerstört, als in ihm? Melissa hatte ihn wieder zum Leben erweckt. Doch was war mit ihr?

Eiszeit

Franklin stellte keine Fragen, als ich wieder in den Kellerraum in Gorlem Manor einzog, den er für mich hergerichtet hatte. Ich hatte das Gefühl, dass er mit mir über etwas reden wollte, vermutlich über Armand. Hatte er auch bei meinem Vater die Kontrolle verloren? Der Gedanke quälte mich, doch ich konnte mich ebenso wenig dazu überwinden es anzusprechen wie Franklin. Also schwiegen wir beide. Ich verbrachte meine Nächte entweder allein auf Spurensuche oder mit Warren, erstattete Dad in den frühen Morgenstunden Bericht und zog mich dann zurück. Jeden Morgen ertappte ich mich dabei, wie mein Herz schmerzte, weil Armand wieder nicht gekommen war. Weil er immer noch Abstand hielt. Ich hätte ihm so gern geholfen, aber erst, wenn er dazu bereit war. Mehr, als ihm zu sagen, dass er dann nach Gorlem Manor kommen sollte, konnte ich nicht tun. In Wahrheit fürchtete ich mich auch davor, in unsere Wohnung zurückzukehren und ihn tatsächlich dem Wahnsinn verfallen oder sogar tot vorzufinden. War am Ende vielleicht sogar sein Panther daran schuld, dass er die Kontrolle über sich verlor? Dann lag die Verantwortung bei mir, denn ich hatte ihn geweckt. Darüber wollte ich gar nicht nachdenken. Also schob ich es Nacht für Nacht vor mir her, den ersten Schritt zu tun und zu ihm zurückzukehren. In mir herrschte Eiszeit. Und in dem Fall kamen wir auch kaum weiter.

Etwa eine Woche später begannen sich Kalistes Worte dann immer mehr zu bestätigen. Es blieb nicht bei dem Crawlermord im Hydepark. In Deutschland, Amerika, China und Ägypten waren wichtige Persönlichkeiten des öffentlichen Lebens, größtenteils Politiker, auf ähnliche Weise gestorben, wie unsere Lords. Überall auf der Welt fand man auf Friedhöfen, in Parks, verlassenen Waldhütten oder abbruchreifen Häusern jugendliche Leichen. Die Handschrift der Crawler war für die Ashera eindeutig. Es beschränkte sich nicht länger auf London. Die Ammit hielt sich derweil im Hintergrund, nur ein weiterer Lord wurde noch tot aufgefunden, doch das ging in der Masse der Todesfälle unter, auf fehlende Schatten achtete sowieso niemand.

Warren hatte sich Fälle aus anderen Ländern angefordert, um sie zu vergleichen. Mit seinem erweiterten Blickfeld fielen ihm nun erstaunlich viele Details auf. Trotzdem konnten wir in einigen Fällen nicht sicher sagen, ob Schattenwesen oder Al Kaida.

Auch der MI5 zog Terroristen in Betracht, sogar für die alten Mordfälle an den Lords. Ich blätterte mit Warren die Akten durch, doch meine Gedanken waren woanders.

„Hey Mel, du siehst aus wie ein Trauerkloß."

„Was?"

„Was ist los? Ich hab dich seit Tagen nicht mehr lachen sehen. Sind Vampire immer so schwermütig? Ist das Vertragsbedingung, wenn man eurem Club beitritt?"

„Bei all dem hier kann einem das Lachen einfach nur vergehen." Ich warf die Mappe, die ich gerade durchgesehen hatte, auf den großen Stapel. „Es ist rund um uns herum und mitten unter uns."

„Die werden schon keine Flugzeuge auf den Buckingham Palast steuern."

Ich antwortete nicht, griff nach dem nächsten Vorgang. Ich hatte überlegt, ihn über die Crawler aufzuklären, aber ich wusste nicht so recht, wie. Davon abgesehen vermischten sich Terrormorde und Crawlermorde zum Teil derart, dass ich sie selbst kaum auseinanderhalten konnte.

„Und wenn die tatsächlich im heiligen britischen Königreich einfallen", wagte Warren einen neuen Versuch, mich aufzuheitern, „dann müssen die immer noch an mir vorbei."

Ich blickte ihn von unten herauf zweifelnd an.

„Ich bin ein Agent seiner Majestät. Der beste Mann vom MI5, mit der Lizenz, dich zu beschützen. Und das tue ich. Ehrenwort."

Über die Ernsthaftigkeit seiner Stimme und den Gesichtsausdruck, der dem entgegen stand, musste ich lachen. Er fiel mit ein.

„Siehst du, so gefällst du mir wieder. Lachen steht dir viel besser. Du bist hübsch, wenn du lächelst."

Wie sollte er auch verstehen, was mich bewegte? Es bestand kein Grund, ihm von Armand und meinen Beziehungsproblemen zu erzählen. Obwohl es vielleicht seine Gefühle für mich gedämpft hätte. Aber es ging ihn nichts an. Wir arbeiteten zusammen, mein Privatleben war meine Sache.

Warrens Aufmunterungsversuche in allen Ehren, ich konnte meine Sorgen dennoch nicht unterdrücken. Und zwar nicht nur die um Armand. Alle anderen wogen ebenso schwer und zogen bedeutend weitere Kreise. Ich musste etwas tun. Da die Ammit nicht mehr agierte, entschied ich, dass man die Dämonin erst mal vernachlässigen konnte. Jedenfalls so lange, wie die Mehrzahl der Leichen noch ihre Schatten hatte. Die Crawler hingegen konnte ich nicht ignorieren. Das Ganze lief eindeutig auf einen Krieg hinaus, wie Kaliste gesagte hatte. Entweder wir vernichteten sie oder sie uns. Die Parallelen zu Al Kaida und den westlichen Industriestaaten waren nahezu grotesk. Auch dort bahnte sich Krieg an. Anfang Oktober marschierte George W. Bush in Afghanistan ein, weil er die dortigen Machthaber beschuldigte, mit Osama bin Laden unter einer Decke zu stecken. Die islamischen Staaten weigerten sich, den Al Kaida-Führer an die westlichen Industriemächte auszuliefern, bestritten sogar, seiner habhaft werden zu können. Darauf antwortete der mächtigste Mann der Welt mit Krieg. Welch ein Unsinn, nein, Wahnsinn war das richtige Wort. Aber keine Macht der Welt brachte diesen Kerl davon ab.

Die Regierungen der Welt spielten Schach auf hohem Niveau, setzten ihre Soldaten und Heere möglichst erfolgversprechend ein, um am Ende gut dazustehen. Ich war allein. Die Ashera führte zwar Aufzeichnungen über alles, aber Krieger waren die Ordensmitglieder nicht. Ich konnte kaum allein gegen die Brut der Crawler vorgehen und gegen diesen Feind würden mir die Streitmächte der Menschen wohl nicht helfen. Armand und ich sprachen noch immer kein Wort miteinander. Dracon ging mir seit dem Vorfall beim Museum aus dem Weg, wohl um keine unangenehmen Fragen beantworten zu müssen. Blieb im Augenblick nur noch einer, zu dem ich mit meinen Überlegungen gehen konnte. Lucien.

„Ah, wer erweist mir da die Ehre seines Besuches?", begrüßte er mich.
„Hallo, Lucien."
Er stand zwischen einer Unmenge von Bildern und war damit beschäftigt, eine Auswahl für den zweiten Teil der Vernissage zu treffen.
„Was meinst du, das mit dem Flammenmeer, das ich bei deinem letzten Kurzbesuch auf der Isle of Dark fertiggestellt habe?"
„Findest du nicht, dass es zu bedrohlich und grausam wirkt? In Anbetracht der derzeitigen Umstände."
Er lachte über meine Bemerkung, nahm mich in den Arm und führte mich weg von den Gemälden in einen Nebenraum, wo ein kleiner Tisch mit zwei Gläsern und einer Flasche Blutwein deutlich machte, dass er mich bereits erwartet hatte.
„Du vergisst, dass ich immer genau weiß, was du tust, *thalabi*."
Ein Schauer lief durch meinen Körper. Ja, weil ich es vergessen wollte. Es behagte mir nicht, ständig unter seiner Kontrolle zu sein, dass er jeden meiner Schritte beobachtete. Seine Macht über mich war größer, als ich mir eingestehen wollte, und mehr als ein Mal hatte ich mich gefragt, wann und wie er diesen Umstand ausnutzen würde.
„Fürchtest du mich?", fragte Lucien leise.
„Ich fürchte dich so sehr, wie ich dich liebe."
Versonnen sah er mich an und strich mir eine Haarsträhne aus dem Gesicht, mit seinen schlanken Fingern. Seine Nägel ritzten dabei ganz leicht meine Haut und ich spürte, wie ein Tropfen Blut über meine Wange floss. Er folgte dem Fluss mit den Augen, bis die Wunde sich wieder schloss, und der Tropfen von meiner Haut absorbiert wurde.
„Wie kannst du fürchten, was du liebst? Und wie lieben, was du fürchtest?"
„Ich liebe die Furcht und fürchte die Liebe."
Er lachte leise. „Meine kleine Philosophin."
Dann zog er mich in seine Arme, küsste mich, biss mir die Lippen blutig und trank gierig von mir. Ganz gleich, was mich bewegte, sein Kuss genügte, um mich alles vergessen zu lassen. So stark war sein Einfluss auf mich. Schwindel breitete sich in mir aus, ich musste mich an ihn lehnen, um nicht zu fallen. Aber Lucien hielt mich sicher, gab meine Lippen wieder frei und hielt mir stattdessen den Kelch mit dem Blutwein hin, der meine Kräfte zurückbringen sollte. Süßes, weiches Blut. Nicht süß genug, um von einem Kind zu stammen, aber dennoch drängte sich das Bild einer hilflosen, blassen Frau meinem Geist auf, die auf einem Diwan lag, mit aufgerissenen, leeren Augen zur Decke starrte und aus deren Handgelenk Blut in eine silberne Schale tropfte.
„Warum sorgst du dich so sehr um die Menschen, *thalabi*? Was bedeuten sie uns schon?"
„Ich fürchte vor allem um die Welt. Was eben geschieht, zieht weite Kreise. Es ist auch so schon schlimm genug, mit der Ammit und der Al Kaida. Die Crawler-Attacken

sind der Funke, der das Fass zum Explodieren bringen wird. Sie müssen aufgehalten werden."

„Wer sagt das? Kaliste? Ich weiß, dass du bei der alten Hexe warst." Er schnaubte ungehalten. „Wer ihren Worten lauscht, lauscht seinem eigenen Tod."

„Sie ist unsere Königin."

„Sie ist eine Frau, die nach Macht giert, nichts weiter. Und du lässt dich blenden von den Privilegien, die sie dir gewährt", sagte er kalt. „Ich achte sie. Aber ich ehre sie nicht. Denn keine Seele ist so vollkommen schwarz wie die von Kaliste."

„Wie kannst du so über sie reden?"

„Ich sage die Wahrheit. Frag Tizian, was er über seine Schwester denkt."

„Sie hat mir das Leben gerettet."

„Ach", schnappte er und verzog zynisch die Lippen. „Hat sie das? Oder hat sie es so aussehen lassen? Unterschätze sie nicht, *thalabi*."

Ärgerlich wischte ich seine Ermahnungen beiseite. „Das spielt keine Rolle. Im Moment sind die Crawler eine Bedrohung. Sie morden überall auf der Welt."

„Tun wir das etwa nicht?"

Seine Fragen trieben mich in den Wahnsinn, vor allem weil ich ihre Aussage nicht widerlegen konnte. „Das ist etwas anderes. Die Ammit und die Crawler, da gibt es eine Verbindung. Es geht um Ringe wie meinen hier."

Mein Lord warf einen skeptischen Blick auf Armands Verlobungsgeschenk.

„Legenden. Ich hatte dir schon einmal gesagt, dass wir von Legenden eigentlich genug haben sollten. Nach allem, was mit den Engeln geschehen ist. Warum fischst du so verbissen im trüben Meer von Kalistes Lügen nach einer neuen Legende, der du nachjagen kannst? Du weißt doch, wohin das führt."

Zorn loderte in mir auf. Wie konnte er nur so ignorant sein, während draußen vor seiner Tür die Welt Gefahr lief, in Schutt und Asche zu enden?

„Du siehst die Dinge nicht mehr klar, *saghere*. Ihre Worte sind wie ein böser Same in deinem Herz. Ihr Blut vernebelt dir deinen Verstand. Sie benutzt dich für ihre Pläne, und du merkst es nicht mal."

„Nein, du bist es, der nicht mehr klar sieht. Weil deine eigene Eitelkeit dich blind macht. Ich hätte wissen müssen, dass dir das alles egal ist. Aber mir nicht, hörst du? Ich habe Freunde unter den Menschen. Sie sind in Gefahr, wenn ich nur dasitze und nichts tue."

Er schnaubte abfällig. „Du und deine Menschen. Wann wirst du endlich lernen, dass du nicht mehr zu ihnen gehörst?"

Jagdhörner schallen übers Land

Ich stand vor einer riesigen Bedientafel mit vielen roten Knöpfen. Über jedem Knopf stand der Name eines Landes. Plötzlich fingen einzelne Knöpfe an zu leuchten und ich hörte ein Pfeifen, wie von Silvesterraketen. Es folgten Miniaturexplosionen um mich herum. Die Tafel schwebte von mir fort, ich konnte ihr nicht folgen, weil die kleinen Raketen mich umschwirrten und explodierten. Wenn sie das taten, ergoss sich ein Regen aus Augäpfeln über mich, einfach widerlich. Tatenlos musste ich mit ansehen, wie die Ammit sich fröhlich der Schalttafel näherte, um dann plötzlich Beethovens Neunte darauf zu spielen. Sie drückte auf die blinkenden Knöpfe wie ein Konzertpianist auf seine Tasten. Jedes Mal, wenn sie einen Knopf drückte, erschien aus dem Nichts ein Zwerg-Crawler, der wild im Kreis hüpfte, die dünnen Ärmchen und Beinchen schwenkend. Eine ganze Schar von Rumpelstilzchen tanzte schließlich ihren Reigen, und ich mittendrin. Dann schaute die Ammit über ihre Schulter zu uns, grinste mich hämisch an und drückte alle Knöpfe gleichzeitig.

Die tanzenden Crawler erstarrten, entflammten zeitgleich wie Stabfeuerzeuge und drehten sich dann wilden Kreiseln gleich in alle Himmelsrichtungen davon. Jetzt bemerkte ich, dass wir auf einer überdimensionalen Landkarte standen, in den Ländern sah man winzige schwarze Punkte, die sich bewegten. Menschen. Als die brennenden Crawlerzwerge über die Landstriche fegten, ging alles und jeder in Flammen auf. Die ganze Welt war ein Inferno.

Noch im Aufwachen klang mir das Lachen der Ammit in den Ohren. Ein Traum, alles nur ein Traum. Mit erschreckenden Parallelen zu Realität.

Hilflos und von Unruhe getrieben verfolgte ich die Entwicklungen auf unserem Planeten. Den wirren Traum immer im Hinterkopf. Ich zuckte zusammen, wenn irgendwo aus einem Radio oder Fernseher Beethovens Neunte erklang.

Die Morde häuften sich weiter überall auf der Welt. Nachrichtensender und Zeitungen wussten kaum, worüber sie zuerst berichten sollten. Über Al Kaida und ihre Attentate oder über die mysteriösen Morde an ranghohen Persönlichkeiten und Jugendlichen. Letztere gerieten mehr und mehr in den Hintergrund, weil sie im Vergleich zu Konzernchefs, Ministern, Präsidenten und Professoren zur Unwichtigkeit verblassten. Es war vielleicht nur noch eine Frage der Zeit, bis eine der westlichen Mächte auf den roten Knopf drückte und den Atomkrieg begann.

Ich litt mit der Welt, blutete mit den Menschen, zitterte mit allen Nationen. Wo sollte das hinführen?

Warren hatte man in die Zentrale zurückbeordert, weil man dort jeden Mann brauchte. Die beiden Zweige des Secret Intelligent Service arbeiteten ab sofort Hand in Hand, gesteuert durch die gemeinsame Informationszentrale Government Communications Headquater in Cheltenham, Gloucestershire. Terror war eben grenzübergreifend, da arbeiteten alle Geheimdienste der Welt, ob Inlands- oder Auslandsdienst, plötzlich zusammen. Einzelfälle waren nicht länger wichtig. Schadensbegrenzung war das Motto, und die Presse ruhig halten. Man bemühte sich bei beidem redlich.

Einige Journalisten und Reporter warfen sowieso alles in einen Topf. Sie schrieben Osama bin Laden die Crawler-Morde zu und betrieben Schwarzmalerei vom Feinsten in alle Richtungen. Die aggressiven Stimmungen kochten hoch, jeder sprach von den Knöpfen, die vielleicht bald gedrückt wurden und das Ende der Welt einläuteten. Das Ganze hatte eine erschreckende Ähnlichkeit mit meinem Traum. So richtig glaubte das natürlich niemand, dennoch, Angst und Terror regierte die ganze Welt. Ich konnte nicht tatenlos zusehen, aber mein Lord half mir nicht. Also schluckte ich Stolz und Angst hinunter und ging zu dem Einzigen, auf dessen Hilfe ich nach wie vor baute, egal was zwischen uns vorgefallen war: Armand.

Mit zitternden Beinen trat ich ein, hielt den Atem an, weil ich nicht wusste, was ich vorfand. Doch er saß er auf dem Sofa und schaute sich die Nachrichten an.

Schweigend nahm ich neben ihm Platz. Wir beäugten uns voll Unsicherheit, wagten aber nicht zu reden. Also konzentrierten wir uns auf den Flat-Screen-TV, auf dem die aktuellsten Berichte von Al Jazeera liefen.

„Verdammt, was richten diese Irren an?", fragte ich schließlich.

„Meinst du diese fanatischen Moslems oder unsere Dunklen Brüder?"

„Beide. Aber vor allem die Crawler. Es ist ein denkbar ungünstiger Zeitpunkt für diese Aktionen."

„Schätze, die finden den Zeitpunkt perfekt gewählt. Genauso wie Al Kaida."

Ich knurrte tief aus der Kehle. Es beeindruckte Armand nicht, da er meine Wölfin in den unterschiedlichsten Lebenslagen kannte. Aber sein Panther reagierte diesmal ebenfalls nicht. Gewann er langsam die Kontrolle über ihn? Ich schöpfte Hoffnung.

Die Ammit hatte ihr Interesse am House of Lords anscheinend verloren. Oder ihr Auftrag war auf Eis gelegt worden. Ich betrachtete den Sternsmaragd, den sie mir angeblich rauben wollte. Irrte Kaliste sich darin? Oder lauerte die Dämonin jetzt im Hintergrund und wartete, dass ich einen falschen Schritt tat und in ihre Falle tappte? Vielleicht hatten sich die Pläne des Crawlerfürsten auch geändert und er ließ deshalb seine Nachkommen auf die Welt los. Keine Zeit, sich jetzt Gedanken darüber zu machen. Es galt, das vordergründige Problem zu lösen. Fragen stellen konnte man später.

„Jemand muss sie aufhalten."

„Gute Idee, und wer?"

„Wir!"

Armand starrte mich an, als hätte ich den Verstand verloren. „Bis du wahnsinnig? Wie stellst du dir das vor?"

Ich funkelte ihn an. Erwartete er etwa, dass ich tatenlos zusah, wie die Welt in Stücke gebombt wurde? „Heißt das, du wirst mir nicht helfen, die Crawler zu jagen und zu töten?"

„Bist du deswegen gekommen? Willst du mich auf einem Himmelfahrtskommando loswerden?"

„Das heißt also, du lässt mich im Stich?"

„Mel! Es sind Tausende, die da in den Straßen unterwegs sind. Und seit wir ihrem Fürsten ein paar Mal begegnet sind, bin ich nicht mehr davon überzeugt, dass sie so dumm und harmlos sind, wie wir all die Jahre dachten."

„Feigling!", fauchte ich. „Mich besitzen willst du. Da spielst du den starken Mann. Aber wenn es wirklich drauf ankommt, ziehst du den Schwanz ein."

Er ballte die Hände zu Fäusten, hielt sich aber unter Kontrolle. „Ich werfe mein Leben nicht weg für Menschen."

Das Wort klang so abfällig aus seinem Mund, dass mich schauderte. „Du redest von dem, was wir selbst einmal waren. Was viele unserer Freunde immer noch sind. Denkst du auch mal an meine Leute im Orden? Was ist mit Franklin? Ist dir das etwa alles egal?"

Seine Antwort war Schweigen.

„Gut, dann eben nicht. Ich bereue, dass ich gekommen bin. Ich sehe jedenfalls nicht länger zu."

Mit energischen Schritten lief ich zur Tür.

„Mel, was hast du vor?"

„Kämpfen! Du kannst dich ja entspannt zurücklegen und im Fernsehen zusehen, wie die Welt in Stücke gerissen wird."

Armand folgte mir nicht. Unter die immer noch andauernde Sorge, dass seine Wesensänderung der Beginn des gefürchteten Wahnsinns war, mischte sich auch Enttäuschung über die Erkenntnis, dass er nicht länger an meiner Seite stand. Ich war diesmal allein. Hatte ich ihn endgültig verloren? Trug ich selbst Schuld daran, dass es so gekommen war? Am liebsten wäre ich bei ihm geblieben, verspürte einen kurzen Moment lang die irrsinnige Hoffnung, dass ich alles wieder heilen könnte zwischen uns, wenn ich den Kampf jemand anderem überließ, meinen verdammten Stolz hinunterschluckte und zu ihm zurück in unsere Wohnung ging.

Aber da spielte mein Gewissen nicht mit. Ein Einzelner war im Vergleich mit der Welt nicht wichtig genug, egal wie viel er mir persönlich bedeutete. Und noch etwas anderes in mir hinderte mich daran umzukehren. Der Dämon vielleicht, für den Armand austauschbar war? Für mich war er das keineswegs, mochte der Vampir es auch so sehen. Doch die nagende Stimme gab keine Ruhe und drängte meine persönlichen Gefühle in den Hintergrund. Ich musste tun, was in meiner Macht stand, um diesen Wahnsinn zu beenden. So wie auch alle anderen auf dieser Welt bemüht waren, den Terror aufzuhalten oder zumindest zurückzudrängen.

In einem hatte mein Liebster natürlich recht. Was wollte ich alleine ausrichten gegen Hunderte oder Tausende von Crawlern, die auf der ganzen Welt Menschen töteten? Meine Chancen standen schlechter als für David gegen Goliath. Aber die Visionen von Menschen, die im nuklearen Holocaust zu Asche zerfielen, von schreienden Kindern, die keine Eltern mehr hatten, verstümmelten und verbrannten Leibern, die sich in Agonie wanden, Krankheit und Siechtum, Schmerz und Blut quälten mich. Ich konnte nicht einfach abwarten. Was Al Kaida getan hatte, war schlimm genug. Was Bush vorhatte, nicht besser. An beidem konnte ich nichts ändern. Aber die Bedrohung durch die Crawler fiel in meinen Bereich. Fragte sich nur, wie ich es angehen sollte. Da kam mir eine Idee und vor Freude darüber wollte ich fast einen Luftsprung machen. Wir hatten durchaus die Möglichkeit, alles wieder ins Lot zu bringen. Die Crawler, die Ammit, sogar die Bedrohung durch den Terrorismus. Warum war ich nur nicht gleich darauf gekommen?

Mit neuer Hoffnung im Herzen und viel Optimismus machte ich mich auf den Weg zu Franklin. Froh, einen einfachen und erfolgversprechenden Weg gefunden zu haben, der alle unsere Sorgen auf einen Schlag lösen konnte.

Meine Freude bekam einen üblen Dämpfer, als ich meinem Vater die Idee unterbreitete.

„Melissa, bist du nun von allen guten Geistern verlassen? Habe ich dir nicht gesagt, wozu das führen kann? Die Macht der Tränen Luzifers ist trügerisch. Man kann sie kaum beherrschen. Was, wenn ihre Kraft in eine andere Richtung wirkt. Es gibt viel zu wenig Erkenntnisse darüber, wie man sie anwenden muss. Du kannst nicht ernsthaft glauben, dass die Ashera dieses Risiko eingeht."

Franklin schaute mich fassungslos an. Es fehlte nur noch, dass er die Hand ausstreckte, um meine Vitalwerte zu überprüfen, ob ich kurz vorm Delirium stand.

„Aber das ist die Chance. Warum sollen wir die Möglichkeiten nicht nutzen, über die wir verfügen? Denkst du nicht, dass der Zweck in diesem Fall das Mittel heiligt?"

Er schüttelte energisch den Kopf. „Auf keinen Fall. Dazu werde ich keine Zustimmung geben und das Ma..." Er besann sich gerade noch rechtzeitig und sprach es nicht aus. Noch immer wusste er nicht, dass Camille mir in ihrem letzten Brief von dieser Institution innerhalb des Ordens berichtet hatte. Das Magister. Dort lag die wahre Macht. Über den Orden und alles, was er besaß. Über Tod und Leben jedes Einzelnen von uns, wenn ich die Worte meiner einstigen Lehrerin richtig verstanden hatte. Und ganz sicher auch über die Kraft der Kristalltränen. Mich schauderte. Das Magister bestand aus Menschen. Die Verlockung dessen, was sie in Händen hielten, wirkte auf die Mitglieder sicher ebenso wie auf jeden anderen Sterblichen – und Unsterblichen. Mir wurde angst und bange, eine kalte Klauenhand schloss sich um mein Herz bei der Frage, auf wessen Seite das Magister wohl stand und ob man sich wirklich nicht einmischte, wenn es für die Welt kurz vor zwölf stand. Zu deren Entscheidungen hatte ich weit weniger Vertrauen als zu meinen eigenen.

Mein Vater räusperte sich. „Keiner von den Entscheidungsträgern wird dir die Zustimmung geben, eine Träne zu verwenden, Melissa. Schlag dir das aus dem Kopf. Das Risiko ist zu hoch. Du weißt, dass wir uns so wenig wie möglich in die Abläufe der Welt einmischen. Die Tränen Luzifers bedeuten eine massive Einmischung, die das Gleichgewicht stören kann. Es geschieht nichts auf der Welt ohne Grund. Gerade du solltest das wissen."

Das wusste ich. Aber mit der Einmischung war das nun mal so eine Sache. Wo begann sie und wo hörte sie auf?

Seufzend verwarf ich den Gedanken wieder. Franklins Einwände waren nicht unbegründet, auch wenn es mir im ersten Moment als die beste Lösung erschienen war, die Tränen Luzifers zum vermeintlich guten Zweck zu nutzen. Aber ohne sein Einverständnis – oder das des Magisters – rückten sie in unerreichbare Ferne. Ich stand also immer noch vor dem Abgrund und wusste keinen Weg hinüber.

Unser Abschied war eher kühl, was meinem Vater mehr leidtat, als mir. Ich wanderte ziellos durch die Straßen Londons, nie zuvor hatte ich mich so allein und von allen, die mir etwas bedeuteten, verlassen gefühlt. Der Kloß in meiner Kehle erwürgte mich fast, mein Körper fühlte sich taub an, leer. Wie sollte man die Welt retten, wenn einem schlichtweg die Mittel fehlten? Und die Gefährten.

„Du bist nicht allein", flüsterte mir eine innere Stimme zu. Es war nicht Osira, doch es klang so vertraut, wie ein Teil von mir. „Rufe die deinen. Du hast die Macht dazu, Schicksalskriegerin."

Ich hatte es nie zuvor ausprobiert. Lucien hatte mir gezeigt, wie man den geistigen Ruf aussandte. Es war eine Sache, die die Lords und Ladys taten, um ihre Kinder zu sich zu befehlen. Hatte ich ein Recht darauf, diese Fähigkeit einzusetzen? Warum hatte

Lucien sie mich gelehrt, wenn ich sie niemals anwenden sollte? Ich konnte es, brauchte jetzt andere meiner Art, die mir halfen. Also musste ich es sogar einsetzen.

Ich zitterte, Angst prickelte auf meiner Haut, ebenso wie ein Gefühl von Vorfreude und Erwartung. Der Ruf sollte weit übers Land hallen. Über die Grenzen Englands hinaus. Wenn möglich über die ganze Welt. Die Spitze von Big Ben erschien mir hoch genug, um es zu wagen. Ich balancierte auf ihr, wie eine Seiltänzerin, breitete die Arme aus, hob das Gesicht dem Mond entgegen. Mit jedem Atemzug wurde meine Seele weit und weiter. Ich spürte die uralte Kraft des Blutdämons, wie sie durch meine Zellen floss. Der Ring schien sich enger um meinen Finger zu schmiegen, die Sterne in seinem Inneren glühten vor meinem geistigen Auge. Die Energie von Himmel und Erde floss in mir zusammen, wirbelte in einer Spirale auf und ab, so wie ich als Hexe gelernt hatte, Magiefäden zu sammeln und zu weben, zu eben solch einer Spirale, die mir bei meinen magischen Handlungen diente und Kraft in meinen Zauber fließen ließ. Als das Pulsieren seinen Höhepunkt erreichte, meine Stimmbänder unter dem Summen vibrierten, mit dem ich die Energien nährte, sandte ich den stummen Ruf rund um den Globus.

„Ich rufe euch. Ihr, die ihr von meinem Volke seid. Ich rufe euch. Der Feind hat den Krieg begonnen. Die Crawler verlassen ihr Versteck. Tod und Verderben über sie. Ich rufe euch zum gerechten Kampf. Ich rufe euch zu unserem Heiligen Krieg."

In dem Moment, wo ich die Worte formulierte, stoben die Sterne des Ringes in meinem Geist in alle Himmelsrichtungen davon. Ich konnte ihrem Flug folgen. Sie trugen meine Worte hinaus in die Welt, genährt von meiner ureigensten Kraft. Die Stimme, die sie rief, all die Vampire aus Kalistes Brut, die so wie ich nach dem Blut der Crawler dürsteten, aufgrund der Ereignisse in den letzten Tagen und Wochen, war die Stimme des Dämons. Ein dunkles, lautes Brüllen, keine Bitte, sondern der Befehl ihrer Heerführerin.

Sie kamen. Schon in der folgenden Nacht erwachte ich in dem kleinen Mausoleum auf Londons Zentralfriedhof, wo ich vorübergehend eingezogen war, und spürte die Anwesenheit von über hundert Vampiren, die draußen zwischen den Gräbern umherschlichen und auf mein Erwachen warteten. Sie würden meinem Befehl folgen.

Innerlich noch immer unsicher trat ich hinaus in die Nacht. Es waren viel mehr als ich gedacht hatte. Die meisten noch sehr jung. Junge Wilde, zu allem entschlossen. Hunger blitzte in ihren Augen auf. Mordlust. Als sie mich sahen, scharten sie sich um mich. Sie waren von überall auf der Welt meinem Ruf gefolgt. Ich sah Asiaten, Farbige, Männer und Frauen, aber bei allen lag die Geburt in die Dunkelheit noch nicht lange zurück. Sie waren bereit, mir zu folgen.

Die Älteren nicht. Die Macht, sie zu rufen und unter meinen Befehl zu stellen, fehlte mir. So stark war ich nicht.

Einer trat schließlich vor. Ein großer, hagerer Kerl mit kurzen, blonden Haaren, kantigem Kinn, in einem langen schwarzen Ledermantel. Ein Muster an Klischee. Er fletschte die Zähne, verneigte sich aber vor mir, wie vor einer Herrscherin.

„Schicksalskriegerin."

Wieder dieser Name. Ich hatte ihn jetzt schon so oft gehört. Aus verschiedenen Mündern. Was es bedeutete, wusste ich immer noch nicht, doch wenn sie mich so sehen wollten und es mir ihre Bereitschaft zum Kampf sicherte, dann sollte es mir recht sein.

„Ich brauche eure Hilfe", sagte ich. Meine Stimme klang erbärmlich in meinen Ohren. Die Beine fühlten sich an wie Pudding. Hoffentlich brach ich nicht zusammen.

„Das wissen wir", erklärte der Sprecher. „Es wird viel von dir gesprochen, doch nur im Verborgenen. Kaum einer wagt, es laut auszusprechen. Aber alle wissen von deiner Macht. Wenn du uns in die Schlacht führst, werden wir diesen Abschaum zertreten wie Würmer."

Die Gier nach Crawlerblut sprach aus seinem Blick.

„Überall auf der Welt. Wir müssen sie aufhalten. Wir müssen sie vernichten, bevor sie die Menschen vernichten – und uns. In Höhlen, Gruften, Gräbern. Wo auch immer sie sich verstecken. Spürt die Crawler auf. Tötet sie alle."

Ich hatte nie gedacht, dass es so leicht sein würde. Die Worte waren kaum über meine Lippen, da stoben sie in die Nacht davon. Die Jagd auf die Dunklen Vampire war eröffnet. Es würde keine Gnade geben.

Asche zu Asche, Blut zu Blut

Erstaunlich, wenn man bedachte, wie sehr die Taten der Crawler die Welt in Aufruhr versetzt hatten. Ihre Tode blieben völlig unbemerkt. Wer kümmerte sich schon um ein paar alte Lumpen, die irgendwo herumlagen. Von den Crawlern selbst blieb nie etwas zurück, wenn wir sie vernichteten. Instinktiv war keiner von uns so leichtsinnig, alleine auf sie loszugehen. Wir teilten uns auf, bildeten Gruppen. Jede jagte in ihrem Land. Ich blieb auf den britischen Inseln, mit mir drei junge Punks, die sich gleich in der ersten Nacht wie selbstverständlich an meine Fersen hefteten. Ich kannte sie nicht, merkte mir gerade mal ihre Namen. Spicy, Pepper und Ratt. Auch die anderen jagten in kleinen Gruppen. Klein genug, um nicht aufzufallen, groß genug, dass die Crawler keine Chance hatten. Obwohl ihre Gruppen größer waren als üblich, keine Fünfer-Gemeinschaften mehr. In ihren Verstecken fanden wir meist zehn bis fünfzehn von ihnen. Anfangs wurde mir übel, als ich sah, wie meine drei Begleiter auf diese nahezu wehrlosen Gestalten losgingen. Sie töteten sie nicht einfach, sie rissen sie in Fetzen, renkten Gliedmaßen aus, badeten in ihrem Blut.

Eins lernte ich auf diesem Feldzug: Die jungen Vampire, die in dieses Zeitalter geboren wurden durch das Geschenk der Finsternis, waren noch viel grausamer, als es die Alten je sein würden. Es mochte zum Teil daran liegen, dass auch ihre Erschaffer erst wenige Hundert Jahre alt waren und kaum Wert auf Auswahl und Ausbildung ihrer Dunklen Kinder legten. Aber den Hauptgrund sah ich in der Gesellschaft und ihrer Entwicklung. Langeweile, Übersättigung und Gleichgültigkeit regierten unter den Menschen. Noch mehr unter den Unsterblichen, weil es für uns weniger Grenzen gab, weniger Reize. Die Jungen suchten nach einem Kick, der ihr Dasein lebenswert machte. Dieser Krieg bot ihnen eine willkommene Abwechslung. Sie lebten ihre sadistischsten Fantasien aus, wenn sie die eher schattenhaften, mageren Kreaturen folterten und töteten, auf die wir trafen. Ich hingegen sah die Angst in den kleinen dunklen Augen, die Qual auf den schmutzigen Gesichtern. Ihr Kreischen ging mir durch Mark und Bein.

Darum tötete ich zu Anfang noch möglichst schnell. Eigentlich wollte ich gar nicht töten. Es sträubte sich alles in mir, mein Innerstes stellte infrage, was ich hier tat. Aber da war diese Stimme, stark und mächtig, die mich trieb. Mehr noch, eine Kraft zog mich vorwärts, führte meine Hand zum tödlichen Streich, als sei ich eine Marionette, an der jemand anderer die Fäden zog. Der Gedanke an Dracons Worte kamen mir in den Sinn. Dass er sich manchmal wie ein kleiner Junge fühlte, eingesperrt in dem vom Dämon beherrschten Körper, hilflos in einer Ecke kauernd und wimmernd vor Angst. Mir erging es gerade ähnlich. Ich betrachtete mich wie eine Fremde, ekelte mich vor mir selbst, als ich das Blut an meinen Händen sah. Mein Herzschlag gehörte nicht zu mir, meine Gedanken waren die einer Fremden. Etwas in mir schrie und wollte mich aufhalten, doch stattdessen wandte ich mich dem nächsten Opfer zu.

Nach und nach wurde die fremde Stimme in mir immer lauter, das Gefühl des Fremdseins im eigenen Körper ließ nach, wich einem neuen Selbstbewusstsein, das mich zusehends gnadenloser machte. Diese Kreaturen waren unsere Feinde. Sie bedrohten unsere Existenz und die ganze Welt. Das Jagdfieber, der Blutrausch, ergriff auch von mir schließlich Besitz.

In der ersten Höhle hatte ich mich noch zurückgehalten. Drei der Crawler waren durch meine Hand gestorben, indem ich ihnen das Genick brach. Kein angenehmes Gefühl, aber ich erinnerte mich an die Notwendigkeit und tat es.

In der zweiten Höhle gab es nur acht von ihnen. Die drei jungen Wilden stürzten sich sofort auf sie, ihr Lachen erfüllte das Gewölbe, sie hatten Spaß an diesem Morden. Ich schaute mich um, eine dürre, zitternde Gestalt hatte sich hinter einem Vorsprung versteckt. Als ich einen Schritt in ihre Richtung tat, sprang sie auf, lief kreischend und mit ihren knochigen Armen wedelnd davon. Die Entfernung zwischen ihr und mir war lächerlich für mich. Sie versuchte, Richtung Ausgang zu fliehen, da wurde ihr der Weg von einer wie aus dem Nichts auftauchenden grauen Wölfin abgeschnitten, die knurrend den einzigen Fluchtweg versperrte. Osira! Sie machte einen Satz auf den Crawler zu, fletschte die Zähne und sträubte das Fell. Meine Wölfin hungerte nach seinem Blut, mehr noch als ich. Es hatte den Anschein, dass nun, nach so langer Zeit, der Dämon auch ihr Wesen durchtränkte. Geduckt schlich sie näher, ich tat es ihr gleich. Wir kreisten ihn ein, diesen Lumpensack, der mit weit aufgerissenen Augen zwischen uns hin und her schaute. Nicht verstand, was hier passierte.

Meine drei Gefährten hatten Osira noch nicht bemerkt. Aber als sie mit lautem Knurren nach vorne sprang, an die Kehle des Unglückseligen, hielten auch sie inne, blickten sich verwundert nach ihr um, kamen staunend näher. Ich stand mit einem Lächeln auf den Lippen daneben und schaute zu, wie meine Wölfin den Crawler zerfleischte. Warmes Blut spritze mir ins Gesicht, es tropfte aus Osiras Maul, tränkte ihr Fell. Mit jedem Tropfen wurde der Dämon in mir – in uns – gieriger. Nach Tod, Vernichtung, Zerstörung. Als der Dunkle starb, blieb nichts von ihm, außer dem Blut in meinem Gesicht, das wie roter Puder auf mir lag.

Osira blickte nicht einmal zurück, als sie fertig war. Sie ließ das Kleiderbündel liegen, ging ohne Zögern uns voran zum nächsten Versteck.

„Wie cool, ein Wolf", meinte Spicy und wollte sie im Vorbeigehen streicheln, doch Osira bleckte die Zähne und knurrte. Keiner durfte sie berühren und nichts berührte sie.

Erbarmen und Mitleid erloschen in ihr und in mir. Mein Herz wurde kalt wie meine Haut. Noch viel intensiver, als es bei der Jagd üblich war. Denn da ging es immerhin um Leben. Hier ging es nur um Rache, und dieses Gericht servierte man ja bekanntlich am besten eiskalt. Die Wertschätzung von Leben gab es nicht mehr, jedenfalls nicht für die Crawler. Sie waren Müll für mich. Ihre Schreie erreichten meine Ohren, ohne Emotionen auszulösen. Im Krieg war kein Platz für Rücksicht und Verständnis. Der Feind durfte nicht leben. Also handelten wir danach. Spicy, Pepper und Ratt waren begeistert von Osira, respektierten klaglos, dass sie Abstand zu ihr halten mussten, fanden es einfach super, dass wir einen Leitwolf besaßen. Es unterstrich meinen Stellenwert, weil sie mein Krafttier war. Es gab mir Kraft, dass sie zu mir hielt, wo alle anderen mich verlassen hatten.

Schon in der nächsten Höhle sah ich meiner Wölfin nicht mehr nur zu, sondern kämpfte an ihrer Seite. Dem ersten Crawler, den ich zu fassen bekam, brach ich nicht lediglich das Genick, sondern erst seinen Arm, dann seinen Kiefer, rammte schließlich meine Hand in seinen Brustkorb und drückte sein schwarzes Herz mit meinen Fingern so lange zusammen, bis es platzte. Ich wollte sie leiden sehen, für das, was sie auf der Welt anrichteten. Für das Leid in meiner Seele, an dem irgendjemand schuld sein musste.

Gleich, welche Verletzungen ich davontrug, Schmerz verspürte ich nicht während unseres Feldzuges. Ich trank kein Crawler-Blut, im Gegensatz zu meinen Mitstreitern. Dennoch heilten meine Wunden schneller als die der Jungvampire. Und Osira wurde stärker mit jedem Dunklen Vampir, den sie in Stücke riss. Wohin wir kamen, verbreiteten wir Schrecken. Die Geschichte vom Vampir mit dem Killerwolf eilte uns voraus, verbreitete sich in England, Schottland, Wales und Irland unter den Crawlern und auch unter den Nightflyern, die es aber schlicht ignorierten, als ginge es sie nichts an.

Die Dunklen waren noch schwächer und feiger, als ich bis dato gedacht hatte. Völlig chancenlos leisteten sie kaum Gegenwehr, weil sie uns zu sehr fürchteten und versuchten nur, die Flucht zu ergreifen, trennten sich dabei, bis es bald keine Gruppen mehr gab, sondern immer häufiger Einzelkämpfer. Dieser Krieg begann, sich zu verlaufen, während der Krieg der Menschen sich mehr und mehr zusammenballte.

Wenn der Morgen nahte, zog ich es stets vor, mir allein einen Schlafplatz zu suchen. Ich wollte die anderen nicht an meiner Seite haben. Osira und ich durchstreiften die Straßen. Das Fieber erlosch, je weiter wir uns von Blut und Tod entfernten, wich der Erkenntnis dessen, was wir getan hatten und zerriss uns beiden das Herz. Wie Schlafwandler geisterten wir umher, nahmen unsere Umwelt ebenso wenig wahr wie sie uns. Eins mit den Schatten waren wir gesichts- und namenlos für die wenigen Menschen, die unsere Wege kreuzten.

In uns beiden herrschte eine Leere, die uns zu verschlingen drohte. Mehr als einmal wünschte ich, sie würde es tun und es beenden. Ich empfand Ekel und Scham, wenn die Bilder der Kämpfe vor meinem geistigen Auge vorbeizogen. Es war, als gäbe es Osira und mich zweimal. Die beiden, die Crawler abschlachteten wie Vieh. Und die beiden, die dabei zusehen mussten, ob sie wollten oder nicht. Das Gefühl, im eigenen Körper gefangen zu sein, kehrte wieder in jedem Morgengrauen, sodass ich mich mit Bluttränen in den Schlaf weinte, der mir das Vergessen brachte, bis der Jagdruf tief in mir in der nächsten Nacht so stark wurde, dass er alle Zweifel erstickte.

In einer Nacht, als die Luft so rein war, dass man fast glauben mochte, es wäre uns endlich gelungen, das Dunkle Pack auszulöschen, erwachte ich ohne diese Stimme in mir. Ein fremdes Gefühl. Als ob die vertraute Zwillingsschwester plötzlich nicht mehr da ist. Mit ihr verlor sich auch der Blutrausch für einige Stunden ganz. In mir blieb eine beängstigende Leere zurück, ich glaubte fast, nicht mehr ich selbst zu sein. Angesichts dieses Zustandes wollte ich die anderen nicht sehen, verbarg meinen Geist vor ihnen, blendete ihre Gedanken aus, machte mich unsichtbar.

Ich sank in einer Gasse an einer kalten Hauswand hinab, Bluttränen liefen mir über das Gesicht. Osira schleppte sich müden Schrittes mit eingeklemmter Rute zu mir herüber, brach auf meinen Schoß zusammen. Sie winselte, schob ihren Kopf unter meinen Arm, als wolle sie sich verstecken vor ihren eigenen Gräueltaten. Ihr Körper bebte, ich legte meine Arme um sie in dem Versuch, ihr Ruhe und Kraft zu geben, obwohl ich selbst keine mehr besaß.

„Was haben wir getan?", fragte sie leise.

„Rache geübt", antwortete ich mit leerem Blick. „Und jetzt sind wir allein."

Sie drückte sich fester an mich. „Nein. Wir haben uns."

Ich kraulte ihr Fell, fand aber keinen Trost darin. Fühlte mich zerrissen, weil alle, die ich liebte, mir den Rücken gekehrt hatten. Armand, Franklin, Lucien. Keiner von ihnen hatte sich mir angeschlossen oder mich verstanden. Ich brauchte ihren Zuspruch so sehr. Was war das alles wert, ohne sie? Was bedeutete ein Sieg, wenn man ihn einsam feiern musste? Diese jungen Vampire zählten nicht. Mit ihnen teilte ich nichts als diesen einen Feldzug. Sonst waren sie mir fremd. In ihren Ansichten, ihren Gedanken. Ich fühlte mich inmitten von ihnen allein, die Bewunderung, die sie mir entgegenbrachten, verstärkte das noch. Bewunderung war nicht dasselbe wie Liebe. Danach sehnte ich mich. Nach irgendjemandem, der mich liebte und verstand.

Ich spürte, wie mir die Tränen die Kehle zuschnürten, meine Hände krampften sich zusammen. Gleich einer dunklen Woge überrollte mich die Erkenntnis, dass all dies im Grunde keinen Sinn ergab.

Da kam es zurück, dieses Etwas, das mich vorwärtstrieb, meine Mordlust anstachelte, meine Gier. Kampfgeist. Es war der Kampfgeist, der heute Nacht hatte schweigen wollen, weil kein Feind da war, gegen den er sich richten konnte. Aber von denen gab es noch genug, auch wenn sie sich jetzt versteckten.

Nein! Ich durfte nicht aufgeben, nicht zweifeln oder hadern. Mühsam kämpfte ich mich wieder auf die Füße, Osira tat es mir gleich. Wir waren beide nicht frei von Zweifeln, als wir uns ansahen.

Meine Gedanken kreisten um Armand. Ich überlegte ein letztes Mal, einfach zu ihm zurückzugehen, in seine Arme zu sinken und all das hier zu vergessen. Für einen Moment war ich bereit, es wirklich zu tun. Dann hörte ich die Gedanken meiner drei Gefährten, die über die heutige Nacht sprachen, sich gegenseitig auf die Schulter klopften und Mut machten, bevor sie in den Kampf zogen. Es färbte auch auf mich ab, die Kraft, die mich lenkte, war wieder da. Osira sträubte ihr Fell und knurrte kampfbereit. Genug der Wehmut, sie nutzte niemandem. Wir würden die Crawler alle finden und vernichten. Es war mein Kampf, ein gerechter Kampf für die Sicherheit der Welt. Sonst wäre Osira nicht an meiner Seite. Oder hatte der Blutdämon am Ende sogar sie in seinen Klauen? Beherrschte er mich jetzt ganz und gar? Egal, es würde weitergehen. Zeit, sich den anderen wieder anzuschließen. Mein kleines Gefolge wartete schon.

Mythologie

Es war zu erwarten, dass Warren Forthys nicht lange brauchte, um sich in Gorlem Manor nach Mel zu erkundigen, wo sie spurlos verschwunden war. Nicht in Anbetracht dessen, was er offensichtlich für sie empfand. Auch Franklin beunruhigte es, dass sie keine Nachricht hinterlassen hatte, obwohl er derlei gelegentlich von ihr gewohnt war. Armand hatte am Telefon nur etwas von Kriegspfad gegen die Crawler erwähnt, was ihn sehr beunruhigte, aber es gab nichts, was er tun konnte. Wenn seine Tochter tatsächlich gerade die Dunklen Vampire dezimierte, konnte sie überall auf der Welt sein. Blieb ihm nur zu hoffen, dass nach allem, was er über diese Vampirart in Erfahrung gebracht hatte, ihr Fürst sich nicht auf die Jagd nach der Jägerin begab.

Er dachte an ihr Gespräch über die Tränen Luzifers. Vielleicht hätte er doch ... Er schüttelte den Kopf. Seine Entscheidung war richtig gewesen. Die Möglichkeiten rechtfertigen einfach nicht das Risiko.

Als eine weitere Email über Spuren von toten Crawlern in seinem Postfach ankam, betrat sein Gast das Büro.

„Hallo, Franklin. Ich wollte mich erkundigen, was mit Mel ist. Sie hat sich seit ein paar Tagen nicht gemeldet."

Franklin nahm seine Brille ab und fuhr sich über die müden Augen. „Nun, Warren, ich weiß im Moment selbst nicht, wo meine Tochter steckt." Aufgrund des Gesichtsausdrucks seines Gegenübers beeilte er sich, hinzuzufügen: „Das mag Ihnen merkwürdig vorkommen, doch ich sagte ja schon, dass Mel eine unserer besten Mitarbeiterinnen ist. Sie arbeitet viel auf eigene Faust. Es kann durchaus sein, dass sie sich in einen anderen Fall einschalten musste oder eine heiße Spur verfolgt und keine Zeit mehr hatte, uns zu unterrichten. Aber Ihr Fall ruht ja auch derzeit, soweit ich weiß. Al Kaida hat Vorrang vor allem. Und Lords sind keine mehr gestorben."

Warren blieb einen Moment der Mund offen stehen und er starrte Franklin an, als verstehe er nicht ganz, was er ihm mit diesen Ausreden sagen wollte. Wusste er, dass es nur Ausreden waren? Sicher nicht.

„Die Atempause in dem Fall ist durchaus nicht unerfreulich, bringt uns aber zum anderen natürlich nicht weiter. Und Arbeit gibt es durch den Terror mehr als genug. Insofern kann ich mich nicht recht darüber freuen. Ich würde den Kerl lieber dingfest machen und die Mordserie abschließen, statt eine Terrorakte nach der anderen zu wälzen."

Mit einem trostlosen Lachen stimmte Franklin zu. Er ging zu seiner Minibar und schenkte zwei Cognac ein. Warren nahm sein Glas, roch daran und bewies Geschmack, als er sofort erkannte, welcher Weinbrand ihm da kredenzt wurde.

„Ah, ein Dudognon. Die Ashera versteht es, zu leben."

Franklin nickte anerkennend. „Nicht schlecht, dass Sie das schon am Duft erkennen."

„Mein Vater bekam eine Flasche von seinem Vorgesetzten geschenkt, als eine Art Auszeichnung. Er hat sie jahrelang wie einen Schatz gehütet. Nur an ganz besonderen Tagen gönnte er sich einen Schluck. Den Duft werde ich nie vergessen."

„Ihr Vater? Ist er stolz darauf, dass sein Sohn beim Security Service arbeitet?"

Warrens Blick verlor sich, er nippte an dem Glas und sagte dann tonlos: „Mein Vater ist schon seit fast fünfzehn Jahren tot. Von einem Attentäter der IRA erschossen."

„Das tut mir leid. Geschah es im Dienst?"

Er schüttelte den Kopf. Franklin fühlte seinen Schmerz. „Wir waren nur zum Urlaub dort. Meine Ma und ich waren schon voraus gegangen ins Restaurant, Dad wollte nachkommen. Ich habe die Schüsse gehört, Mum drückte mich auf den Boden. Dass es meinen Vater erwischt hat, haben wir erst zwei Stunden später erfahren."

„Dann haben Sie jetzt nur noch ihre Mutter? Oder noch Geschwister?"

Warren nahm einen Schluck. „Weder noch. Geschwister nie gehabt und Ma starb einige Jahre nach ihm. An gebrochenem Herzen. Wenn Sie mich fragen, hat sie zu lange gelitten für ein …" Er brach ab. „Verzeihen Sie, man soll ja nicht schlecht von Toten reden. Verstehen Sie mich nicht falsch, ich habe großen Respekt vor meinem Vater und dem, was er für sein Land getan hat. Aber er war kein guter Vater und ein noch schlechterer Ehemann."

Sie schwiegen eine Weile, genossen den Weinbrand und hingen ihren Gedanken nach. Franklin drang nicht weiter in Warren, es überraschte ihn ohnehin, dass er so offen aus seinem Privatleben plauderte.

„Ich frage mich in letzter Zeit oft, ob es die richtige Entscheidung war, ebenfalls ins Office zu gehen." Warren blickte Franklin schräg von unten herauf an. „Sagen Sie, Franklin, hat Mel Ihnen nichts gesagt?"

„Gesagt? Was?" Eine ungute Ahnung beschlich Franklin. Was hatte Mel denn nun schon wieder angestellt?

„Ich weiß, dass sie … ein Vampir ist", erklärte Warren unsicher.

Franklin stieß zischend die Luft aus. Himmel, hätte sie ihn denn nicht wenigstens vorwarnen können, ehe sie vom Erdboden verschwand?

„Wie lange wissen Sie das schon?"

„Seit fast einem Monat. Ich dachte, sie hätte mit Ihnen darüber geredet. Na ja, ich hatte auch gedacht, dass sie mir mehr erzählen wollte. Über den Fall. Aber irgendwie ist es in den Ereignissen untergegangen."

Franklin nickte, sagte aber nichts dazu. Ihm fehlten wirklich die Worte. Was erwartete Warren jetzt von ihm? Dass er ihm erzählte, was Mel bislang verschwieg? Er wusste ja nicht mal, ob Mel ihre Gründe hatte, warum sie Warren noch nicht näher eingeweiht hatte. Und er war ehrlich gesagt froh, dass sie dem Agenten keine Details über die Ammit anvertraut hatte.

Warren unterbrach seine Gedanken und nahm ihm die Sorge, Rede und Antwort stehen zu müssen.

„Es ist im Moment auch gar nicht so wichtig. Ich werde vermutlich ohnehin für eine Weile wieder ganz im Office bleiben. Da geht es drunter und drüber."

„Wegen der Anschläge und Unruhen, nicht wahr?"

„Ja. Wenn Mel wieder da ist, würde ich gern mit ihr reden. Okay?"

Franklin nickte.

„Wo ist Mel wirklich?", fragte Warren noch einmal leise.

Franklin spürte den Grund dieser Frage. Die Sorge, die Sehnsucht. Innerlich seufzte er. „Ich weiß es nicht, Warren. Ich weiß es wirklich nicht. Aber sie ist auf dem Kriegspfad."

„Kriegspfad? Gegen Terroristen? Ein Vampir?"

„Nein, nicht dieser Krieg. Es gibt noch einen anderen. Unbemerkt, aber nicht weniger gefährlich. Wir wissen davon, sind aber machtlos. Mel hingegen hat sich entschieden, einzugreifen."

„Sie werden mir nicht näher erklären, was es damit auf sich hat, oder?"

Lachend schüttelte Franklin den Kopf, aber es klang traurig und nicht echt. „Es ist besser, wenn Mel das selbst tut. Falls sie es will. Aber warten Sie." Er stand auf. „Jetzt, da Sie wissen ... wo Sie nun nicht mehr von Grund auf alles Übersinnliche ablehnen, möchte ich Ihnen was mitgeben. Als Bettlektüre sozusagen." Franklin verschwand in der Bibliothek und kehrte gleich darauf mit dem Ordensbuch zurück. „Darin finden Sie, was uns ausmacht. Was wir tun und warum. Vielleicht interessiert es Sie ja. Wegen Mel. Ich glaube, wenn Sie uns ein wenig besser kennen, wird es Ihnen und Mel die Zusammenarbeit erleichtern. Es steht auch einiges über Vampire drin." Er lachte, als Warren ihn mit Skepsis musterte. „Keine Sorge, es ist kein Bekehrungsversuch, sondern nur informativ. Wenn Sie weiteres Interesse haben, wird Mel Ihnen sicher gern mit praktischem Wissen weiterhelfen."

Falls sie je wieder zurückkommt, dachte Franklin. Er machte sich Sorgen um sein Kind. Immer wieder war sie dem Tod ganz nah. Irgendwann würde er sie vielleicht doch verlieren.

Warren bedankte sich für das Buch und versprach, es gründlich zu studieren. Als er gegangen war, blieb in Franklin das Gefühl zurück, das dieser Mann ein Teil der Familie werden könnte.

Ein Windstoß von der Haustür bauschte die Vorhänge im Wohnzimmer und warf die Blumenvase auf dem Flügel um.

„Von Anklopfen hast du auch noch nichts gehört, wie?" Nach freundlicher Begrüßung war Armand nicht zumute. Das lag genauso an der Art, wie der Besuch seine Wohnung betrat als auch an der Person selbst. Und nicht zuletzt auch an Melissas Verschwinden.

„*Durhan*, das ist nicht gerade eine nette Art, Gäste zu empfangen."

„Ich kann mich nicht erinnern, dich eingeladen zu haben, Lucien."

Der Lord überging den scharfen Tonfall in Armands Stimme.

„Ich habe sogar ein Gastgeschenk mitgebracht." Er stellte ein kleines Paket mit Blutwein auf den Tisch. „Gläser?", fragte er höflich.

Armand spielte mit dem Gedanken, Lucien gleich wieder vor die Tür zu setzen. Aber dann besann er sich eines Besseren, nicht zuletzt in Anbetracht der jüngsten Erfahrungen, die er mit dem Lord und dessen Zorn gemacht hatte.

„Schon besser", lobte dieser.

Nachdem jeder ein gefülltes Glas in der Hand hielt und es sich auf einem der beiden Sofas bequem gemacht hatte, kam Lucien zum Grund seines Besuches. Wobei Armand das sichere Gefühl hatte, dass es nur einer von mehreren Gründen war.

„Ich weiß nicht, ob du es mitbekommen hast. Ich mache eine Ausstellung in London. Es wäre schön, wenn du sie ebenfalls besuchst. Eine Einladung habe ich dabei."

„Nur eine? Dann hast du Mel wohl nicht eingeplant." Seine Stimme troff vor Zynismus.

Der Lord lachte. „Armand, du kennst mich. Wie kannst du da die Tatsache übergehen, dass unser Täubchen zum Raubvogel mutiert ist, als wüsste ich nichts davon? Ich weiß alles." In seinen Augen blitzte es auf. „Crawlerblut soll ja gut für den Teint sein."

„Ich konnte deinen Humor noch nie leiden."

„Ach komm, trau ihr doch mal was zu."

„Wenn du ihren Kampf so gut findest, warum bist du dann nicht bei ihr?"

„Ist das nicht deine Aufgabe? Als ihr Verlobter?"

Armand presste die Kiefer so fest aufeinander, dass es knackte. Lucien wollte ihn bewusst reizen, er durfte sich nicht zu etwas hinreißen lassen, das ihm hinterher leidtat. Lucien beobachtete ihn, was ihn nervös machte. Dieses selbstzufriedene Lächeln. Er wusste immer mehr, als sie alle. Streute Wissen, wie es ihm gefiel.

„Lass uns nicht übereinander herfallen wie Raubtiere, *elby*. Auch wenn du nun eines dein eigen nennst."

Das Glas in Armands Hand knirschte bedenklich. Er wollte sich nicht die Blöße geben, ausgerechnet Lucien von den Problemen mit seinem Krafttier zu erzählen, wenn ihm diese nicht ohnehin schon bekannt waren. Seine Unterlegenheit dem Lord gegenüber bei ihrem letzten Aufeinandertreffen war demütigend genug. Kein Grund also, weitere Schwächen vor ihm offen zu legen, die er gegen ihn nutzen konnte. Und würde, dafür kannte Armand ihn gut genug.

Lucien lächelte sardonisch angesichts der weiß hervortretenden Knöchel von Armands Hand. „Nicht doch, wäre schade um das teure Kristall und den guten Wein." Der schmeichelnde Ton in seiner Stimme konnte Armand nicht täuschen. „Ich wollte mit dir eigentlich über die Zeit sprechen, wenn dieser lästige Feldzug vorbei ist. Mach dir keine Sorgen, unsere kleine Füchsin ist zäh."

„Sie ist meine Verlobte. Nicht deine Füchsin."

„Immer diese Haarspaltereien." Lucien lachte. „Aber von mir aus. Jedenfalls werdet ihr nicht ewig Ruhe vor der Ammit haben."

„Der Ammit? Hat Mel mit dir darüber gesprochen?"

Lucien schüttelte stirnrunzelnd den Kopf. „Armand, ich bin Ägypter, die Ammit gehört zu unserer Mythologie. Wenn sie hier ihr Unwesen treibt, dann bleibt das nicht unbemerkt, da kannst du sicher sein."

Er schwenkte den Wein in seinem Glas, fixierte Armand über den Rand hinweg. Ihm wurde heiß und kalt. Er sah Verlangen in den Augen des Lords, mit dem er so viele Jahre zusammengelebt hatte. Aber auch die Bedrohung, die im letzten Jahr zwischen ihnen entstanden war. Mel war ein Juwel, um das sie ewig kämpfen würden, weil keiner sie je aufgeben wollte. Wer sich wohl am Ende mit ihr schmücken durfte?

„Ich kämpfe nicht, Armand. Das ist nicht nötig. Die Zeit wird kommen und es ist nicht so, dass ich euch eure Liebe nicht gönne." Luciens Stimme klang weich. Ausnahmsweise hatte Armand einmal nicht das Gefühl, dass es Berechnung war. „Du hast sie in Gefahr gebracht."

„*Quoi?*" Armand erschrak. Mel in Gefahr?

„Was weißt du über die Ringe? Über den Ring, den du ihr geschenkt hast?"

„Der *Dagun al Hewla*. Es heißt, dass er die Tore zur Unterwelt öffnen kann."

„Weil er von der anderen Seite der Tore stammt. Er und zwei andere. Es ranken sich tausend Legenden um die Ringe der Nacht, Armand. Tausend Lügen. Die Ringe gehören einem Dämon, sie tragen sein Blut, sie haben Macht, doch sie sind gefährlich. Du hast deinen Verlobungsring nicht sehr glücklich gewählt, aber sei es drum. Wenn sie ihn beherrscht, wird er ihr viel Nutzen bringen. Andererseits viel Leid, wenn er sie beherrscht. Doch wer ihn als Geschenk erhält, dem gehört er. Wer ihn stiehlt, den lässt er im Stich. Du sollst wissen, dass die Hand des Dämons den ersten Ring zerschmetterte in drei Teile, und diese drei Teile streute er in die Welt. Sie sollen zu ihm zurückfinden, irgendwann. Weil der Dämonenring wieder vollständig sein muss. Der Anfang war getan. Ein Ring fand den Weg zurück. Doch der Sapyrion, den ihr in Rom vernichtet habt, holte ihn wieder in diese Welt. Weiß der Himmel, wie er an ihn gekommen ist und warum. Ich glaube nicht an Zufälle und ein Sapyrion hätte nicht genug Verstand, den Ring seinem wahren Besitzer zu entwenden. Doch egal, jetzt ist die Jagd eröffnet. Auf die drei Ringe und ihre Träger. Heute ist es die Ammit, morgen ... wer weiß das schon?"

Am liebsten wäre Armand sofort aufgesprungen, um Melissa zu suchen und ihr den Ring wieder abzunehmen. *Mon Dieu*, was hatte er getan? Wenn er das gewusst hätte!

Lucien winkte beschwichtigend ab. „Es ist Schicksal, *elby*. Der Ring sollte zu ihr. Wir beide wissen, dass er in ihrer Hand keinen Schaden anrichten wird. Du kannst ihn ihr nicht mehr nehmen. Dazu ist es zu spät. Er ist der ihre. Lass uns sehen, was geschieht. Der Smaragd ist der Stein von Wasser und Ruhe. Er hat nicht die größte Macht, doch er kann eine Entscheidung bringen."

„Musst du immer in Rätseln sprechen?", fauchte Armand. Die Sorge fraß ihn auf und der Lord sprach kryptisch wie ein alter Drachenkönig.

Er lachte über Armands Reaktion. „Du hast viel zu wenig Vertrauen in sie. Eigentlich hast du sie gar nicht verdient. Und die Rätsel sind nicht mein Werk, also wirf sie mir nicht vor. Ich sage dir, was ich weiß. Ich bin auf deiner Seite."

Er leerte sein Glas in einem Zug und stellte es auf den Tisch. Dabei glitt sein schwarzes Haar nach vorn, seine meerblauen Augen fingen Armand für einen kurzen Moment ein. Er konnte es noch immer, da brauchte er sich gar nichts vormachen.

„So", sagte er dann. „Ich möchte deine Gastfreundschaft nicht länger strapazieren. Aber vergesst nicht, mich zur Hochzeit einzuladen. Ich glaube, ich habe es verdient, die Braut zum Bräutigam zu führen. Schließlich habe ich das schon einmal getan, nicht wahr?"

Armand blieb eine Erwiderung auf diese Spitze erspart, denn er war allein im Raum. Wieder bauschten sich die Vorhänge und die Haustür fiel ins Schloss.

Auch Friedenspfeifen machen Rauch

Wie viele Wochen wir nun schon auf dem Kriegspfad waren, konnte ich nicht sagen. Aber der Herbstwind hatte die Blätter von den Bäumen geweht, es wurde kälter, der Geruch von Schnee lag in der Luft, auch wenn es noch eine Weile dauern würde, bis er fiel. Was während meiner Abwesenheit mit dem Fall und vor allem mit Warren passierte, kümmerte mich nicht. Ich wusste, dass die Ammit noch immer ruhte, also würden es die Ermittlungen auch.

Dann kam eine Nacht, in der meine drei Begleiter nicht da waren. Ich öffnete meinen Geist, sandte meinen Dämon auf die Suche, aber nirgendwo eine Spur von ihnen. Als hätte es sie nie gegeben.

Ich rannte durch die Straßen, rief lautlos ihre Namen, ohne eine Antwort. Wo waren sie? Was war mit ihnen passiert?

„Komm! Komm her! Sie sind hier", rief mich eine flüsternde Stimme.

In Panik folgte ich ihr. Wir waren Freunde geworden, Kampfgefährten. Das schweißte zusammen. Ich konnte nicht so tun, als wäre nichts gewesen. Nahe dem Ursprung der Stimme trug der Wind schwachen Crawlerduft zu mir. Witternd hoben Osira und ich zeitgleich die Nasen in den Wind. Einer oder zwei. Mehr sicher nicht. Ich schaute mich um, fand ihn in den Schatten am Ende einer Gasse. Hunger erwachte in mir. Während der ganzen Jagd hatte ich nicht einmal getrunken. Viel zu lange nicht, mein Verstand war benebelt vom Blutdurst. Diesmal würde ich trinken, würde mich laben am verbotenen Blut.

Ich schwankte plötzlich, auch Osiras Schritte wurden unsicher. Seine Essenz schwappte zu uns herüber, legte sich wie ein Tuch auf uns und erschwerte das Atmen. Geduckt schlich meine Wölfin an meiner Seite vorwärts, fixierte den Mann im Dunkeln, dessen Gesicht wir nicht sehen konnten. Sie knurrte drohend, sträubte ihr Fell, auch meine Bewegungen waren steif wie bei einem Raubtier, das sich anpirscht. Als Antwort erhielten wir ein hämisches Lachen.

Unvermittelt griff ich schließlich an, fand mich Sekundenbruchteile später an die gegenüberliegende Wand geschmettert wieder. Osira schlug neben mir auf, fiel jaulend zu Boden und blieb bewusstlos liegen. Der Crawler hatte sowohl meinen als auch ihren Angriff spielend abgewehrt. Darauf war ich nicht vorbereitet gewesen. Er zeigte keine Fluchtabsichten. Verharrte bewegungslos wieder im Schatten und wartete. Ich sprang auf die Füße, doch ein zweiter Angriff wurde im Keim erstickt, als mein Gegner blitzschnell bei mir war, mir die Arme auf den Rücken drehte und mich mit dem Gesicht an die Mauer presste.

„Gib dir keine Mühe, Melissa", sagte eine amüsierte Stimme. „Du kannst mich nicht verletzen. Also vergeude nicht deine Kraft." Sie klang merkwürdig weit entfernt. Sprach er mittels Telepathie zu mir?

„Du weißt, wer ich bin?"

„Die Schicksalskriegerin!", sagte er theatralisch und verwendete zu meinem allergrößten Erstaunen die gleiche Bezeichnung, die Zolut mir vor Monaten beim Großen Rat ins Ohr geflüstert hatte, ehe er durch die Hand seines eigenen Bruders den Tod fand, und die mein kleines Heer mit so viel Ehrfurcht gebraucht hatte. Aber kein Atem streifte meinen Nacken.

„Ja, ich weiß, wer du bist. Ich weiß vielleicht mehr über dich, als du selbst."

Sein Lächeln war verschlagen. Ich sah es aus den Augenwinkeln, aber die Gasse war stockfinster, sogar für mich. Es war unmöglich, ihn genau zu erkennen.

„Und? Willst du mich jetzt töten? Das ist doch der Sinn des Fluches, an den du und deinesgleichen glaubt."

„Blödsinn", fauchte seine Stimme, doch die Gesichtszüge zeigten keine Regung. Nur seine Augen funkelten. „Die Schwachen glauben an diesen Unsinn von einem Fluch. Wir – die Elite – wissen, dass er nur eine große Lüge eurer Königin ist."

„Unserer Königin?"

Sein Lachen klang bitter. „Ja, eurer Königin. Um zu vermeiden, dass es je ein Bündnis zwischen euch und uns geben könnte. Eine friedliche Koexistenz. Wollen wir doch im Grunde beide dasselbe. Blut und Fleisch."

Er meinte das ‚Fleisch' offenbar genauso, wie ich es gemeint hätte. „Der einzig wahre Fluch ist die Schwäche meiner Brut. Und daran arbeite ich ja nun schon eine Weile, wie du weißt. Du hast es selbst gesehen in den Bulmer Cavern. Vielen Dank übrigens für deine Unterstützung. Du und deine kleinen Zinnsoldaten haben mir eine Menge Arbeit abgenommen. Aber jetzt ist es genug, verstanden?"

Mit diesen Worten drehte mein Häscher mich um. Er hatte gletscherblaue Augen und sehr helles, schulterlanges Haar. Sein Körperbau erinnerte mich an einen Gladiator, kein Wunder, dass er mich so spielend überrumpelt hatte. Shirt und Hose in schwarz schmiegten sich wie eine zweite Haut an seinen Leib. Ich schluckte. Er schob mich ein Stück von sich in Richtung eines zweiten Crawlers. Mir stockte der Atem, als ich diesen erkannte. Der Fürst selbst. Das spärliche Licht der Straßenlampen schimmerte in seinem silbernen Haar, ließ seine gelben Augen aufblitzen, ebenso wie seine scharfen Fänge, als er amüsiert lächelte. Er trug immer noch dieses steife Dracula-Cape, was seine Aura unterstrich und automatisch Angst in mir wach rief. Ich wusste, zu was er fähig war, in welcher Gefahr ich schwebte.

Aber noch tiefer als das traf mich der Schock über den Mann, der an seiner Seite stand.

„Dracon?"

„Hi, Babe!" Er grinste mich an. „Siehst du, nachdem du die Seiten gewechselt hast, dachte ich mir, das wär vielleicht auch für mich keine schlechte Idee. Du wirst stolz auf mich sein, wenn du ihm zugehört hast. Ich hab wirklich genau das Richtige getan, Süße."

„Schon gut, Pascal", sagte der Gelbäugige ruhig und überraschte mich damit, dass er Dracons sterblichen Namen verwendete. „Es wird Zeit, ein paar Dinge zu erklären. Ein paar Fragen zu beantworten. Und diese Pflicht liegt wohl bei mir."

Er wandte sich an mich. „Weißt du, wer ich bin?"

„Du bist ihr Lord. Ihr Ursprung. Ich spüre es."

Er nickte bedächtig, ließ mich dabei keine Sekunde aus den Augen. Er konnte in meiner Seele lesen, dass ich an die Nacht in Prag dachte. An den schmutzigen Schlachthof, wo ich durch seine Hand beinah den Tod gefunden hatte. Und an die Bulmer Cavern, wo Armand und ich ihm ebenfalls nur um ein Haar entkommen waren. Das entlockte ihm ein Lächeln.

„Oh, du hast es also nicht vergessen. Ich auch nicht, Melissa Ravenwood." Dann senkte er die Stimme zu einem Raunen. „Wenn ich damals gewollt hätte, wärst du gestorben. Und er auch."

Ich hielt es für durchaus möglich, dass er recht hatte. Dass er in einem ernsten Kampf der Sieger gewesen wäre. So, wie jetzt auch. Ich erinnerte mich an das, was Kaliste mir über den Ring gesagt hatte und versuchte, ihn an meinem Finger zu drehen, was aber von dem Kerl bemerkt wurde, der mich festhielt. Er packte meine Hand so fest, dass die Knochen widerlich knirschten. Ich keuchte vor Schmerz. Ängstlich schaute ich zu Osira. Sie atmete ruhig, erlangte ihr Bewusstsein aber noch nicht wieder.

„Ich trachtete dir damals nicht nach dem Leben. Ich tue es heute nicht. Weder dir noch den deinen. Ich bitte dich aufrichtig um Frieden und Waffenstillstand."

„Mich?"

„Wen sonst?"

Sein Blick war freundlich und offen. Aber die Ereignisse der letzten Wochen waren noch zu frisch in mir. Die Morde der Crawler, die Ammit, Kalistes Warnung, der Ring. Ich begegnete ihm darum mit Misstrauen, egal, wie höflich er erscheinen mochte.

Ich schaute auf seinen Ringfinger. Die Runen schimmerten matt. Er folgte meinem Blick, hob seine Hand, zeigte mir den Sternrubin.

„Mein Fluch. Mit ihm hat alles begonnen."

Er machte eine Geste und ich wurde losgelassen. In meinen Armen pochte es unangenehm, als das Blut wieder zu zirkulieren begann. Tausend kleine Nadeln stachen mich, ich schüttelte meine Glieder, um wieder Leben hineinzupumpen.

„Und jetzt willst du die anderen beiden auch", schnappte ich.

Er lachte, ließ die Hand mit dem Ring wieder sinken. „Wie albern. Was sollte ich damit anfangen? Den hier wäre ich auch gern wieder los. Aber wir sind aneinander gebunden."

„Warum hast du dann die Ammit geschickt?"

„Habe ich nicht. Ich weiß nur, dass sie hier ist. Und dass der Schattenjäger ihre Spur verfolgt."

„Du kennst den Schattenjäger?"

Er zuckte die Achseln. „Ich weiß von dem Kopfgeldjäger. Er ließ mir eine Nachricht zukommen, dass ich nach London reisen solle, wegen des Ringes. Weil die Ammit die Ringe der Nacht sucht und er hoffte, sie mit meinem anlocken zu können."

Meine Verwirrung erreichte den kritischen Punkt. Der Schattenjäger sollte ihn hierher bestellt haben? Wieso?

Dracon meldete sich zu Wort. „Wir sollten das nicht hier besprechen. Es ist ungemütlich heute Nacht. Die Jagd ist vorbei."

„Ja", stimmte der Gelbäugige ihm zu. „Das ist sie. Ich bitte dich, die Deinen zurückzurufen. Beende diese Jagd. Der, der meiner Brut befohlen hat, schweigt jetzt. Die, die übrig sind, haben zuviel Angst. Außerdem werde ich mich um sie kümmern. Wenn dieser Krieg beendet ist, werden wir reden. Und gemeinsam sehen, wie wir das Problem mit der Ammit lösen. Jetzt geh nach Hause. Du brauchst Ruhe. Die brauchen wir alle." Er klang wie ein Vater und lächelte freundlich.

Zusammen mit Dracon und dem anderen Crawler verschwand er lautlos in der Nacht.

Nach Hause. Wo war mein Zuhause? In meinem Zustand wollte ich Armand nicht unter die Augen treten. Zuviel war geschehen, unser Streit nicht beigelegt, das Gefühl der Verrats immer noch frisch. Also entschied ich mich für Gorlem Manor und meinen Vater. Es war Zeit zu reden, bei ihm würde ich anfangen.

Behutsam strich ich Osira übers Fell. Sie zuckte mit leisem Winseln zusammen, regte sich aber zu meiner Erleichterung, kam unsicher auf die Beine.

„Soll ich dich tragen?"

„Wage es nicht. So schlecht geht es mir noch nicht, dass ich mir diese Schmach antue, nicht auf den eigenen Füßen von hier fortzugehen. Beschämend genug, dass dieser Mistkerl mich ausgeknocked hat."

Gut, sie war wieder ganz die Alte.

Ich hatte keine Ahnung, wie viel Zeit mir der Crawlerfürst ließ, aber sicher nicht lange. Falls er den Verdacht haben sollte, dass ich meine Leute nicht zurückrief, würde er mir vielleicht nicht mehr so freundlich gesinnt sein. Und was das Schicksal meiner drei Mitstreiter anging, hatte ich bereits eine böse Ahnung. Darum schob ich es nicht lange vor mir her, sondern sandte noch in dieser Nacht erneut den Ruf nach meiner Art über den Erdball. Ich wusste, sie würden ihn alle hören und, jene, die ihm schon beim Erstenmal gefolgt waren, auch diesmal kommen.

So war es auch. Nur ihre Anzahl hatte sich stark verringert, weil auch manche Crawler wehrhaft gewesen waren. In ihren Augen sah ich Blutgier, den Willen, weiterzukämpfen, weil sie Spaß am Töten hatten und keine Angst zu sterben. Ihnen würde also nicht gefallen, was ich zu sagen hatte. Wenn sie nun nicht auf mich hörten, was dann?

Ich wusste es. Raphael und der andere Crawler würden jeden töten, der die Jagd weiterführte. Alles Tote, die auf mein Konto gingen. Ich trug die Verantwortung, weil ich sie aufgehetzt hatte. Innerlich bereitete ich mich auf alles vor, jedenfalls wollte ich nicht lange um den heißen Brei reden.

„Ich danke euch, dass ihr meinem Ruf wieder gefolgt seid." Wie sagte man Soldaten, die nach dem Kampf gierten, dass sie nicht mehr kämpfen durften? „Es hat ein Friedensangebot gegeben."

„Pah! Frieden? Damit sie uns dann hinterrücks fertigmachen können."

Eine kleine Punkerin mit lila gesträhnten Haaren spuckte verächtlich auf den Boden.

„Nein, es ist ernst gemeint. Ich ... habe mich geirrt. Vorschnell gehandelt."

„Was soll das werden?", rief einer aus der hinteren Reihe. „Predigten gehören in die Kirche. Wir machen die Hunde fertig."

Zustimmendes Gemurmel von allen Seiten. Osira knurrte vernehmlich an meiner Seite, was zunächst wieder für Ruhe sorgte.

„Die Crawler handeln nicht aus eigenem Antrieb."

„Klar, ihr Fürst befiehlt es ihnen. Spielt doch keine Rolle. Den kriegen wir auch noch, wenn seine Brut erst ausgerottet ist."

Große Göttin, ich würde hier mit Argumenten nicht weit kommen. Mir schwante, dass ich mich ebenfalls in Gefahr befand, weil ich für die Crawler Partei ergriff und die Meute aufgeheizt und blutdurstig war. Trotzdem musste ich es versuchen.

„Nein, ihr Fürst ist es nicht. Wir wissen nicht, wer, aber ..."

„Was heißt wir? Steckst wohl mit ihm unter einer Decke", giftete ein Gothic-Kerl mit schmierigen Haaren.

„Ja, Verräterin", rief eine Vampirin im Netzoutfit, deren grüne Mähne wie Stacheln von ihrem Kopf abstand. „Pepper war mein Freund. Und jetzt ist er tot. Das ist deine Schuld. Du hast ihn dem Crawler zum Fraß vorgeworfen, um deinen Kopf zu retten."

„Das stimmt nicht. Ich weiß nicht einmal, wo er und die beiden anderen sind. Vielleicht leben sie noch."

„Blödsinn. Du bist ein Überläufer. Vielleicht hast du uns nur in den Krieg geschickt, damit wir alle sterben."

Drei, vier Vampire schossen aus der hinteren Reihe mit ausgestreckten Krallen auf mich zu. Ich wusste, sie zielten auf meine Kehle, starteten den Versuch, mich zu töten. Doch ich war wie gelähmt, unfähig mich zu bewegen. Vielleicht dachte ich in diesen Millisekunden auch, dass es besser wäre, zu sterben, und das alles hinter mir zu lassen. Die unzähligen Fehler, die ich begangen hatte, seit … seit wann eigentlich?

Ein schrilles Kreischen unterbrach meine Gedanken. Der Kopf der grünstacheligen Vampirin flog durch die Luft, zerbarst an einem Grabstein. Eine Zweite, die so verächtlich vom Frieden gesprochen hatte, folgte umgehend. Ihr lila Haar wurde gleich einer Perücke vom Wind erfasst und in die Luft gewirbelt. Es blieb in den Ästen einer Weide hängen. Beide Körper sackten zuckend zusammen. Neben ihnen ein männlicher Vampir im Ledermantel, der gegen die Barriere eines ausgestreckten Armes lief, der sich schützend vor meinem Körper ausgestreckt hatte.

Ein Fuß in einem schweren Springerstiefel brach ihm die Wirbelsäule mit einem Knacken. Der vierte Angreifer stoppte seine Attacke und huschte fauchend in die Reihen der anderen zurück.

„Schluss damit!", herrschte mein Retter die Jungvampire an, die sofort ängstlich einen Schritt zurückwichen vor seinem scharfen Blick. „Ich töte jeden, der es wagt, sie anzugreifen. Sie sagt, der Krieg ist vorbei, also ist er vorbei. Jeder von euch weiß von der Schicksalskriegerin. Ihr Wort gilt, ob es euch passt oder nicht. Der Kampf war zu Anfang richtig, jetzt ist er es nicht mehr. Manchmal ändern sich die Umstände eben."

Unruhiges Gemurmel, Hass flutete uns entgegen, ich war immer noch paralysiert und konnte Dracon nur anstarren, mit tausend Fragen im Kopf, auf die es niemals eine Antwort geben würde.

„Ich habe selbst mit dem Crawlerfürsten gesprochen. Weiß um die Lügen und ihren Ursprung", fuhr er fort.

„Du bist genauso ein Verräter wie sie. Ihr steckt mit dem Feind unter einer …"

Weiter kam der Rocker nicht, denn er ging mit einem Blick Dracons in Flammen auf.

„Wer will der Nächste sein?" Er schaute herausfordernd mit gebleckten Zähnen in die Menge, die weiter zurückwich. „Die Wahrheit wollt ihr nicht hören, aber der Krieg ist vorbei. Auf jeden, der das nicht versteht, wartet der Tod."

Im Gegensatz zu mir hielt er sich wirklich nicht mit langen Reden und Erklärungen auf. Das schaffte zwar weder ihm noch mir Sympathien, war aber wesentlich effektiver, als meine Vorgehensweise.

„Wollt ihr wirklich für eine Lüge sterben? Ist euch euer Leben so wenig wert? Dann nur zu, ich erfülle jedem von euch gern seinen Todeswunsch."

Die Meute gab nach, betretenes Flüstern, gesenkte Blicke. Nach und nach verschwanden sie in die Nacht, bis nur noch Dracon und ich zurückblieben.

„Danke", sagte ich leise.

„Kein Thema. War ja meine Pflicht."

„Pflicht?"

Er fasste nach dem Amulett um meinen Hals. „Wir sind aneinander gebunden, schon vergessen? Und glaub nur nicht, dass das einseitig wäre."

Mit einem breiten Grinsen griff er unter sein T-Shirt und zog ein zweites Amulett, ähnlich dem meinen hervor. Vor Schreck wurde mir heiß und kalt. Mein Blut, eine Strähne meines Haares. Ich spürte es. Wie konnte Kaliste ...? Aber sicher doch. Ich war lange bewusstlos gewesen, als sie mich gerettet hatte.

„Keine Angst, ich missbrauche es nicht. Aber jetzt weißt du es. Der Fürst erwartet dich morgen Nacht auf dem Gelände vom ‚Rooner's. Weißt du, wo das ist?" Das große Im- und Exportunternehmen am Stadtrand. „Morgen. Heute solltest du seinen Rat von gestern befolgen und nach Hause gehen. Nach Gorlem Manor."

Legenden

Ich befolgte Dracons Rat, weil mir das Mutterhaus immer noch lieber war als eine Begegnung mit Armand. Die wollte ich noch ein bisschen vor mir her schieben.

Erschöpft ließ ich mich im Kaminzimmer in einen Ledersessel fallen.

„Darf ich dir einen Sherry anbieten?", fragte Franklin lächelnd.

„Gern." Ich erwiderte das Lächeln, obwohl mir eher nach Heulen zumute war. Als Massenmörderin fühlte man sich nun mal nicht so besonders. Wenn man die Rechtmäßigkeit der Morde auch noch selbst infrage stellen musste, potenzierte sich das. Ich fühlte mich elend, hatte das Bedürfnis, mich zu erklären und eine objektive Meinung zu hören, die mich idealerweise bestätigte, obwohl ich gleichzeitig zweifelte, ob ich solch einer Bestätigung glauben konnte.

„Vater, ich weiß nicht, was ich tun soll. Es ist so viel geschehen, ich habe einen großen Fehler gemacht. Alles ist so verwirrend. Als die Crawler plötzlich überall Menschen getötet haben und die Presse die Toten als Terroropfer hinstellte, da hab ich ... Kaliste hatte mich gewarnt, die Crawler würden versuchen, uns in Verruf zu bringen, für Unruhe sorgen. Sie schien Recht zu behalten. Ich hatte Angst, dass es sich so lange hochschaukelt, bis es irgendwie zum Holocaust kommt. Da hab ich ..."

„Zum Gegenangriff geblasen", vervollständigte er mein Gestammel.

„Ja", seufzte ich.

„Ich dachte es mir schon. Nachdem ich dir die Tränen nicht geben wollte und du dann verschwunden bist."

„Kaliste ist der Meinung, dass der Crawlerfürst die Ammit befehligt und an meinen Ring kommen will." Ich betrachtete den grünen Stein mit seinem Sternenmeer. „Und letzte Nacht bin ich ihm dann selbst wieder begegnet. Er hätte mich töten können, doch stattdessen verschont er mich und sagt, dass das alles nur eine große Lüge ist, die Kaliste selbst in die Welt gesetzt hat. Dass er weder an dem Ring interessiert ist, noch unseresgleichen vernichten will. Und weißt du, was das Verrückteste ist? Ich glaube ihm. Göttin, ich hab mich noch nie im Leben so elend gefühlt. Was hab ich nur getan?"

„Nun, du bist deinem Gewissen gefolgt."

„Ich habe gemordet, Dad. Grausam gemordet. Du willst gar nicht wissen, was ich alles getan habe in den letzten Wochen."

Er seufzte. „Vielleicht war es ein Fehler, vielleicht nicht. Es ist aber nicht mehr zu ändern, und mit ihren Taten haben die Crawler den Tod ein Stück weit verdient, auch wenn ich persönlich zunächst immer Verhandlungen dem Töten vorziehe. Wichtig ist jedenfalls, dass du mit neuem Wissen auch neue Schlüsse ziehst und dein Handeln überdenkst. Sonst wäre es verwerflich. Aber du bist hier. Du kämpfst nicht weiter."

Ich schüttelte den Kopf. „Nein, ich habe sie alle zurückgerufen."

Unwichtig wie und dass sie ohne Dracon nicht auf mich gehört hätten. Dass er ein ähnliches Amulett trug wie ich. Nein, ich würde Franklin nicht davon erzählen.

„Raphael al Akaban. Der Fürst der Crawler. Der, bei dem alles begann."

Erstaunt blickte ich meinen Vater an, der nachdenklich an seinem Sherry nippte.

„Oh", meinte er schmunzelnd. „Wir sind nicht untätig gewesen seit deinem Einsatz in Prag. Erst dein Bericht von einem gelbäugigen Dämon und einem Ring, der rote Rauchfäden speit. Und dann die Schrifttafel, die du aus Neuseeland mitgebracht hast, erinnerst du dich? Spencer hat sie inzwischen übersetzt. Zumindest den größten Teil. Es war endlich ein Anhaltspunkt, mit dem wir in den alten Schriften forschen konnten. Und wir waren erfolgreich, wie du gleich sehen wirst. Die Crawler sind sehr viel älter als Kaliste oder Tizian."

„Wie viel älter?"

„Einige Hundert Jahre. Vielleicht einige Tausend. Keiner kann das genau sagen, außer ihm selbst vielleicht. Und er schweigt." Franklin lachte. „Nun, es ist eher so, dass noch niemand nah genug an ihn herangekommen ist, um ihn zu fragen."

„Wenn ihr weitergeforscht habt, dann weißt du doch sicher auch inzwischen über die Crawler Bescheid."

Franklin nickte. Schwieg aber noch.

„Erzähl es mir", bat ich. „Sag mir, ob ich richtig oder falsch gehandelt habe."

Franklin betrachtete die bernsteinfarbene Flüssigkeit in seinem Glas.

„Ich weiß nicht, was Kaliste dir erzählt hat. Aber ich kenne eine Legende von den Dunklen Vampiren, die besagt, dass sie die Vampire deiner Art irgendwann vernichten würden."

„Genau, wie Kaliste mir gesagt hat."

„Aber in dieser Legende heißt es auch, dass die Dunklen mit diesem Fluch kamen. Und das stimmt nun wiederum nachweislich nicht. Ich denke deshalb, dass diese Legende purer Unsinn ist. Und verzeih, wenn ich offen bin, aber ich denke, dass Kaliste sie entweder für ihre Pläne genutzt, oder sogar überhaupt erst verbreitet hat."

„Warum sollte sie?"

Franklin hob abwehrend die Hand. „Ich kenne deine Königin nicht. Ich kenne weder ihr Wesen noch ihre Pläne oder Beweggründe. Aber ich denke, dass Macht und Ehrgeiz für sie sehr wichtig sind."

Genau das, was Lucien sagte, bevor ich losgestürmt war, um wie eine Furie mit meinem Heer aus Halbstarken unter den augenscheinlich unterlegenen Feinden zu wüten.

„In allen Schriften über Tizian und Kaliste steht immer sie im Vordergrund. Und ihre Art hat sich viel stärker verbreitet als die ihres Bruders. Aber das gehört hier nicht zum Thema." Er nahm noch einen Schluck von seinem Sherry. „Die Schriften, denen ich Glauben schenke, reichen weit vor die Zeit der atlantischen Sintflut zurück. Und in diesen Schriften ist von einem Ring die Rede."

Ich dachte an den massiven Silberring, den Raphael am Mittelfinger seiner linken Hand trug und rieb unbewusst über meinen. Ja, es ging um die Ringe. Sie schienen der Schlüssel zu allem zu sein. Ich hatte nur noch nicht das passende Schloss gefunden.

„Der Ring, von dem dort geschrieben steht, ist aus Silber und trägt auf der Innenseite, also der Handfläche des Trägers zugewandt, einen Sternrubin. So dunkelrot, wie das Blut des Lebens. Fast schon schwarz, wenn kein Licht ihn erhellt. Es heißt, der Ring wurde in der Unterwelt geschmiedet. Von einem Dämon, der dem Silber mit seinem eigenen Blut Leben einhauchte. Dies belebte Silber wie Stein. Der Dämon hatte den Ring eigentlich für sich gemacht. Es war nicht seine Absicht, damit Unheil zu stiften. Doch ein Dunkler Engel, heißt es weiter, stahl den Ring. Und erst er ließ den Ring zum Fluch für all jene werden, die ihn später erblickten. Dreizehn Runen ritzte er ins Silber. Der Ring passt jedem, der ihn trägt. Und des Dämons Blut fließt über die Runen, die als Öffnung dienen, aus dem Edelmetall direkt in den Träger hinein, vergiftet dessen Lebenssaft und macht ihn zu einem Vampir, der nur bei Nacht umhergeht und Menschen tötet, um deren Blut zu trinken, von dem sich dann auch der Ring nährt. Es sind sehr mächtige Runen, die der Engel benutzte, Runen der Finsternis."

In der Legende ging es nur um einen Ring. Die beiden anderen wurden nicht erwähnt. Aber Legenden hatten so eine Eigenart, mir kamen Luciens Worte in den Sinn. Ich sollte wirklich die Finger von solchen Dingen lassen. Der dunkle Engel hatte den Ring in die Welt gebracht und dafür gesorgt, dass man ihn fand. Doch sein erster Träger verfiel dem Wahnsinn und gab sich der Sonne preis. Mit ihm starb auch seine Brut und der Ring blieb lange Zeit ein Spielzeug der Gezeiten. Bis er einen neuen Herrn erwählte und sich ihm zu erkennen gab. Dieser Mann war Raphael. Er steckte den Ring an seinen Finger und war fortan ebenso verdammt wie sein Vorgänger, verlor alles, was er im Leben je besaß. Doch etwas war anders. Raphaels Geist war stärker als der des ersten Trägers. Er nahm sich nicht das Leben, sondern entdeckte, dass er mit dem Ring eine Macht gewonnen hatte, die über jede Vorstellungskraft hinausging. Der Ring ließ sich zunächst nicht mehr vom Finger lösen. Doch selbst, wenn er es gekonnt hätte, so hätte es keinen Unterschied mehr gemacht. Der Fluch hatte sich erneut erfüllt. Eine Hexe, bei der er Hilfe suchte, klärte ihn über Herkunft und Wirkung des Ringes auf. Und Raphael erfuhr, dass er mit dem Ring neue Bluttrinker erschaffen konnte. Dass er den Ring vom Finger lösen konnte, sobald er sein Schicksal annahm und sein Streben aufgab, ihn wieder loswerden zu wollen. So lange, wie er mit sich und seinem Los haderte, würde der Ring ihn nicht loslassen. Ergab er sich, wäre er sein Verbündeter. Raphael nutzte dieses Wissen und nahm sein neues Leben an. Er erschuf einige Gefährten, die ihn in seiner Einsamkeit begleiten sollten. Doch schon bald zerstreuten sie sich in alle Winde. Nur einer blieb bei ihm. Der Erste, den er an seine Seite geholt hatte. Ich war mir sicher, dass es der Blonde war, der mich in der Gasse festgehalten hatte.

Viele Jahre blieb es bei den wenigen. Raphael erschuf keine neuen Gefährten, da sie ihn ohnehin alsbald wieder verlassen hätten, denn seine ‚Kinder' fürchteten die Macht des Fürsten. Als dann Kaliste und Tizian kamen und die Dunklen Vampire sahen, wie sich die andere Art vermehrte, geschahen zwei Dinge. Zum einen versuchten Die Dunklen es auf dieselbe Weise, zum anderen entwickelten sie Hass und Neid auf das viel stärkere Geschlecht der Geschwister. Denn aus der Ringlinie wurden nur diejenigen stark, die Raphael selbst erschuf. Alle anderen wurden schwächer mit jeder Generation. Bei den Geschwistern schwächte sich das Blut nicht durch die Weitergabe.

Franklin nahm einen weiteren Schluck und fuhr fort zu erzählen, wie sich die Crawler bis heute entwickelt hatten. „Die schwachen Crawler zogen sich bald zurück, weil sie geächtet und verfolgt wurden. Von Menschen und besonders von der Rasse der Nightflyer. Dafür sorgte Kaliste. Raphael selbst verschwand mit seinem Gefährten gänzlich von der Oberfläche. Erst seit einigen Jahren taucht er wieder auf und scheint entschlossen zu sein, seine verdorbene Brut auszurotten. Er dürfte also gar nicht so unglücklich über deine kleine ‚Unterstützung' gewesen sein."

„Es ist auch nichts weiter als eine Legende. So langsam hab ich die Nase voll davon."

Schmunzelnd strich mir mein Vater über den Arm. „Ich weiß, mein Kind. Aber in jeder steckt ein Fünkchen Wahrheit. Und vielleicht erfährst du sie ja von ihm."

Er stellte sein leeres Glas beiseite. „Übrigens, ich habe Warren Forthys das Buch über den Orden gegeben."

„Wieso das denn?"

Er zog tadelnd die Augenbrauen hoch. „Das fragst ausgerechnet du? Nachdem du ihm gesagt hast, was du bist?"

Autsch! Da war ja noch was. „Tut mir leid", sagte ich zerknirscht. „Hat sich so ergeben."

Er winkte ab. „Wenn du mich nur vorgewarnt hättest. Aber das ist jetzt nicht weiter wichtig. Ich glaube, es war die richtige Entscheidung von dir. Ich mag den Jungen, Mel."

„Warum? Warst du zu lange allein?" Der Satz war raus, ehe ich nachdachte. Am liebsten hätte ich mir die Zunge abgebissen. Franklin überging es zum Glück.

„Er hat Talent, es wurde ihm nur aberzogen. Und ein gutes Herz. Er ist zuweilen etwas übereifrig, weil er glaubt, sich immerzu beweisen zu müssen. Aber wenn man ihm hilft …"

Ich antwortete nicht, weil es unnötig war. Er wusste auch so, dass ich seine Meinung teilte und mir schon selbst Gedanken darüber gemacht hatte, ob Warren vielleicht in den Orden passte. Unser Instinkt trog uns selten.

Anstandsbesuch

Ein Holzscheit knackte und zerbrach. Funken stoben in den Nachthimmel. Der Schattenjäger stocherte in der Glut. Die Nacht war noch lang, und die Ammit ruhte noch immer. Sie mordete seit Wochen nicht mehr, war seit Tagen nicht einmal mehr aufgetaucht, aber das würde sie noch. Deshalb wartete der Kopfgeldjäger in aller Ruhe darauf, dass sie sich wieder zeigte.

Lucien hatte all das aus sicherer Entfernung beobachtet, doch jetzt hatte er entschieden, dass es nicht schaden konnte, einem guten alten Freund einen Besuch abzustatten. Wobei das mit dem Freund eher zynisch gemeint war.

Er kannte den Unterwelts-Söldner, wusste, wie gefährlich es war, sich heimlich anzuschleichen. Darum machte er sich schon von Weitem bemerkbar.

„Der beste Kopfgeldjäger, den die Unterwelten zu bieten haben. Ich wünsche Euch einen guten Abend, mein Freund."

Der Krieger war mit einem Satz auf den Füßen. Doch als er seinen Besucher erkannte, ließ er sich mit deutlichem Desinteresse wieder auf den Boden sinken.

„Lord Lucien von Memphis. Welch Ehre," spie er hervor.

„Aber nicht doch. Ich war gerade in der Nähe", erwiderte Lucien. Er setzte sich ans Feuer, streckte seine Hände aus, wie um sie zu wärmen. „Eine kalte ungemütliche Nacht, findet Ihr nicht?"

„Es geht." Der Schattenjäger holte eine Ratte am Spieß aus den Flammen und brach ein Stück der gerösteten Haut ab. Lucien verzog angewidert die Lippen. Die meisten Dämonen waren nicht sehr wählerisch, was ihr Essen anging.

„Ich würde Euch ja etwas anbieten, aber das Blut ist schon verkocht."

„Danke, ich habe bereits gespeist."

Schattenjäger zuckte die Schultern und fuhr fort, die gegrillte Ratte zu verzehren.

„Mir war klar, dass man Euch schicken würde, die Ammit zu töten. Wer außer Euch wäre dazu auch in der Lage?"

„Viele wären es", überging der Söldner Luciens Schmeichelei. „Ich hatte gerade Zeit."

Lucien wusste viel über die Ammit, schließlich stammte sie aus seiner Mythologie. Sie war einfältig und leicht zu manipulieren. Aber dennoch auch listig und nicht einfach zu töten. Außerdem hatte er noch einen weiteren Verdacht, was den Zeitpunkt ihrer Hinrichtung betraf.

„Sollt Ihr sie vor oder nach einem Geständnis umbringen?", hakte er wie beiläufig nach.

Jetzt lachte der Söldner aus vollem Hals, sodass selbst die Baumkronen erzitterten.

„Ihr wisst, wer mich geschickt hat, nicht wahr, Mylord?"

„Ganz sicher sogar. So, wie ich weiß, wer die Ammit geschickt hat", gestand Lucien mit einem sardonischen Lächeln. „Und den Sapyrion."

Erst war es nur eine Ahnung gewesen, doch als nun auch noch die Crawler in der Welt gewütet hatten, gab es keinen Zweifel mehr. Zu wenige hatten die Macht, die Dunklen Vampire aus der Ferne zu befehligen.

Wortlos zog der Söldner sein Schwert und legte es mit der Spitze in die Glut. „Muss es gelegentlich härten. Damit es seinen Biss nicht verliert."

„Das kann ich gut verstehen. Gerade jetzt ist der erste Schnitt so wichtig. Ein Versagen hätte sicher böse Folgen für Euch. Er mag es nicht, wenn etwas nicht nach seinen Plänen läuft."

„Er kümmert sich eben um die seinen, wenn sie in Schwierigkeiten sind."

„Oder wenn sie mal wieder über die Stränge schlagen und für Ärger sorgen. Immer muss ein anderer dafür den Kopf hinhalten. Eine Schande, findet Ihr nicht?"

„Ich mag Köpfe, Lucien. Und ich befolge nur meine Aufträge. Ihr wisst sehr viel. Gebt Acht, dass Euch das nicht auch irgendwann auf meine Auftragsliste bringt."

Die unverhohlene Drohung schwang zwischen ihnen in der Luft, Lucien fletschte die Zähne, bemühte sich aber um Zurückhaltung.

„Wissen ist Macht, mein Freund. Diese Macht wird nur dann gefährlich, wenn man sie unklug einsetzt. Doch ich kenne meine Grenzen, weiß, wann ich zu schweigen habe. Allein das Wissen zu besitzen kann oft sehr hilfreich sein, auch wenn man es nicht verwendet."

„Und was genau wisst Ihr, Mylord?"

„Dass nicht nur Schwerter im Feuer geschmiedet werden, sondern auch Ringe. Und manches Band zwischen zwei Wesen wird auch in Flammen gehärtet. Das sollte man nie vergessen."

Es wurde Zeit zu gehen. Was er wissen wollte, hatte er erfahren.

„Blut ist nun mal dicker als Wasser, Mylord. Das wisst Ihr doch auch."

„Vor allem wenn es in Silber fließt."

Der Söldner fletschte die Zähne, rührte sich aber nicht. „Gebt auf Euch Acht, Lord Lucien. Die Nacht hat viele Schatten."

„Ich weiß. Manche haben sogar einen Namen. Danke Euch für die Gastfreundschaft."

Er nickte, erhob sich und wandte sich zum Gehen. Als er schon ein Stück entfernt war, spürte er die Bewegung lange bevor das Klirren des Metalls die Luft zerschnitt. Er hatte mit der Attacke gerechnet, reagierte blitzschnell. Die Klinge seines Spazierstockes parierte das Schwert, das auf seinen Hals gezielt hatte. Das grinsende Gesicht des Söldners war direkt neben ihm.

„Ab und zu sollte man üben, damit man nicht einrostet", knurrte er.

„Wie Ihr seht, habe ich noch keinerlei Rost angesetzt, Schattenjäger. Da schwebt Ihr wohl in größerer Gefahr." Er spielte damit auf die metallartige Haut des Kriegers an. Der zog sein Schwert fort und wich ein paar Schritte zurück. „Seid nett zu meiner Füchsin, Kopfgeldjäger. Ich mag sie ungern traurig sehen. Oder gar verletzt. Dann werde ich sehr ungemütlich. Und ich denke, Ihr habt nun gesehen, dass ich Euch noch immer überlegen bin."

Darauf erwiderte der Söldner nichts, verneigte sich nur und ging zurück zu seinem Rattenspieß.

Licht ins Dunkel

Das Gelände des ‚Rooner's' lag still und verlassen vor mir. Sehr merkwürdig. Keine Arbeiter, alles dunkel. Die Maschinen und Gabelstapler standen in Reih und Glied, überall waren Kisten und Kartons gestapelt und Container warteten darauf, verladen zu werden. Das Im- und Exportunternehmen ging gut. Wieso war es heute Nacht hier so still wie auf einem verdammten Friedhof?

„Ich bin froh, dass du gekommen bist, Melissa."

Ich drehte mich zu der Stimme um. Der Crawlerfürst war lautlos zu mir getreten, sein Gladiator-Begleiter blieb ein Stück abseits stehen. Von Dracon keine Spur.

„Wo sind all die Leute?", fragte ich.

„Ich habe ihnen freigegeben."

Vor Schreck wurden mir die Knie weich, das Blut wich aus meinem Gesicht. Aber der Fürst lachte leise und legte mir beruhigend die Hand auf den Arm.

„Keine Sorge, sie leben alle. Ich habe sie tatsächlich beurlaubt. Das Rooner's gehört mir. Mir und Arian." Er deutete mit dem Kopf auf den Blonden.

„Euch? Das heißt, ihr beide seid hier Geschäftsführer?"

Wieder lachte er über meine Sprachlosigkeit.

„Besitzer! Warum wundert dich das? Nenn mir einen Grund, wieso wir es anders machen sollten als ihr."

„Die Crawler leben nicht unter Menschen."

„Ich weiß, was du meinst. Aber es gibt eben Unterschiede. Ich denke, das ist dir jetzt klar. Wir, ich nenne es jetzt mal die Elite, machen es nicht anders als ihr." Er schmunzelte und fügte dann hinzu. „Auf dem Empfang neulich hast du hinreißend ausgesehen. Und keiner deiner zwei Begleiter hat das richtig zu würdigen gewusst. Welch eine Schande."

Mir blieb fast die Luft weg. „Du warst dort?"

„Ich war eingeladen." Er deutete zum Hauptgebäude und dem Schild mit dem Firmenlogo. „Ein angesehener Geschäftsmann hat gewisse Vorzüge. Aber als ich dich sah, hielt ich es für besser, zu verschwinden, ehe wir uns über den Weg laufen. Das hätte nur unnötig Probleme bereitet. Da kam mir das Missgeschick eines Freundes sehr gelegen."

Mir stockte der Atem, als ich den Namen unter der Firmierung las. Rafe Desmond. Der Mann, mit dem Sir Wesley am Abend des Empfangs nach Hause gefahren war. Und kurz darauf fand man seine Leiche.

Ich beäugte den Fürsten misstrauisch. „Du weißt, dass Sir Wesley tot ist?"

Er nickte und sein Gesicht spiegelte echte Betroffenheit wider.

„Ein schlimmer Verlust. Er war ein guter Freund. Soweit ein Mensch das für unseresgleichen sein kann."

„Dir ist aber sicher klar, dass sein Tod nicht grade ein gutes Licht auf dich wirft? Wenn man mal den Ablauf der Dinge betrachtet."

Er verstand, was ich meinte, winkte aber ab. „Ein unglücklicher Zufall. Vielleicht hab ich den Mörder auch erst auf seine Spur gebracht. Darüber habe ich nachgedacht und es stimmt mich sehr traurig, möglicherweise mitschuld an seinem Tod zu sein."

Es gab noch eine weitere Ungereimtheit, die grade nicht ins Bild passen wollte. Er hatte gesagt, der Schattenjäger habe ihn mit einer Nachricht nach London geholt. Wenn ihm aber dieses Unternehmen gehörte und er sogar im Buckingham Palace zu einem Empfang eingeladen wurde, dann passte das nicht zueinander.

Aber auch auf diese Überlegungen von mir hatte er eine plausible Antwort. „Ich lebe in Südafrika. Dort ist die Zentrale meines Konzerns. Das Rooner's ist nur eine von vielen Außenstellen. Aber meine derzeitige Biografie besagt, dass ich aus England stamme. Da mich die Nachricht hierher rief, lud mich Sir Wesley ein, ihn zum Empfang zu begleiten. Ich habe viele Freunde in einflussreichen Kreisen, Geschäftspartner, unterhalte sogar Kontakte zu Prince Charles. Doch London ist mir zu kalt und nass. Ich ziehe den Schwarzen Kontinent vor." Er legte den Kopf schief und lächelte. „Du siehst, es gibt für mich keinen Grund, euch euer Leben zu neiden und darum zum Kampf zu blasen, wie Kaliste behauptet. Wir leben genauso wie ihr, passen uns an. Anders kann man nicht überleben."

Das Wort überleben brachte mich auf eine Frage, die ich ihm ohnehin hatte stellen wollen, obwohl ich eine ungute Ahnung hatte.

„Was habt ihr eigentlich mit meinen drei Mitstreitern gemacht?"

Er senkte schuldbewusst den Blick. „Dasselbe wie mit vielen anderen deiner Krieger. Wir haben sie getötet."

Ich sog hörbar die Luft ein. Es fühlte sich an, wie ein Schlag in die Magengrube. Auch wenn ich die Drei nur kurze Zeit gekannt hatte, sie waren mir ans Herz gewachsen und ihr Tod machte mich traurig. Als sei ein Teil meiner Familie gegangen, was ja nicht ganz falsch war.

„Es tut mir leid", beeilte er sich zu sagen. „Ich war sogar dafür, sie nur zu verjagen, aber Arian ist der Meinung, dass deine Art sich raushalten sollte. Es ist unsere Verantwortung, dafür zu sorgen, dass die schwache Brut nicht zuviel Schaden anrichtet."

„Da habt ihr aber gründlich versagt."

Er nickte unwillig und sah wieder zu seinem stummen Begleiter, mit dem ich vorletzte Nacht so unerfreuliche Bekanntschaft gemacht hatte. Im Augenblick war ich froh, dass Arian weit genug von uns weg stand.

„Er ist mein Bruder. Der erste mit dem Ring Erschaffene. Arian ist älter und hatte auf all das ein Vorrecht. In diesem Fall ist er wohl froh, dass ich es ihm verwehrt habe. Er wäre noch glücklicher gewesen, hätte ich es ihm gänzlich vorenthalten."

Dann war er sicher nicht glücklich darüber, ein Bluttrinker zu sein. Dafür ging er aber ziemlich hart zur Sache. Er tötete seine eigene Art. Aber wenn jemand anderes das tat, wurde der gleich mit plattgemacht. Merkwürdige Einstellung.

„Wenn du nicht unter Tizians Schutz stehen würdest …"

„Tizian?" Mein Herz setzte einen Schlag aus. Unser Ur-Vater. Kalistes Bruder. Der Sanfte von den beiden. Was hatte der mit Raphael zu tun?

„Er ist dein Fürsprecher. Und er ist uns nicht feindlich gesonnen. Nicht so wie Kaliste, die uns am liebsten alle tot sehen würde. Was wir als Notwendigkeit sehen, ist die Vernichtung unserer schwachen Brut. Das tun wir seit einigen Jahren, du weißt das."

„Warum sind sie so anders?"

„Das liegt an ihrer Geburt. Wir können uns nicht vermehren wie ihr. Nicht ganz. Nur der Ring schafft Neue. Er hat die Macht. Das Blut der Macht. Ohne ihn hat der neugeborene Vampir keine Seele. Darum werden sie so, weil sie keine Seele mehr haben." Er seufzte. „Das habe ich viel zu spät bemerkt. Ich bin der Einzige, der Neue schaffen kann, weil ich den Ring trage. Doch ich zeuge keine Nachkommen mehr. Es ist genug. Wenn die Schwachen jetzt ausgerottet sind, wird es keine Neuen mehr geben. Die Elite schafft sich keine Gefährten. Wir suchen einander oder die Nähe zu einem Menschen für eine Zeitspanne, die wir für vertretbar halten. Aber das Blut wird nicht mehr weitergegeben. An diese eiserne Regel halten wir Alten uns jetzt schon viele Jahrhunderte. Es soll keine mehr geben, die wie seelenlose Zombies durch die Welt ziehen und von jedem halbwegs fähigen Dämon wie Marionetten benutzt werden können. So wie es jetzt geschehen ist."

„Seelenlos. Und verstandslos."

„Oh nein", widersprach er. „Sie haben Verstand. Einen sehr scharfen, aber animalischen. Sie wissen, dass sie keine Seele haben. Das ist die Tragödie ihres Lebens. Wie grausam muss es sein, seelenlos zu leben und darum zu wissen."

Er machte eine kurze Pause, in der ich mich fragte, ob Crawler wohl ein Spiegelbild hatten, wenn ihnen die Seele fehlte. Aber sie hatten ja auch einen Schatten. Ich schüttelte den Kopf und konzentrierte mich wieder auf Raphael.

„Sie vermehrten sich zu schnell. Hofften, in der Masse stark zu werden, wenn schon nicht als Einzelner. Ernährten sich von Tieren, weil ihnen der Mut und die Kraft fehlten, ständig unter Menschen zu jagen. Nur wenn sie in Rudeln auszogen, konnten sie sich schwache Sterbliche schnappen, die sie dann in ihre unterirdischen Labyrinthe verschleppten und dort verwandelten. Schwache Sterbliche werden noch schwächere Vampire. Mit jeder Generation starben mehr bei der Wandlung. Viele wurden von uns getötet, weil wir sie nicht dulden. Dabei sind sie im Grunde keine echte Bedrohung, nicht für uns, nicht für euch, nicht mal für die Menschen. Sie waren immer eher harmlos, doch leicht zu manipulieren. Das gilt übrigens auch für die Ammit. Ein schlichtes Gemüt kann zu einer Marionette gemacht werden. Es war uns klar, dass es nur eine Frage der Zeit ist, bis sie jemand für seine dunklen Zwecke missbraucht. Jetzt ist dies geschehen."

„Harmlos finde ich sie nicht. Sie haben Menschen und Nightflyer getötet."

„Weil sie hofften, dadurch mehr Macht zu bekommen. Aber das hatte nichts mit eurer Legende zu tun."

„Unserer Legende?"

„Von euch in die Welt gesetzt, eurer Urmutter. Sie haben davon nicht einmal gewusst. Ahnten nicht, weswegen sie starben, als du sie tötetest."

„Dann habe ich Unschuldige ermordet." Mir wurde schlecht. War ich so blind gewesen? Ungerecht auf jeden Fall. Große Göttin, warum hatte ich das nur getan? Diese Stimme in mir – jetzt war sie fort. War das überhaupt ich gewesen? Aber es war zwecklos, sich herausreden zu wollen. Ich war schließlich nicht schizophren.

„Ihre einzige Schuld lag darin, dass sie nach einer Macht gierten, die ihnen nicht zustand und nicht stark genug waren, sich gegen die Befehle eines starken Dämons zu wehren, wer auch immer er ist. Denk dir einfach, dass du sie deshalb getötet hast. Dann fällt es dir vielleicht leichter."

Ich lächelte bitter. „Ich bin ein Vampir, Raphael. Wir kennen keine Skrupel. Und auch kein Mitgefühl."

Er lächelte ebenfalls, aber keineswegs bitter. „Ich weiß mehr über dich, als du denkst, also spiel nicht die Harte. Du bist ein sehr menschlicher Vampir. Du empfindest etwas, das dein Wesen eigentlich nicht empfinden dürfte."

„Ich bin böse!", betonte ich überflüssigerweise und kam mir so vor, als würde ich eine dieser endlosen, ungeliebten Diskussionen mit Franklin führen, nur in die entgegengesetzte Richtung. „Und ich bin froh darüber. Denn wenn mein Herz nicht schwarz wäre wie die Nacht, könnte ich mein Leben nicht ertragen."

Er schüttelte nachsichtig den Kopf.

„Wenn dein Herz auch nur halb so schwarz wäre, wie du mich glauben machen willst, meine liebe Melissa, hättest du nicht einmal ansatzweise versucht, die Wahrheit über uns herauszufinden, nicht über meine Worte nachgedacht, sondern mich gejagt und bekämpft, bis einer von uns beiden auf der Strecke bleibt."

Er kam näher, umfasste meine Kehle und blickte auf mich herab. Eine sehr dominante Geste und doch hatte ich nicht das Gefühl, dass er seine Überlegenheit zeigen wollte.

„Wenn ich auch nur eine Sekunde glaubte, dein Herz sei so dunkel, dein Geist so vergiftet, von den Worten dieser alten Hexe Kaliste oder deines Lords Lucien, dann hätte ich dich in der dunklen Gasse getötet. Ohne Erbarmen und ohne ein Wort der Erklärung. Und nun tu nicht so, als wüsstest du nicht ganz genau, dass ich spielend dazu fähig wäre. Nicht einmal Kaliste ist stark genug für mich. Nur deshalb hat sie dich auf meine Spur gehetzt. Sie will mich tot sehen seit dem ersten Tag, da sich unsere Wege kreuzten. Aber sie bringt sich nie selbst in Gefahr. Die Drecksarbeit hat sie schon immer anderen überlassen. Du warst nicht die Erste, die sie aussandte, mich und meinesgleichen zu töten. Doch du warst mir zu schade, um für sie zu sterben. Sie weiß, was in dir steckt. Aber ich weiß es auch. Und nun verrate ich dir ein Geheimnis."

Er beugte sich herab, bis seine Lippen mein Ohr berührten. Sein warmer Atem ließ mich erschauern. Ich schloss die Augen.

„Du magst von ihrem Blut sein, doch dein Wesen gleicht dem von Tizian. Das hat er bewirkt mit dem einen Tropfen Blut, den er dir vor deiner Wandlung gab. Es schützt dich. Tizian ist mein bester Freund. Mein Seelenbruder. Mein Geliebter. Sein Wort hat dich gerettet. Weil du seine ganze Hoffnung bist."

Erstaunt sog ich die Luft ein und öffnete die Augen. Doch Raphael war fort, ebenso wie Arian. Kein Wort der Erklärung mehr. Nur diese wenigen, die eine eisige Ahnung in mein Herz säten.

Zwietracht

Nachdem ich nun zwei nötige Gespräche geführt hatte, die mich beide nicht wirklich weitergebracht hatten, war es Zeit, sich dem dritten zu stellen. Osira schaute immer wieder unschlüssig zu mir empor, während sie an meiner Seite zu unserem Haus trottete.

„Ich glaub, es wäre besser, wenn du dich wieder unsichtbar machst."

„Schätzchen, wenn die Miezekatze da drin ist, dann lass mich nur mal machen. Der stutz ich schon die Krallen."

Schmunzelnd schüttelte ich den Kopf. Das konnte ich mir bildlich vorstellen. Doch ich glaubte nicht, dass es dazu kam, und manche Dinge musste ich allein lösen.

Meine Hände zitterten, als ich die Wohnungstür aufschloss, mein Herzschlag glich einem Stakkato, das Armand sicher hörte. Bei meinem Eintreten stand er schon im Türrahmen zum Wohnzimmer.

„Wo warst ...", begann er, besann sich aber eines Besseren, räusperte sich und versuchte es erneut. „Du warst lange weg, *ma chére*."

„Ja."

Wir waren beide verlegen und unsicher. Ich betrachtete das Muster auf dem Teppich im Flur so eingehend wie nie zuvor. Waren die Kreise immer schon unterschiedlich groß gewesen? Er hatte wohl kaum einen neuen Läufer während meiner Abwesenheit gekauft.

„Möchtest du ein Glas Wein? Ich habe eben eine Flasche geöffnet."

Jetzt, wo er es sagte, stieg mir der Duft in die Nase. Zu meiner Überraschung war es Blutwein. Das konnte nur eins bedeuten. „Wann war er hier?"

„Lucien kam einige Tage, nachdem du abgehauen bist, weil du den Ruf ausgesandt hast."

„Oh! Und er brachte ein Freundschaftsgeschenk?" Der Zynismus in meiner Stimme war kaum zu überhören.

„Wir waren zuletzt nicht gut aufeinander zu sprechen", entgegnete Armand in einem Tonfall, der gleichzeitig sagte, dass er keine weiteren Fragen in dieser Richtung beantworten würde. Mir wurde bewusst, dass wir mehr und mehr Geheimnisse voreinander hatten. Das tat weh. So war es früher nicht gewesen. Aber jetzt? Ich wusste nicht, wie ich ihm überhaupt erzählen sollte, was ich getan hatte. Würde er diese Frau noch lieben können, die wie ein Schlächter durch die Reihen der Feinde gegangen war? Ohne Mitleid, ohne Skrupel. Ich hatte ja selbst das Gefühl, dass das nicht ich gewesen sein konnte.

„Lucien überlegte, einzugreifen und dich aufzuhalten. Ich war anderer Meinung. Dieses eine Mal hat er sogar auf mich gehört. Auch wenn du es nicht glaubst, aber ich hatte Vertrauen in dich, dass du weißt, was du tust, auch wenn ich dir in dieser Schlacht nicht folgen wollte. Es war nicht mein Kampf, ich wollte ihn nicht zu meinem machen."

Göttin dieser Schmerz war unerträglich. Warum log er mich an? Ich wusste, dass es eine Lüge war. Lucien hatte nie daran gedacht, mich aufzuhalten, sonst wäre ich nicht mal aus seiner Wohnung gekommen. Aber ich bemühte mich, diese Lüge zu ignorieren, um keinen neuen Streit vom Zaun zu brechen.

„Ich hatte ausreichend Hilfe. Vielleicht hätten wir alle zerstört, wenn ich nicht dem Fürsten begegnet wäre. Wenn Dracon nicht …"

Weiter kam ich nicht, denn der Name allein genügte, um Armand wie einen Vulkan ausbrechen zu lassen.

„Dracon?", fauchte er sofort. „Ich kann diesen Namen nicht mehr hören. Gibt es nur noch diesen *salaud* für dich? Bist du deshalb so lange weggeblieben, weil er an deiner Seite war? Hab ihr es auch ordentlich miteinander getrieben, du und dein Latin Lover?"

Das Knallen der Ohrfeige hallte durchs ganze Haus. Auf Armands Wange bildete sich ein dunkelroter Abdruck.

„Du bist ja paranoid. Das ist …"

Mit einem wütenden Brüllen stürzte sich Armand auf mich. Abermals griff er mich an, mit der ganzen Kraft seines Totems. Göttin, es würde uns zerstören. Seine haltlose Eifersucht würde uns beide in Stücke reißen.

Ich schwankte im Bruchteil einer Sekunde zwischen Gegenangriff und Flucht, entschied mich dann für Letzteres. Mit einem gewaltigen Satz brachte ich Abstand zwischen ihn und mich, weil ich fürchtete, dass es unser beider Tod sein konnte, wenn wir jetzt aufeinander losgingen. Unsere Liebe schien ohnehin bereits im Sterben zu liegen. Es brach mir das Herz, dass es um Besitz ging und nicht länger um die tiefe Zuneigung, die uns einst verbunden hatte. Was war aus uns beiden geworden? Er dem Wahnsinn nah, ich eine eiskalte Killerin. Vielleicht war es besser, es hier und heute zu beenden, indem wir uns gegenseitig umbrachten, aber der Gedanke zerriss mich schier.

Armand kauerte in der Haltung einer Raubkatze vor dem Sprung auf dem Boden, musterte mich aus wutverhangenen Augen, knurrte und fletschte die Zähne. Er war mehr Tier als Mensch.

Kurzentschlossen nahm ich den Ring vom Finger und legte ihn mit Tränen in den Augen auf die Kommode. „Nimm ihn besser zurück. Denn das, was er symbolisieren sollte, scheint nicht mehr zu existieren."

Ein Ruck ging durch ihn, Ungläubigkeit trat auf sein Gesicht, die seinen Zorn und seine Eifersucht augenblicklich kühlte. „Was …?"

Aber ich ließ ihn nicht ausreden, obwohl mich der Kloß in meiner Kehle fast erstickte. „Schluss jetzt! Ich erkenne dich nicht wieder, seit der Panther in dir erwacht ist. Du willst ihn gar nicht unter Kontrolle halten. Stattdessen gierst du nach seiner Macht, weil du glaubst, mich mit ihr beherrschen zu können. Das ist keine Liebe, Armand. Göttin, was ist nur aus dir geworden? Du bist nicht mehr der Mann, in den ich mich verliebt habe. Du bist eine wahnsinnige Bestie und machst mir Angst."

Ich konnte die Tränen nicht länger zurückhalten und ergriff die Flucht, weil ich nicht ertragen konnte zu sehen, was aus Armand, was aus uns geworden war. Ich trug eine Mitschuld daran, das wollte ich nicht leugnen. Aber wie sollte ich das wieder bereinigen, wie ihm helfen, wenn er nur dagegenhielt? Diese Hilflosigkeit trieb mich fast ebenso in den Wahnsinn, wie ihn seine plötzliche Besessenheit.

Ich sehnte mich nach einer starken Schulter zum Anlehnen und Ausweinen. Das, was Armand immer für mich gewesen war. Wie von selbst lenkten mich meine Schritte zu Warrens Wohnung.

In schwerer Zeit erfährst du wahre Freunde

Armand verstand sich selbst nicht mehr. Mel machte er keine Vorwürfe, denn sie hatte recht. Er war zu etwas geworden, das vor nichts und niemandem haltmachte. Dieses Ding machte ihm Angst, dabei sollte es doch eigentlich ein Teil von ihm sein.
Mit zitternden Fingern nahm er den Ring, den Mel zurückgelassen hatte. Damit war ihre Verlobung also gelöst. Hieß das, sie verließ ihn?
Er steckte den Ring unsicher auf seinen Finger. Ihn liegen zu lassen, kam nicht infrage. Auch wenn die Dämonin seit einiger Zeit nicht mehr aufgetaucht war, dem Ruf des Rings, wenn er unbewacht war, konnte sie vielleicht nicht widerstehen. Armand hatte keine Lust herauszufinden, was geschah, wenn sie ihn zu ihrem Auftraggeber brachte.

Nachdenklich strich er über den Stein. Er hatte eine beruhigende Wirkung auf ihn, die er sich nicht erklären konnte. Der Panther in ihm kam zur Ruhe. Dieser Ring sollte gefährlich sein? Er fühlte sich nicht so an. Verlieh eher das Gefühl von Sicherheit und Zuversicht. Was, wenn er ihn jetzt behielt? Ihn Mel einfach nicht zurückgab, wenn sie wieder kam? Ob sie wieder kam? Ja, das würde sie, denn ihre Liebe war immer noch da. Er spürte es. Und der Ring gehörte ihr, wie Lucien gesagt hatte. Er würde auf sie achtgeben, sobald er dieses Raubtier in sich im Griff hatte. Gerade jetzt wagte er zu hoffen, dass es ihm gelänge. Aber dann kamen die Zweifel zurück. Warum sollte sie wiederkommen? Warum bei ihm bleiben, wenn er sie behandelte wie seinen Besitz. Sie hatte recht, das war keine Liebe. Und es war auch nicht das, was er empfand. Er liebte sie von ganzem Herzen, wollte sie nicht besitzen oder irgendetwas tun, das ihr schaden konnte. Aber wie sollte sie ihm das glauben, wenn sein Verhalten etwas anderes sagte? Ihm war klar, dass er Hilfe brauchte. Dieses Tier in ihm kanalisierte im Augenblick seine Gefühle auf eine Art und Weise, die Zerstörung brachte. Was er brauchte, war jemand, der ihm erklärte, warum das so war. Jemand, dem er sich anvertrauen konnte und der sich mit Krafttieren auskannte. Franklin.

Mel und er. Die beiden wichtigsten Menschen in seinem Leben. Seit dem unsäglichen Vorfall war er nicht mehr allein zu Mels Vater gegangen. Nur das eine Mal zusammen mit ihr. Selbst da hatte er Franklins Angst gespürt, vermischt mit Wut und Verzweiflung. Aber jetzt, mit der Kraft des Ringes an seiner Hand, überlegte er, es wieder zu wagen. Zu seinem Liebsten zu gehen und Vergebung zu erbitten für das, was er getan hatte. Mit zärtlichen Küssen, sinnlichen Berührungen. Ein Schauer durchlief seinen Körper, als er an Franklins Duft und seine warme Haut dachte. Sehnsucht erwachte in ihm, ebenso stark wie das Bedürfnis nach Hilfe.

Keine halbe Stunde später wanderte er durch den Park von Gorlem Manor. Im Kaminzimmer brannte Licht, durch die Scheiben sah Armand Franklin allein über einem hohen Stapel Akten sitzen, ein Laptop stand aufgeklappt vor ihm auf dem Tisch. Er sortierte Papiere von links nach rechts, tippte immer wieder Daten ein, oder schien Details in der Zentraldatenbank zu suchen.

Armand zog sich von seinem Beobachterposten zurück und betrat das Mutterhaus durch den Haupteingang. Überall konnte er die Stimmen und Gedanken der Ordensmitglieder hören, doch er begegnete keinem. Leise öffnete er die Tür zum Kaminzimmer. Franklin blickte nicht auf. Er war so tief in seine Arbeit versunken, dass er Armand nicht bemerkte. Eine steile Falte zwischen seinen Augenbrauen zeigte seine Konzentration. Er sah müde und überarbeitet aus.

„Franklin?"

Er erschrak selbst, wie heiser seine Stimme klang. Franklin erstarrte mitten in der Bewegung, hob den Kopf und blickte Armand mit einer Mischung aus Furcht und Wut an. Er hatte es nicht vergessen, auch nicht vergeben, obwohl er sich vor Melissa Mühe gab, es nicht zu zeigen.

„Armand."

Die Stimme war ein dunkler, unheilvoller Hauch. Seine Knie fühlten sich zittrig an, als er auf Franklin zuschritt. Sein Blick ließ ihn nicht los, doch diesmal lag keine Überheblichkeit darin.

Er hätte beinahe sein Leben ausgelöscht in diesem Wahn, von dem er befallen war. Heute Nacht war davon nichts zu spüren. Er fühlte sich ruhig, Herr seiner Selbst. Nur Sehnsucht nach Nähe und Zweisamkeit, das Bedürfnis, verstanden zu werden. Nicht das Begehren, Franklin zu unterwerfen.

Bedächtig nahm er Mels Vater gegenüber Platz, faltete seine Hände im Schoß und wartete ab.

„Ich habe zu arbeiten." Es klang schroff, gleichzeitig zog Franklin schützend eine Aktenmappe vor seine Brust. Sein Körper sprach Bände.

„*Je suis désolé.*" In Armands Augen stand die flehentliche Bitte um Vergebung. „Ich weiß nicht, was mit mir los war. Es wird nie wieder geschehen, bitte glaub mir."

Franklin antwortete nicht, ließ aber auch sein Schutzschild nicht sinken.

„Ich würde es ungeschehen machen, wenn ich könnte. Habe ich dich verletzt?"

„Die Frage kommt reichlich spät, findest du nicht?"

Er senkte den Blick, spürte, wie weit sie gerade voneinander entfernt waren. Wie sehr er sich sehnte, diesen Abgrund zu überwinden. Zu Franklin, zu Mel. Es schob sich übereinander, Vater und Tochter. Beide liebte er, beide hatte er verletzt, beide vielleicht verloren. In ihm entstand für einen winzigen Moment der irrwitzige Gedanke, wenn Franklin sich ihm wieder öffnete, würde Mel das ebenfalls tun. Er musste Franklin überzeugen, nur dann konnte er auch Mel zu sich zurückholen. Der Gedanke verlor sich. Das eine hatte mit dem anderen nichts zu tun.

„Warum?" wollte Franklin wissen. „Kannst du mir das sagen?"

Zumindest legte er die Akte auf den Tisch, drückte einen Knopf auf dem Laptop und schloss ihn.

„Wenn ich es wüsste. Darum bin ich hier. Franklin, ich weiß selbst nicht, was mit mir los ist. Mel ist gegangen, wir haben uns gestritten und sie hat die Verlobung gelöst."

In Franklins Augen trat Betroffenheit. Das hatte er nicht erwartet. „Sie hat recht, weißt du. Ich behandele sie seit Wochen, wie mein Eigentum, weil ich eifersüchtig auf jeden Mann bin, der sie nur anschaut." Er versuchte nicht, es zu beschönigen, Ausreden zu finden. Die Wahrheit war alles, was jetzt noch helfen konnte.

„Eifersucht?" Ungläubig starrte Franklin ihn an. „Du?"

Armand schüttelte den Kopf und schlug die Hände vors Gesicht. Wo sollte er anfangen? „Hat Mel dir gesagt, dass Dracon in der Stadt ist?"

Jetzt war Franklin schockiert. „Nein, das hat sie nicht!"

„Er war in unserer Wohnung, sie ist mit ihm fortgegangen. Ich war rasend, hatte nur Bilder im Kopf von ihr und ihm. Das war in der Nacht, als ich über dich hergefallen bin. Ich weiß nicht, wie es dazu kam. Im einen Moment stand ich noch allein im Wohnzimmer und sah ihr durchs Fenster nach, wie sie mit diesem Kerl fortging, als Nächstes fand ich mich in deinem Schlafzimmer wieder und hatte keine Kontrolle mehr über mich."

Er schluckte, wagte für einen Moment wieder, den Blick zu heben. In den sherrybraunen Augen stand ein erstes Verstehen. „Es gibt keine Entschuldigung", fuhr er fort. „Es hätte nicht geschehen dürfen. Einige Tage zuvor ..." Wie sollte er es sagen, ohne dass es dumm oder albern klang? Franklin war ein Ordensmitglied der Ashera, mit dem Magischen vertraut. Für ihn war ein Krafttier sicher eine Selbstverständlichkeit. So wie Osira für Mel. Sie hatte nie Probleme gehabt, ihre Wölfin zu kontrollieren. Oder vielleicht war diese nicht so aggressiv wie sein Panther.

„Was?" Franklins Stimme klang nun sanft.

„Als Mel und ich zusammen waren, erwachte mein Krafttier. Eine schwarze Raubkatze. Ich wusste nicht, dass ich so etwas habe. Und jetzt ... ich kann sie nicht kontrollieren."

„Du willst also sagen, es war der Panther?"

„Ja. Nein. Ich weiß es nicht." Er seufzte. Beide waren sie es gewesen. Er und der Panther.

Unverhofft stand Franklin auf, kam zu ihm herüber und legte ihm die Hände auf die Schultern. Mit sanftem Druck rieben seine Daumen über Armands Nacken. Er seufzte leise und ergab sich der Zuwendung.

„Nun, es ist nicht leicht am Anfang. Hat Mel dir nichts darüber gesagt?"

„Wir streiten nur noch, anstatt miteinander zu reden. Und jetzt ist sie ohnehin fort. Ich weiß nicht mal, ob sie überhaupt zu mir zurückkommt."

Franklin gab einen unbestimmten Laut von sich, sagte aber nichts. Schweigend fuhr er mit der Massage fort. Armand lehnte sich gegen ihn, drehte den Kopf, rieb seine Wange an Franklins Bauch, atmete seinen Duft. Für einen kurzen Moment geriet dieser ins Stocken. Behutsam nahm Armand seine Hand, schmiegte seine Wange hinein, küsste die Handfläche. Er fuhr mit der Zungenspitze die Linien nach, glitt höher zum kräftig schlagenden Puls. Seine Lippen pressten sich leidenschaftlich auf die Stelle, unter der es verheißungsvoll pochte. Er verharrte, wartete, ob Franklin ihm die Hand entzog, doch nichts geschah. Die andere knetete noch immer das Muskelgewebe der Schultern und des Nackens.

Armand öffnete die Lippen ein Stück weiter, ließ seine Zähne über die Haut kratzen, sodass ein wenig Blut hervortrat. Der Puls beschleunigte sich. So verlockend. Er zögerte nicht länger, sondern biss in das feste Gewebe, saugte an der Wunde, trank das hervorströmende Blut. Franklins Griff wurde fester.

Es war so verlockend, den Gefühlen nachzugeben und für eine Weile alles andere beiseitezuschieben. Ob es richtig war oder falsch, darüber wollte er nicht nachdenken. Wie in Zeitlupe näherte sich Franklins Gesicht dem seinen mit leicht geöffnetem Mund. Ein zaghafter Kuss, verspielt, neckend. Er stand auf, umrundete den Sessel, ohne die Liebkosung zu unterbrechen. Seine Hände glitten unter das weiße Baumwollhemd, streichelten Franklins Brust, fuhren hinab bis zu seinen Lenden.

„Ich werde dir diesmal nicht wehtun", flüsterte er.

„Ich weiß."

Die Schafffelle auf dem Boden waren weich, das Feuer ihrer Leidenschaft erhitzte sie. Armand war geistesgegenwärtig genug, um mit einem Wink die Tür zu verschließen, damit niemand sie störte. Schnell war der störende Stoff abgestreift. Franklins Duft berauschte ihn, verursachte ein schmerzhaftes, sehnsuchtvolles Ziehen in seiner Brust. Er fürchtete sich so sehr davor, wieder die Kontrolle zu verlieren, dass er Franklin festhielt, als dieser ihm den Rücken zudrehen wollte. Nein, heute nicht. Er würde ihn nicht nehmen, sondern ihm gehören, wenn er wollte.

Für Franklin war das ungewohnt, weil sie nur selten die Rollen tauschten. Armand spürte seine Unsicherheit, versuchte ihn zu ermutigen.

„Es ist in Ordnung. Glaub mir, es ist besser so."

Ihm war es heute gleich, ihn verlangte es nur nach Nähe, nach menschlicher Wärme. Franklin liebte ihn, das wusste er. Mehr als er ihn je würde lieben können. Mit jedem sanften Stoß seines Geliebten heilte die Wunde in seiner Seele etwas mehr. Der Panther fauchte nicht heute Nacht, sondern schnurrte wohlig, ergab sich ganz und gar dem sinnlichen Spiel. Zum ersten Mal fühlte sich Armand mit diesem fremden Wesen eins, das Teil seiner Seele war.

Warren war überrascht, als ich an seiner Tür klingelte. Er hatte schon geschlafen, trug nur eine Jogginghose, die er offenbar schnell übergestreift hatte, denn sie war falsch herum. Außerdem waren seine Haare zerzaust, was irgendwie niedlich aussah.

„Mel, was machst du denn hier mitten in der Nacht? Bist du grade erst zurückgekommen? Ist wieder etwas passiert? Gibt es eine neue Leiche?"

Ich schüttelte den Kopf und sah ihn flehend an. Jetzt erst bemerkte er mein tränenüberströmtes Gesicht. Für ihn musste es furchtbar aussehen, blutverschmiert.

„Großer Gott, komm erst mal rein."

Zitternd wie ein Häufchen Elend ließ ich mich von ihm aufs Sofa verfrachten.

„Kaffee?"

Ich schüttelte den Kopf.

„Was Stärkeres?"

Mein Schweigen nahm er als Zustimmung und brachte mir ein Glas Whisky. Ich schaffte es kaum, es an die Lippen zu setzen, aber als der erste Schluck brennend und rauchig durch meine Kehle floss, spürte ich, wie er meine Nerven beruhigte.

„Gut zu wissen, dass das auch bei Vampiren wirkt." Er legte einen Arm um meine Schultern und zog mich an sich. „Und jetzt erzähl. Was hat dich so fertig gemacht?"

Die Bilder jagten sich hinter meiner Stirn. Die sterbenden Crawler, die Jungvampire, die Dracon zerschmettert hatte, der Fürst und seine unheilvollen Worte, die Ammit, wie sie sicher immer noch in irgendwelchen Höhlen lauerte, Armand mit dem Flackern von Wahnsinn in den Augen. Es war alles zuviel. Zuviel für mich, ganz zu schweigen davon, wie ich es ihm – einem Menschen – erklären sollte. Aber es drängte unaufhaltsam an die Oberfläche, wenn ich nicht darüber sprach, würde es mich zerreißen.

„Ich bin ein Killer, Warren", flüsterte ich heiser. Meine Kehle war so eng vor Tränen, dass ich die Worte kaum hindurchpressen konnte.

Seine Hand streichelte zärtlich über meinen Kopf. Seine Stimme war ruhig.

„Ich weiß. Das liegt in deiner Natur."

Ein hysterisches, aber tonloses Lachen schüttelte mich. Er verstand es nicht. Wie auch. „Nicht die Jagd. Nicht diese Jagd. Eine andere, ein Kreuzzug. Schlachtfelder, so viele Schlachtfelder. Meine Hände waren voller Blut, aber getrunken habe ich nichts. Keinen Tropfen."

Behutsam fasste er mich an den Armen, drehte mich um, damit ich ihn ansah. Das dunkle Braun seiner Augen hatte eine angenehm hypnotisierende Wirkung auf mich. „Erzähl es mir langsam. Von Anfang an. Dein Vater sprach von einem Kriegspfad."

Ich schluckte mühsam, die Tränen versiegten. Er nickte aufmunternd. Dann ging es mit einem Mal ganz leicht. Alles sprudelte aus mir heraus. Von der ersten Höhle bis zur Aussprache mit Raphael. Einzig Dracon ließ ich aus.

„Ich weiß nicht, ob es richtig war oder nicht. Ob ich eine Wahl hatte. Es erschien mir der einzige Weg. Und jetzt macht mir auch niemand Vorwürfe. Aber ich mache mir welche. Was habe ich nur getan?"

Die Tränen kehrten schlagartig zurück und schüttelten mich. Warren hielt mich fest. Es schien ihn weit weniger zu schockieren, als ich erwartet hatte.

„Egal, was du getan hast, ich bin sicher, du warst nicht leichtfertig. Du bist eine kluge Frau und eine Kämpferin. Manchmal gefällt uns das, was wir tun müssen nicht. Aber wenn selbst dieser Raphael dich nicht verurteilt oder dein Vater, dann solltest du es auch nicht tun."

Wie konnte er so sachlich bleiben? Auch wenn mir sein Zuspruch gut tat.

„Macht es dir denn gar nichts aus? Schockt dich nicht, was ich getan habe?"

„Es hat mich auch nicht geschockt, was du bist. Und als du weg warst, hat dein Vater mir etwas mitgegeben. Ich glaube, ich begreife die Ashera und was ihr tut jetzt. Verstehen wäre zuviel gesagt."

Er hob mein Kinn mit dem Zeigefinger an. „Und was auch immer du getan hast, eines habe ich wirklich verstanden. Ich liebe dich, Mel. Dich und alles, was du bist."

Seine Worte erschreckten mich. Sonst hätte ich vielleicht schneller reagiert, als er sich vorbeugte und mich küsste. Sein Kuss war zaghaft, wurde dann aber schnell hungriger. Er weckte auch in mir Hunger, nach allem, was ich in den letzten Wochen entbehrt hatte, seit Armand und ich uns immer weiter voneinander entfernt hatten. Meine Lippen und Hände hatten einen eigenen Willen, erwiderten die Annäherung, während mein Verstand noch träge hinterher hinkte.

Erschrocken stieß ich mich von Warren ab. „Nicht. Das dürfen wir nicht tun, Warren. Bitte."

Enttäuschung und Unverständnis mischten sich auf seinem Gesicht. „Was? Wieso? Ich dachte …"

„Ich bin nicht frei."

Ernüchterung raubte ihm die Kraft. Er sank in die Kissen zurück, starrte mich ungläubig an. „Nicht frei? Was soll das heißen?"

Göttin, war es mein Schicksal, Schmerz und Unglück über jene zu bringen, die mir etwas bedeuteten? Der bittere Zug um seine Lippen sprach Bände.

„Ich mag dich. Sehr sogar. Aber ich bin verlobt. Das heißt, ich war es."

Unwirsch schüttelte er den Kopf. Dieses Geständnis schockierte ihn weit mehr, als mein Krieg gegen die Crawler. „Du hast nie von einem Partner gesprochen." Ich griff nach seiner Hand, aber er entzog sie mir. „Melissa, sag mir erst, was das genau bedeutet."

Ich konnte ihm nicht länger in die Augen sehen. „Spielt jetzt keine Rolle mehr. Tut mir leid. Ich hätte nicht zu dir kommen dürfen. Das war nicht fair."

„Wenn es keine Rolle mehr spielt?"

Er wollte es wissen, das konnte ich verstehen. „Wir hatten Streit, bevor ich auf diesen Kreuzzug gegangen bin. Jetzt wollte ich noch mal mit ihm reden, aber wir haben nur wieder gestritten und dann habe ich den Verlobungsring abgenommen und bin gegangen." Ein neuer Schwall Tränen floss über meine Wangen. „Es tat so weh. Dass wir nicht mehr zueinanderfinden können. Ich hab mich elend gefühlt, wusste nicht wohin. Und dann …"

„Bist du zu mir gekommen. Um dich bei mir auszuheulen wegen einem anderen Mann. Du hast recht, das ist allerdings nicht fair."

Mit einem tiefen Atemzug stand ich auf. „Wie gesagt, es tut mir leid. Für mich warst du immer ein Freund. Deshalb dachte ich … Vergiss es einfach. Ich gehe jetzt besser."

Er hielt mich nicht auf.

Totem

„Die Sache mit deinem Krafttier", begann Franklin, nachdem sie sich wieder angezogen hatten und noch ein Glas Wein genossen.

„Ja?" Armand schöpfte Hoffnung, als Franklin es ansprach. Hatte er genau wie Mel Kontakt zu der großen Katze aufgenommen? Wusste er, was falsch lief, warum er ihn nicht kontrollieren konnte?

„Du kannst ein Krafttier nur beherrschen, wenn ihr euch beide respektiert. Dazu musst du auch seinen Namen kennen."

„Wie finde ich den heraus?"

„Nun, du musst ihn fragen. Im Augenblick wehrst du dich gegen ihn, lehnst ihn ab. Also ist er auch dir gegenüber nicht gerade freundlich gestimmt. Erst, wenn du ihn annimmst und den Kontakt suchst, werdet ihr eine Einheit bilden."

„Kannst du mir dabei helfen?" Es klang fast flehend, aber vor Franklin war es Armand weniger peinlich als vor Mel. Wenn er an die Angst in ihren Augen dachte, über das, was der Panther aus ihm gemacht hatte, dann erschien es ihm nahezu unmöglich, sie noch einmal um Hilfe zu bitten. Daher ernüchterten ihn Franklins nächste Worte sehr.

„Nein, das kann ich leider nicht. Dein Panther hat bereits eine sehr starke Bindung zu Mels Wölfin. Er wird ihr überall hin folgen. Bitte Mel, dass sie ihre Wölfin vorausschickt, um hier zu vermitteln. Und noch mal, nimm ihn an. Lehne ihn nicht ab."

„Ich wünschte, dieses Vieh wäre nie erschienen. Oder wenigstens so wie Osira. Aber diese Katze spricht nicht, wie soll ich überhaupt mit ihr reden?"

Franklin räusperte sich und zog Armands immer noch mürrischen Blick damit auf sich. Er schien zu überlegen, nach Worten zu suchen, oder nach etwas anderem. Dann stand er plötzlich auf und winkte Armand, mit ihm zu kommen.

„Lass uns in den Garten gehen. Dann zeige ich dir etwas."

Er folgte seinem Freund nach draußen. Der Himmel hatte aufgeklart und überall funkelten Sterne. Die Temperaturen lagen unter null, Frost überzog die ganze Anlage mit einer dünnen Eiskruste. Franklin atmete tief durch, haderte offensichtlich mit sich, ob er das Richtige tat.

„Bevor ich das jetzt tue, musst du mir etwas versprechen, Armand. Nein, du musst es sogar schwören. Bei deinem unsterblichen Leben."

Er verstand nicht, was Franklin meinte. Unsicher, was das alles sollte, nickte er dennoch.

„Du darfst Mel niemals sagen, was du jetzt siehst. Unter gar keinen Umständen."

Armand hatte selten erlebt, dass Franklin etwas so wichtig war. Dass er so eindringlich etwas forderte.

„*Je te le jure*. Sie wird von mir nichts erfahren. Aber was um alles in der Welt kann so schlimm sein, dass du es vor deiner Tochter geheim halten musst?"

Franklin antwortete nicht, aber sein Blick jagte Armand einen eisigen Schauer über den Rücken. Er drehte sich mit dem Gesicht Richtung Park, schloss seine Augen und flüsterte leise immer wieder ein Wort. Erst verstand er es nicht, doch dann trug der Wind die zwei Silben an sein Ohr. *Cornach*.

Mit einem Mal veränderte sich die Luft, die sie umgab. Sie schien dichter zu werden, wärmer. Vor ihnen flimmerte es, wie bei großer Hitze, doch das Eis auf den Bäumen schmolz nicht. Franklin hob den Kopf und Armand tat es ihm nach. Gut zehn Meter über ihnen erschienen zwei rotglühende Augen in der Dunkelheit, um die sich nach und nach der Kopf einer Echse formte. Nein, keine Echse, schoss es Armand durch den Kopf. Ein Drache. Und gleich darauf breiteten sich riesige ledrige Schwingen über den kahlen Eichen aus, erzeugten einen scharfen Luftzug, als das mächtige Tier sie auf dem Rücken zusammen faltete.

„*Mon Dieu*, was ist das?" Ihm stockte der Atem bei diesem Anblick, auch wenn der Drache sich nicht ganz materialisierte, sondern durchscheinend blieb wie eine geisterhafte Erscheinung.

„Das ist Cornach", erklärte Franklin. „Mein Krafttier."

„Du hast einen Drachen als Krafttier?"

Bei allem, was der Panther in ihm anrichtete und was Osira alles für Mel tat, wie viel Macht musste ein solches Totem haben, fragte sich Armand.

„Er ist sogar mehr als das. Und ich will dir den Unterschied erklären, warum du auch deinen Panther nicht mit Osira vergleichen darfst. Cornach ist ein ganz besonderes Krafttier. Er ist nicht, wie Osira oder dein Panther, an meine Seele gebunden. Cornach ist das Krafttier einer Blutlinie. Der einzelne Mensch, zu dem er gerade gehört, bedeutet ihm wenig. Seine Weisheit macht ihn erhaben."

„Ich glaube, ich versteh nicht ganz. Er beschützt dich doch, oder nicht? Du solltest eigentlich unbesiegbar sein mit diesem Tier."

Jetzt musste Franklin lachen. „Er ist zwar ein Krafttier, aber kein Tier im eigentlichen Sinne. Sein Wesen, die ganze Kraft, die ihm innewohnt, kann ein Mensch kaum erfassen. Es heißt in manchen Legenden, aus Atem und Leib zweier Drachen sei die Welt erschaffen worden. Vielleicht sogar ganze Universen. Cornach ist ein Schöpfer und Bewahrer. Kein Zerstörer."

„Aber ist es nicht seine Aufgabe, dich zu verteidigen? Wozu ist er sonst gut?"

Eine ärgerliche Falte bildete sich auf Franklins Stirn und er schüttelte ungehalten den Kopf. „Armand, ein Krafttier ist kein Schutzschild. Es ist ein Ratgeber. Cornach ist für mich wertvoller mit seinem Wissen, als mit seiner Körperkraft. Und zu seiner Besonderheit, warum du Mel nichts von ihm sagen darfst. Nun, wie ich schon erwähnte, ist er der Wächter einer Blutlinie, nicht an meine Seele gebunden. Er kam zu mir, als mein Vater starb. Und irgendwann wird er zu Mel gehen. Wenn ich sterbe."

Schock und Verstehen breiteten sich langsam aus, lähmten Armand für einen Moment. Der Drache verschwand wieder, nur ein warmer Hauch auf ihren Gesichtern erinnerte daran, dass er da gewesen war.

„Es ist wichtig, dass du von deinem Krafttier erfährst, welche Aufgabe es in deinem Leben hat. Das kann sehr vielschichtig sein."

Armand nickte stumm. Das Erlebte hielt ihn gefangen. Er hatte immer geglaubt, viel über die PSI-Welt zu wissen, aber das hier überstieg sein Fassungsvermögen. Erst Franklins sanfte Berührung an seinem Arm holte ihn wieder ins Hier und Jetzt zurück.

„Außer dir gibt es nur noch eine, die Cornach jemals gesehen hat. Und die lebt nicht mehr." Mels Mutter, Armand war es sofort klar, Franklin brauchte ihren Namen nicht zu nennen. „Wenn es soweit ist, wird er mit all seiner Weisheit Mel zur Seite stehen. Bis dahin ist er an mich gebunden und ich an ihn. Und nun geh und söhne dich mit ihr aus. Ihr beide gehört zusammen, es ist nicht gut, wenn ihr miteinander im Streit liegt."

Er spürte Franklins innere Zerrissenheit, ihn zu Mel zu schicken, weil ein Teil von ihm auch eifersüchtig war. Doch das zwischen ihnen war etwas anderes. Mit seiner Liebe zu Mel nicht zu vergleichen.

Ja, er würde zu ihr gehen, sie suchen, wenn nötig, und die Sache endlich klären. Dieses Katz und Maus Spiel durfte nicht länger weitergehen, sonst verlor er sie und mit ihr sich selbst. Er hoffte inständig, sie bei seiner Heimkehr zu Hause anzutreffen.

Niedergeschlagen kehrte ich zu unserer Wohnung zurück. Nun hatte ich auch noch Warren gegenüber ein schlechtes Gewissen. Umso mehr, weil ich ihn nicht nur mit unerfüllter Liebe, sondern auch mit allem, was ich ihm heut Nacht erzählt hatte, allein ließ. Was war wohl schwerer für ihn zu verkraften?

Mir war jedenfalls jetzt klar, ohne Armand konnte ich nicht glücklich sein. Darum durfte ich nicht länger weglaufen, ihn nicht im Stich lassen, wenn er wirklich in der Gefahr schwebte, die Unsterblichkeit nicht mehr zu ertragen.

Wir hatten beide Fehler begangen in der letzten Zeit, wobei es keine Rolle spielte, wessen schwerer wogen. In manchen Dingen waren wir verschieden. So verschieden, dass wir einander nicht immer verstanden. Aber ich hatte ihm Unrecht getan, als ich ihm vorwarf, mich beim Kampf gegen die Crawler im Stich gelassen zu haben. Im Grunde hatte ich einen Fehler begangen, hatte mich blenden und verleiten lassen von etwas, das gar nicht da war. Seine Eifersucht hatte mich wütend gemacht, so sehr, dass ich in jede Kleinigkeit mehr hineininterpretierte, als wirklich da war. Er hatte mir nicht vorgeworfen, dass ich gemordet hatte. Und der Kampf gegen die Crawler war Massenmord gewesen, das brauchte ich nicht schön zu reden. Diesmal bedeutete Osiras Mithilfe nicht, dass ich im Recht war, sondern nur, dass sie inzwischen ebenso von meinem Blutdämon regiert wurde. Und wer regierte diesen Dämon?

Mein Blick hing an der Tür zu unserem Haus, aber mir fehlte der Mut, hineinzugehen. Ich war enttäuscht, tief im Herzen war ich von allen enttäuscht und fühlte, dass auch ich alle enttäuscht hatte.

„Aber trotz allem liebe ich dich. Für immer."

Armand legte zärtlich seine Arme um mich. Mein ganzer Körper spannte sich unwillkürlich an, doch ich spürte die Wahrheit in seinen Worten, die innige Wärme, die von ihm ausstrahlte, ganz anders als gestern Abend, als mir nur kalte Wut entgegen geschlagen war, der ich mit ebenso kühler Resignation begegnete.

„Du hast das Recht, zu tun, was immer du willst, ganz gleich, was ich dabei empfinde. Verzeih mir und bitte bleib." Er hielt mir in der geöffneten Hand den Ring hin. „Hilf mir, das Tier zu bezwingen und zu kontrollieren. Hilf mir, wieder ich selbst zu sein."

Meine Hand zitterte, als ich sie nach dem silbernen Artefakt mit dem sternübersäten Smaragd ausstreckte. Als ich nicht wagte, ihn zu nehmen, ergriff Armand meine Finger und schob behutsam den Ring wieder an seinen Platz.

„Wir haben beide unrecht. Und beide recht."

Ich seufzte. Treffender hätte er es nicht ausdrücken können. „Aber wir werden einen Weg finden. Wenn wir nur ehrlicher zueinander werden. Das waren wir nicht in der letzten Zeit. Sonst wäre vieles gar nicht passiert." Er gab einen zustimmenden Laut von sich. „Du hast dich verändert."

„Ich weiß."

„Denkst du, es ist dieser Wahnsinn? Ich habe Angst, dich dadurch zu verlieren."

Er umfasste mich so stark, dass es wehtat, sein Brustkorb hob und senkte sich in meinem Rücken.

„*Non, je ne crois pas.* Aber ich weiß nicht, ob das nicht ein kleineres Übel wäre."

„Solange dein Leben nicht in Gefahr ist, gibt es kein Übel, das wir nicht zusammen lösen können."

„Es ist eine andere Art von Wahnsinn. Der Wahn, dich keinem anderen zu gönnen. Weil ich dich so sehr liebe."

Der Duft meines Vaters umwehte meinen Liebsten und machte mir bewusst, dass an mir Warrens herbe Note haftete. Angesichts seiner Worte hatte ich das Bedürfnis, es ihm zu erklären, um keinen neuen Schmerz zu säen. Mein eigener wegen Franklin zählte gerade nicht. Das konnten wir später klären.

„Ich mag Warren sehr. Er ist ein Freund geworden und er bedeutet mir etwas. Deshalb war ich bei ihm nach unserem Streit. Aber ich habe nicht mit ihm geschlafen."

Er drehte mich zu sich um, sah mich lange an, seine Augen schiefergrau vor Kummer. Schließlich seufzte er leise. „Ich glaube dir." Vor Erleichterung stiegen mir Tränen in die Augen. „Und ich wünschte, ich könnte dir dasselbe über Franklin und mich sagen."

Ich legte meine Hand auf seine Lippen, damit er schwieg. „Bist du jetzt wieder an meiner Seite? Hilfst du mir, die Ammit zu finden und den Fall abzuschließen?"

„*Oui, je t'aide.*"

Ich schloss die Augen. Ein riesengroßer Felsbrocken fiel von meiner Seele. Endlich war ich nicht mehr allein. Erst jetzt wurde mir klar, wie sehr ich darunter gelitten hatte, dass er die letzten Wochen nicht an meiner Seite gewesen war.

Es wurde Zeit, etwas zu tun, das längst überfällig war. Es würde uns helfen, zur Ruhe zu kommen, wenn es ihn nicht länger belastete.

„Vertrau mir", flüsterte ich.

„*Toujours.*"

Ich streckte meine inneren Fühler aus, rief Osira, um sie auf die Reise zu schicken. Der Pfad in meinem Inneren verschlang sich mit dem meines Liebsten, meine Wölfin konnte ihm problemlos folgen. Ihr klagender Ruf lockte den Panther heran. Armands Hände klammerten sich so fest an meine Arme, dass ich fürchtete, er würde sie mir brechen, dennoch ließ ich den Kontakt nicht wieder los. Es musste seltsam aussehen, falls jemand uns so auf der Straße stehen sah. Aber es war tiefe Nacht.

Mit einem leisen Singsang begann ich, die schwarze Katze zu besänftigen, die sich von Leidenschaft getrieben am liebsten sofort auf meine Wölfin gestürzt hätte. Osira umrundete ihren Partner im Takt der Melodie, stieß ihn mit der Schnauze an, bis der große Kater schnurrte und sich seinerseits an ihr rieb, ohne sie besteigen zu wollen.

Ich öffnete meine Sinne weit, lauschte auf alles, was mir von den beiden zugetragen wurde. Seinen Namen, wir brauchten seinen Namen. *Welodan.* Erst war es nur ein Flüstern, dann wurde der Klang immer lauter. Die tiefe Stimme des Panthers verriet meiner

Wölfin seinen Namen. Ich wollte ihn Armand sagen, doch da hatte er ihn schon meinen Gedanken entnommen.

„Welodan", sagte er mit fester Stimme.

Als das Krafttier seinen Namen hörte, von demjenigen, zu dem es gehörte, schaute es gen Norden, ignorierte Osira und schien auf etwas zu warten. Nach und nach löste sich ein Schatten aus der Dunkelheit der Vision. Armand trat an meiner Seite auf die Lichtung zu unseren Tieren. Ich kniete neben meiner Wölfin nieder, kraulte ihr Fell, ermutigte Armand mit einem Kopfnicken, es bei Welodan ebenso zu tun. Noch zögernd ging auch er in die Hocke.

„Das ist unglaublich", flüsterte er, während er die Hand nach dem Panther ausstreckte.

Welodan kam dieser Aufforderung gerne nach. Er schmiegte sein schwarzes Haupt in Armands Hand, schnurrte und ließ sich schließlich zufrieden und entspannt an Armands Seite nieder. Jetzt waren die beiden eine Einheit. Der Kampf war vorbei.

„Danke!"

„Danke nicht mir, sondern ihm. Nur wenn er will, kann der Kontakt hergestellt werden. Aber von nun an wirst du in ihm einen treuen Freund haben, der dir stets zur Seite steht, wenn du ihn rufst."

Der Feind im Haus

Warren meldete sich am nächsten Morgen bei seinem Chef krank. Als Franklin mir abends davon erzählte, versuchte ich, ihn anzurufen, aber er ging nicht ans Telefon.

„Ich glaube, das ist meine Schuld. Ich war letzte Nacht bei ihm."

Franklin holte Luft für eine Schimpftirade, aber ich kam ihm zuvor.

„Nicht was du denkst. Aber er weiß jetzt eine ganze Menge. Über den Fall, über mich, über Armand. Vielleicht war das alles ein bisschen viel für ihn. Ich werde mit ihm reden."

„Tu das." Franklin nahm mit einem Seufzer seine Brille von der Nase und rieb sich die Nasenwurzel. „Wenn Warren nicht in ein paar Tagen wieder mit im Boot ist, werden die einen anderen schicken. Je mehr von denen hier rumlaufen, desto schwieriger wird die Situation für uns."

Er erhob sich, um Armand und mich zur Tür zu bringen, doch wir kamen nur bis ins Kaminzimmer.

Fauchend sprang ein Untier hinter einem der Sessel hervor, hatte die ganze Zeit dort gelauert und unser Gespräch belauscht.

Die Ammit.

Ohne Zögern stürzte sie sich auf meinen Vater und im selben Moment erkannte ich John aus den Augenwinkeln. Er hatte ebenfalls in einem Sessel gesessen und gelesen. Das Buch fiel aus seiner Hand, als er aufsprang. Warum hatte er die Ammit nicht bemerkt? War sie vor oder nach ihm ins Kaminzimmer gekommen?

„Franklin!"

Ich hörte den Ruf, wir alle hörten ihn, doch unsere Bewegungen schienen in Zeitlupe abzulaufen. Ich wirbelte von John wieder zu meinem Vater herum, spürte jeden Zentimeter Luft, den ich dabei durchschnitt. Das Gesicht der Ammit kam in mein Blickfeld, mit weit aufgerissenem Maul, von den langen Zähnen troff Geifer. John sprintete elegant wie ein Hürdenläufer heran, sprang über einen Sessel auf die Dämonin zu, während Franklin ihr nur wie gelähmt entgegenstarrte. Armand bewegte sich überhaupt nicht. Er war zu Eis erstarrt. Rief ich Dad? Ich glaubte schon, aber es klang dumpf und langgezogen. Die Pranken der Ammit mit den tödlichen Klauen schossen vor. Ich konnte sehen, wie der Schatten meines Vaters sich in ihre Richtung verzerrte, was ausgesprochen merkwürdig wirkte. Dann stürzte John zwischen die beiden. Er stieß Franklin fort und warf sich gleichzeitig auf die Dämonin. Sein unmenschlicher Schrei, als er sie berührte, als ihr Maul seinen Kopf umschlang und ihre Zähne sich in seine Augen senkten, während ihre Klauen seinen Brustkorb zerfetzten, ließ die Zeit im selben Moment wieder normal laufen, in dem die Tür aufflog und die Hälfte aller Mitglieder des Mutterhauses in den Raum stürmte, gefolgt von Pheodora, der rot getigerten Katze. Sie sprang ohne Zögern auf die Ammit zu, erklomm den Sessel neben ihr, stellte ihren Schwanz auf, machte einen Buckel und fauchte, was das Zeug hielt. Nie in meinem ganzen Leben werde ich die Angst im Gesicht der Dämonin vergessen, als die Katze ihr drohte. Wir mussten uns die Ohren zuhalten, so schrill war ihr Kreischen. Erst als es wieder still war, nahmen wir unsere Hände runter und stellten fest, dass die Ammit fort war.

Franklin presste sich noch immer keuchend und bleich vor Schreck an den Türrahmen. Pheodora hingegen saß völlig ungerührt auf ihrem Schlachtposten und putzte sich das Fell. Als ich auf sie zuging und die Hand nach ihr ausstreckte, miaute sie, sprang in meine Arme und kuschelte sich schnurrend an meine Brust.

Aber sicher, Katzen! Viele ägyptische Dämonen fürchteten sich vor Katzen. Bastet war eine mächtige Göttin, die auch die Kraft der Vernichtung in sich barg. Und Katzen waren ihre Nachkommen auf Erden. Vor diesem simplen Stubentiger hatte die Ammit fliehen müssen, weil die Katze ihr überlegen war. Darauf wäre ich in Anbetracht ihrer löwenartigen Körpermitte nie gekommen. Aber offenbar war das etwas anderes. Ein Opfer hatte sie dennoch gefordert. John lag am Boden und rührte sich nicht mehr.

Die Kälte der Pathologie spürte ich nicht, dennoch zitterte mein Körper unablässig, während ich auf Johns Leiche starrte. Ich konnte den Blick nicht von den leeren Augenhöhlen wenden, die mir sagten, dass, wenn ich jetzt eine Lampe nähme und auf den toten Körper richtete, kein Schatten mehr da wäre. Johns Seele wurde von der Ammit verzehrt, unwiederbringlich. Tapferer John, er hatte sein Leben für Franklin gelassen, wie er es geschworen hatte. Jetzt war er verloren. Ich fragte mich, ob er gelitten hatte. Wie war das, wenn die Seele von der Schattenfresserin geschluckt wurde? Wo kamen diese Seelen hin? Was geschah mit ihnen? Was mit dem Bewusstsein, das zu der Seele gehörte?

Es hätte nicht so weit kommen dürfen. Ich hätte die Ammit nie nach Gorlem Manor locken dürfen. Mein Ring. Nur darum war sie ins Mutterhaus eingedrungen. Die Ringe, das war es, was sie wollte. Eine eindeutige Botschaft, die sie auf dem leblosen Torso unseres Freundes hinterlassen hatte. Das ägyptische Symbol prangte auf seiner Brust. Sie würde wiederkommen. Zumindest würde sie es versuchen. Jetzt war ihr alles egal, es zählte nur noch, dass sie die Ringe bekam, ganz gleich, was sie dafür tun musste. Das Geheimnis um ihre Existenz spielte längst keine Rolle mehr.

Es klopfte an der Tür und Franklin zuckte zusammen. Natürlich war es nicht die Ammit. Sie würde wohl kaum anklopfen. Außerdem war ganz Gorlem Manor in Alarmbereitschaft. Doch der wahre Besucher erzeugte ebenfalls Unruhe in ihm, wenn auch nicht gerade Angst wie die seelenfressende Dämonin.

„Armand!"

Seine Kehle wurde schlagartig trocken. Die Bilder eines wilden Nachtwesens, das in sein Schlafzimmer eindrang und ihn beinah vergewaltigte, wurden wieder lebendig. Gleich gefolgt von den Zärtlichkeiten und seiner Ergebenheit in der letzten Nacht.

„Ich wollte dir mein Beileid aussprechen", sagte Armand leise. „Und um Verzeihung bitten."

„Verzeihung?"

„*Oui*. Wegen heute Nacht. Ich hätte beinah zugesehen, wie du stirbst, und habe nicht mal versucht, dir zu helfen. Ich weiß auch nicht, warum."

„Das spielt keine Rolle mehr. Ich lebe ja noch."

„Ja, und dein bester Freund ist tot. Ich hätte es verhindern können."

„Blödsinn!" Aus irgendeinem Grund klangen Armands Worte überheblich in seinen Ohren. Das machte ihn wütend. Was glaubte er eigentlich, wer er war? Superman? „Die Ammit hätte dich genauso getötet. Aber ich war ihr eigentliches Ziel, Johns Einmischung war nicht richtig."

„Er hat dir damit das Leben gerettet."

Er wischte die Worte mit einer herrischen Geste beiseite. „Geh besser, Armand. Ich fühle mich nicht besonders gut, nach allem, was passiert ist."

Hinter seiner Stirn pochte es. Nur knapp mit dem Leben davongekommen zu sein, hinterließ auch bei ihm Spuren. Das Gefühl war schrecklich gewesen, als sein Schatten in der Klauenhand der Ammit steckte. Es war anders als gewöhnliches Sterben. In seinem Leben hatte es viele gefährliche Situationen gegeben, er war von Schattenwesen angegriffen, oft auch verletzt worden. Doch die Ammit war etwas völlig anderes. Ihn schauderte.

„Da ist noch was", fuhr Armand fort. „Ich liebe deine Tochter. *Je l'aime*. Das ist mir in den letzten Wochen bewusster geworden denn je. Ich habe einen großen Fehler begangen, indem ich das so lange zu unterdrücken versuchte. Sie ist die Einzige für mich. Und so soll es jetzt auch sein."

Einen Moment schien es so, als würde er noch nach weiteren Worten suchen, doch dann drehte er sich um und schloss leise die Tür hinter sich. Franklin blieb allein zurück. Im ersten Moment empfand er Erleichterung. Armand gab ihn frei, er war nicht mehr an ihn gebunden, ihm nicht länger hörig. Aber dann wurde es kalt in seinem Herzen, denn diese Freiheit bedeutete auch Verlust.

Die Erkenntnis verärgerte ihn. Was sollte das heißen? Dass es aus war zwischen ihnen? Dass er nie wieder zu ihm kommen würde? Das konnte doch nicht sein. Er liebte ihn, auch wenn er wusste, dass es eine andere Art von Liebe war, weil Mel und er zueinander gehörten. Aber ein Teil seines Herzens hatte auch ihm gehört. Das wäre doch nicht von heut auf morgen vorbei. Dazu hatte Armand kein Recht. So was durfte er nicht allein entscheiden.

Fassungslosigkeit breitete sich in ihm aus. Und Angst. Neben Armands Nähe gab es noch etwas anderes, ohne das er kaum leben konnte. Das Dunkle Blut. Er hatte es so oft gekostet, kannte das Gefühl des Entzuges, wenn Armand sich längere Zeit rar machte. Die Erinnerung an das letzte Mal, kurz nach Mels Wandlung, und die Folgen, als Lucien sich diese Abhängigkeit zunutze gemacht hatte.

Franklin hatte keinen Zweifel, dass der Lord auch ein zweites Mal diese Schwäche aufgriff, wenn es ihm nutzte. Davor fürchtete er sich noch mehr, als vor dem Verlust von Armands Leidenschaft.

Ob sich die Entbehrung des kostbaren Nektars auf seinen Körper auswirkte? Er wusste, dass seine starke Gesundheit und der verlangsamte Alterungsprozess vom kleinen Trunk herrührten, den er nun nicht mehr bekommen würde. Er konnte schlecht Mel darum bitten.

Aber vielleicht interpretierte er Armands Worte falsch. Oder die angespannte Situation, in der sie sich befanden, war schuld. Wenn das alles ausgestanden war, mussten sie noch einmal in Ruhe reden. Das ließ sich bestimmt alles klären. An diese Hoffnung klammerte sich Franklin, auch wenn ein nagender Zweifel blieb.

Einer für alle, alle für einen

Es war völlig undenkbar, jetzt einen fremden MI5-Mann in den Orden zu holen, das musste ich Warren klar machen. Gemeinsam konnten wir einen Weg finden, den Fall abzuschließen, es sauber in den Akten aussehen zu lassen und dem Orden seine einwandfreie Reputation zu bewahren. Armand begleitete mich. Auch deshalb, weil er mich mit dem Ring nicht allein in den nächtlichen Straßen lassen wollte, solange die Ammit frei herumlief. Warren öffnete auf mein Klopfen. Er sah erbärmlich aus, hatte offenbar getrunken.

„Dürfen wir reinkommen?", fragte ich, um ein freundliches Lächeln bemüht.

Er nickte wortlos, drehte sich um und verschwand im Wohnzimmer. Wir folgten ihm. Er räumte die Whiskyflaschen vom Tisch, die er während der letzten Nacht und des folgenden Tages getrunken hatte. Nüchtern wäre er uns lieber gewesen. Ich ging auf ihn zu und nahm ihm die Flaschen ab, stellte sie beiseite und fasste ihn an den Händen.

„Warren, du darfst jetzt keinen Rückzieher machen. Was denkst du, warum ich dir das alles erzählt habe?"

Er seufzte tief, seine Augen waren glasig. „Du kennst meinen Boss nicht. Und die anderen hohen Tiere im Office. Ich bin nicht so abgebrüht. Die werden es merken und so lange bohren, bis ich sage, was die wissen wollen. Das ist zu gefährlich für euch. Ich werde den Dienst quittieren."

„Wir kriegen das hin, ganz bestimmt. Aber es darf jetzt kein anderer Agent in die Ermittlungen eingeschaltet werden. Das hätte fatale Folgen."

Ich erzählte ihm von dem Angriff der Ammit auf meinen Vater.

„Wir müssen sie aufhalten, so schnell wie möglich. Dafür brauchen wir deine Hilfe. Bitte komm mit uns nach Gorlem Manor."

Er schaute mich lange an, in seinen Augen schimmerten Tränen, sein Schmerz war für mich körperlich fühlbar. Wie ein glühendes Eisen, das im Herzen rund und rund gedreht wird. „Du verstehst nicht, ich habe das für dich getan. Um dich zu schützen. Die ganze Zeit muss ich dran denken, was die wohl mit einem Wesen wie dir machen würden, wenn sie es in die Finger bekämen." Zögernd streckte er seine Hand aus, wollte meine Wange berühren, ich unternahm nichts, um ihn davon abzuhalten.

Armand war weniger gewillt zuzusehen, wie sein Konkurrent Zärtlichkeiten mit mir austauschte. Er packte ihn an der Kehle und drückte ihn gegen die Wand. Ich erschrak, konnte es aber nicht verhindern.

„Armand bitte, das können wir jetzt wirklich nicht brauchen."

„Rühr – sie – nicht – an!", knurrte er Warren ins Gesicht. „Du bist keiner von uns. Du bist ihrer nicht wert."

„Sollte sie das nicht selbst entscheiden?", brachte Warren mühsam hervor und bekam kaum noch Luft, so fest drückte mein Liebster ihn gegen die Wand.

„Du bist nicht mal gut genug, um Futter für sie zu sein."

„Armand", sagte ich sanft und berührte seine Schulter. „Lass ihn bitte los. Das ist unnötig."

Er tat es, wenn auch mit Widerwillen. Viel lieber hätte er Warren das Genick gebrochen oder ihm die Kehle aufgerissen. „Vielleicht ist es besser, du wartest draußen und lässt mich allein mit Warren reden." Er rührte sich nicht vom Fleck. „Bitte!"

Mein eindringlicher Blick erweichte ihn schließlich und er ging vor die Tür. Ich wandte mich an Warren, der sich den schmerzenden Hals rieb.

„Armand und ich sind verlobt."

Warren wurde kreidebleich. „Das ist dein Verlobter?"

Ich nickte. „Und er ist ebenfalls ein Vampir."

„Das sind ja tolle Aussichten. Der bringt mich sofort um, wenn er rauskriegt, dass wir uns geküsst haben."

Ich schüttelte den Kopf und lächelte ihn beruhigend an. „Er weiß es. Und auch wenn das nach dieser Attacke unglaubwürdig klingt, das ist nicht das Problem."

„Ach?"

„Ich hab jetzt nicht die Zeit, dir alle Gründe zu erklären. Aber er wird dir nichts tun, dafür garantiere ich."

„Liebst du ihn? Obwohl er dich so unglücklich macht?"

„Mein Lord sagt mir immer wieder, Vampire lieben nicht. Aber ich sehe das anders. Ja, ich liebe ihn. Und wir haben nicht mehr Probleme und Streitigkeiten, als jedes sterbliche Paar. Er macht mich nicht unglücklich. Die letzte Zeit war nervenaufreibend. Für uns beide."

Er war mit der Antwort unzufrieden, was ich verstand, da ich um seine Gefühle für mich wusste. Aber dann seufzte er und marschierte in die Küche.

„Ich brauch einen Kaffee. Zum Nüchternwerden. Schließlich gilt es, eine Dämonin dingfest zu machen. Da sollte ich wohl einen klaren Kopf haben."

Ich lächelte, froh darüber, dass er wieder mit im Boot war.

Auch Raphael schloss sich uns an. Er erwartete uns bereits im Mutterhaus, als wir zurückkamen. Dracon war ebenfalls bei ihm. Ich hielt die Luft an, als Armand und er sich gegenüberstanden. Die beiden behielten sich argwöhnisch im Auge. Es hatte den Anschein eines Pulverfasses, an dem die Lunte bereits glomm.

Da saßen wir also nun. Raphael, den noch immer keiner von uns richtig einschätzen konnte, Armand und Dracon, die lieber gegeneinander als miteinander gegen die Ammit gekämpft hätten, Warren mit seinem bleichen Gesicht und den zitternden Händen angesichts von vier Vampiren, die mit ihm im selben Raum waren, und ich. Mir war flau im Magen. Noch immer gab es keinen Hinweis auf den Auftraggeber der Ammit. Wir wussten nicht, wo sie sich aufhielt oder wie wir sie besiegen konnten. Die wüstesten Horrorszenarien spielten sich vor meinem inneren Auge ab. Ich fühlte mich noch hilfloser als bei der Jagd nach Dracon letztes Jahr. Da wusste ich zumindest, mit wem ich es zu tun hatte und was der Plan war. Diesmal tappten wir gänzlich im Dunkeln.

Ich tigerte ruhelos auf und ab, konnte nicht fassen, dass die Ammit es tatsächlich geschafft hatte, ins Ashera-Mutterhaus einzudringen. Vor allem nachdem sie während der Crawler-Aktionen völlig untergetaucht war.

„Wir wissen doch, dass alles nur aus einem bestimmten Grund passiert. Und dieses Ziel ist noch nicht erreicht."

Da hatte Raphael recht. Die Ringe. Es ging die ganze Zeit nur um sie. Wer auch immer hinter der Ammit stand, wollte sie haben, wollte den Dämonenring. Zumindest das wussten wir.

„Warum geben wir ihr dann nicht einfach die Ringe?", schaltete sich Warren ein.

„Ist dir klar, was die damit anstellen könnte? Das können wir nicht tun. Wir wissen nicht mal, wo sie sie hinbringen will."

„Hm", machte Raphael. „So schlecht ist die Idee gar nicht."

Ich schaute beide an, als hätten sie den Verstand verloren.

„Ich glaube, ich weiß, worauf Raphael hinaus will", meinte Armand. „Wir legen einen Köder aus."

Aber falls etwas schief ging, hätte die Ammit, was sie wollte und wir das Nachsehen. Ganz abgesehen davon, dass wir nicht sicher sein konnten, dass sie wirklich in die Falle ging. Vielleicht witterte sie den Braten, oder wahrte aus anderen Gründen Abstand.

„Ein Versuch ist es allemal wert", stimmte jetzt auch Dracon zu, woraufhin Armand den Mund verzog. Ihn wollte er bei dem Plan wohl eher nicht dabei haben.

Warren war sichtlich stolz, dass drei der Anwesenden seiner Meinung waren. Das würde nie klappen. Das Risiko war zu groß. Aber offenbar war ich überstimmt.

„Wenn ihr der Ammit eine Falle stellt, helfe ich euch. Ihr müsst sie nur festhalten, den Rest überlasst mir." Schattenjäger war lautlos hereingekommen.

Sein Anblick war zuviel für Warren. Er hatte nun einige Vertreter der übernatürlichen Rassen kennengelernt, aber alle hatten ein menschliches Aussehen. Das hier war etwas ganz anderes. Er wurde schlohweiß, als der zwei Meter große Krieger näher trat und mit rotglühenden Augen in die Runde schaute.

„Warren, beruhige dich. Schattenjäger ist kein Feind. Die Ammit ist ein ganz anderer Anblick."

Ich bekam nur einen zynischen Seitenblick des Kopfgeldjägers zugeworfen, doch er sagte nichts.

Dracon war fasziniert von dem Neuankömmling. Eine weitere Tatsache, die Unbehagen in mir hervor rief. Bei dem Drachen wusste man schließlich nie, was er im Schilde führte. Doch ich konnte mir darum erst mal keine Gedanken machen. Da es nun so gut wie beschlossen war, dass wir versuchen würden, die Ammit dingfest zu machen, gab ich mich seufzend geschlagen.

„Aber wir müssen es genau planen. Jede Eventualität mit einrechnen. Falls es schief geht, mögen die Götter uns gnädig sein."

Gorlem Manor wurde in den folgenden Tagen streng von unseren besten PSI-Agenten bewacht. Die Tatsache, dass sowohl Raphael als auch ich mit den Ringen im Mutterhaus anwesend war, ließ die Ammit unablässig in der Nähe herumstreichen. Doch den Schutzkreis, den unsere Leute gezogen hatten, konnte sie nicht überwinden. Wenn ich meine Augen schloss, sah ich die regenbogenfarbenen Flammen rund um die Mauern des Anwesens lodern. Ein trügerischer Schutz, denn die Ammit kam aus einer Welt, in der Flammen und Magie Alltag waren.

Viel effektiver war hingegen Franklins Maßnahme, die er sofort ergriffen hatte, nachdem es Pheodora gelungen war, die Dämonin zu verjagen. Mein Vater hatte im Londoner Tierheim angerufen und 109 Katzen und Kater adoptiert. Überall in Gorlem Manor maunzte und miaute es. Was er mit den ganzen Stubentigern vorhatte, wenn die Ammit hinter Schloss und Riegel war, entzog sich meiner Kenntnis ebenso wie meiner Fantasie.

Raphael, Schattenjäger, Armand, Dracon und ich überlegten, wie und wo man am besten eine Falle stellen könnte. Was Warren betraf, waren wir uns alle einig, dass er sich lieber den Kopf darüber zerbrechen sollte, wie er die Fälle glaubwürdig seinen Vorgesetzten als abgeschlossen offerierte. Für eine Begegnung mit der Ammit war er definitiv nicht geschaffen. Allerdings wurde er auch bei seiner Aufgabe vor ein Problem gestellt, das uns widersinnigerweise in die Hände spielte. Ein weiterer Mord, diesmal am Earl of Witherford. Der Unterschied lag darin, dass der Earl nirgendwohin gelockt, sondern in seinem eigenen Bett getötet worden war. Sicher waren wir uns nur, weil ihm sowohl Augen als auch der Schatten fehlten. Die Botschaft war ganz klar. Gebt mir, was ich will, oder ich töte weiter. Uns blieb wenig Zeit, aber wir konnten uns jetzt absolut sicher sein, boten wir ihr die Ringe an, dann würde sie kommen.

Warren brütete missmutig über den Unterlagen. Wie um alles in der Welt sollte er daraus etwas kreieren, das seine Vorgesetzten ihm abnahmen? Es gab keinen Täter, nicht mal einen Verdächtigen. Und egal, was er sich einfallen ließ, die Ashera musste sauber bleiben.

„Brauchen Sie Hilfe?"

Er schoss wie von der Tarantel gestochen hoch und wirbelte herum. Melissas Verlobter stand mitten im Raum. Ein eisiger Klumpen bildete sich in Warrens Magen. Allein mit einem eifersüchtigen Vampir, dessen Geliebte er offen angebaggert hatte. Er sah sein Leben zuende gehen. Als Armand auf ihn zukam, war er versucht, die Augen zusammen zu kneifen, weil ihm der Mut fehlte, einem solchen Tod entgegen zu sehen. Aber nein, er war ein Mann. Er würde nicht feige davonlaufen.

Doch Armand packte ihn nicht, schlug keine langen Fangzähne in seine Kehle. Stattdessen lächelte er Warren kühl an, rückte sich den frei gewordenen Bürostuhl zurecht und schob einen USB-Stick in den Rechner.

„Was machen Sie da?"

„Ich helfe Ihnen, die Fälle logisch und glaubwürdig abzuschließen."

„Sie helfen mir?"

„Glauben Sie bloß nicht, dass ich das für Sie tue, Warren. Aber ich werde nicht zulassen, dass Mel oder der Orden Schwierigkeiten bekommen. Dachte mir schon, dass Sie nicht gerade ein Crack sind, was so was angeht. Ihnen liegt es mehr, mit der Waffe herumzufuchteln."

Armand gab ein paar Befehle in den Rechner, klickte hier und dort. Warren wurde schnell klar, dass er es mit einem Profihacker zu tun hatte. Beeindruckt zog er sich einen Hocker heran und schaute dem Vampir bei der Arbeit zu.

„Es gibt dank dem derzeitigen Terror einen Haufen toter Attentäter. Die können sich nicht mehr wehren, der Security Service wird die Vorfälle nicht an die große Glocke hängen, also brauchen wir keine Nachfragen zu befürchten."

„Was meinen Sie damit?"

„Ich meine, dass wir uns in einer zentralen Datenbank die hübschesten Fingerabdrücke aussuchen, die zu einem zerfetzten Selbstmordattentäter oder einem erschossenen Terroristen gehören und sie in die Akten der Todesfälle kopieren."

„Das geht?"

Armand lachte amüsiert. „*Naturellement.* Man muss nur wissen wie."

„Aber wird man das nicht überprüfen können?"

„Warum sollte das jemand tun? Und außerdem wurden vor zwei Stunden alle Leichen zur Einäscherung freigegeben. Es wird nicht mehr nachvollziehbar sein. Die Einträge für die Abdrücke datiere ich zurück. Alles wasserdicht."

Armand schien Erfahrung in diesen Dingen zu haben. Interessiert beobachtete Warren, wie er sich durchs Internet wühlte, mit welcher Geschwindigkeit er Passwörter knackte, um Zugang zu den Datenbanken von Interpol, der CIA oder auch dem MI5 zu bekommen und dort die Dateien nach geeigneten Tätern zu durchforsten. Schließlich hatte er die notwendigen Informationen von drei infrage kommenden Tätern abgespeichert.

Warren wurde immer mulmiger zumute, auch wenn ihn Armands Geschick beeindruckte. Aber der Gedanke, dass er – und auch andere seiner Art – munter in irgendwelchen Geheimakten rumschnüffeln konnte, war nicht gerade beruhigend.

„Treffen Sie Ihre Wahl, Warren. Einer von denen soll es werden. Dann können Sie Ihren Fall vorbildlich abschließen, sobald wir die Ammit haben. Das gibt sicher ne Beförderung."

Der Ton in Armands Stimme gefiel ihm nicht, aber er würde sich hüten, irgendetwas zu sagen.

„Und wenn dieses Ding bis dahin noch einen Mord begeht? Dann können wir es denen hier nicht in die Schuhe schieben. Die sind tot."

„Wenn sie noch mal mordet, dann machen wir uns darüber Gedanken. Es gibt tausend Möglichkeiten. Ein Nachahmungstäter, ein weiterer Terrorist aus derselben Organisation, vielleicht kann man es sogar ganz vertuschen. Das wird man sehen. Die gleiche Vorgehensweise findet tagtäglich Anwendung bei den Geheimdiensten dieser Welt."

Das Grinsen des Vampirs war lauernd. Warren hatte nicht die Absicht, darauf einzugehen, aber verdammt, der Kerl war einfach zu schlau. Das gefiel ihm gar nicht.

Armand tat es gleichgültig ab und ging nicht weiter darauf ein. „Wir sind uns alle ziemlich sicher, dass das ohnehin nicht nötig sein wird. Wenn morgen alles nach Plan läuft, ist die Ammit Geschichte."

Warren fehlten die Gegenargumente, also wählte er schließlich einen der Männer aus, die Armand vorgeschlagen hatte. Zufrieden manipulierte Mels Verlobter alle erforderlichen Daten. Als er sich verabschiedete, brachte Warren ihn bis zur Tür. Dort musterte Armand ihn noch einmal eindringlich, was sich wie ein Laserscanner anfühlte, der ihn von innen nach außen drehte.

„Ich weiß, dass Sie sie lieben, Warren. Aber ich rate Ihnen, sie nie wieder anzurühren. Sie haben sie geküsst, bewahren Sie sich diese Erinnerung, denn es ist besser, wenn Sie das nicht noch mal tun. Halten Sie sich dran, dann werden wir beide gut miteinander auskommen."

Das Funkeln in Armands Augen war unmissverständlich. Warren schluckte, nickte schweigend. Nachdem sich die Tür hinter dem Vampir geschlossen hatte, lehnte er sich dagegen und atmete erst einmal tief durch. Da hatte er sich was Schönes eingebrockt. Mit dem Kerl war nicht gut Kirschen essen.

Jetzt blieb nur noch eins zu tun. Die Akte von einem gewissen Drake Brown löschen. Mel hatte ihn explizit darum gebeten, aber nichts Näheres dazu erklärt. Das war wohl auch besser so. Alles, was sie ihm mitgeteilt hatte, war, dass sie den Mann kannte, der sich hinter diesem Namen verbarg und er die Verbrechen nicht begangen hatte, die ihm nachgesagt wurden.

Warum übernahm Armand das eigentlich nicht für sie, wo er doch so fix im Hacken war? Aber sie hatte ihn gebeten und er hatte es versprochen. Nach mehreren Versuchen schaffte Warren es auch ohne fremde Hilfe, in die Zentraldatenbank vorzudringen. Die gewünschte Akte war schnell gefunden. Sein Finger schwebte über der Löschen-Taste. Wenn er sie drückte, war die Akte komplett gelöscht. War sie tatsächlich gefälscht, wie Mel behauptete? Oder versuchte sie ihn zu benutzen, um jemanden reinzuwaschen? Er öffnete den Ordner und schluckte.

Der Kerl, der auch in Gorlem Manor dabei gewesen war. Der den waghalsigen Sprung vom British Museum gemacht hatte. Er war ein Vampir, ein guter Bekannter von Mel, wie es schien. Schützte sie ihn deshalb? Er überflog die Vergehen, eigentlich eher unlogisch für ein Wesen wie ihn. Vielleicht wirklich eine gefälschte Akte. Aber von wem? Armand, aus Eifersucht? Dem wäre es ein Leichtes und würde auch erklären, warum Mel jemand anderen bat, sie zu löschen. Bei dem Gedanken erwachte eine dunkle Ahnung in Warren, etwas das er nicht greifen konnte. Hatte er dieses Gefühl nicht auch gehabt, als sie auf dem Dach des Museums standen? Er bekam Kopfschmerzen, so sehr strengte er sich an, das Gespenst zu greifen, das durch seinen Kopf spukte, aber es gelang ihm nicht. Letztlich gab er auf und erfüllte Mels Bitte.

Wahrheit oder Lüge, er konnte es nicht zu hundert Prozent nachvollziehen. Ein Verbrecher war dieser Drake Brown oder Dracon, wie Mel ihn außerdem nannte, so oder so. Vielleicht nicht für das, was über ihn gespeichert war. Er drückte den Button, die Akte verschwand im Nirgendwo. Jetzt konnte er nur hoffen, dass seine Tat nicht in der Zentrale aufgefallen war.

Die Falle

Es hatte ein paar Nächte gedauert, bis wir uns über den Plan einig geworden waren. Doch jetzt saßen wir alle mit Minisendern bewaffnet an unterschiedlichen Stellen rund um die Bank of London und warteten, dass die Ammit sich holte, was wir ihr praktisch auf dem Silbertablett servierten. Beide Ringe lagen in je einem Schließfach im Tresor der Bank. Franklin hatte seine Kontakte spielen lassen. Der Plan sah vor, dass wir ihr den Zugang in den Tresorraum gewährten und dann folgten. Im engen, unterirdischen Stahlbau konnten wir sie dann hoffentlich spielend in die Enge treiben, ihr die Ringe wieder abnehmen, falls sie sie überhaupt aus den Schließfächern heraus bekam, und die Dämonin anschließend in Gewahrsam nehmen.

„Mel, alles klar bei dir?"

Dracon.

„Stör nicht die Frequenz, du Unruhestifter."

„Armand!"

Mit einem Zischlaut klinkte sich mein Verlobter aus. Er hatte mir gestanden, dass es über Dracon eine Akte beim Security Service gab und wie es dazu gekommen war. Vermutlich hätte er dieses Geständnis unterlassen, wenn es ihm gelungen wäre, sie selbst wieder zu löschen. Doch aus irgendwelchen Gründen konnte er sich nicht mehr in den Server hacken, über den der Zugriff auf diese Akte gesteuert wurde. Vielleicht war sein letzter Besuch nicht ganz unbemerkt geblieben und man hatte die Sicherheitsmaßnahmen erhöht.

Ich hatte Warren darum bitten müssen, die Akte zu löschen. Hoffentlich schaute er sie sich nicht genauer an, denn falls doch, konnte er möglicherweise eins und eins zusammenzählen. Auch die Sperre des Nebelschlafes, den Armand um ihn gewoben hatte, wäre dann in Gefahr. Doch das Risiko, die Akte nicht zu löschen, war ungleich größer. Das konnte ich nicht zulassen, also mussten wir alles auf eine Karte setzen, indem Warren sein Glück versuchte. Wenn er sie auch nicht löschen konnte, oder mich beim nächsten Zusammentreffen mit tausend Fragen bombardierte, standen wir vor einem echten Problem. Und alles nur wegen dieser unsinnigen Eifersucht.

„Könnt ihr eure privaten Gifteleien und Problemchen bitte auf später vertagen?", wollte Raphael wissen.

„Sorry."

„Schon gut."

Wir schwiegen eine Weile.

„Raphael?"

„Ja?"

„Ich hab mich gefragt … meinst du, dass vielleicht der Erschaffer der Ringe hinter allem steckt? Der Dämon, der sie geschmiedet hat."

„Schon möglich."

„Das spielt keine Rolle", schaltete sich der Schattenjäger ein. „Sie darf sie nur nicht bekommen."

„Hätten wir nicht einfach ein paar Katzen mitnehmen sollen? Die hätten ihr ordentlich eingeheizt", schaltete sich Dracon wieder ein.

„Ja, klar. Damit sie die Falle schon auf zehn Meilen riecht, du Genie." Ich konnte förmlich sehen, wie Armand über so einen Vorschlag den Kopf schüttelte. Aber ganz so weit hergeholt war der Gedanke nicht.

Kurz nach zwei schlich ein Schatten um das Gebäude. Über Funk verständigten wir uns, ihr zu folgen. Als wir den Tresorraum betraten, riss sie soeben das zweite Schließfach aus der Wand. Große Göttin, diese Dämonen hatte Kräfte.

„Sie hat die Ringe! Lasst sie nicht mehr hier raus!", rief ich meinen Begleitern zu.

Das Grinsen der Ammit war eine schreckliche Grimasse. Triumphierend hielt sie die beiden Ringe in die Höhe.

„Zu spät. Jetzt sind sie mein."

Ich war schon versucht, ihr zuzustimmen, da mir ernste Zweifel kamen, wie wir sie ihr wieder abnehmen sollten, da zerriss plötzlich lautes Flügelschlagen die Stille.

„Kroah!"

Camilles Krähe, ich hatte sie schon wieder vergessen, weil sie kam und ging, ohne dass ich irgendeinen Einfluss darauf hatte. Sie kreiste über der Dämonin, stieß ein paar Mal herab, zielte mit ihrem spitzen Schnabel auf die Krokodilsaugen. Die Ammit schlug verzweifelt nach dem Vogel, doch der war jedes Mal schneller. Schließlich stob die Krähe mit kräftigen Flügelschlägen über unsere Köpfe hinweg nach draußen, ein hämisches Krächzen zurückrufend. In ihrem Schnabel schimmerte es silbrig, als das Licht der Notbeleuchtung sich im glatten Metall fing. Sie hatte beide Ringe, und sie trug sie weit fort, wohin auch die Ammit ihr nicht folgen konnte. Denn Dämon hin oder her, sie war an den Boden gebunden und konnte nicht fliegen. Und sie war an die irdische Welt gebunden, solange ihr niemand die Tore öffnete. Für die Krähe galt beides nicht.

Mit wütendem Fauchen sprang die Seelenfresserin herum und brüllte. Ihre Pranken hieben nach jedem von uns, sie war rasend und würde uns alle töten, wenn uns nicht schnell etwas einfiel. Da kam mir Dracons Spruch von vorhin über die Katzen wieder in den Sinn. Wir hatten eine Katze! Sogar eine sehr große.

„Armand", rief ich. „Welodan!"

Erst schaute er irritiert, dann dachte auch er an das, was Dracon gesagt hatte, verstand gleichzeitig, dass die Idee gar nicht so verkehrt war. Er nickte und schloss die Augen, um sich auf sein Krafttier zu konzentrieren. Sehr gewagt, denn er hatte das vorher noch nie versucht, ihm fehlte jede Übung. Hoffentlich schaffte er es dennoch, es war unsere einzige Chance. Osira sprang aus dem Nichts an seine Seite, rief auf ihre Weise nach ihrem Totemgefährten, um die Sache zu erleichtern und zu beschleunigen, denn nichts war so knapp wie Zeit. Lange würden wir die Ammit nicht aufhalten können.

Schattenjäger lauerte im Hintergrund und wartete darauf, dass Armand es schaffte, die Dämonin mit seiner Raubkatze in Schach zu halten. Wir anderen bemühten uns, den beiden mit Scheinangriffen Luft zu verschaffen.

„Passt auf ihre Krallen auf. Wenn sie euch erwischt, vergiftet sie euer Blut."

„Und das sagst du uns erst jetzt?", fragte Dracon mit gespieltem Entsetzen.

Aber in Wahrheit hatte er keine Angst. Nicht vor dem Sterben und schon gar nicht vor der Ammit. Er war definitiv der Mutigste in diesem Kampf, schaffte es mehrmals, über sie hinweg zu springen und ihr mit seinen scharfen Nägeln Schnitte zuzufügen. Nichts, was sie wirklich beeinträchtigte, aber immerhin lenkte es sie ab. Raphael sandte Sturmwolken in ihre Richtung, die sie ins Trudeln brachten. Ich versuchte mich mit Pyrokinese. Früher hätte ich es selbst als Hexe nicht für möglich gehalten, dass es mir einmal gelingen würde, aber das vampirische Blut und Luciens Lehren hatte die Gabe des Feuers in mir gestärkt. Zumindest sengte ich der Ammit ein wenig ihr Löwenfell an.

Endlich hatte Armand es geschafft, seinen Panther in die reale Welt zu holen. Das Kätzchen war überraschend stark und angriffslustig. Und sehr groß, viel größer als Osira, wenn sie sich materialisierte. Geduckt schlich das Tier auf unsere Gegnerin zu, die unter Winseln und Zischlauten zurückwich. Die Katze trieb sie wie ein Hütehund ein Stück Vieh immer weiter in die Ecke des Tresors, wo sie relativ einfach zu überwältigen sein würde.

Plötzlich sah ich die Schneide silbern aufleuchten.

„Schattenjäger, nicht!", schrie ich noch, doch zu spät.

Hell sirrte die Klinge durch die Luft. Grünschillerndes Dämonenblut spritzte auf den blauen Teppichboden, versickerte in den dichten Fasern. Der Kopf der Ammit rollte über die Auslegware und blieb vor meinen Füßen liegen. Ich brauchte mehrere Sekunden, um zu realisieren, was das bedeutete. Der Schock breitete sich langsam aus, gefolgt von Wut.

„Was hast du getan?", fuhr ich den Söldner an.

„Meinen Auftrag erfüllt", entgegnete er ungerührt. „Die Ammit ist tot, wie man mir befohlen hat."

„Wir hätten wissen müssen, wer dahinter steckt, verdammt!"

„Das spielt keine Rolle mehr. Denn die Ringe sind in Sicherheit. Ihr Auftraggeber wird keinen neuen Versuch starten, das versichere ich dir."

„Wie kannst du da so sicher sein?"

„Meine Auftraggeber sind sich sicher. Sie gehören zu den mächtigsten Dämonen der Unterwelt. Und ehe du fragst, nein, sie sind an den Ringen nicht interessiert. Behaltet sie also. Vielleicht werdet ihr sie irgendwann brauchen. Was sie wollen, ist nur das hier."

Er hob den Kopf vom Boden auf und verstaute ihn in einem Sack.

„Lebt wohl und danke für eure Hilfe", sagte er in die Runde der Waffenbrüder, die sich jetzt um den toten Torso scharten. Armands Panther war ebenso wie Osira immer noch unter uns. „Wir werden uns wiedersehen, Vampirin." Mit diesen Worten verschwand der Schattenjäger in der Nacht.

Fast zwei Stunden hatten wir noch in dem Tresorraum gesessen und überlegt, welche Möglichkeiten wir noch hatten, den Auftraggeber der Ammit in Erfahrung zu bringen. Letzten Endes war uns allen klar geworden, dass es keinen Weg mehr gab. Die Dämonin war tot und hatte ihr Geheimnis mit sich genommen.

Dracon verschwand als Erster, was niemand bedauerte, am wenigsten Armand. Camilles Krähe kehrte zurück, hüpfte zwischen Osira und Welodan auf dem Boden herum und wartete, bis wir ihr die beiden Ringe aus dem Schnabel nahmen.

Wir brachten den Torso der Ammit nach Gorlem Manor, wo er für unsere Pathologen zumindest noch einen gewissen Nutzen hatte.

Auch für Raphael nahte der Abschied. Jetzt, wo die Gefahr gebannt war, würde er London wieder verlassen. Armand spürte, dass zwischen ihm und mir noch nicht alles gesagt war, als wir etwas unschlüssig im Park des Mutterhauses standen und das Auf Wiedersehen nicht so recht über unsere Lippen wollte.

Etwas zögernd verabschiedete sich mein Liebster schließlich und gab uns die Möglichkeit, ein paar letzte Worte zu wechseln, ehe jede Art wieder ihrer eigenen Wege ging.

Ich war Armand doppelt dankbar dafür, vor allem, weil ich wusste, wie schwer ihm das fiel. Die Eifersucht lauerte immer noch dicht unter der Oberfläche und richtete sich gegen jeden potentiellen Konkurrenten, also praktisch gegen jedes erwachsene männliche Wesen, das man ‚menschlich' nennen konnte.

Ich wartete, bis er außer Sicht war, ehe ich mich an Raphael wandte.

„Woher genau stammt der Ring?", wollte ich wissen. „Du weißt mehr, als du bisher gesagt hast."

„Wenn du meine Meinung hören willst, dann stammt er direkt aus der Hölle, um die Hölle auf die Erde zu bringen."

Was er auch fast geschafft hätte. Was wäre wohl passiert, wenn die Ammit unsere beiden Ringe zu ihrem Auftraggeber gebracht hätte? Hatte der den Dritten schon? Oder hätte die Ammit auch den noch besorgen müssen? Wahrscheinlicher war, dass ihr Auftraggeber ihn bereits besaß und mit seiner Macht die Dämonin gelenkt hatte. Ebenso die Crawler. War es dann vielleicht derselbe, der die Ringe erschaffen hatte?

„Es wäre logisch, wenn der Schmied selbst dahintersteckt. Jedenfalls, wenn die Legende wahr ist, die von ihm erzählt."

„Warum?"

Ich setzte mich auf die Bank unter meiner Lieblingseiche. Raphael blieb lieber stehen.

„Die Crawler stammen von diesem Blut ab. Und wenn alle drei Ringe mit dem Blut ihres Erschaffers durchtränkt sind, dann wäre es verständlich, warum er deine Nachkommen so leicht manipulieren und für seine Zwecke einspannen konnte. Das Blut verleiht ihm die Macht dazu. Es ist seins."

„Interessante Theorie", stimmte er mir zu und lächelte zweideutig, was mich irritierte.

Ich seufzte, meine Gedanken waren eben nicht mehr als eine Theorie. Wir würden es jetzt wohl nie mehr erfahren.

„Wo genau waren eure Anfänge, wo hast du den Ring gefunden, nachdem der erste Träger ihn verloren hat?"

„Denkst du, wenn du Zeit und Ort kennst, verrät dir das die Herkunft der Ringe?"

„Vielleicht."

Er lächelte. „Es ist zu lange her und niemand hat sich die Mühe gemacht, es aufzuzeichnen."

Ich fing an, die Legende zu bezweifeln, dass der erste Träger des Rings gestorben war und Raphael den Ring erst Jahrhunderte nach dessen Erscheinen auf der Erde gefunden hatte. Vielmehr verspürte ich die Sicherheit, dass Raphael der Erste war und immer sein würde. Dass er einen Teil der Legende ganz bewusst selbst geändert hatte, wenn ich auch nicht verstand, warum. Sein Lächeln wurde fast teuflisch.

„Das, meine liebste Melissa, steht außer Zweifel. Aber ich wäre dir dankbar, wenn du das kleine Geheimnis für dich behältst."

Es lag keine Drohung in seiner Stimme, und doch war seine Bitte eine Warnung.

Dann war also auch diese Legende nur eine Lüge. Wie so viele andere auch. Zumindest teilweise. Aber manche Legenden entsprachen der Wahrheit, die von den Engeln und der Ewigen Nacht zum Beispiel.

Und die vom Dämonenring und seiner Macht? Wie viel war Wahrheit und wie viel Lüge?

Wir verharrten eine Weile schweigend, lauschten der Nacht und ihren Stimmen. Alles war jetzt so friedlich. Die Ammit fort, die schwachen Crawler tot oder in alle Winde zerstreut.

„Nach deinem kleinen Krieg sind kaum noch welche übrig?", unterbrach er meine Gedanken.

Ich hatte das leise Gefühl, dass Raphael sich um diesen kleinen Rest selbst kümmern würde, um seine Art wieder rein zu halten. Er und sein Bruder. Mir war es sogar lieber, wenn von diesen armseligen Gerippen keins übrig blieb, das noch einmal versuchen könnte, sich zu vermehren und auf die Welt zu stürzen.

Trotz allem was geschehen war, fragte eine flüsternde Stimme in mir noch immer, ob er nicht zumindest in Erwägung zog, mir meinen Ring abzunehmen, nach allem, was wir wussten. Macht war verlockend.

„Nie", beantwortete er meine unausgesprochene Frage. „Wenn du willst, gebe ich dir sogar den meinen. Er ist der Mächtigste, der Erste, der geschmiedet wurde und der Erste, der in diese Welt kam."

Die Sterne im Rubin funkelten, als Raphael seine Hand vor meinem Gesicht hin und her bewegte, damit ich den Ring von allen Seiten betrachten konnte.

„Möchtest du ihn nicht an dich nehmen?", fragte er und die blanke Berechnung sprach aus seiner Stimme. „Herausfinden, was geschieht, wenn er reines Blut bekommt? Echtes Vampirblut? Wenn sich eine Art mit der anderen vermischt?"

Ich hatte keinen Bedarf, das herauszufinden. Dem Ring die Macht des Vampirblutes zugänglich zu machen, nach der er gierte. Oder war es sein Träger, der das Blut zweier Rassen von Bluttrinkern zu mischen trachtete? Schwer zu sagen. Doch andererseits hätte er es einfacher haben können, wenn es lediglich darum ginge, beide Arten miteinander zu verbinden. Unter den Jungen und Schwachen würden sich genügend finden, die den Ring nehmen würden. Eine Sekunde lang überlief mich eisiger Schrecken bei dieser Vorstellung. Aber das wäre nicht dasselbe gewesen. Nicht so mächtig, wie das Blut, das durch meine Adern floss. Von so vielen. Von so vielen der ganz Alten. Dunkel regte sich in mir der Verdacht, dass es auch um mich selbst ging und nicht nur um das Blut. Darum, mich zu binden. An den Ring, an seine Rasse, an Raphael.

Er lächelte verschlagen, während er meine Gedanken in meinem Gesicht las, wie in einem offenen Buch. In den Tiefen meiner Augen. Dann ergriff er meine Hand und küsste sie.

„Du hast recht", sagte er. „Man sollte es nicht darauf ankommen lassen, ihm diese Macht zur Verfügung zu stellen. Zuviel Leid hat er schon gebracht. Wer weiß, was geschehen würde. Aber lass mich dir etwas zeigen."

Er hielt meine Hand fest, an der ich den Smaragd trug. Langsam näherte er die Seine mit dem Rubin meinem Ring. Ich schnappte nach Luft. Das konnte unmöglich wahr sein und doch geschah es vor meinen Augen. Die Konturen beider Ringe verschwammen, aus den Runen stieg ihre Essenz – grün und rot – empor und strebte aufeinander zu. Der Sog wurde so stark, dass ich ihn fühlen konnte. Der Ring zerrte an mir, und zwar nicht meiner, sondern Raphaels. Abrupt zog er seine Hand zurück.

„Sie sehnen sich nacheinander. Und nach dem Blut ihres Ursprungs. Mein Ring sehnt sich nach dir, nach dem Blut, das in dir fließt."

„Wie ... ich meine warum?"

„Drei Ringe der Nacht, aber nur ein Dämonenring."

Ich runzelte die Stirn, verstand nicht ganz, was er meinte. „Und welcher ...?"

„Nein, Melissa. Du verstehst mich falsch. Drei Ringe. Sie streben alle drei zueinander. Und zu ihrer Quelle. Wenn sie sich wieder vereinen, so wie es einst war, an der Hand eines Wesens, das vom Blut ihres Ursprungs durchdrungen ist, dann werden sie wieder zum Dämonenring. Es gibt nur wenig Wesen, die dafür infrage kommen. Du bist zweifellos eins davon."

Ich schaute ihn verständnislos an, woraufhin er leise lachte. „Du bist doch ein kluges Mädchen, Mel. Wer, wenn nicht wir beide, könnte einen Ring der Nacht besitzen und danach streben, ihn einzusetzen? Wer würde die beiden anderen auch haben wollen und aus welchem Grund? So sehr, dass er die Ammit losschickt, um sie zu holen. Und wer könnte daran interessiert sein, diese Dämonin, die um ihren Auftraggeber weiß, aufzuhalten und unschädlich zu machen, ehe sie ihn verrät? Derselbe wird es kaum sein. Doch geht es auch bei den Ringen um Blut. Und Blut ist dicker als Wasser, ob in Himmel, Hölle oder auf Erden, nicht wahr?"

Raphael war verschwunden, ehe ich weiter nachfragen konnte. Verwirrt blieb ich zurück. Er wusste es. Und ich sollte es seiner Meinung nach auch wissen. Angestrengt dachte ich nach, warf alles, was ich über die Ringe wusste zusammen und versuchte, meine Schlüsse daraus zu ziehen. Drei Ringe. Rubin, Smaragd. Der Saphir würde fehlen, wenn man von den königlichen Steinen ausging. Der Saphir. Schlagartig setzte die Erinnerung ein. Kaliste hatte einen Saphirring. Einen Sternsaphir. Sein Feuer hatte mich in der Eishöhle am Pol magisch angezogen. Der Schock ließ mich straucheln, ich musste mich am Baumstamm abstützen. Und sie hatte nach meinem Ring gefragt. Die Ammit unterstand der Macht eines Ringes der Nacht. Wenn es nicht Raphaels Ring war und auch nicht meiner, blieb nur noch ...

Große Göttin. Was hatte Kaliste vor? Was hätte sie mit dem Ring gemacht, dem Dämonenring, wenn sie in den Besitz aller drei Ringe gekommen wäre? Und was hatte es mit dem Blut des Ursprungs auf sich, das in den Ringen, wie auch in uns floss? Das Blut der Unterwelt? War das damit gemeint? Oder reichte es noch viel tiefer? Der Vater der beiden Urgeschwister war ein mächtiger Dämon. Wenn er der Schmied wäre? Er hätte auch die Macht gehabt, den Schattenjäger auszusenden, und als Kalistes Vater die entsprechenden Gründe dafür.

Lucien hatte recht. Ich durfte Kaliste nicht trauen. Ich musste auf der Hut sein. Sie konnte mir gefährlich werden, wenn sie glaubte, dass ich mich gegen sie stellte. Himmel, wo war ich da nur wieder hineingeraten?

Rettung oder Verderben

Ich hatte meine Hand Richtung Türglocke ausgestreckt, sie aber noch nicht betätigt, als ich zwei Schüsse aus Warrens Wohnung vernahm. Ohne zu zögern, stieß ich mich vom Boden ab, achtete nicht darauf, ob mich jemand beobachtete. Mit einem Satz war ich auf Warrens Balkon, ein Wink meiner Hand ließ die Glastür aufschwingen und ich stürmte in die Wohnung. In Bruchteilen von Sekunden erfasste ich die Situation. Rechts von mir, die gezogene Waffe in der Hand, aus der noch Rauch aufstieg, stand Warren in Boxershorts. Er keuchte, zitterte, sein Körper spannte sich so stark, dass die Muskeln deutlich hervortraten. Mit kreidebleichem Gesicht fixierte er die zweite Person im Raum, die links von der Balkontür in ähnlich angespannter Haltung stand, allerdings grinsend und mit deutlichem Spaß an der Situation. Dracon. Zu seinen Füßen sah ich eine kleine Blutlache, die Kugel, die zwar in seinen Bauch eingedrungen, von seinem Körper aber umgehend wieder abgestoßen worden war, schimmerte darin. Eine Verletzung war nicht mehr zu erkennen, nur ein unschönes Loch im grauen Pullover, um das sich ein kleiner roter Kranz gebildet hatte.

„Was machst du hier?", fragte ich.

„Er lag auf einmal im meinem Bett", presste Warren mühsam hervor.

Dracon grinste breit, fühlte sich aber keiner Schuld bewusst.

„Er hätte es ausprobieren sollen, statt mir schon zum zweiten Mal die Garderobe zu versauen. Hätte eine interessante Erfahrung für ihn werden können. Ich wär auch ganz nett gewesen."

Das ließ ich mal dahingestellt sein. Es schockierte mich, dass er sich ausgerechnet an Warren ranmachen wollte, wo er genau wusste, dass der inzwischen alle Hintergründe kannte und leicht zur Gefahr für uns alle werden konnte. Oder war es gar seine Absicht gewesen, nach ein bisschen Spaß dafür zu sorgen, dass er kein Risiko mehr darstellte? Das wollte ich mir lieber nicht ausmalen.

„Dracon, geh bitte", sagte ich möglichst ruhig.

„Warum? Noch hast du keinen Anspruch auf ihn erhoben, Babe. Und er gefällt mir."

„Was soll das heißen?", fragte Warren irritiert. „Ist der etwa schwul?"

Ich ignorierte Warren. „Ich werde das nicht dulden. Nicht heute und auch nicht in Zukunft."

„Ach? Dann hast du also die Absicht, Anspruch auf ihn zu erheben? Interessant. Was sagt denn Armand dazu?"

Ich stöhnte innerlich. Für so was hatte ich nun wirklich keine Nerven. Aber mir war bewusst, dass ich im Zweifelsfall genau das tun musste, um Dracon – und auch so manchen anderen Vampir – von Warren fernzuhalten. Jetzt, wo die Aufmerksamkeit nun mal bestand.

„Dracon, ich sage es jetzt zum letzten Mal. Geh!"

„Uh! Jetzt hab ich aber Angst. Und was machst du, wenn ich nicht gehe? Petzt du dann bei Kaliste?" Er lachte laut.

Warren verstand gar nichts mehr, aber er hatte höllische Angst. Seine Hand mit der Waffe zitterte so sehr, dass ich befürchtete, es könne sich ein weiterer Schuss aus Versehen lösen und ihn selbst verletzen. Außerdem hatten die Nachbarn die beiden ersten Schüsse wahrscheinlich gehört.

Das Knurren kam tief aus meiner Kehle, ich schritt entschlossen auf den Drachen zu. Im ersten Moment hielt er es noch für eine Finte und lachte, doch dann schien ihm klar zu werden, dass ich es ernst meinte.

„Mel, lass das. Es ist absolut unsinnig, dass wir aufeinander losgehen."

„Du oder ich. Noch kannst du gehen."

„Hey, ich hab dir das Leben gerettet, Babe. Du schuldest mir was. Und der Kerl ist doch bloß ein menschlicher Trottel."

„Wir wollen besser nicht Schuld gegen Schuld aufrechnen, Dracon, dann ziehst du den Kürzeren."

Mit einem Satz griff ich ihn an, die Hände zu Klauen gekrümmt und weit vorgestreckt, meine Beine dicht an den Körper gezogen, in Andeutung an den Tritt, der folgen würde. Er hatte keine Wahl, er musste meinen Angriff abwehren, mich seinerseits angreifen.

Ein Sprühregen aus heißen, grünen Tropfen wirbelte ihm entgegen. Ich brach den Angriff ab, landete auf den Füßen. Dracon schrie schmerzvoll auf, als die Kraft des Smaragdringes ihn im Gesicht traf. Unschöne Blasen zeigten sich auf seinem für gewöhnlich makellosen Antlitz. Keine Frage, sie würden innerhalb weniger Nächte abheilen, doch für heute hatte er eine Lektion erhalten.

„Du Biest! Wie kannst du das nur tun? Weißt du denn noch immer nicht, auf welcher Seite du stehst?"

„Ich stehe auf meiner Seite. Und jetzt hau ab, bevor du noch mal Bekanntschaft mit meiner Geheimwaffe machst."

Er hatte keine Ahnung, wo es hergekommen war. So gut kannte er die Legende über die Ringe nicht, noch weniger ihre Fähigkeiten. Ich atmete erleichtert auf, als er das Weite suchte.

„Oh Gott, und von dem habe ich eine Akte gelöscht", keuchte Warren und legte die Waffe auf ein Sideboard. „Ich glaube, das war ein großer Fehler."

Mist, er hatte sie sich tatsächlich angesehen. Gut, das war nicht zu ändern. Dennoch hatte er sie wenigstens verschwinden lassen, das war das Wichtigste. Alles andere konnte ich getrost ignorieren, zu ändern war es nicht.

Dracon war nun zwar fort, doch er würde wiederkommen. Andere möglicherweise auch. Ich musste an all die jungen Vampire denken, die das Wissen um ihresgleichen künftig in Warrens Seele lesen konnten und welchen Reiz es für sie darstellte. Er brauchte in der Tat Schutz. Vor denen noch mehr als vor Dracon. Auch wenn es ihm nicht gefallen würde, es war besser, er gehörte einem von uns. Sonst würde er vielleicht selbst irgendwann als Bluttrinker enden. Innerlich seufzend hoffte ich, dass Armand es nicht in den falschen Hals bekam, sondern meine Beweggründe verstand.

„Warren?"

Er schaute auf.

„Ich tue es nicht gern, aber ich muss ihm recht geben. Im Augenblick bist du Freiwild. Du bist den Vampiren zu nahe gekommen. Und es gibt leider nur einen Weg, dich zu schützen."

Er verstand nicht, das war auch besser so. Mit dem Schleier der Gleichgültigkeit um meine Seele versenkte ich meinen Blick in dem seinen, fing ihn ein mit meiner Dunklen Gabe, bis seine Gedanken einzig und allein mir galten. Der Schlag seines Herzens wurde gleichmäßig, eine Trommel, die mir den Rhythmus verriet, mit dem das Blut durch seine Adern kroch. Er sah das Schimmern meiner Fänge, versuchte aber nicht zu fliehen. Zu stark war der Zauber, den ich um ihn wob.

Ein schneller Biss, er keuchte, packte meine Arme, wich aber nicht zurück. Der Geschmack war so stark und würzig, dass in mir der Gedanke aufkam, wie es wäre, ihn zu verwandeln. Ihn ganz und gar an mich zu binden.

Ich kämpfte das Verlangen nieder, gab ihn wieder frei, biss stattdessen in mein Handgelenk und hielt ihm den Strom an die Lippen. Er trank gehorsam.

Wie gern hätte ich mich dem Saugen seiner Lippen hingegeben, ihn soviel trinken lassen, wie er wollte. Aber das hätte womöglich fatale Folgen gehabt, wie ich aus eigener Erfahrung wusste.

Sanft löste ich ihn von mir. Sein Blick war ungläubig, die Erkenntnis dessen, was gerade geschehen war, sickerte allmählich in seinen Verstand.

„Geh schlafen, Warren. Du bist jetzt sicher. Vor ihm."

Zwei Seiten der Medaille

„Das kam heute Morgen per Post", sagte Warren bitter und legte den Umschlag mit dem Brief und der kleinen Phiole am Lederband in Franklins Hand. Er hatte kein Auge zugetan, nachdem sie gegangen war. Wie auch? Was dachte Mel sich eigentlich?

„Sie schreibt, sie hätte es für mich getan. Und dass ich mit Ihnen reden soll, um es zu verstehen."

Franklin las die Zeilen, die Warren inzwischen auswendig kannte, und für die er Melissa zu hassen versuchte, obwohl ihm das nicht gelang.

„Dasselbe hat sie bereits letzte Nacht gesagt. Sie hat behauptet, damit würde sie mich beschützen."

„Sie hat recht. Es ist der beste Schutz, den sie Ihnen geben kann. Nicht vor allen, aber vor vielen Vampiren."

„Verdammt, Mann, sie hat mich gebissen!"

„Ja, das ist mir klar. Es steht deutlich hier geschrieben."

Wie konnte er so ruhig bleiben? So unberührt von dem, was er in Händen hielt? War es für ihn normal, dass seine Tochter Menschen biss und sie dann von ihrem Blut trinken ließ? Warren konnte es einfach nicht begreifen. Wollte es auch nicht. Er hatte ihr vertraut, weil er sie liebte. Und dann tat sie ihm so etwas an.

„Es ist nicht nur der beste, es ist der einzige Schutz, den Sie vor ihresgleichen haben können."

„Blödsinn", sagte er bitter. „Sie hat mich infiziert."

„Ach, Warren", sagte Franklin mit einer herrischen Handbewegung. „Wir haben es hier nicht mit einem Virus, einer ansteckenden Krankheit oder Werwolfaberglaube zu tun. Es ist Hunderte von Jahren her, dass die Menschen Vampirismus für so etwas gehalten haben. Melissa hat mit ihrem Blut lediglich ihren Anspruch auf Sie angemeldet. Und für jeden anderen Vampir ist dieser nun deutlich spürbar. Keiner von denen, die nach den alten Regeln leben, wird es jetzt noch wagen, Sie anzugreifen."

Warren wendete sich von ihm ab. Für ihn schien das furchtbar einfach zu sein. Alles, woran er denken konnte, war, dass er für Melissa letzte Nacht nichts anderes als eine Mahlzeit gewesen war. Und dass dieser unheimliche Zauber ihn so sehr gefangen hatte, dass er auch von ihr getrunken hatte. Blut getrunken!

Franklin sah ihn prüfend an. Dann seufzte er leise. „Ich hatte Sie gewarnt, Warren", sagte er.

Warren schluckte seinen Schmerz hinunter. Ihm wurde bewusst, wie viele Morde möglicherweise auf das Konto der Frau gingen, die er liebte. Etwas, das er bislang immer verdrängt hatte. Auch nachdem sie ihm erzählt hatte, was sie war, hatte er nie den Killer in ihr gesehen. Dafür wirkte sie viel zu sanft.

Aber letzte Nacht hatte sie ihm bewiesen, dass er sich irrte. Hatte ihm gezeigt, wie sie wirklich war, als sich ihre Zähne in seine Kehle bohrten und sie ihn anschließend zwang, aus ihrem Handgelenk zu trinken. Ihn schauderte noch immer, auch wenn er es gierig aus ihr heraus gesaugt hatte. Warren fühlte sich hilflos und verloren. Kein Mensch konnte diesen Schmerz nachempfinden.

Franklin legte ihm seine Hand auf die Schulter. „Doch Warren. Ich kann es nachempfinden."

Es störte ihn schon gar nicht mehr, dass jemand seine Gedanken las. Daran hatte er sich inzwischen gewöhnt. Aber er zweifelte, dass Franklin ihn wirklich verstand. „Wie wollen Sie das verstehen?"

Er blickte ihn an, lächelte ein trauriges Lächeln. „Lassen Sie uns Platz nehmen, Warren. Dort drüben am Kamin. Ich denke, ich sollte Ihnen etwas erzählen."

Warren hatte keine Ahnung, was das sein könnte, oder was es mit dem zu tun hatte, was er im Moment empfand. Dennoch folgte er Franklin, der in einem der hohen Ohrensessel Platz nahm und geduldig wartete. Warren zog es vor, stehen zu bleiben. Also zuckte Franklin schließlich die Achseln und beließ es dabei.

„Beantworten Sie mir eine Frage, Franklin", bat Warren leise. „Schützen Sie sie?"

Franklin blickte ihn aufmerksam an, antwortete aber nicht. Die Frage war eigentlich generell gemeint, aber in Anbetracht der Vater-Tochter-Beziehung auch speziell darauf.

„Decken Sie ihre ... Verbrechen?"

Ein nachdenklicher Ausdruck trat auf Franklins Gesicht, als er antwortete. „Sie urteilen über etwas, das Sie nicht verstehen. Zum einen: nein, wir schützen sie nicht. Wir erforschen und dokumentieren nur. Und wenn es nötig ist, versuchen wir auch zu vermitteln zwischen ihnen und der sterblichen Welt. Gleich, ob sie Vampire, Werwölfe oder was auch immer sind. Aber wir verurteilen nicht, was sie tun. Wir mischen uns nicht in diese natürlichen Abläufe ein."

Franklin war sich augenscheinlich nicht sicher, ob Warren ihn verstand. Und offengestanden wusste Warren das selbst nicht. Aber schließlich nahm er doch in dem bequemen Sessel dem Ordensvater gegenüber Platz und bat:

„Also gut. Bitte. Erklären Sie es mir. Erklären Sie mir, was Sie mir erklären wollten. Was Melissa glaubt, dass Sie mir erklären sollten. Ich werde zuhören. Und ich will es verstehen. Ich bete darum, dass ich es verstehe."

„Um Melissas willen? Weil sie eine von ihnen ist und Sie sie lieben?"

Wieder musste Warren lachen. Und diesmal schmeckte es noch bitterer als zuvor.

„Um meines Seelenfriedens willen, wenn Sie so wollen."

Franklin nickte. „Nun, um Ihres Seelenfriedens willen, sollte ich Ihnen wohl wirklich etwas erzählen. Vielleicht fällt es Ihnen dann leichter, es zu verstehen. Sehen Sie, Warren, auch ich liebe einen Vampir. Er ist Melissas ‚Vater der Dunkelheit', wie sie es nennen. Armand. Er brachte mir meine Tochter zurück, und er nahm sie mir wieder. Und doch liebe ich ihn und kann mich ihm nicht entziehen. Wenn das Mutterhaus nicht wäre, und die Verantwortung, die ich dafür trage, würde ich keinen Tag zögern, mit ihm zu gehen. In die ewige Nacht. Er hat es mir oft genug angeboten."

Warren sah ihn zweifelnd an. Die Erinnerung an diesen dunklen Teufel kehrte zurück, der in sein Bett gekrochen war. Seine Hände auf seiner Haut, sein Atem, eine Ahnung von Erregung, bis er begriff, was geschah. Ein Schauer lief durch seinen Körper. Franklin sprach darüber, als sei das völlig normal. Aber in seinem Beruf musste man mit so was wohl rechnen. Schließlich hatten sie tagtäglich mit solchen Wesen zu tun.

„Und es geht noch weiter, Warren. Können Sie sich vorstellen, was ein Vater empfinden muss, wenn er seine eigene Tochter begehrt? Sich ausmalt, wie es wäre, sie in den Armen zu halten, zu spüren, zu schmecken. Unfähig ist, sich dem zu entziehen? Und genau weiß, dass er nicht die Kraft hätte, sie zurückzuweisen, wenn sie den Schritt jemals wagt. Es ist Melissa, die verhindert, dass das geschieht. Nicht ich. Dafür bin ich nicht stark genug. Der Vampir ist mächtiger. Er lauert."

Warren blieb der Mund offen stehen. Franklins Worte drangen in seinen Verstand, obwohl er das gerne verhindert hätte und dann konnte er nur noch heiser flüstern:

„Oh, mein Gott."

Franklin lachte lautlos. „Der hilft uns auch nicht. Kein Gott und keine Göttin, Warren. Vampire gehören zu den mächtigsten Wesen zwischen Himmel und Hölle. Wenn sie wollen, sind wir Menschen ihnen ausgeliefert."

Warren begann zu verstehen. Mehr mit dem Herzen als mit dem Verstand. Denn dass er Mel liebte, auch jetzt noch, nachdem was sie letzte Nacht getan hatte, stand außer Zweifel.

„Ich würde es so gerne mit Ihren Augen sehen, Franklin. Normal. Wissen Sie, was ich meine?"

Franklin lachte leise. Ein offenes Lachen. Warren beneidete diesen Mann um alles, was er wusste, denn ihm war klar, dass allein dieses Wissen den Unterschied zwischen ihnen ausmachte. Warum ihn quälte und zerfraß, was für Franklin so normal war wie der tägliche Sonnenaufgang.

„Sie werden lernen, damit umzugehen, Warren. Hier bei uns hat es bisher jeder gelernt, der es lernen wollte. Und Sie wollen es doch lernen, oder? Schon wegen Ihrer Gefühle für Mel."

„Ja", sagte er und hörte eigentlich schon gar nicht mehr richtig zu. Der Schock saß zu tief. Er fürchtete sich vor der Nacht, die herannahte und vor dem nächsten Mal, wenn er ihr gegenüberstand.

„Es ist ein Angebot, Warren", sagte Franklin eindringlich.

„Was?" Erst jetzt schenkte er ihm wieder volles Gehör.

„Ich sagte, es ist ein Angebot. Wenn Sie es lernen wollen. Die Ashera wird Sie aufnehmen, wenn Sie möchten."

„Mitglied des Ordens werden? Und dann?"

„Sie würden ihr näher sein. Und Sie würden lernen, mit ihresgleichen umzugehen. Sie werden sie nie für sich alleine haben. Und möglicherweise werden Sie ihr nie das bedeuten, was sie Ihnen bedeutet. Aber es könnte Ihnen den Frieden bringen, den Sie sich wünschen."

„Frieden? Wie kann ich Frieden empfinden mit dem Wissen, dass ich den Tod liebe?"

„Hier bei uns, Warren, wird sich Ihre Sichtweise ändern. Sie hat sich doch schon geändert in den letzten Wochen. Und sie kann sich noch weiter ändern. Bis sie die Gegenwelt genauso normal betrachten, wie die Welt, die Ihnen bisher vertraut ist."

Er nickte, fühlte, dass hier Heimat auf ihn wartete. Ein Gefühl, das er seit dem Tod seiner Mutter nicht mehr kannte.

„Ich denke darüber nach. Wenn ich darf."

„Nehmen Sie sich die Zeit, die sie brauchen. Es ist keine einfache Entscheidung, gilt sie doch für ein ganzes Menschenleben."

„Siehst du nun, dass ich recht hatte, *thalabī*?" Luciens Stimme klang überheblich und lehrmeisterhaft. „Kaliste ist nicht zu trauen."

Ich bekam immer noch eine Gänsehaut, wenn ich darüber nachdachte, deshalb schob ich den Gedanken lieber weit weg. Ganz anders mein Lord. Es bereitete ihm ein besonderes Vergnügen, anderen ihre Schwächen vor Augen zu führen. Meine Verblendung angesichts unserer Königin war ganz sicher eine.

„Was denkst du, was sie mit den Ringen geplant hat?"

Er verzog den Mund und machte eine gleichgültige Geste. „Wer weiß das schon. Vermutlich die damit gewonnene Macht rücksichtslos eingesetzt. Darum ging es ihr schließlich. Um die Macht des Dämonenrings."

Mir wurde erst jetzt die Gefahr bewusst, in der ich geschwebt hatte, als ich sie in diesem Tempel aufsuchte. Mir wurde schwindlig bei der Vorstellung, wie mich ihre Ghanagoul-Wächter niederstreckten.

„Die braucht sie für so was nicht", warf Lucien ein. „Unterschätze sie nicht ständig. Du hast nichts, womit du gegen sie vorgehen könntest. Dafür ist sie zu mächtig. Sei dankbar, dass sie dich lebend will und der Ammit nicht den Befehl gab, dich bei erster Gelegenheit zu töten. Jetzt ist sie sicher nicht mehr so gnädig und zartfühlend, wo ihr Plan fehlgeschlagen ist. Allerdings hat sie außer ihren Wächtern jetzt auch keinen mehr, der auf ihrer Seite steht. Worüber ich sehr froh bin."

Ich erkannte den tieferen Sinn in seinen Worten sofort. Der Schutz der Königin für Dracon hatte keine Bedeutung mehr.

„Lass ihn bitte in Ruhe, Lucien. Er und ich sind noch immer aneinander gebunden und ich glaube, das hat nicht das Geringste mit Kaliste zu tun. Es ist einfach geschehen, weil es so sein sollte."

Er fauchte wie ein Tiger, bleckte die Zähne. „Ich geh nicht auf Drachenjagd, *saghere*. Aber er sollte besser nicht in meine Nähe kommen."

Ein Fleck auf der Weste

Agent Warner betrachtete seinen Schützling eingehend und schürzte die Lippen. Warren fühlte sich unwohl unter seinem Blick. Man hatte ihm keinen Grund genannt, warum er vor Warner und drei weiteren höheren Agenten des Security Service zu erscheinen hatte, aber die dunkle Ahnung, die sich immer stärker als Eisklumpen in seinem Bauch manifestierte, besagte, dass etwas von den Manipulationen aufgefallen war. Entweder Armands Tricks in den öffentlich zugänglichen Bereichen oder sein Löschvorgang für die Akte Drake Brown im gesicherten Bereich. Letzteres war wahrscheinlicher.

„Warren, was sagen Sie über den Orden und deren Kooperation in dem Fall mit den Lords?"

Das Gespräch fing erst mal recht unverfänglich an. Was sich vermutlich schnell ändern würde. Immerhin gab es jetzt überhaupt einen Anfang. Das Schweigen und Sitzen und Starren hatte ihn wahnsinnig gemacht.

„Ich würde ihn als kooperativ bezeichnen."

Schweißperlen traten auf seine Stirn, obwohl es keine Lüge war.

„Kam Ihnen nichts seltsam vor?"

„Nein, Sir."

„Diese Leute sind bekannt für ihre Arbeit im Bereich des Übersinnlichen und Ihnen kam wirklich nichts merkwürdig vor?", hakte einer der anderen nach, Agent Fox, Leiter der inneren Sicherheit.

„Zumindest nichts, was mit dem Fall zu tun hat. In die tieferen Bereiche des Ordens bin ich nicht vorgedrungen. Warum auch?"

„Sind Sie sicher, dass man Ihnen alles gesagt hat?", wechselte Agent Taylor, ein stämmiger Mittvierziger, das Thema. „Miss Ravenwood war doch oft allein unterwegs. Das haben Sie selbst in Ihren Bericht geschrieben."

„Ich habe mit ihr zusammengearbeitet", wich Warren aus. „Manchmal war es nötig, dass wir getrennt ermittelten, um Zeit zu sparen, verschiedene Spuren zu verfolgen. Aber ich hätte gemerkt, wenn sie Informationen zurückgehalten oder gar den Täter gedeckt hätte. Worauf wollen Sie überhaupt hinaus? Unterstellen Sie dem Orden terroristische Machenschaften? So was ist doch absoluter Unsinn. Außerdem sind die Fälle doch geklärt."

„Wenn die Morde denn terroristische Hintergründe haben."

„Das wurde durch die Spuren belegt."

„Hm", machte Warner. „Es gibt da ein paar Ungereimtheiten. Bei einer Leiche stimmen die Unterlagen nicht mehr überein. Und es sind Daten verschwunden, Warren."

Er schluckte, also hatten sie es tatsächlich bemerkt. Großer Gott, gab es Ausdrucke? Daran hatte er nicht gedacht. Das wäre Vergleichsmaterial. Aber eigentlich arbeitete der MI5 nahezu papierlos, seitdem alles auf der zentralen Datenbank hinterlegt wurde.

„Wie kommen Sie auf solche Gedanken?", versuchte er den Unwissenden zu spielen. Wie sollen denn im Office Daten verschwinden?"

„Wir hatten gehofft, das könnten Sie uns sagen."

Angriff ist manchmal die beste Verteidigung, sagte sich Warren. „Unterstellen Sie mir etwas, Agent Taylor? Dann wüsste ich gern was und weswegen. Wo sind die Indizien gegen mich?"

„Müsste es die denn geben?"

Ah, sie hatten also nichts. Es war nur ein Bluff. Er musste aufpassen, dass er sich nicht verriet.

„Aus meiner Sicht nein. Aber man weiß ja nie, wer einem was anhängen will. Aus Neid zum Beispiel, oder weil manche Herren in den höheren Positionen mal wieder jemanden über die Klinge springen lassen müssen, wenn sie was zu vertuschen haben."

Es gab Gerüchte dieser Art im Service über Agent Taylor. Aber er war sehr einflussreich, lange dabei und man hatte ihm nie etwas nachweisen können. Doch dass Warren davon wusste, holte ihm jetzt vielleicht den Hals aus der Schlinge.

Die vier älteren Agents wechselten Blicke. Dann räusperte sich Warner.

„Mein lieber Junge, Sie missverstehen uns. Wir wollen doch alle nur das Beste für das Office. Und für jeden Einzelnen. Wir sind eine Familie, nicht wahr? Aber manche Mitglieder dieser Familie sind vielleicht nicht so gut geeignet und sollten sich lieber draußen etwas suchen, das sie mehr ausfüllt. Es ist für sie einfach zu gefährlich."

Warren schluckte. Die Botschaft verstand er ebenso deutlich, wie das enge Zusammenrücken seiner vier Gegenüber. Wenn er nicht schon am Vorabend die Entscheidung getroffen hätte, Franklins Angebot anzunehmen, spätestens jetzt hatte er keinen Zweifel mehr, dass die Ashera die bessere Wahl war.

„Und was wird jetzt?", fragte ich Warren. Ich hatte mitbekommen, dass er mein altes Zimmer in Gorlem Manor bezog und seine persönlichen Sachen die Treppe hoch brachte. Darum war ich neugierig bei seinem Wagen stehen geblieben, bis er wieder raus kam.

Er seufzte tief, unterbrach aber mit einem Lächeln seine Tätigkeit für einen Moment, lehnte sich zu mir an den Kofferraum und teilte mir die letzten Neuigkeiten mit.

„Nachdem der Security Service keine Beweise gegen mich hat, wurde das interne Verfahren eingestellt. Aber man hat mir nahe gelegt, meinen Hut zu nehmen. Wie hat mein Boss kürzlich zu mir gesagt: Wenn der Orden mich in die Fänge kriegt, bin ich für den MI5 gestorben. Tja, hat er wohl recht gehabt. Darum habe ich das Angebot deines Vaters angenommen und bleibe hier. Seit heute Morgen bin ich offiziell ein Mitglied der Ashera."

Ich nickte. Es freute mich, vor allem für ihn. Vieles würde damit leichter werden, nach und nach. Ich schaute auf die Silberkette an seinem Hals, er trug das Amulett mit der Phiole, hatte mein Angebot angenommen. Behutsam nahm ich sie zwischen die Finger.

„Wann immer du mich brauchst, berühre sie und ruf mit deinem Geist nach mir. Ich werde dich hören. Und ich werde zu dir kommen, ganz egal, wo auch immer du bist auf dieser Welt."

„Zumindest wenn's dunkel ist", fügte er hinzu.

Ich lachte. „Ja, besser wäre das."

Für einen Augenblick verfingen sich unsere Blicke ineinander. Lautlos fiel Schnee um uns herum zu Boden, dämpfte den Lärm der Stadt, machte die Welt ein wenig unwirklich. Einen Atemzug lang hielt die Illusion, dass es nur uns beide gab. Etwas, das er sich von Herzen wünschte, doch die Wahrheit sah anders aus.

„Frag nicht", bat er wehmütig.

„Fragen? Was?"

„Ob ich mit dir gehen will. Ich kann es nicht. Ich kann dir nicht mal eine ehrliche Antwort darauf geben. Ebenso wenig, wie Franklin Armand je eine ehrliche Antwort auf diese Frage wird geben können."

„Du weißt es?" Ich hätte nicht gedacht, dass Franklin es ihm erzählte. Dann lag ihm wirklich viel an Warren.

„Ich weiß mehr, als ich je wissen wollte." Wieder dieses bittere Lachen. „Franklin hat es mir erzählt. Um meines Seelenfriedens willen. Doch für meine Seele gibt es keinen Frieden mehr. Wie es auch für Franklins Seele keinen Frieden mehr geben wird. Das ist wohl das Schicksal der …" Er zögerte, das Wort auszusprechen, weil es ihm unheimlich war. „Der Sterblichen, die sich in einen Vampir verlieben."

Ich antwortete nicht, also fuhr er fort.

„Auch Franklin ist ewig hin- und hergerissen zwischen der Liebe, die er für Armand empfindet und der Loyalität zum Mutterhaus. Ist dir überhaupt klar, was ihr uns Menschen antut, wenn ihr uns an euch bindet?"

„Loyalität!" Ich spuckte das Wort aus.

„Natürlich!", gab Warren entrüstet zurück. „Als Vampir könnte Franklin den Orden nicht mehr leiten. Aber das Mutterhaus braucht ihn. Und so verzichtet er auf das, wonach er sich am meisten sehnt."

Was hatte Franklin ihm erzählt? Auch solch rührselige Geschichten, wie er sie mir einst aufgetischt hatte? Ich wusste es inzwischen besser.

Franklin hatte viele Flecken auf der Weste. Er brauchte Macht, war dafür schon über Leichen gegangen. Aber welches Recht hatte ich, über ihn zu urteilen? Ich seufzte.

„Mag sein, Warren. Aber im Grunde ist es nicht wichtig. Ich bin jedenfalls froh, dass du jetzt zum Orden gehörst. Und dass wir Freunde sind."

Eine Weile schaute er mich unschlüssig an, ich konnte die Gedanken in seinem Gesicht lesen. Freunde? Das war es nicht, was er wollte. Bei ihm war es mehr. Aber dann nickte er, stand auf und ging zum Hauptportal. Ich blieb auf der Bank unter der Eiche sitzen und blickte ihm nach. Er war hier allemal besser aufgehoben, als beim Security Service. Dennoch sorgte ich mich ein wenig um ihn. Wie gut er mit seinem neuen Leben zurechtkam, konnte allein die Zeit zeigen.

Ich gesteh bei meiner Seel'

Wieder Zuhause begegnete mir Armand mit Angst und Misstrauen in den Augen. Große Göttin, glaubte er immer noch, dass ich mit Warren Schäferstündchen hatte? Erschöpft schloss ich die Augen und lehnte mich an den Türrahmen.

„Es ist nichts passiert. Wir haben nur geredet." Er wich meinem Blick aus, als ich ihn wieder ansah. „Du glaubst mir nicht."

„Doch, ich glaube dir. Ich will dir glauben."

Ich schnaubte leise, ehe ich es verhindern konnte. „Du willst, aber du tust es nicht." Trotzdem setzte ich mich neben ihn und nahm seine Hände in meine. Sie erschienen mir noch kälter als sonst. „Was ist los, Armand? Warum vertraust du mir nicht mehr?"

Er machte nicht den Eindruck, als wolle er darüber reden. Schulterzuckend erhob ich mich wieder, da griff er nach meinem Arm und hielt mich fest.

„Ich weiß nicht, wie ich es sagen soll", gestand er. „Ich verstehe es selbst nicht."

Aufmerksam musterte ich sein weißes Gesicht. In seinen Augen flackerte es unruhig. Was war ihm so peinlich, dass er um Worte rang? Hatten wir nicht vor einer Ewigkeit beschlossen, es solle keine Geheimnisse geben? Geduldig nahm ich wieder neben ihm Platz.

„Etwas bedrückt dich, Armand. Anfangs dachte ich, es sei Welodan. Oder dass du dem gefürchteten Wahnsinn der Unsterblichen zum Opfer fällst. Aber jetzt. Es ist noch etwas anderes. Bitte sag mir, was es ist."

Seine Augen fixierten einen Punkt hinter mir an der Wand, die schmalen Lippen zitterten.

„Du bist mir so unendlich wichtig, *ma chére*."

„Ich weiß." Lächelnd strich ich ihm mit der freien Hand durchs Haar. „Du mir auch."

Jetzt blickte er mich an. „Sagst du das, weil man es eben sagt, oder meinst du es auch so?"

Das irritierte mich. Ich runzelte die Stirn. „Natürlich meine ich das so. Was ist das für eine Frage?"

„Ich hab mich verändert, Mel."

„Das haben wir beide, mein Schatz. Aber ich dachte jetzt, wo du und Welodan eine Einheit seid, Raphael nicht mehr unser Feind ist und die Ammit tot, ist doch alles wieder in Ordnung."

Er schüttelte den Kopf. Es hatte nichts mit der Mordserie zu tun, nichts mit meinem Kriegszug und auch nichts mit seinem Totem. Womit dann?

Seine Finger berührten fast ehrfürchtig meine Wange. Ich schmiegte mein Gesicht in seine Hand.

„Du verstehst nicht, warum ich eifersüchtig bin, nicht wahr? Warum ich jedes Mal ausraste, wenn ein Mann dich nur ansieht."

Schmunzelnd musste ich gestehen, dass ich das tatsächlich nicht verstand. „Wir sind Vampire. Getrieben von unserer Lust. Eifersucht ist so fehl am Platz in unserem Leben wie Monogamie. Und das sind nicht allein Luciens Lehren", erinnerte ich ihn.

Er nickte und senkte schuldbewusst den Blick. „*Je sais*, das habe ich einmal gesagt. Habe es dir sogar gezeigt, als du noch sterblich warst. Aber jetzt ..."

Einen Moment wartete ich, aber er sprach nicht weiter. „Jetzt?", hakte ich darum nach.

„Ich schlafe nicht mehr mit anderen, Mel." Die leichte Röte in seinem Gesicht zeigte, wie peinlich es ihm war.

„Du meinst mit deinen Opfern?"

Stummes Nicken.

„Und mein Vater?"

„Schon länger nicht mehr allzu oft. Und in der Nacht, als die Ammit ihn angriff, bin ich danach zu ihm gegangen und hab ihm gesagt, dass ich nicht mehr zu ihm komme."

Jetzt schaute er mich direkt an. Eindringlich und flehend. Es lag eine Bitte um Vergebung darin. Aber Vergebung wofür?

„Ich liebe nur dich, Mel. Es gibt keine anderen mehr für mich. Ihr Blut, um meinen Hunger zu stillen, ja. Aber Lust will ich mit dir allein erleben."

Ich wollte antworten, doch er legte mir einen Finger auf die Lippen. Er war noch nicht fertig und fürchtete, den Mut zu verlieren, wenn er jetzt nicht weitersprach.

„Ich weiß, dass das nicht typisch für uns ist. Auch, dass ich selbst derjenige war, der dir das beigebracht hat. Vielleicht stimmt etwas nicht mit mir. Und ganz sicher habe ich kein Recht, es dir zu verwehren, wenn du tust, was deine Natur dir sagt. Doch ich ertrage den Gedanken nicht, dass du mit anderen schläfst. Egal ob Männer oder Frauen. Mir wird übel, wenn ich nur daran denke. Dracon, Warren, Lucien …" Seine Stimme brach, Tränen liefen über seine Wangen, hinterließen rote Spuren auf der schneeweißen Haut.

Ich schüttelte den Kopf, wischte sie zärtlich fort. „Aber Armand. Warum hast du denn nicht längst mit mir darüber gesprochen? Ich hatte keine Ahnung. Wenn du mir gesagt hättest, dass auch du nicht mehr mit deinen Opfern schläfst …"

„Auch?", unterbrach er mich.

Ich nickte, lächelte und spürte, wie auch mir jetzt Tränen in die Augen stiegen.

„Seit ich von Lucien zurück bin, habe ich mit keinem anderen mehr geschlafen. Und ich habe auch nicht die Absicht, es zu tun. Ich nutze den Nebelschlaf, um meinen Durst zu stillen. Und manchmal töte ich auch. Wenn sie es verdient haben oder wenn es eine Erlösung für sie ist. Dann spielt es ohnehin keine Rolle, was sie denken. Aber Sex habe ich mit niemandem außer dir."

Er konnte es kaum fassen. Freude, Erleichterung, aber auch ein letzter Hauch von Zweifel wechselten auf seinem Gesicht. Ich nahm es in beide Hände und drückte einen innigen Kuss auf seine Lippen, schmeckte unser beider Tränen.

„Ich habe immer akzeptiert, dass du nicht monogam bist, Armand. Aber das heißt nicht, dass ich es genauso mache. Lucien, ja, das leugne ich nicht. Ich habe mit ihm geschlafen. Und ich habe mich von ihm auch verführen lassen, meine Reize bei der Jagd zu nutzen. Doch seit ich die Isle of Dark verlassen habe im letzten Jahr, habe ich auch das hinter mir gelassen. Ich verspreche dir, solange wir zusammen sind, wird es keinen anderen für mich geben. Und dass es dir genauso geht, ist das schönste Geschenk, das du mir machen kannst. Noch viel wertvoller als der Ring der Nacht."

Er umarmte mich wortlos und hielt mich so fest, als wolle er mich nie wieder loslassen. Göttin, wir waren beide so dumm gewesen. Unser Schweigen hätte beinah das Ende unserer Liebe heraufbeschworen. Das durfte nie, nie wieder geschehen.

Am Ende zählt das Ziel

Ein weiteres Mal war unsere Liebe auf eine harte Probe gestellt worden und hatte sie ebenso überstanden, wie die Welt das Erscheinen der Ammit. Es hatte Verluste gegeben, Seelenwunden, doch alles würde heilen. Der Schaden war reparabel. Auch der Schaden, den Al Kaida und die Kriegsmaschinerie der westlichen Länder anrichteten, würde das irgendwann wieder tun. Die Welt war in der Lage, alles zu kompensieren, was der Mensch anrichtete. So wie Das Blut alles heilte, was an und in uns verletzt wurde.

Der Abschlussbericht des MI5 war eine Farce, aber das kümmerte uns nicht. Sie wussten, dass Warren dem Orden beigetreten war, und sahen darin einen weiteren Beweis für sein falsches Spiel, das es ja gar nicht gab. Aber ohne handfeste Beweise mussten sie es auf sich beruhen lassen. Der Kontakt fror wie immer ein. Erst, wenn sie uns wieder brauchten oder wir ihnen versehentlich in die Quere kamen, war eine Zusammenarbeit erneut erstrebenswert. Das war immer so.

Ich nahm Warren ein wenig unter meine Fittiche, unterstützte Franklin damit. Armand hatte nach unserer Aussprache keine Einwände. Warren machte sehr schnell Fortschritte, nach ein paar Wochen schon zeigte sich seine Fähigkeit, Energien aufzuspüren und auch die Telepathie beherrschte er zusehends besser. Er studierte wie ein Besessener alle Schriften der Zentraldatenbank und füllte schon bald die Lücke, die John hinterlassen hatte. Ich freute mich für die beiden, dass sie einander hatten. Warren war ein Sohn, wie Franklin ihn gern gehabt hätte. Seine Tochter war bereits ein Stück weit für ihn verloren. Auch diese Lücke füllte Warren in gewisser Weise aus.

Seine Liebe zu mir wuchs im gleichen Maß wie die Bewunderung gegenüber meinem Vater, doch er respektierte meine Bindung an Armand, wir kamen uns nie näher als eine harmlose Umarmung.

Dracon hatte London offenbar wieder verlassen, genau wie Raphael. Zumindest gab es von beiden keine Spur. Auch der Schattenjäger war mitsamt seiner Beute verschwunden. Vermutlich zurück in die Unterwelt. Lucien kehrte nach einer erfolgreichen Vernissage auf die Isle of Dark zurück. Er fragte mich nicht einmal, ob ich ihn begleiten wolle. Am letzten Abend der Ausstellung sah er Armand und mich nur an, als wir Arm in Arm durch die Galerie schlenderten, wünschte uns Glück und bat um rechtzeitige Benachrichtigung für die Hochzeit. Ich wusste, er erwartete, dass er die Braut zum Altar führen durfte – im übertragenen Sinne - wenn es einmal soweit war. Egal ob heidnische oder katholische Hochzeit. Doch daraus würde nichts werden. Diese Ehre behielt ich Franklin vor, da konnte der Lord sich auf den Kopf stellen.

Pettra und Slade teilten uns kurz nach Weihnachten mit, dass sie sich verlobt hatten, und luden mich und Armand zur Hochzeit ein.
Für eine Weile schien alles wieder gut zu werden. Friede kehrte in unsere kleine Welt ein. Wir genossen es, wussten wir doch, wie schnell es wieder vorbei sein konnte.

Epilog

Von Anfang an war ich mir vollkommen bewusst, dass es nur ein Traum war. Nicht eine Sekunde, in der ich es für real empfand.

Ich stand vor einem riesigen schwarzen Tor. Sieben Siegel prangten darauf. Mein Leben erschien mir durchaus manchmal als ein Buch mit sieben Siegeln.

In meiner Hand lag ein merkwürdig geformter Schlüssel. Er passte in keines der Schlösser. Aber an seinem Kopfende war eine Vertiefung, in die mein Ring mit dem Sternsmaragd exakt hineinpasste. Ich streifte ihn vom Finger und fügte Ring und Schlüssel zusammen, worauf sich letzterer veränderte. Jetzt passte er exakt ins erste Schloss, das Siegel sprang auf. Ein Beben lief durch den Boden. Ins Zweite passte er nicht, doch ein leichtes Drehen des Rings im Schlüssel veränderte ihn abermals, sodass ich nun das zweite Siegel problemlos öffnen konnte. Diesmal erzitterte die ganze Tür. Etwas Dunkles, Bedrohliches lag dahinter. Es lauerte, gierte danach, seinem Gefängnis zu entfliehen. Dennoch konnte ich nicht aufhören, drehte den Ring abermals und schob den Schlüssel in das Schloss des dritten Siegels. Dämonisches Lachen erklang hinter mir, meine Nackenhaare stellten sich auf. Blieben nur noch vier. Meine Neugier wuchs mit jedem Schloss. Es war nur ein Traum, da konnte nichts passieren. Wenn ich aufwachte, wäre all das nicht geschehen. Aber ich musste einfach wissen, was hinter dem schwarzen Tor lag.

Nicht schon wieder, dachte ich im Erwachen. Nahm das denn nie ein Ende? Inzwischen bekam ich ein Gefühl dafür, was Träume und was Visionen waren. Dies hier hatte zweifelsfrei die Züge einer Vision. Es war lebendiger, farbiger gewesen, als ein gewöhnlicher Alp.

Wann war es soweit? Wann lag der Schlüssel in meiner Hand, ragte das Tor tatsächlich vor mir auf? Nur eine Frage der Zeit.

Der Panther schlich lautlos durch die Dunkelheit, wand sich um die bemoosten Stämme der Bäume. Armand sah ihn wie ein Beobachter und wusste doch, das Tier war ein Teil von ihm. Er folgte seinem Weg, sah die Augen immer wieder im Dunkeln aufblitzen. Die weißen Reißzähne schimmerten im geöffneten Maul. Die große Katze hechelte unruhig. Nebel stieg vom Waldboden, trübte ihrer beider Blick. Aber der Panther wusste genau, wohin er gehen musste.

Die Lichtung wirkte wie ein See, so dicht waberten die Schwaden in der kleinen Senke. Armands Perspektive änderte sich, er folgte nicht länger, sondern verschmolz mit seinem Totem. Eine blasse Hand teilte das Grau vor seinen Augen. Instinktiv rieb er seinen Kopf daran, schloss die Augen, genoss das zärtliche Kraulen. Er schnurrte, strich um schlanke Beine, die nur spärlich von hauchdünnem Gewebe umschmeichelt wurden. Es glich Spinnweben, so fein war es, glitt kühl über sein dunkles Fell, eine seidige Liebkosung.

Das Lachen klang vertraut. Die Frau beugte sich zu ihm herunter, ihr rotes Haar umschmeichelte ihn, er sog den Duft tief in seine Nase. Erinnerungen erwachten, trieben an die Oberfläche, seine Sehnsucht wurde schmerzhaft. Er wollte sie. Wollte sie so sehr mit jeder Faser seines Körpers, dass er an nichts anderes denken konnte. Fordernd rieb er seinen Kopf an ihrem Schoß, ihr Aroma überflutete ihn. Wieder Lachen, tadelnd diesmal.

„Aber, aber, wer wird denn in fremden Revieren auf Jagd gehen? Ist dir deine Wölfin nicht mehr genug?"

Er hob den Blick zu zwei strahlenden Smaragden, in denen es spitzbübisch funkelte. Die vollen Lippen kräuselten sich in gespieltem Vorwurf, nur um gleich darauf wieder liebevoll zu lächeln. Die porzellanartige Hand – genauso weiß, genauso zerbrechlich – hielt eine kräftige Männerhand. Armand brauchte eine Weile, um zu begreifen, dass es seine war und er nicht länger eine Raubkatze.

Ein Beben durchlief seinen Körper, als er sich erhob und ihr auf Augenhöhe gegenüberstand.

„Madeleine!" Ein heiseres Keuchen, mehr war es nicht, das er hervorbrachte.

„Mein Liebster. *Mon Chér*. Es war an der Zeit."

„An der Zeit? Wofür?"

Sie setzte sich auf einen Baumstamm und zog ihn neben sich.

„Dass du den Weg hierher findest. Es gibt ein paar Dinge, die ich dir sagen muss. Danach bin ich frei und kann gehen."

„*Non!* Geh nicht! Du darfst mich nicht mehr verlassen, nie mehr", sagte er panisch.

Wieder lachte sie nur. „Aber Armand, du hast doch jetzt Mel. Sie ist Fleisch von unser beider Fleisch. Blut von unser beider Blut. Und eine Hexe, stärker als ich es je hätte sein können."

Er verstand nicht, was sie da sagte. Aber Melissa, das verstand er. Sie war real, Madeleine nichts anderes als ein Trugbild.

„Nein." Sie schüttelte den Kopf und die seidige Kaskade ihrer Haare glitt über seinen Arm. Er erschauerte. „Ein Trugbild bin ich nicht. Doch auch nicht mehr für dich bestimmt. Unsere Zeit verging. Eure ist die Zukunft. In ihr lebe ich weiter. Doch hör mir zu. Ich war nicht allein mit der Magie. Sie liegt auch in dir. Sie ruhte, schlief, jetzt ist sie erwacht. Melissa hat sie aufgeweckt. Weil deine Liebe zu ihr so stark und rein ist, dass nichts sie zerstören kann. Eure Krafttiere, ihre Wölfin, dein Panther, haben sich vereint und euch damit aneinander gebunden, wie es keine andere Macht vermag. Nicht im Himmel, nicht auf der Erde, nicht einmal in der Hölle. Es ist etwas Einmaliges, dessen ganze Tragweite du jetzt noch nicht erfassen kannst. Doch hab Geduld und Vertrauen. Euch beiden ist Großes bestimmt. Fürchtet eure Widersacher nicht. Am Ende werdet ihr siegen, wenn ihr nur zueinander steht."

Er wollte etwas sagen, doch sie legte einen Finger auf seine Lippen und gebot ihm Schweigen.

„Sie hat es dir nie erzählt. Aber mir. Der Grund, warum sie unsere Liebe fürchtete, sie sogar verhindern wollte und am Ende doch wusste, dass es unvermeidbar war."

„Von wem sprichst du?"

Ihr Lächeln war geheimnisvoll, ihre Stimme nur ein Hauch. „Deine Mutter, Armand, hatte genau wie ich das Zweite Gesicht."

Der Schock katapultierte Armand in die Realität zurück. Jäh schreckte er aus dem Schlaf hoch, ein Schrei auf den Lippen. Melissa war sofort hellwach, ihre Arme umfingen ihn, er hörte ihre Stimme, die fragte, was los sei, aber er war unfähig zu antworten. Ihr Duft hing noch im Raum, oder war es Melissas? Erst jetzt wurde es ihm bewusst, ihr Duft war identisch. Sie sahen nicht nur gleich aus, sie rochen auch gleich, hatten die gleiche Stimme. Es gab nichts, was sie unterschied außer dem Zeitalter, in dem sie lebten.

„Leb wohl, *mon amour*. Im Herzen bleibe ich bei dir."

Ihr endgültiger Abschied hinterließ einen eisigen Hauch, der nicht nur seinen Körper, sondern vor allem seine Seele frösteln ließ. Aber die Kälte war nur von kurzer Dauer. Mels Lippen auf seinen Schläfen, ihre geflüsterten Worte, die ihn beruhigten und die Sicherheit ihrer Hände auf seinem Körper vertrieben die Schatten der schmerzvollen Erinnerung. Er hatte Madeleine nicht verloren, er hatte Melissa für ewig gewonnen. Und jetzt wusste er auch warum.

Danksagung

Auch diesmal danke ich zuallererst meinen Eltern, die es mir ermöglicht haben, zu sein, was ich heute bin. Vor allem meiner Mutter, die mich unterstützt, wo immer sie kann.

Mark, meinem Gefährten, Freund, Liebsten, Clown und Zauberer, dafür, dass du an meiner Seite bist, mein Leben bereicherst und meine Leidenschaften mit mir teilst.

Meinen Freundinnen Anja, Nadine, Linda, Daniela, Melanie, Andrea, Iris, Uta und Birgit.

Alisha Bionda und dem ganzen LITERRA-Team.

Carina und Tatjana für die Übersetzungen ins Französische und Arabische.

Dem Schöpfer des wieder einmal wundervollen Covers.

Den Webmastern der vielen Foren und Gemeinschaften, in denen ich inzwischen vertreten bin.

Und zuletzt und vor allem: Meinen Lesern dort draußen, die meine Geschichten gemeinsam mit mir erleben.

Blessed Be
Tanya Carpenter
www.tanyacarpenter.de

Teaser Teil 4 – Unschuldsblut

Ihr Leib schlotterte wie Espenlaub, sie bot ihre ganze Kraft auf, doch es reichte nicht. Wie eine böse Ratte nagte die einschmeichelnde, dunkle Stimme an ihrer Selbstkontrolle. Fraß ein immer größeres Loch hinein.

Sie wollte nicht in den Spiegel schauen. Die andere lauerte im Spiegel. Jedes Mal, wenn sie sich auf der kristallenen Fläche anschauten, saugte sie ihr die Lebenskraft aus, mehr und mehr. Sie gierte nach ihm, wollte ihm nahe sein. Dabei war Jenny ihr im Weg. Erst recht jetzt, wo sie sich entschlossen hatte, auf Franklin und Mel zu hören. Die beiden hatten recht, es war ein Dämon in ihr. Sein Dämon, den er in ihr gepflanzt hatte. Sie musste ihn loswerden, aber ihr zweites Ich sah das anders. Diese andere Jenny wand sich in Sehnsucht nackt auf dem Bett, wartete mit gespreizten Beinen auf ihn. Die Empfindungen, wenn er da war, in sie eindrang und sie ausfüllte, machten Jenny Angst, doch sie war nicht stark genug, sich dagegen zu wehren und die andere wollte immer mehr davon. Von seinem starken Körper, seinem herben Duft, seiner samtigen Stimme.

Er hatte sie verhext mit alledem, bis sie ihm hörig war. Jetzt kannte sie die Wahrheit, versuchte alles, um ihn und seine Brut in ihrem Bauch wieder loszuwerden. Doch seine böse Kraft war längst zu stark in ihr, hatte ihre dunkle Seite stärker und stärker gemacht mit jedem Liebesakt.

„Jenny! Jennifer! Komm her zu mir. Sei ein liebes Schwesterlein", lockte die Stimme.

Wie von selbst bewegten sich Jennys Füße Schritt für Schritt näher zu dem Spiegel.

„Braves Kind."

Wenn ich die Augen nicht öffne, hat sie keine Macht über mich, dachte Jenny und kniff ganz fest die Lider zusammen.

„Böses Schwesterherz. Gönnst mir keinen Blick. Sei nicht so. Komm, sieh doch mal, was ich dir mitgebracht hab."

Verführerische Süße schwamm in dieser Stimme mit, die mit jedem Wort dunkler wurde, bis sie klang wie die seine. Widerstrebend öffnete Jenny die Augen. Im Spiegel stand er, groß und breitschultrig, die grünen Augen sprühten Funken, während er sie mit seinen weichen Lippen anlächelte. Diese Lippen, die jeden Zentimeter ihres Körper kannten.

Die glatte Haut, die sich über den festen Muskeln seines Torsos spannte, schimmerte matt in unirdischem Licht. Er streckte eine Hand aus, sofort trat Jennys Ebenbild an seine Seite. Mit einem Laut des Erschreckens wich sie zurück, aber es gab kein Entkommen.

„Schau, mein süßes Kind. Deine Schwester ist ganz zauberhaft in ihrem neuen Kleid. Möchtest du es nicht auch gern tragen?"

Ein dunkelblaues Kleid aus tausend Lagen von Tüll, mit glitzernden Steinen. Es sah aus wie ein Nachthimmel. Eine Falle. Wie Süßigkeiten für ein Kind. Damit lockten böse Männer kleine Mädchen. Sie wusste es, wusste, dass sie nicht einmal daran denken durfte, es anzunehmen.

Trotzdem streckte sie sehnsüchtig ihre Hand nach diesem wunderschönen Märchenkleid aus. Da schnellte der Arm der Jenny im Spiegel hervor und packte sie blitzartig. Sie schrie auf vor Schmerz. Hitze zuckte durch sie hindurch, wie ein Stromschlag. Ihr wurde schwindelig. Energisch schüttelte sie den Kopf, riss an der Hand, die sie festhielt, bis diese endlich losließ. Als sie die Augen wieder öffnete, war rund um sie nur noch Kristall. Draußen vor dem Kristall standen er und ihre dunkle Seelenschwester. Sie selbst aber war gefangen im Spiegel.

Weiterhin erschienen ...

Cedars Hollow *von Charlotte Schaefer*
All-Age Vampirroman

Broschiertes Buch, ISBN: 978-3-940235-73-2

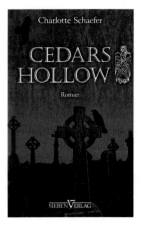

Nach dem mysteriösen Tod ihrer Mutter findet sich Hazel in einer Welt aus Schweigen und Mitleid wieder. Einziger Lichtblick in einem immer schwerer zu ertragenden Alltag ist ihre Freundschaft zu dem charismatischen Dave, den sie am Tag der Beerdigung ihrer Mutter zum ersten Mal trifft. Bald entdeckt Hazel jedoch, dass sich mehr hinter Dave verbirgt, und dass das Leben im beschaulichen britischen Städtchen Cedars Hollow gefährlicher ist, als sie es je erahnen konnte. Und was hat es mit dem Jungen auf sich, der Hazel auf Schritt und Tritt verfolgt? Die beiden jungen Männer sind so gegensätzlich wie Blut und Wasser, und doch haben sie etwas gemeinsam. Ein Hauch unheimlicher Faszination umgibt sie, der Hazel magisch anzieht.

Als die Ereignisse bedrohlich werden, weiß Hazel nicht mehr, wem sie noch vertrauen kann. Sagen Vampire überhaupt jemals die Wahrheit?